W0000094

ALESSIA GAZZOLA

Mit Skalpell und Lippenstift

ALESSIA
GAZZOLA

Mit Skalpell und Lippenstift

ROMAN

Aus dem Italienischen
von Sylvia Spatz

carl's books

Die Originalausgabe erschien 2011 unter dem Titel *L'Allieva*
bei Longanesi in Mailand.

Verlagsgruppe Random House FSC-DEU-0100
Das für dieses Buch verwendete FSC®-zertifizierte Papier *Lux Cream*
liefert Stora Enso, Finnland.

1. Auflage
Copyright © 2011 by Longanesi & Co. S.p.A.
Copyright © der deutschsprachigen Ausgabe 2012
bei carl's books, München,
in der Verlagsgruppe Random House GmbH
Umschlaggestaltung: semper smile, München
Satz: Uhl+Massopust, Aalen
Druck und Bindung: CPI – Clausen & Bosse, Leck
Printed in Germany
ISBN 978-3-570-58504-7

www.carlsbooks.de

Meiner Mutter und meinen Großeltern,
denen ich alles verdanke, was ich bin

Der Tatort

Die Wohltätigkeitsparty, die wie jedes Jahr von diesen Übereifrigen aus der Kindermedizin veranstaltet wird, macht mir wieder einmal klar, dass ich als Assistenzärztin der Rechtsmedizin in der Hierarchie ganz unten stehe – ohne jede Aussicht auf Verbesserung. Während alle anderen Mediziner überzeugt sind, dass sie nach ganz oben gehören.

Berauscht von einer Dauerberieselung durch *Emergency Room*, haben sie eine völlig verzerrte Wahrnehmung ihres Berufsalltags. Und keiner macht sich die Mühe, irgendeinem Loser aus der Kindermedizin zu erklären, dass er mit George Clooney aber auch so gar nichts gemeinsam hat. Und ich nichts mit *CSI – Den Tätern auf der Spur*. Denn an meinem Schreckensinstitut, wo Demütigung wie ein Hochleistungssport betrieben wird, sind wir Assistenzärzte wirklich das Allerletzte. Und dass einer von uns die großen Fälle übernehmen dürfte, ist vollkommen ausgeschlossen.

Von den Kollegen verlacht – allesamt potenzielle Anwärter auf eine Rolle in *Dr. House* – und vom Kreis jener ausgeschlossen, die glauben, sie wären Figuren in einem Roman von Patricia Cornwell, bleibt mir deshalb nichts anderes übrig, als mich im Institut für Rechtsmedizin als lästiges Anhängsel zu fühlen.

Diese Party, mit der Forschungsgelder für Nervenkrankheiten in der Kindermedizin gesammelt werden, ist für mich vielleicht deshalb immer eine der übelsten Veranstaltungen des ganzen Jahres.

Die Versuchung, mich krankzumelden, ist wirklich groß. Ein plötzlicher Migräneanfall, Asthma, eine Salmonellenerkrankung, gegen die nicht mal Imodium hilft. Doch wie jeder weiß, zerreißt man sich auf Partys gerne über Abwesende das Maul, und auf so was habe ich keine Lust. Daher ist es sinnlos, noch länger zu zögern: Hier braucht es viel guten Willen – und Hochprozentiges –, um den Abend zu überstehen.

Na los, Alice. Mehr als drei Stunden wird das Ganze nicht dauern. Und was sind schon drei Stunden. Immer noch besser als eine von Wallys Lektionen übers Ersticken.

Vor dem Eingang ist mir immer noch nach flüchten, aber ich widerstehe. In dem großen Saal ertönt die Samtstimme von Dusty Springfield mit *The look of love*. In dem engen Durcheinander sehe ich meine Institutskollegen, die wichtigtuerisch herumschreien wie Schüler auf dem Pausenhof.

Jeder berufliche Mikrokosmos hat, wie ein Bienenstock, seine Königin. Wir sind stolz, Ambra Negri della Valle in unserer Mitte zu haben, um die meine Kollegen gerade herumscharwenzeln. Alle außer Lara Nardelli, die als Einzige vermutlich noch weniger Lust auf diese Party hat als ich. Wir beide haben die Eingangsprüfung zusammen bestanden und sind im gleichen Jahr. Doch statt eines Konkurrenzkampfes, in dem ich ganz klar unterliegen würde, pflegen wir ein solidarisches Verhältnis. Sie ist vermutlich die Einzige, der ich am Institut vertraue. Lara lächelt mich freundlich an und kommt mir mit einem Teller Törtchen entgegen. Sie hat rötliche, schlecht getönte Haare, die zu einem schiefen Dutt hochgesteckt sind. Ihre gelangweilte Miene beruhigt mich. Zusammen beobachten wir, wie Ambra sich in einem ihrer Monologe ergeht, anscheinend außerstande, den Unterschied zwischen anregend und nervtötend wahrzunehmen. Und doch scheint der Ecce-Homo unseres Instituts sich zu amüsieren: Claudio Conforti. Jahrgang 1975, im Zeichen des Löwen geboren, Junggeselle. So schön wie James Franco in der Werbung für Gucci by Gucci. Ein Mistkerl – sicher der größte Mistkerl, den ich kenne, und wahrscheinlich der größte Mistkerl im ganzen Universum. Brillant, bejubeltes Institutsgenie und der beste Schüler vom Boss. Sein Lebenslauf ist legendär, und er ist das Musterbeispiel für einen jungen, aufstrebenden Absolventen, der, nachdem er genug geschleimt hat, aus dem formlosen Sumpf des Doktorandendaseins zum wissenschaftlichen Mitarbeiter aufgestiegen ist.

Seine Augen – ein tiefes, mit goldenen Sprenkeln durchsetztes Moosgrün – sind in steter Unruhe. Wenn er müde ist oder erschöpft, schielt er ein wenig mit dem linken Auge, doch tut das seinem hervorragenden Aussehen keinen Abbruch. Seine Züge sind bereits von Exzessen gezeichnet, und vielleicht umgibt ihn deshalb jene Aura von Zügellosigkeit, die ihn für mich so anziehend macht. Wenn nötig, ist er entschlusskräftig, doch von seiner Veranlagung her ist er eigentlich mehr der abwägende und kontemplative Typ. Er wird von allen angehimmelt, weil er zielstrebig arbeitet und sich gut präsentieren kann. Und ich verehre ihn besonders, weil er mir in diesem Haifischbecken von Institut stets zur Seite steht – fast ein Wunder bei der unendlichen Gleichgültigkeit und Anarchie, die hier ansonsten herrschen.

Das Institut für Rechtsmedizin ist ein Ort, an dem man sich vor allem mit Sezieren und nur am Rande mit Forschung beschäftigt. Zugang zu diesem Reich erhält, wer das Medizinstudium abgeschlossen hat. Um für die Facharztausbildung zugelassen zu werden, zählen die Noten und ein zweistufiger schriftlicher Test. Wenn man den besteht, gelangt man endlich in diese schwierige, unheilvolle Welt.

Nicht, was dort geschieht, lässt einem das Blut in den Adern gefrieren, sondern die Menschen, die dort arbeiten. Die Hierarchie ist schnell erklärt: An der Spitze steht der Mann, den alle, mich eingeschlossen, nur den »Boss« nennen. Auch wenn ich ihn manchmal innerlich anders nenne, und zwar beim einzigen Namen, der seiner beruflichen Stellung angemessen ist: »Il Supremo« oder »der Allerhöchste«. Der Boss ist auf dem Gebiet der Rechtsmedizin mittlerweile eine Legende. Mit anderen Worten: Er *ist* die Rechtsmedizin, und wenn ein Fall verwickelt ist, kann man sicher sein, dass er das letzte Wort hat.

Die Ebene unter ihm besetzen folgende Gestalten: Wally, deren Persönlichkeit sich in einem einzigen Satz zusammenfassen lässt: »Deine Gedanken sind frei, aber natürlich entscheide ich.«

Dann Professor Giorgio Anceschi: Er ist ein Mann mit vielen Gaben, aber ohne genügend Durchsetzungsvermögen in diesem Andendschungel von Institut, in dem hinter jeder Ecke bis an die Zähne bewaffnete Guerilleros lauern. Und so wird er, wie das oft der Fall ist, von der Spitze leider wenig geschätzt, obwohl er korrekt und zuvorkommend ist. Mit seinem Übergewicht erinnert Anceschi ein bisschen an den Weihnachtsmann: Er ist tolerant, gutmütig und besitzt eine seltene intellektuelle Großzügigkeit. Er verfolgt keine Karrierepläne mehr und betrachtet seine Arbeit am Institut eher als Hobby – etwas, das man tut, wenn man gerade Zeit dazu hat. Doch wenn er mal anwesend ist, wirkt er von allen Dozenten am zugänglichsten: Denn über Fehler oder sonstige Schwierigkeiten von uns sieht er einfach verständnisvoll hinweg.

Seit Kurzem hat sich Claudio zu dieser Gruppe gesellt. Das war auch bitter nötig. Er macht unsere Tage prickelnder, denn er ist ein großer Sprücheklopfer, und ihm gefällt es, den Spielführer zu mimen – eine Rolle, die ihm übrigens wie auf den Leib geschneidert scheint. Bei allen Anspielungen und Zweideutigkeiten gegenüber uns Assistenzärztinnen (wir alle verharren ihm gegenüber in einem Zustand von großer Ergebenheit) hat Claudio immer dem Grundsatz gehorcht: Anschauen ja, anfassen nein. Wahrscheinlich, weil er es für unangemessen hält, sich mit dem gemeinen Volk abzugeben. Denn ein wissenschaftlicher Mitarbeiter, der ein Jahr an der John Hopkins University verbracht hat und der begehrteste Junggeselle der gesamten medizinischen Fakultät ist, würde niemals eine von uns verführen. Schon allein deshalb nicht, weil es ihm nicht gefallen würde, wenn das dem Boss oder Wally zu Ohren käme. Und so macht er einen mitunter kräftig an, ohne jemals konkret zu werden. Heute Abend bin ich dran: Er nähert sich mit einem Glas Martini Bombay Sapphire und der Sicherheit eines Raubtiers auf Beutezug in der zentralafrikanischen Savanne.

»Ciao, Allevi«, setzt er an und drückt mir einen Kuss auf die Wange. Der Duft, von dem ich eingehüllt werde, ist, seit ich ihn kenne, immer der gleiche: eine Mischung aus Declaration, Pfefferminzbonbons, sauber gewaschener Haut und Haargel. »Möchtest du einen?«, fragt er mich und reicht mir seinen Drink.

»Zu stark«, antworte ich und schüttle den Kopf. Für ihn ist er das offensichtlich nicht, denn er schüttet ihn in sich hinein, als wäre es Wasser.

»Gefällt's dir?«, fragt er und schaut sich teilnahmslos um.

»Ja, doch. Und dir?«

Er schaut mich entgeistert an. »Also wirklich. Das wird jedes Jahr schlimmer. Eigentlich müsste man diese Partys boykottieren, aber das ist politisch nicht korrekt«, sagt er und lässt sich dabei auf ein Sofa fallen. »Komm, setz dich, hier ist Platz für zwei.«

Während ich mich vorsichtig nähere (durch meine Stöckelschuhe bin ich zwar zehn Zentimeter gewachsen, kann mich aber kaum auf den Beinen halten), raffe ich mein Kleid. Und ich wäre fast auf ihn draufgefallen, hätte er nicht instinktiv mein Handgelenk gepackt. »Vorsicht, Allevi. Mir so vor aller Augen zu Füßen zu fallen, gehört sich nicht.«

»Mach dir keine Hoffnungen, selbst wenn du der letzte Mann auf Erden wärst«, antworte ich säuerlich. Aber das ist natürlich gelogen, denn ehrlich gesagt, müsste gar nicht so viel passieren, um ihm zu erliegen.

»Klar, und das soll ich dir glauben«, erwidert er mit offenem Sarkasmus und verzieht das Gesicht zu einer komischen Grimasse. »Vielleicht sollten wir in den nächsten Tagen unserer Laune mal nachgeben, Alice«, flüstert er mir ins Ohr und berührt dabei leicht meine nackte Schulter. Eine beiläufige Geste, die mich auffahren lässt. Ich schaue ihm in die Augen. So macht Claudio das immer: ein flüchtiges, hochexplosives Angebot, aber so nonchalant dahingesagt und mit einem Unterton von: »Du weißt, dass ich das nicht ernst meine, oder?« Diese Art von Bemerkungen lässt er nahezu täglich fallen, und wenn ich seinen fortlaufenden Bezeugungen, wie sehr ich ihn sexuell anziehe, wirklich Glauben schenken würde, wäre ich vermutlich schon an meinen Illusionen zugrunde gegangen.

Ich kann nichts erwidern, denn das Kampflied vom AC Mailand auf seinem Handy reißt uns aus der Unterhaltung.

»Wie peinlich.«

»Treue geht über alles.«

Treuer Wähler von Berlusconis *Popolo della Libertà*, Träger der jeweils neuesten Kollektionen von Ralph Lauren, Besitzer eines Mercedes der S-Klasse und eines Montblanc-

Füllers in limitierter Ausgabe, den er immer wie zufällig zur Schau stellt: Claudio ist wirklich eine Figur wie aus anderen Zeiten, in seiner Existenz so bedroht wie der Pandabär. Trotzdem wirkt er wie der Prototyp des karrierebewussten Rechtsmediziners, der sich mit viel Sorgfalt selbst erschaffen hat. Und in einer Welt, in der es kaum noch Gewissheiten gibt, vermittelt Claudio den beruhigenden Eindruck, dass es gelingen kann, immer der Alte zu bleiben.

»Hallo? Ja, der bin ich. Okay. Wo genau? Via Alfieri 6. Ja genau, das ist eine Querstraße von der Merulana«, erklärt er mit lauter Stimme und macht mir Zeichen, das alles irgendwo aufzuschreiben. »Genau. Keine Sorge. Ich komme gleich.«

Er schiebt sein iPhone wieder in die Jackentasche zurück, steht auf, streicht sich das dichte kastanienbraune Haar beiläufig zurück und sieht mich aufgeregt an.

»Obwohl du so ätzend bist wie selten, was wahrscheinlich daran liegt, dass du seit Jahren wie eine Nonne lebst, nehme ich dich an einen Tatort mit. Jetzt bist du mir was schuldig.«

Trotz seiner gemeinen Anspielung darauf, dass ich seit ungefähr drei Jahren keinen Freund mehr habe, bin ich begeistert. Super! Ein Tatort!

»Wohin geht ihr?«, fragt Ambra und verfolgt missmutig, wie wir uns in Richtung Ausgang bewegen. Alles, was ihrer Kontrolle entgeht, beunruhigt sie.

»An einen Tatort«, erklärt Claudio eilig.

»Ich komm auch mit«, ruft die Bienenkönigin und stellt ihren Drink auf einem Tischchen ab.

»Gut, aber beeil dich. Und führ dich um Gottes willen nicht wie eine alberne Gans auf«, betont er herablassend.

Ambra braucht nur eine Sekunde, um den Kollegen einen letzten betörenden Blick zuzuwerfen und uns ein kieksiges »Wartet auf mich!« zuzurufen, dann haben wir sie am Hals – diese aufdringliche Spaßbremse.

Zufall ist nicht gleich Zufall

Das Haus gehört zu den für Rom typischen malerischen Bauten des ausgehenden achtzehnten Jahrhunderts: Es ist imposant, mit rötlichem Anstrich, steckt voller Geschichte und wird ganz offensichtlich von Angehörigen der römischen Oberschicht bewohnt. Der Eingang führt in einen Innenhof, in dem es von Journalisten, Kameramännern und Polizisten nur so wimmelt. Es herrscht eine fieberhafte Aufregung, die sofort vermittelt, dass etwas völlig aus der Ordnung geraten ist. Ambra kuschelt sich fröstelnd in ihren roten Mantel, und einen Augenblick lang habe ich den Eindruck, dass auch sie sich fehl am Platz fühlt.

Claudio ist dagegen ganz in seinem Element: Er hat die Fähigkeit, seine Auftritte so zu gestalten, als sei er immer und überall ein VIP. Seine Selbstsicherheit hilft ihm in jeder Lage – jetzt, während er die Treppe hinaufgeht, ganz besonders. Die Blicke der Hausbewohner, die sich mit gespitzten Ohren auf den Treppenabsätzen versammelt haben, lassen ihn kalt. Ambra und ich folgen ihm wie zwei Pudel an der Leine und versuchen, keine Aufmerksamkeit auf uns zu ziehen. Aber das ist mit unseren High Heels nicht leicht. Die von Ambra sind vielleicht noch zwei Zentimeter höher als meine.

»Na, Dottore, haben Sie Ihre Mädels im Schlepptau?«, kommentiert Polizeioberkommissar Visone leise, der glaubt, dass nur Claudio ihn hört. Visone ist um die fünfzig und stammt aus Salerno, ein unverbesserliches Schlitzohr, das an jedem Tatort zum Inventar gehört. Eigentlich ist er ganz sympathisch, aber ich habe den leisen Verdacht, dass er frauenfeindlich ist. »Dottore, was wollen diese zwei Schnepfen bei der Rechtsmedizin? Die passen doch eher ins Fernsehen«, hat er mal zu Claudio gesagt, der das dann am Institut in perfekter Nachahmung des Originaltons zum Besten gegeben hat.

»Guten Abend«, begrüße ich ihn mit einem Lächeln.

»Guten Abend, Dottoressa«, antwortet er, vermeintlich respektvoll.

»Um wen handelt es sich?«, frage ich ihn leise.

»Um ein junges Mädchen. Was für ein Unglück!«

Claudio macht mir ein Zeichen, meinen Mund zu halten, und Ambra schaut mich empört an.

Schweigend hefte ich mich wieder an Claudios Fersen, der damit beginnt, methodisch jeden Winkel der Wohnung zu fotografieren. Das Apartment ist minimalistisch und geschmackvoll eingerichtet. Die Küche in dunkler Eiche, an den Wänden Originalfotos in Schwarz-Weiß, neben einem schwarzen Ledersofa ein kümmerlicher Bonsai. Das könnte eines dieser Apartments in Manhattan sein, wie man sie in Filmen sieht. Doch dann erfahre ich zu meinem Erstaunen, dass hier zwei Studentinnen wohnen: Giulia Valenti und Sofia Morandi de Clés, beide studieren Jura und kommen aus sehr wohlhabenden Familien. Giulia ist das Opfer, und Sofia – ein gepflegtes Mädchen mit blonden Locken, das ich in dem allgemeinen Durcheinander nur flüchtig zu Gesicht bekomme – hat die Tote gefunden.

Wir nähern uns dem Zimmer von Giulia Valenti, und sofort läuft es mir kalt über den Rücken: Ich erkenne sie eindeutig wieder.

Als diese furchtbare Wohltätigkeitsparty immer näher heranrückte, wollte ich dem Abend wenigstens einen Sinn geben, indem ich ihn als Vorwand zum Kauf eines schönen, neuen Kleids in einem superschicken Laden an der Via del Corso nutzte. Ich schwankte zwischen einem roten Seidenkleid, dessen Preis weit über meinen Verhältnissen lag, einem fliederfarbenen Kleid, das möglicherweise der Jahreszeit nicht ganz angemessen war, und einem schwarzen mit einem tiefen Ausschnitt und hübschen Spitzen. Ich hatte das schwarze gerade verworfen, als eine zarte, doch melodiöse Stimme mich aus meinen Gedanken riss.

»Möchtest du einen Rat?«

Ich wandte mich um und sah eine außerordentlich schöne junge Frau. Doch nicht nur ihre Schönheit fesselte mich, sondern ihre ganze Art war faszinierend. Sie schien wie ein Wesen von einem anderen Stern, ihre Haut war makelloser als die der Models in der Topexan-Werbung. Sie hatte volles glattes schwarzes Haar, das ihr fast bis zu den Hüften reichte, und ihre Bewegungen waren von einer Anmut, die mich sofort für sie einnahm. Sie war dünn bis an die Grenzen der Magersucht, und ihre rot lackierten Fingernägel standen in scharfem Kontrast zu ihrer Blässe. Sie war nicht geschminkt, und doch wirkte sie fast übernatürlich perfekt. Sie war keine Verkäuferin, sondern probierte genau wie ich Unmengen von Kleidern an, die sich auf dem Hocker in ihrer Kabine auftürmten.

»Gerne«, forderte ich sie auf, weil sie mir sofort sympathisch war.

»Du solltest das schwarze nehmen. Das ist wahnsinnig schick, und an dir sieht es wirklich irre aus. Eine Perlenkette dazu, und du bist perfekt angezogen. Glaub mir.«

Ich betrachtete mich im Spiegel, als würde ich mich zum ersten Mal sehen.

»Meinst du?«

»Vertrau mir, für Klamotten habe ich ein Händchen. Auf jeden Fall, wenn es nicht um meine eigenen geht«, antwortete sie mit einem freundlichen Lächeln. »Du siehst wirklich gut darin aus.«

Der Gedanke, dass ich ihr gefiel, gab am Ende den Ausschlag. Ich fühlte mich perfekt, denn ich sah mich mit ihren Augen.

Während ich mich in meiner Kabine wieder umzog, hörte ich sie aufgeregt telefonieren.

»Ich habe keine Ahnung, wovon du redest, bist du verrückt geworden? Nein? Na, dann hast du einfach ein bisschen zu viel Fantasie. Ich habe keine Lust mehr, darüber zu reden, und falls du nach Antworten suchst – ich bin bestimmt nicht die richtige Adresse.«

Wir kamen gleichzeitig aus unseren Umkleidekabinen heraus und wären fast ineinandergerannt. Wir lächelten uns an, aber ihre Züge hatten sich verschattet.

»Ich hoffe, dass dir dieses Kleid Glück bringt«, sagte sie zu mir, aber ohne die Begeisterung von zuvor.

Heute Abend trage ich das Kleid, das Giulia Valenti für mich ausgesucht hat. Ich trage dieses Kleid, das mir Glück bringen sollte, und blicke schreckensstarr auf Giulias Leichnam.

Die Tote liegt am Zimmereingang merkwürdig verrenkt auf dem Boden. Ihre Augen sind geschlossen. Sie sieht aus wie ein Blatt im Herbst, vertrocknet und leblos.

Unter ihrem Körper ist Blut auf dem Fußboden, viel Blut, rot wie das Leben. Ihre Fingernägel sind immer noch perfekt lackiert. Claudio beugt sich zu ihr hinunter, zieht ihre Augenlider hoch und berührt sie, um ihre Körpertemperatur zu erfühlen. »Sie ist noch warm. Ambra, sieh nach, ob Livores zu finden sind.«

Ambra lässt sich das nicht zweimal sagen und ist in einem Satz an seiner Seite, wobei sie etwas übertrieben herumhampelt. Das sieht ihr ähnlich, wegen jeder Kleinigkeit gerät sie in Aufregung. Denn die Stellen am Körper zu suchen, wo sich das Blut staut und die ein sicheres Anzeichen für den Tod sind, ist keine Amtshandlung, die besonders große Kompetenz erfordert. Ambra macht es, ohne sich Handschuhe überzuziehen – das ist ein Grundsatz unseres Bosses, ein Vertreter der alten Schule in der Gerichtsmedizin: »Egal, wie ekelhaft das sein mag, man muss den Leichnam immer mit nackten Händen anfassen, denn nichts ist so sensibel wie unsere Haut.«

Ambra betastet Giulias Hals und bewegt ganz leicht ihren Kopf. Außerdem – sicherlich vor allem, um zu zeigen, dass sie das auch kann – umfasst sie Giulias Kinn, um die Starre des Unterkiefers zu kontrollieren, was ein weiteres, sicheres Anzeichen für den Tod ist.

»Es gibt nur sehr wenige Livores. Nur violette Schatten, mehr nicht. Die Starre ist noch nicht eingetreten.«

Alles spricht dafür, dass der Todeszeitpunkt noch nicht lange zurückliegt.

»Sehr gut, Ambra, du denkst immer schon voraus. Du, Allevi, hinkst ja meistens eher hinterher. Nimm dir mal ein Beispiel an deiner Kollegin.«

»Das war nicht eben viel, um sich ein Beispiel zu nehmen«, murmle ich frustriert, weil mir klar ist, dass Kompetenz und Erfolg praktisch niemals Hand in Hand gehen.

Anstelle mich von diesen beiden Sklaventreibern peinigen zu lassen, die es selbst hier nicht lassen können, sich schmachtende Blicke zuzuwerfen, schaue ich mir lieber den Raum genauer an.

Die Zimmerwände sind in einem kalten Lavendelton gestrichen. Das Bett ist unordentlich gemacht, ein schwarzer, leichter Pullover, den Giulia offensichtlich über ihrer weißen Bluse getragen hatte, hängt schief auf einem Bügel und rutscht dort fast herunter. Auf dem Toilettentisch Schminksachen von Chanel, ein Paar edle dunkle Lederhandschuhe, eine graue Brieftasche der Marke Gucci GGplus, die vor Kreditkarten überquillt, eine antike silberne Haarbürste mit den eingravierten Initialen GV, Kompaktpuder, eine Schachtel mit Antibabypillen. An den Wänden hängen verschiedene Fotografien: Einige sind am Meer aufgenommen, andere scheinen Momentaufnahmen aus langweiligen Vorlesungen zu sein. Manche zeigen Giulia mit einem Mädchen, das ihr sehr ähnlich sieht. Andere mit einem jungen Mann, der oft Ascot-Krawatten trägt. Oder mit Gruppen von Freunden, und Giulia sieht immer fröhlich aus.

Die ganze Atmosphäre beunruhigt mich zutiefst, und ich wende mich wieder dem Leichnam zu.

Wäre da nicht die Blutlache auf dem Boden, könnte man denken, Giulia schlafe. Die Augen mit dem orientalischen Einschlag, die dichten und dunklen Wimpern, die Haut wie aus Elfenbein. Sie sieht aus wie Schneewittchen.

Es sind immer Details, die mich umhauen und anrühren. Und so kommen mir beim Anblick von Giulias kleinen bloßen Füßen die Tränen. Sie sind ein wenig platt und im Vergleich zu ihrer beträchtlichen Körpergröße zu klein geraten. Ihr dünner Armreif, farbig und abgenutzt, den sie an irgendeinem Stand gekauft hat und der sich von dem wertvollen Brillantenarmband abhebt, erinnert mich daran, dass in diesem Leichnam einmal ein Leben steckte, das voller Zukunft war. Nie wieder wird es so sorglose Augenblicke geben wie jenen, in dem sie diesen Armreif erstand.

Es sind genau diese Gedankengänge, die Claudio regelmäßig zu der Bemerkung veranlassen, dass ich für diesen Job nicht geeignet bin.

Ich nähere mich meinem Mentor, um Hinweise zu erhalten.

»Was ist deiner Meinung nach passiert?«

»Am Nacken hat sie eine Platzwunde. Aber die muss man sich erst einmal richtig ansehen, und zwar bei geeigneter Beleuchtung. Schau, der Türrahmen: Er ist blutverschmiert. Sie hat auch einige recht frische Prellungen an den Armen.«

»Ist sie umgebracht worden? Was meinst du?«

Claudio runzelt die Stirn, während er die Reflex, mit der er unaufhörlich Fotos schießt, manuell einstellt. »So aus dem Bauch heraus ist das schwer zu sagen. Die Verletzung könnte zum Beispiel von einem Sturz herrühren.«

»Gut, aber was erscheint dir wahrscheinlicher?«

»Glaubst du, das kann ich jetzt entscheiden? Alles, was ich vor der Autopsie sagen kann, ist, dass sie tot ist«, antwortet er kurz angebunden und schüttelt dabei hochmütig den Kopf. »Oberflächlich betrachtet gibt es aber keine Verletzungen, die von Selbstverteidigung herrühren, und das lässt den Schluss auf einen Unfall zu«, fährt er fort. Und als ob meine Fragen das nahegelegt hätten, legt der große Didakt nach: Mit jener Arroganz, die ihn auszeichnet, wenn er seinem Beruf nachgeht und meint, seine professionelle Überlegenheit beweisen zu müssen, sagt er so laut und deutlich, dass ihn Ambra und Visone noch gut hören können: »Na, Allevi, das ist doch der richtige Moment, um die Vorgehensweise am Tatort zu rekapitulieren.«

Ah, wie ich ihn hasse, wenn er sich so aufführt. Leider kommt das häufig vor. Denn seit er zu den Aktenträgern rund um den Boss gehört, glaubt er, sich auch noch als strenger Lehrer und Wissensvermittler aufspielen zu müssen.

»Nur die Grundregeln! Und halte dich bitte kurz«, bohrt er weiter, nicht mehr ganz so aufmerksam, während er seine Fotos schießt.

Wenn ich vor Zuhörern sprechen muss, neige ich zum Stottern. Und Ambra wartet schon mit verschränkten Armen darauf, dass ich gleich auf die Nase falle. Aber auch wenn ich allzu oft zerstreut und desinteressiert wirke, bin ich sehr wohl in der Lage zu antworten, denn ich liebe die Rechtsmedizin aus vollem Herzen.

»Umgebung untersuchen und dabei mit größter Sorgfalt auf jedes Detail achten. Alles beschreiben, auch Kleinigkeiten, die unwichtig erscheinen. Die Position des Leichnams, Kleider, eventuelle Verletzungen nicht vergessen. Und auf alles achten, was als Indiz für ein Verbrechen gelten könnte.«

»Zum Beispiel?«

»Anzeichen für eine Auseinandersetzung.«

»Weiter.«

»Den möglichen Zeitraum für den Eintritt des Todes unter Berücksichtigung aller klimatischen Faktoren ermitteln.«

»Sehr gut. Noch was?«

»Nichts verändern, ohne vorher Aufnahmen oder Notizen gemacht zu haben.«

»Das reicht. Du, Ambra, schreibst mir zwei Zeilen zum Leichnam, und du, Alice, darfst jetzt aufs Klo gehen, falls du dir eben fast in die Hose gemacht hast.« Ambra legt eine Hand auf ihre vollen Lippen, so als wolle sie ihr Lachen verbergen, und Claudio zwinkert mir mit jenem Wohlwollen zu, welches jede noch so grobe Unverschämtheit aus seinem Mund verzeihlich macht.

Am Ende verlässt er das Zimmer, um sich die restliche Wohnung anzusehen. Ich gehe ihm nicht nach, sondern schaue mir weiter alles aufmerksam an. Dabei ziehe ich mir ein Paar Handschuhe über, die ich aus seiner Tasche genommen habe. Ich betrachte Giulias Körper näher. Ihre Hornhaut ist noch nicht getrübt, und man sieht noch die warme, haselnussbraune Tönung ihrer Iris. Sie hat unglaublich lange Wimpern. Ich bin auf der Hut. Wenn Claudio mich hierbei ertappt, dreht er mir den Hals um.

Damit die Bedingungen klar sind: Ich nehme dich überallhin mit, aber du hältst dich gefälligst zurück.

»Dottoressa Allevi«, ruft mich jemand kurz darauf.

Ich drehe mich abrupt um. Es ist Ambra, die in der Gegenwart von Fremden so tut, als wäre sie eine Rechtsmedizinerin von Ruf, und nicht eine einfache Assistenzärztin voll kriecherischem Ehrgeiz.

»Was ist los, Ambra?«

»Komm, wir sind so gut wie fertig.« Beim »wir« muss ich mir ein Grinsen verkneifen, denn Claudio ist eine Primadonna und hat keinesfalls die Absicht, sich die Butter von irgendjemandem vom Brot nehmen zu lassen. Aber Ambra schaut demonstrativ auf ihre Uhr, wirft mir ungeduldige Blicke zu und folgt Claudio, der hinausgeht, ohne sich auch nur im Geringsten um seine zwei Schnepfen zu kümmern.

Im Auto beobachtet mich Claudio im Rückspiegel. Ich sitze völlig erledigt auf dem Rücksitz, während Ambra uns wie üblich zulabert.

»Was ist los?«, fragt er mich plötzlich.

»Nichts.«

»Du bist total fertig. Ich sag's ja immer, du bist für diesen Beruf nicht geschaffen.«

»Das stimmt nicht«, versuche ich mich zu wehren, »und

das weißt du auch genau. Ich habe schon alles Mögliche gesehen, jeden Anblick und jeden Geruch ertragen.«

»Und was ist dann diesmal so anders?«, legt er nach. Ambra gähnt.

»Ich kenne Giulia Valenti vom Sehen. Geht dir das nie so, dass du von einem Fall in besonderer Weise berührt wirst?«

»Nur unter rein wissenschaftlichen Gesichtspunkten. Allevi, du musst lernen, dass das der einzige Aspekt ist, der dich zu interessieren hat, sonst übst du deinen Beruf nicht objektiv aus.«

»Wann führst du die Autopsie durch?«, frage ich todmüde.

»So wie es aussieht, Montag oder Dientag.«

Also wird Giulia in eine Kühlzelle kommen, wo sie für mindestens achtundvierzig Stunden bleiben wird.

Ich fühle, wie eine unendliche Traurigkeit mich zu einem Klumpen zusammendrückt.

Als ich endlich zu Hause ankomme, kostet es mich eine geradezu übermenschliche Anstrengung, die Treppen hinaufzusteigen. Ich bewohne ein winziges Apartment gegenüber von der Stazione Cavour, für das ich eine Wuchermiete zahle. Die Wohnung ist so klein, dass mir manchmal die Luft zum Atmen fehlt, und sie ist auch ziemlich baufällig. Doch mein Vermieter, dieser Geizkragen von Signor Ferreri, hat keine Lust, auch nur einen Euro herauszurücken, um sie bewohnbarer zu machen. »Die Lage ist ein Traum«, erwidert er auf unsere Vorhaltungen. Unsere, das heißt meine und die meiner Mitbewohnerin: Nakahama Yukino, oder einfach, so wie im Fernen Osten, Yukino. Yukino ist Japanerin und kommt aus Kyoto. Sie studiert italienische Sprache und Literatur und verbringt gerade zwei Jahre in Rom, um ihre Sprachkenntnisse zu verbessern. Sie ist dreiundzwanzig Jahre alt, zart gebaut, trägt auffallende Klamotten und hat einen Pagenkopf. Ihr Pony ist immer dermaßen perfekt in Form, dass er unecht wirkt.

Ich liebe Yukino. Sie ist die Hüterin meines Heims, eine römische Hausgöttin mit Mandelaugen.

Als ich die Haustür öffne, hat sie es sich im Yogasitz in einem Sessel bequem gemacht. Ihr hübsches kleines Gesicht schaut verdutzt auf den Fernsehschirm, in ihren Händen hält sie einen Manga.

»Du bist noch wach? Gibt's Probleme?«, frage ich und hänge meinen Mantel an den Kleiderhaken.

Sie schaut mich mit einem Gesichtsausdruck an, der immer aufgelöst wirkt, ich habe keine Ahnung, warum. »Drei«, antwortet sie und hält dabei drei Finger hoch. »Erstens habe ich meinen Mensa-Ausweis verloren. Der ganze Nachmittag hin, um einen neuen zu bekommen. Zweitens, es regnet durch das Fach, und Signor Ferreri will keine Verbesserungen bezahlen. Drittens ist mir seit einer Stunde schlecht. Und trotzdem schaffe ich es nicht, mich vom Fernseher abzureißen ...«

»Loszureißen, heißt das, Yuki. Und du meinst vermutlich das Dach und nicht das Fach.«

»Egal.«

»Nicht ganz. Aber man muss diesen Ferreri noch einmal anrufen. Ich werde mit dem Anwalt drohen.«

»Anwalt geht nicht. Wir wohnen schwarz hier.« Das ist der einzige Weg,um weniger Miete zu bezahlen.

»Aber das heißt nicht, dass es uns einfach in die Wohnung regnen darf! Alles hat seine Grenzen.« Yukino macht wütend den Fernseher aus und erhebt sich. »Du hast recht. Aber es ist besser, wenn du anrufst. Er versteht nichts, wenn ich rede.«

»Mach ich, morgen rufe ich ihn an«, seufze ich und binde meine Haare irgendwie zu einem Pferdeschwanz zusammen.

Yukino lächelt freundlich. »Hast du Lust auf eine Pyjamaparty? Ich hab Chips gekauft.«

»Ich bin fix und fertig, ehrlich.«

»Du warst auf einer Party, kein Grund müde zu sein«, erwidert sie schmollend.

»Ich war an einem Tatort, nix Party.«

Yukino reißt die Augen auf. Sie macht das so auffallend und so häufig, dass sie wirklich aussieht wie eine Mangafigur. Manchmal warte ich nur noch darauf, dass über ihrem Kopf eine Sprechblase erscheint.

»Oh ... das tut mir leid«, meint sie traurig. »Aber dann brauchst du Entspannung!«, ruft sie und ist erfreut, dass sich die Situation doch noch zu ihren Gunsten wenden lässt. »Du kannst aussuchen zwischen *Kare Kano*, *Inu Yasha* und *Full Metal Panic*!« schlägt sie vor, während ihre Hände nach den entsprechenden DVDs greifen. »*Itazura na Kiss* nicht vergessen, aber den haben wir schon so oft gesehen.«

»Yukino, es ist spät!«

»Ich habe eine Idee! Den Teil von *Kare Kano*, in dem Tsubasa seinen Stiefbruder kennenlernt. Biete!

»Bitte, heißt das!«

»Und wenn ich wieder nach Kyoto gehe ...«

Und mit diesem Appell an meine Zuneigung – und weil ich gar nicht daran denken mag, dass sie früher oder später wieder nach Japan zurückkehren wird – ringt sie mir meine letzten Kraftreserven ab, die mich in die für diese Nacht typische Atmosphäre unbegrenzter Möglichkeiten hineintragen.

Egal, ob du ein Löwe oder eine Gazelle bist: Bei Tagesanbruch musst du rennen

Das i-Tüpfelchen nach einem durchschnittlich scheußlichen Tag, den ich in der Leichenhalle verbracht habe, besteht dann zwei Tage später darin, dass ich in einem Nahverkehrszug sitze, um zu meinen Eltern zu fahren. Ich habe sie schon seit mindestens zwei Monaten nicht mehr besucht. Und es stimmt nicht, dass sie mir nicht fehlen würden, wie sie mir oft vorwerfen. Es steckt einfach nur meine fürchterliche Faulheit dahinter.

Wenn ich aus dem Fenster schaue und die schneebedeckte Landschaft betrachte, wird mir ganz nostalgisch zumute. Es hat in Rom seit wer weiß wie vielen Jahren nicht mehr geschneit, und jetzt ist die Erde überall von einer dünnen weißen Schicht bedeckt. Diese Szenerie erinnert an die der Weihnachtszeit und weniger an einen Tag Mitte Februar, an dem mich Langeweile und Melancholie niederdrücken. Außerdem rollt der Zug durch typisch heruntergekommene Vororte, die mir die ganze Schäbigkeit menschlicher Existenz vor Augen führen.

Ich habe die Hausschlüssel vergessen und drücke auf die Klingel. Mein Bruder Marco öffnet mir. Nachdem er seine Wohnung aufgeben musste, weil der Vermieter dort einziehen wollte, ist er kürzlich ins elterliche Nest zurückgekehrt. Bis jetzt hat er noch nichts Besseres gefunden.

Vielleicht ist Marco schwul, ich halte es eigentlich für sehr wahrscheinlich, aber er könnte genauso gut der Kopf von al-Qaida sein, denn über sein Privatleben erfährt man nichts.

Wer ist mein Bruder?

Ich habe keine Ahnung, aber ich weiß, wer er einmal war. Bis zum Alter von siebzehn, achtzehn Jahren war an meinem Bruder nichts Außergewöhnliches. Vielleicht war er ein bisschen einzelgängerischer als der Durchschnitt. Er interessierte sich für Kunst und Malerei und hatte kein großes Interesse am wirklichen Leben. In diesem Punkt sind wir uns sehr ähnlich, denn auch ich lebe ziemlich losgelöst von der Realität – oder wenigstens wirft man mir das oft vor. Nach dem Gymnasium und einem fürchterlichen Aufenthalt in London, der sechs Monate dauerte und von dem er zurückkam und aussah wie Freddie Mercury am Anfang seiner Karriere (samt seiner Mähne), hat sich mein Bruder zu einem Fabelwesen der Goth entwickelt. Und von diesem Augenblick an ist sein Privatleben zum Mysterium geworden.

Meine Eltern bekümmert das anscheinend überhaupt nicht, sie verhalten sich so, als wäre die Andersartigkeit meines Bruders ein Gewinn. Beide sind sehr stolz auf Marco.

Und hier steht er vor mir, um mich zu begrüßen. Mit seinem wunderbar perfekten Lächeln – ich kenne niemand, der schönere Zähne hat als er – und einer Gurkenmaske im Gesicht. Er trägt ein eng anliegendes schwarzes Hemd (seit einigen Jahren trägt er nur noch Schwarz) und hält eine Zigarette zwischen den schmalen Fingern (er hat schon immer wunderschöne Hände gehabt, wie ein Pianist). Seine Nägel sind sorgfältig schwarz lackiert, vielleicht ist es aber auch ein dunkles Violett.

»Marco, grüß dich«, sage ich mürrisch. »Ich hab die Schlüssel vergessen.«

»Grüß dich, kleine Klette«, antwortet er. Er nennt mich seit unserer Kindheit »Klette«, denn ich hing ihm immer am Hosenbein und ließ ihn nicht einmal alleine aufs Klo gehen. Ich liebte ihn einfach über alles und konnte ohne ihn nichts mit mir anfangen. Und mit niemand anderem konnte ich so gut spielen wie mit ihm.

Marco arbeitet als Konzeptfotograf – was das genau ist, habe ich immer noch nicht verstanden. Er fotografiert alles Mögliche, um sich seinen Lebensunterhalt zu verdienen. Auch Hochzeiten.

»Wasch dir mal gut dein Gesicht, die Maske ist überall angetrocknet«, sage ich schärfer, als ich eigentlich will. Instinktiv betastet er seine Haut mit den Fingerspitzen.

»Ist vielleicht wirklich besser, wenn ich das mal abwasche«, erwidert er ein wenig verblüfft. Meine Mutter kommt jetzt auf mich zu. Sie rührt eine merkwürdige Soße in einer Schüssel. »Grüß dich, meine Kleine, ich habe dich erst morgen erwartet«, empfängt sie mich und drückt mir einen Kuss auf die Wange. Stimmt, aber ich wollte die Reise heute hinter mich bringen, um morgen, weit weg vom Lärm der Großstadt, im Glamour von Sacrofano, besser ausspannen zu können. »Warte, Marco, nimm die Tasche deiner Schwester, und trag sie auf ihr Zimmer.«

Ergeben nimmt das Fabelwesen Marco meine Tasche und bewegt sich in den ersten Stock hinauf.

»Mama, findest du das normal, dass Marco Gurkenmasken benutzt?«

»Wie meinst du das?«, fragt sie unschuldig zurück.

»Vergiss es. Es ist gar nichts.«

»Alice, was ich dich noch bitten wollte, versuch, in deinem Zimmer nicht zu rauchen. Ich muss jedes Mal hinterher einen ganzen Tag durchlüften.«

»Versprochen«, sage ich und hebe die Daumen zum Okay, aber ich schaffe es gerade mal zehn Minuten, bevor ich mir die erste Merit anzünde.

Marco streckt den Kopf zur Tür herein, um mir zu sagen, dass das Abendessen auf dem Tisch steht.

Ich drücke die halb gerauchte Zigarette aus. »Keine Sorge, ich verpetz dich nicht«, meint er lächelnd.

»Das ist ungerecht. Du darfst, und ich nicht. Das ist gegen das Grundgesetz.«

»Bei mir hat sie's aufgegeben.«

»Warum bist du immer noch hier? Findest du Sacrofano nicht deprimierend?«

An den Türrahmen gelehnt, überlegt Marco einen Augenblick. »Als ich gerade meine Wohnung verloren hatte, wusste ich gar nicht, wohin. Aber ich denke mir, jedes Übel hat auch etwas Gutes. Eigentlich gefällt mir die Gediegenheit hier. Die Vertrautheit, die Normalität. Mir fehlt das Chaos der Stadt überhaupt nicht. Jedenfalls nicht jetzt. Wenn ich was brauche, dann nehme ich das Auto und bin ganz schnell in Rom. Und dann kann ich wieder hierher zurückkommen, um mich auszulüften. Das ist schön«, beschließt er lakonisch und mit jenem leicht vagen Unterton, der so typisch für ihn ist. »Komm, lass dir nicht zu viel Zeit. Wir sehen uns unten.«

Ich öffne das Fenster, um frische Luft hereinzulassen. Der Himmel ist so dicht verhangen, dass ich den Mond nicht sehen kann.

Es ist Samstagabend. Alles ziemlich fad.

Wenn das Leben ein Golfplatz wäre, dann wären die Montage die Bunker

Nach einem entspannten Wochenende ist die Rückkehr zur Arbeit am Montag ein komplettes Desaster.

»Vollversammlung beim Boss, wir müssen den anderen noch Bescheid sagen«, verkündet die Bienenkönigin, die heute so aussieht wie Amanda Lear als Nutte verkleidet.

»War für heute nicht Giulias Autopsie geplant?«, frage ich sie. Tatsache ist, dass ich an diesem Wochenende sehr viel an Giulia gedacht und mir alle Fernsehsendungen reingezogen habe, in denen von ihr die Rede war. Sogar mit meinen Eltern habe ich über sie gesprochen.

»Heute hat Claudio keine Zeit, er hat sie auf morgen verschoben. Er hat mich gerade deswegen angerufen«, erklärt sie in einem Ton, der vorgeblich freundlich ist, aber in Wirklichkeit voller Genugtuung steckt, gerade so, als würde sie mit mir einen Wettkampf um Claudio Herz austragen. Wahrscheinlich versteht sie nicht, dass man sich nicht um etwas streiten kann, das es nicht gibt. Gerüchte besagen, dass die Letzte, die versucht hat, sich mit ihm auf eine ernsthafte Beziehung einzulassen, immer noch Paroxetin gegen ihre Depressionen schluckt.

Kurze Zeit später befinden wir uns im Büro der personifizierten Macht: im Büro vom Boss.

Der Boss ist ein hoch geachteter und im ganzen Land bekannter Rechtsmediziner, der vor Kurzem die sechzig überschritten hat, aber trotzdem immer noch voller Energien steckt. Auf jeden Fall sind jene Quellen unerschöpflich, aus denen er seine unglaubliche Hinterhältigkeit bezieht. Er kommt aus England, ich erinnere mich nicht mehr, ob aus London, Birmingham oder vielleicht auch Brighton, aber das ist auch egal. Wie viele, die ganz oben angekommen sind – gesellschaftlich wie auch akademisch –, ist er die personifizierte Niedertracht, aber in der Rechtsmedizin ist er zweifellos ein Genie. Natürlich ist er mehrfach geschieden, und es wird behauptet, dass er eine unbestimmte Anzahl von Kindern habe, die rund um den Erdball verteilt sind.

Der Boss steht an seinem Schreibtisch und kehrt uns den Rücken zu. Finstere Zigarrennebel umgeben ihn. Rauchen ist verboten, aber niemand würde es wagen, ihm das zu sagen. Wally, Spitzname für Professoressa Valeria Boschi, die rechte Hand und das Sprachrohr des großen Genies, hat sich bereits mit Papier und Stift in Habtachtstellung gebracht. Die dicken Brillengläser lassen ihre Augen riesig erscheinen und verleihen ihrem Blick etwas Besessenes; die Haare sind mindestens auf Fingerlänge grau nachgewachsen, und sie trägt ein Kostüm aus einem grünlichen Nesselstoff. Das war modern, als meine Mutter noch jung war.

Der Boss beginnt uns von einem Fall zu erzählen, der offensichtlich sehr ernst ist. Es geht um die Frage der Haftung bei einem tödlichen Verkehrsunfall. Jeder von uns erhält eine Aufgabe. Ambra fällt durch Beobachtungen auf, die in der Tat sehr scharfsinnig sind. Das ist bei ihr immer so, keine Ahnung, wie sie das hinkriegt. Obwohl sie nicht gerade eine Geistesgröße ist, könnte sie sogar den Eskimos Eis verkaufen. Ich bekomme nur einen Teil von allem mit. Mir fällt Giulias Telefonat wieder ein, das ich mitgehört habe, und die Erinnerung an ihre Empörung beunruhigt mich leicht. Vielleicht hätte ich mit jemandem darüber sprechen sollen. Unter Umständen handelt es sich um ein wichtiges Detail.

»Und was halten Sie davon, Dottoressa Allevi?«, fragt mich plötzlich Seine Durchlaucht. Ertappt, so ein Mist. Ich weiß nicht, was ich davon halten soll, wovon überhaupt? Keine Ahnung, ich war zerstreut.

»Vielleicht sollte man die Epithelien vom Airbag untersuchen«, schlage ich schüchtern vor.

»Das stimmt, aber es ist nicht sehr originell. Genau das hat Ihre Kollegin gerade gesagt. Weilen Sie unter uns, oder tun Sie nur so?«, fragt er mich streng. Währenddessen breitet sich auf Ambras Pornodivagesicht ein boshaftes Lächeln aus. Ich habe genug von diesen Niederlagen, die ich täglich kassiere, aber gleichzeitig tue ich nichts dagegen, dass sie sich in einem fort ereignen.

Am Ende bedeutet mir dieses falsche Biest von Wally näherzukommen.

»Ich erwarte Sie in meinem Büro«, sagt sie, jede Silbe betonend, doch nicht sehr laut. Jedes Mal, wenn jemand so etwas zu mir sagt, bekomme ich Herzrasen.

Ich bin so in meine Überlegungen versunken, warum mich die Große Kröte wohl zu sich ruft – denn eigentlich bin ich für sie Luft –, dass ich am Ende ganz allein dastehe. Alle sind schon gegangen, und ich habe keine Ahnung, wie viel Zeit schon vergangen ist.

Beeil dich, Alice.

Auf zu Wallys Büro.

Ich klopfe. Sie sitzt mit verschränkten Armen hinter ihrem Schreibtisch, und ihr Gesicht ist ausnahmsweise einmal von dem Brillengestell befreit.

»Lassen Sie sich nur Zeit, Allevi.«

»Ich konnte nicht früher kommen«, bringe ich zu meiner Verteidigung vor.

»Setzen Sie sich.« Es liegt ein Hauch von Tragödie in der Luft.

»Gibt es irgendein Problem?«, frage ich, innerlich gefasst und auf einen ihrer Wortergüsse vorbereitet.

»Ich möchte, dass Ihnen klar ist, dass ich im Namen aller Dozenten des Instituts spreche, Dottoressa Allevi. Wir sind mit Ihrer Arbeit nicht zufrieden. Sie sind zu wenig bei der Sache.«

Schon diese einleitenden Worte reizen mich so sehr, dass meine Augen feucht werden, ohne dass ich etwas dagegen tun kann.

»Wir haben verschiedene Forschungsprojekte ins Leben gerufen. Ihnen ist es nicht gelungen, sich auch nur an einem einzigen sinnvoll zu beteiligen, und Sie haben auch ansonsten keinerlei befriedigende Ergebnisse vorzuweisen.« Ich senke den Kopf. Mir fehlen die Worte. »Was Ihre technischen Fähigkeiten bei der Autopsie angeht, so hatte ich in letzter Zeit Gelegenheit zu beobachten, dass Sie noch sehr weit hintenan sind. Letzte Woche habe ich gesehen, wie Sie sich beinahe in den Finger geschnitten und gleichzeitig ein Gehirn zerquetscht hätten. Von einer Assistenzärztin erwarten wir deutlich mehr.«

Mein Stolz setzt sich mit letzter Kraft gegen die überwältigende Scham durch und zwingt mich zu einer Erwiderung: »Wahrscheinlich, nein, sicherlich, kann ich etwas besser werden. Aber mehr auch nicht. Ich stoße offensichtlich an meine Grenzen. Doch ich werde mir Ihre Worte zu Herzen nehmen.« Wally sieht mich finster an.

»Ich will keine unterwürfigen Lügengeschichten hören. Wenn Sie mit dem, was ich eben gesagt habe, nicht einverstanden sind, kann das nur bedeuten, dass Sie nicht einmal über ein Minimum an Bescheidenheit und Selbstkritik verfügen.«

Dabei bin ich die Erste, die sich ständig damit herumquält, wie mittelmäßig ich bin. Sie hat recht, vielleicht tue ich nicht genug, um mich zu verbessern. Aber man kann die Dinge auch anders sagen. Entschieden, aber mit freundlichem Verständnis. Oder zerstörerisch und sadistisch. Wie sie eben.

»Wenn es etwas zu tun gibt, bin ich immer zur Stelle.«

»Da ist zum Beispiel das Virtopsy-Projekt. Sie sind die Einzige aus Ihrer Gruppe, die nicht daran teilnimmt.«

Virtopsy ist eine virtuelle Autopsie, die auf radiologischen Verfahren basiert. Viele meinen, das sei eine tolle Sache. Es ist nicht so, dass ich etwas dagegen hätte, aber es macht mir, wie alles Neue, Angst.

»Weil mich dieses Projekt einfach nicht besonders interessiert«, bricht es aus mir heraus, und meine Worte bringen sie aus der Fassung.

»Nicht nur, dass Sie keine Ahnung haben, Sie sind auch noch überheblich!« Nach diesem Urteil blickt sie mich vernichtend an. »Dottoressa Allevi, ich ... oder besser, da ich im Namen aller spreche ... wir möchten Sie auf eines aufmerksam machen: Wenn Sie so weitermachen wie bisher, sehen wir uns gezwungen, Sie das Jahr wiederholen zu lassen. Wir tragen Ihnen gegenüber Verantwortung, und wir können nicht zulassen, dass die Dinge einfach so weiterlaufen.«

Eine eiskalte Dusche. Das Jahr wiederholen?

Jetzt nicht weinen. Bitte, bitte, bloß nicht weinen. Reiß dich zusammen.

»Das ist nicht Ihr Ernst!«, entfährt es mir. Ganz offensichtlich habe ich die Nerven verloren.

»Doch, absolut«, erwidert sie mit einem herausfordernden Lächeln. »Ich setze Ihnen eine Frist: Wenn Sie sich im kommenden Trimester nicht verbessern – und zwar deutlich, merken Sie sich das –, dann haben Sie das Jahr verloren. Am Ende jeder Woche will ich hier auf meinem

Schreibtisch einen Arbeitsbericht von Ihnen sehen. Und bei der nächsten Autopsie werde ich ein Auge auf Sie haben: Ein grober Fehler von Ihnen, und Sie sind geliefert. Habe ich mich klar genug ausgedrückt?«

Absolut.

»Das alles scheint mir ... übertrieben«, habe ich gerade noch die Kraft zu erwidern.

»So sind die Spielregeln: Ihre Zukunft liegt in Ihren Händen, nicht in meinen. Sie können gehen.«

Ich fühle mich körperlos. So als hätte ich einem Massaker beigewohnt und keinen Finger gerührt, um es zu verhindern. Ich schwanke in mein Büro zurück, fest entschlossen, meinen Kolleginnen gegenüber nichts durchsickern zu lassen.

»Was wollte Wally?«, fragt Ambra mich neugierig wie ein Schimpanse.

»Och, nichts Besonderes. Sie wollte mit mir über eine Arbeit sprechen, die ich abgegeben hatte.«

Ambra hebt listig ihre Augenbrauen und sieht nicht sehr überzeugt aus. Ohne weitere Fragen setzt sie sich wieder an ihren Computer. Ich lasse mich, immer noch unter Schock, auf meinem Platz nieder.

Ach, du lieber Himmel! Ojeojeoje. Scheiiiiiiiiiiiße.

Die Situation ist dramatisch, wenn nicht noch schlimmer.

Ich habe immer gewusst, dass mich an diesem Institut keiner ernst nimmt, an diesem Ort der Folter, wo man zuerst eine Eingangsprüfung bestehen und dann jedes Jahr Studiengebühren zahlen muss, um sich fertigmachen zu lassen. Ich habe immer den Verdacht gehabt, dass mich hier keiner besonders wertschätzt, aber keinen Augenblick lang, ich betone, keinen einzigen Moment lang hätte ich gedacht, dass mein Ende so nah ist.

Von einem Studienjahr auf das andere so einfach rauszufliegen, ist äußerst selten, und weil es so selten vorkommt, ist es etwas sehr Schlimmes. Mir ist niemand bekannt, dem so was passiert wäre, und bei der Vorstellung, dass es ausgerechnet mich treffen könnte, stockt mir der Atem. Ich fühle mich wie der Mensch im *Schrei* von Munch, nur dass mir in diesen vier Wänden nicht einmal das Schreien erlaubt ist.

Wenn man so richtig in der Scheiße steckt, muss man die Intelligenz aufbringen, sich wieder herauszuarbeiten.

Streng dein Hirn an. Du hast genau drei Monate, um dich zu retten. So schwierig wird das schon nicht sein.

I will survive

Manchmal heißt es im Leben: überleben oder untergehen.

Und ich werde überleben.

Und auch wenn ich Alice Allevi heiße, immer zerstreut bin und ein Fan von Johnny Depp, werde ich das Jahr nicht wiederholen. Und wenn ich einen Pakt mit dem Teufel schließen muss, ich werde nicht zum Gespött des Instituts werden.

Ich mag alles falsch gemacht haben, aber ich kann es wiedergutmachen.

Du schaffst das, Alice. Du schaffst das, Alice. Du schaffst das.

Heute Morgen versenke ich mich in eine Art Meditation und bin noch unkonzentrierter als sonst. Um ein Haar wäre ich beim Aussteigen aus der Metro gestolpert und wie Anna Karenina gestorben.

Ich komme als Erste im Institut an und laufe die langen gebohnerten Gänge hinunter, genieße die himmlische Ruhe und betrachte das schlichte, geschichtsträchtige Mobiliar.

Ich liebe diesen Ort und würde ihn am liebsten niemals verlassen. Das Gefühl zerreißt mich fast, ganz typisch für unerwiderte Liebe, und vielleicht ist nie eine Liebe so unerfüllt geblieben wie die meine zu diesem Institut.

Während ich an einem der Flurfenster stehe, bin ich so in mich selbst versunken, dass ich nicht einmal bemerke, wie sich mir jemand nähert.

»Alice? Was machst du denn um diese Uhrzeit schon hier?«

Es ist Claudio.

»Ich war wach, und was soll ich noch zu Hause? Und du?«

»Schon vergessen, dass heute die Autopsie von Giulia Valenti ist?«

Als ob ich das vergessen hätte! Ich warte seit Freitagnacht darauf.

»Wann fängst du an?«

»Um neun. Wer da ist, ist da. Und übrigens, Allevi – ich sag's dir lieber gleich: Wenn du dich wie üblich in irgendwelche fantasievollen Hypothesen stürzt, dann befördere ich dich hochkant hinaus.«

Um 8.50 Uhr bin ich in der Leichenhalle.

Die arme Giulia wirkt noch magerer und schutzloser, so wie sie da auf dem kalten Stahl liegt.

»Die Leiche liegt in Rückenlage auf dem Seziertisch. Sie hat eine weiße Bluse und einen Wollrock mit Schottenmuster an. An den Beinen trägt sie schwarze Nylonstrümpfe. Sie ist 1,77 Meter groß. Leichter Organverfall.« Professionell diktiert Claudio seine Anmerkungen in sein Olympus-Aufnahmegerät. »Livores von rot-violetter Färbung im zweiten Stadium an der Unterseite des Rumpfes sowie an den oberen und unteren Arterien. Voll ausgeprägte *Rigor mortis*. Keine äußeren Zeichen von Verwesung.«

Die Assistenten beginnen sie auszuziehen. Sie schneiden Rock und Bluse auf, und ihre perlraue Unterwäsche kommt zum Vorschein. Währenddessen fährt Claudio fort: »In der Okzipitalregion größere Verletzung mit zerfransten Rändern, an denen sich Hautgewebe befindet.«

Claudio fährt mit der Untersuchung der äußerlichen Merkmale fort, während Ambra ihm als persönliche Assistentin zur Hand geht. Sie reicht ihm ein Lineal, um die Verletzungen zu vermessen. Sie schießt Fotos. Sie gibt ihm die Spritzen für die Entnahme von Körperflüssigkeiten. Unter Giulias Fingernägeln gelingt es ihr, Hautpartikel zu finden, wenn auch in geringer Menge. Sie nimmt davon selbstverständlich Proben und kündigt an, so schnell wie möglich die DNA-Untersuchung durchzuführen.

Ich beobachte Claudio dabei, wie er die gynäkologische Untersuchung vornimmt, um festzustellen, ob eine Vergewaltigung vorliegt. Ich höre, wie er in sein Gerät diktiert, dass es keine Anzeichen für sexuellen Missbrauch gibt, dass Giulia kurz vor ihrem Tod jedoch Geschlechtsverkehr hatte.

»Gib mir ein Reagenzglas für eine Probe, man kann ja nie wissen«, meint er zu Ambra.

Als die äußere Untersuchung beendet ist, beginnt die Autopsie. Claudio führt den Y-förmigen Schnitt aus.

Sie ist so schlank, dass sich ihre Haut leicht ablöst. Eigentlich müsste ich Giulia mit den Augen einer jungen Rechtsmedizinerin betrachten, für die ein Leichnam eine Quelle des Lernens ist. Ich möchte Claudio darum bitten, sich Zeit zu lassen oder den Seziertisch sauber zu halten, sodass Giulias glänzendes Haar nicht mit noch mehr Blut verschmiert wird. Ich möchte dieser Autopsie überhaupt nicht beiwohnen, doch ich kann mich nicht von der Stelle rühren. Mit leerem Blick verfolge ich, wie Giulias Hand vom Tisch rutscht. Es gibt ein merkwürdiges Phänomen, das nichts anderes ist als die Trägheit des toten Körpers: Wenn ein Leichnam bewegt wird, dann überträgt sich eine Energie auf ihn, die ihm selbst zu gehören scheint. Und so scheint er sich zu bewegen, doch es ist mehr als eine Bewegung, es ist eine Geste voller Hingabe und gleichzeitig voll unsäglicher Traurigkeit, an die ich mich immer noch nicht gewöhnt habe.

»Das ist eine Überraschung«, höre ich Claudio sagen.

Ich trete an den Seziertisch und beobachte, wie er den Kehlkopf abtastet. Sogar ich begreife, was Claudio gemeint hat. Ich blicke zu ihm auf und suche in seinen Augen die Bestätigung.

»Ein anaphylaktischer Schock?«

»Ausschlaggebend ist das Ödem an der Glottis. Die Kopfverletzung hat keinerlei Bedeutung: ein einfacher Riss in der Kopfhaut. Sieht schlimm aus, ist aber nebensächlich. Ich glaube, sie hat sich verletzt, als sie gegen den Türrahmen fiel, während sie das Bewusstsein verlor. Die endgültige Antwort finden wir in der Lunge. Ambra, zieh die Handschuhe über und entferne die Lungenflügel. Sofort.«

Ambra gehorcht mit Feuereifer und führt ihren Auftrag umsichtig aus.

»Akutes Lungenödem«, stellt Claudio fest, während er das Organ aufmerksam betrachtet. »Wie kommt es dazu, Nardelli?«

»Durch eine unkontrollierte Ausschüttung von Botenstoffen wie Histamin, was zu einer erhöhten Durchlässigkeit der Zellwände führt, zu einer Gefäßerweiterung der Schleimhäute mit Ödemen und zu arterieller Hypotonie und Bronchospasmus.«

»Und dann?«, hakt Claudio nach, während er die Lungen höchstpersönlich seziert.

»... treten Schock und Asphyxie gleichzeitig ein.«

»Sehr gut, Nardelli. Dafür darfst du das Herz sezieren.«

»Also ist sie nicht umgebracht worden?«, frage ich ihn.

»Ein Fall kann auch interessant sein, obwohl es sich am Ende nicht um Mord handelt«, erwidert Claudio ironisch, und die Bienenkönigin kann sich ein spöttisches Lächeln nicht verkneifen.

»Selbstverständlich, aber es beruhigt mich zu wissen, dass niemand ihr etwas antun wollte.«

»Ich finde es dagegen umso ärgerlicher, dass sie auf eine so banale Art und Weise ums Leben gekommen ist. Nur wegen irgendeinem Mist, der ihr Immunsystem blockiert hat. Denk doch mal nach, ist das nicht viel sinnloser?«, fragt mich Claudio.

»Aber bist du wirklich sicher, dass sie nicht umgebracht wurde?«

Claudio verdreht die Augen. »Im Augenblick gibt es keine Anhaltspunkte dafür.«

»Und was ist mit den Blutergüssen auf ihren Armen? Und den Hautpartikeln unter ihren Fingernägeln?«

»Also wirklich, Alice, sie kann sich auch gestoßen haben …«

»Sie kommen dir nicht verdächtig vor? Jemand könnte ihr die genauso gut zugefügt haben. Wann und wer?«

»Natürlich werde ich sie aufnehmen. Was den Zeitpunkt angeht, so kann ich in der Tat etwas dazu sagen. Am Fundort der Leiche ging ich davon aus, dass sie am selben Tag entstanden sind, denn sie waren hellrot. Und jetzt soll ich dir auch noch verraten, wer ihr die Blutergüsse zugefügt hat?«

»Was hat den Schock verursacht?«, frage ich ihn, um das Thema zu wechseln.

Claudio zuckt mit den Schultern. »Wer weiß. Vermutlich werden wir das durch die Anamnese und die toxikologischen Untersuchungen herausfinden.«

»Und der Mageninhalt?«

Ambra wirft mir ungeduldige Blicke zu. Claudio starrt mich so perplex und fast beleidigt an, als würde ich es wagen, ihm vorzuschreiben, wie er zu arbeiten habe. Er ist eine Seele von Mensch, aber bei der Arbeit duldet er keine Diskussionen, es sei denn, der Boss gibt den Anstoß.

»Der Magen war leer, Allevi.«

»Also kann es nichts gewesen sein, was sie zu sich genommen hat – sonst hätten wir im Magen Spuren davon gefunden.«

»Genau. Aber das heißt gar nichts: Es hängt davon ab, was sie zu sich genommen hat und wie schnell sich der Magen entleert hat.«

»Vielleicht ein Insektenstich?«

»In der Wohnung? Und hast du Anzeichen für einen Stich bemerkt? Schwellungen?«

»Nein«, erwidere ich und schüttle ratlos den Kopf. »Vielleicht ein Medikament, das sie geschluckt hat?«, bohre ich unverdrossen weiter.

»Alice, du zählst mir alle möglichen Ursachen für die Anaphylaxie auf, wie aus dem Lehrbuch, aber ich begreife nicht, warum.«

»Um zu verstehen, was geschehen ist.«

Claudio seufzt, während er sich die blutigen Handschuhe auszieht.«

»Okay. Wenn es sich um ein Medikament handelt, dann werden wir das durch die toxikologische Untersuchung herausfinden.«

Ich trete an den Leichnam heran und betrachte ihn noch einmal, Zentimeter für Zentimeter.

Auf den ersten Blick nichts.

Doch da muss etwas sein, das Claudios Aufmerksamkeit entgangen ist. Und meiner ebenfalls.

Ich suche den weißen Hals ab, die hellen, totenstarren Arme.

»Claudio!«

Er dreht sich brüsk um – er war gerade dabei, der Bienenkönigin irgendeine Schweinerei zu erzählen, und die blitzt mich jetzt wütend an, weil ich die Magie des Augenblicks zerstört habe.

»Was ist los?«

»Wusste ich es doch! Schau mal!«

Fast unsichtbar und kaum zu erkennen.

Winzig klein, es könnte sich genauso gut um ein kleines Muttermal handeln.

Es wundert mich nicht, dass uns das eben entgangen ist.

»Der Einstich einer Spritze«, erklärt er, nachdem er das kleine Loch aufmerksam mit einer Lupe untersucht hat. »Merkwürdig. Es ist kein Bluterguss darunter. Ambra«, ruft er, »ein Skalpell, ich muss nachsehen, ob dort Blut eingedrungen ist. Warum muss ich das machen, Allevi?«

»Um zu wissen, ob die Verletzung vor oder nach dem Tod erfolgte«, lautet meine prompte Antwort.

»Sehr gut.« Ambra reicht ihm das Skalpell, und er zögert einen Augenblick und reicht es dann an mich weiter.

»Allevi, eine Belohnung für deine Hartnäckigkeit. Du darfst schneiden.« Ambra wird blass um die Nase.

Doch dieses Mal würde ich das Privileg gerne an sie abtreten. Ich möchte sie nicht anrühren.

»Alice, auf geht's. Es wird spät«, drängt Claudio mit einem raschen Blick auf seine Armbanduhr. Er bemerkt mein Zögern und befielt: »Alice, los jetzt, sofort.«

Ich versuche, mit dem Skalpell in der Hand, Zeit zu gewinnen. Der von der Autopsie gemarterte Körper liegt vor mir, aber ich bin wie gelähmt.

»Ich hab verstanden. Du hast keine Lust«, sagt er schließlich, und dabei liegt ein Hauch von Zärtlichkeit in seiner Stimme. »Du bist für diese Arbeit nicht geeignet, Allevi«, meint er und nimmt mir das Skalpell aus der Hand. Dann setzt er drei Schnitte, in Giulias Arm, in die Handinnenfläche, am Daumen.

»Hier ist das Blut aus dem Erguss.«

»Sie hat sich etwas gespritzt«, murmelt Ambra bescheiden.

»Oder man hat ihr etwas gespritzt. Am Fundort der Leiche haben wir nichts gefunden«, werfe ich ein.

»Oder vielleicht war sie einfach bei der Blutabnahme«, fügt Ambra hinzu.

»Das muss alles noch geklärt werden. Entscheidend wird auf jeden Fall die toxikologische Untersuchung sein«, beschließt Claudio.

Jetzt bleibt nichts anderes mehr zu tun, als diesen Ort zu verlassen. Giulia hinter mir zu lassen und nicht mehr an sie zu denken.

Wenn das nur so einfach wäre ... Claudio hält mich zurück:

»Allevi, bring den Familienangehörigen von der Valenti ihre persönliche Habe. Die hat hier nichts mehr zu suchen. Da ist ein Armband, das allein schon mindestens fünftausend Euro wert ist. Und ich habe keine Lust auf Unannehmlichkeiten. Und denk dran, dir den Übergabeschein unterschreiben zu lassen.«

Claudio reicht mir eine Plastiktüte, in der sich die Armbänder und die Ohrringe befinden, die Giulia zuletzt getragen hat. Das ist so üblich, aber es ist ein Auftrag, den ich ungern übernehme, denn es ist niemals angenehm, mit den Angehörigen von Verstorbenen zu tun zu haben. Mit Trauer oder Schmerzen konfrontiert zu werden, ist sowieso nichts für mich. Das ist einer der Gründe, warum ich die Rechtsmedizin gewählt habe. Denn der Leichnam auf dem Seziertisch empfindet wenigstens keinen Schmerz mehr.

Ich schiebe die Tüte in meine Jackentasche und bewege mich in Richtung des Wartesaals vor der Leichenhalle. Dort sitzt eine junge Frau allein auf einer Bank. Ihr Haar von unbestimmtem Kastanienbraun mit roten Strähnen hat sie zu einem Pferdeschwanz zusammengebunden. Sie hat ein mittelbraunes Tweedkostüm an und trägt Perlenohrringe. Etwas an ihr erinnert mich an ein präraffaelitisches Gemälde. Sie schwankt mit ihrem Oberkörper, wie das oft Menschen tun, die an Dystonie leiden.

»Alles wird gut. Alles wird gut. Es ist nichts passiert. Alles wird gut. Alles wird gut.«

Sie führt Selbstgespräche, ihr Blick verliert sich im Nirgendwo.

»Entschuldigen Sie«, spreche ich sie an und nähere mich behutsam. »Brauchen Sie Hilfe?«

»Giulia. Giulia. Die arme Giulia.«

Die junge Frau schüttelt ihren Kopf, so als fände sie keinen Frieden. Ihre Hände hält sie gefaltet im Schoß. Mir fällt ein violetter Bluterguss auf einem Handrücken auf.

Die Frau bemerkt, dass ich sie neugierig betrachte, und zieht ihre Hand instinktiv zurück. Sie blickt mich verschreckt an.

»Doriana«, ruft eine Stimme in einem bestimmten und unverkennbar verärgerten Tonfall. Die junge Frau dreht sich abrupt um. Obwohl ich nicht angesprochen bin, fühle ich, wie ich kleiner werde. Um uns herum sind drei Personen versammelt. Ihre Gesichter kommen mir bekannt vor, und ich begreife sofort, dass ich sie auf den Fotos gesehen habe, die an den Wänden in Giulias Zimmer hingen.

Die erste Person ist eine ältere Dame, die ihre mausfarbenen Haare zu einem Knoten zusammengesteckt hat. Unverkennbar eine verknöcherte Adlige mit von Arthritis verkrümmten, beringten Fingern.

Dann ist da ein junger Mann mit einem unversöhnlichen Gesichtsausdruck. Eine gewisse Verbissenheit in seinen Zügen schmälert sein gutes Aussehen. Er trägt eine blaue Ascot-Krawatte, was ihm etwas Britisches verleiht.

Bei der dritten Person handelt es sich um eine junge Frau, die Giulia sehr ähnlich sieht. Etwas älter ist sie und von einer Schönheit, die weniger eklatant ist. Ihrem Blick kann man sich – ohne Übertreibung – nicht entziehen.

»Was machst du da, Doriana?«, fragt die arthritische Dame.

Doriana gelingt es nicht einmal, zusammenhängend zu sprechen.

»Ni-ichts.«

»Wer ist diese junge Dame?«, fragt die Signora dann zu mir gewandt.

»Ich bin Dottoressa Alice Allevi, Assistenzärztin hier am Institut«, gebe ich gelassen zur Antwort. »Ich bin näher gekommen, weil ... sie mir unter Schock zu stehen scheint«, fühle ich mich bemüßigt zu erklären und wende dabei meinen Blick Doriana zu.

»Vielen Dank«, antwortet der etwa dreißigjährige Mann freundlich, aber abschließend. Sein Lächeln ist schwach und dennoch gewinnend. Er hat sichtbar Augenringe, die seinem eigentlich durchdringenden Blick etwas von seiner Schärfe nehmen. »Auf geht's, Doriana«, sagt er dann. Die Geste, mit der er die Schulter der jungen Frau berührt, ist gleichzeitig fordernd und gereizt. »Und zieh dir deine Handschuhe über«, gebietet er ihr, so als sei das selbstverständlich.

Doriana erhebt sich. Sie hält den Kopf beim Gehen gesenkt und meidet meinen Blick.

»Es tut mir leid. Um Giulia, wollte ich sagen«, lasse ich verlauten. Und dann, zu meiner eigenen Überraschung, füge ich unwillkürlich hinzu: »Ich habe sie gekannt.«

Die junge Frau, die Giulia unglaublich ähnlich sieht, erhebt ihren verschleierten Blick.

»Wirklich?«, fragt sie mit zitternder Stimme.

Ich nicke und fühle, wie sich alle Blicke auf mich richten.

»Nicht gut. In Wirklichkeit nur sehr oberflächlich und zufällig.«

»Tja, Giulia vergisst man nicht so leicht«, antwortet sie traurig. Sie hat eine tiefe Altstimme mit einem sehr sinnlichen Klang.

»Das stimmt«, sage ich schlicht.

Das alles ist so schmerzlich. Vielleicht weil die alte Frau den Tränen nahe ist. Oder vielleicht, weil in den Zügen dieses Mannes, der so kühl wirkt, eine wortlose und unendliche Traurigkeit liegt, die er bewundernswert unter Kontrolle hat. Oder vielleicht einfach, weil Giulia, die junge und wunderschöne Giulia, bald jenem grausigen Prozess ausgesetzt ist, der jeden Leichnam aufzehrt und gegen den niemand etwas auszurichten vermag. Früher oder später werden von ihr nur noch die Knochen bleiben, früher oder später wird sie in Vergessenheit geraten.

Ein Schweigen, das voller Verzweiflung ist, erfüllt den Raum. Ich fühle mich unwohl und begreife, dass es an der Zeit ist zu gehen.

Kurz bevor ich die Gruppe verlasse, bemerke ich, wie Doriana sich die Hand massiert und den Mann so ansieht, als suche sie bei ihm eine Rückversicherung, doch die bleibt ihr versagt. Ich verabschiede mich, doch die anderen beachten mich kaum noch. Erst als ich mich auf dem Flur zur Leichenhalle befinde, erinnere ich mich wieder an Claudios Auftrag: Giulias Schmuck ist immer noch in meiner Jackentasche. So ein Mist! Wie konnte ich den nur vergessen?

In der Hoffnung, die Familie noch im Wartezimmer anzutreffen, kehre ich auf der Stelle um und renne los.

Natürlich sind sie nicht mehr da, alles andere hätte mich Pechvogel auch gewundert.

»Hast du alles erledigt?«, fragt Claudio und blickt vom Totenschein auf, den er gerade in seiner ordentlichen Handschrift ausfüllt.

O nein. Was soll ich jetzt machen?

»Nein, Claudio ... ich bin zu ihnen gegangen, um den Beutel abzugeben. Dann sind wir ins Gespräch gekommen, und am Ende habe ich es glatt vergessen.«

Claudio schlägt mit der flachen Hand auf den Tisch.

»Also wirklich, Allevi, so vergesslich kann man doch nicht sein!«

»Entschuldige, Claudio, tut mir leid.«

»Deine Entschuldigung nützt jetzt auch nichts. Such lieber nach einem Ausweg!«

»Wie?«

»Finde eine Telefonnummer heraus, irgendwas. Lass dir was einfallen, und verschwende nicht meine Zeit. Das ist jetzt allein deine Sache.«

Ich setze mich in den Sessel im Sekretariat und fahre mit meinem Zeigefinger über die Kolonnen im Telefonbuch. Von draußen dringt das Geräusch heftigen Regens herein. Ich suche unter dem Namen Valenti, aber vergeblich. Es gibt unzählige Einträge unter diesem Namen, und hinter jedem von ihnen könnte sich ein Verwandter von Giulia verbergen.

Heute kann ich da wohl nichts mehr ausrichten. Ich werde mich morgen weiter darum kümmern.

Später mache ich es mir auf dem Sofa zu Hause gemütlich, in der einen Hand die Fernbedienung, in der anderen eine Packung Kekse.

Unkonzentriert verfolge ich die Fernsehnachrichten.

»Die Nachforschungen zum Tod der Studentin Giulia Valenti werden fortgesetzt. Die Todesursache ist nach wie vor ungeklärt. Zum derzeitigen Zeitpunkt kann ein Mord nicht ausgeschlossen werden, wenn auch alle Anzeichen für einen Unfall sprechen. Man wartet auf das Ergebnis der Autopsie. Heute Morgen befragte die Polizei die Angehörigen sowie einige Freunde. Die dreiundzwanzigjährige Giulia Valenti und ihre Schwester, die achtundzwanzigjährige Bianca, sind nach dem frühen Tod der Eltern bei den Brüdern der Mutter aufgewachsen. Corrado De Andreis, ein Onkel des Opfers, war ein bekannter Vertreter der Democrazia Cristiana, der in den siebziger Jahren mehrfach ins Parlament gewählt wurde. Nach seinem Tod im Jahr 2001 hat sein Sohn Jacopo, ein junger und aufstrebender Strafverteidiger, das politische Erbe seines Vaters angetreten. Jacopo De Andreis, der als Sprecher der Familie fungiert, hat bislang öffentlich keine Erklärung abgeben wollen.«

Wunderbar. Jetzt weiß ich, wen ich auffinden muss.

Bianca

»Guten Tag, mein Name ist Alice Allevi. Ich hätte gerne Rechtsanwalt De Andreis gesprochen.«

»Bleiben Sie dran«, antwortet eine genervte Sekretärin. Langsam verstreichen die Sekunden zur Melodie von Vivaldis *Frühling* und werden schließlich zu Minuten. Ich bin so lange in der Warteschleife, dass ich am Ende auflege und noch einmal anrufe.

»Entschuldigen Sie, ich bin's noch einmal, Alice Allevi ...«

»Einen Augenblick«, unterbricht mich die Sekretärin von eben.

Es erklingt wieder die gleiche Musik, doch diesmal muss ich Gott sei Dank nicht so lange warten.

»Ja?«, fragt eine Stimme ungehalten.

»Bitte entschuldigen Sie die Störung, Herr Rechtsanwalt.«

»Mit wem spreche ich?«

»Mit Alice Allevi vom Institut für Rechtsmedizin.«

»Ah ja«, erwidert er trocken. »Gibt es irgendwelche Probleme?«

»Nun, ein Problem ist es nicht wirklich, eher eine Formalität. Es müsste jemand ins Institut kommen und Giulias persönliche Sachen abholen.«

»Na, das kann ja nicht so schwierig sein. Und Sie sind die Ansprechpartnerin?«

»Ja, ich habe die Sachen.«

»Könnten Sie mir bitte Ihren Namen wiederholen?«

»Alice.«

Erst das verlegene Schweigen in der Leitung macht mir klar, dass er noch auf etwas anderes wartet.

»Oh, entschuldigen Sie. Alice Allevi«, beeile ich mich hinzuzufügen.

»Gut, im Laufe des Vormittags wird jemand die Sachen abholen.«

Ich bin in meinem Büro und sitze zusammen mit Lara über einem Entwurf zum Autopsieprotokoll, da erlöst uns ein schüchternes Klopfen aus unserem augenblicklichen Dilemma: Ist die Hautverfärbung bei einem Bluterguss violett oder eher bläulich?

»Herein!«

In der Tür erscheint ein Gesicht, das Giulia sehr ähnlich ist, doch ausdrucksvoll und lebendig.

»Ich suche Dottoressa Allevi… sind Sie das?«, fragt sie. Ich nicke und lächle sie voller Sympathie an. »Ich bin Bianca Valenti. Wir haben uns gestern kennengelernt«, fügt sie hinzu, so als ob sie befürchten würde, dass ich sie nicht wiedererkenne.

»Bitte kommen Sie herein«, fordere ich sie auf und erhebe mich von meinem Stuhl.

Mit eleganten Bewegungen tritt Bianca ein. Sie hat die Augen von jemandem, der keinen Schlaf findet. Ein Mantel aus blauem Kaschmir verdüstert ihre Erscheinung ein wenig. Ihr Haar hat sie straff zu einem Pferdeschwanz zusammengebunden. Sie ist sehr hochgewachsen, auf jeden Fall ist sie größer als ich und Lara.

Ich öffne die abschließbare Schublade, in der ich Giulias Schmuck verwahre, und halte ihr den Beutel hin.

Schüchtern nimmt Bianca ihn entgegen. »O mein Gott«, haucht sie und weicht taumelnd ein paar Schritte zurück. Ihre Augen füllen sich mit Tränen. »Diese Armbänder …«, murmelt sie, und ein Schluchzer erstickt ihre Stimme.

»Möchten Sie sich setzen?«, frage ich, weil ihr Gesicht alle Farbe verloren hat.

»Soll ich Ihnen ein Glas Wasser bringen?«, mischt sich Lara stirnrunzelnd ein.

»Vielen Dank«, erwidert Bianca nach einem Augenblick des Zögerns.

Ich schiebe ihr einen Stuhl hin – den Bürosessel von Ambra, die heute Gott sei Dank nicht da ist –, während Lara sich beeilt, ihr ein Glas Wasser zu holen.

»Entschuldigen Sie. Wissen Sie, es ist, als ob unaufhörlich Erinnerungen aus ihrem Leben und aus unserer gemeinsamen Zeit auf mich einstürzen … ich schaffe das nicht mehr, verstehen Sie? Ich schaffe das nicht mehr.«

»Das verstehe ich, machen Sie sich keine Sorgen.«

Bianca nimmt die Armbänder aus der Plastiktüte und breitet den Schmuck zwischen ihren Fingern aus. »Das hier ist das Geschenk von unserem Onkel zu ihrem achtzehnten Geburtstag. Giulia hat es niemals abgelegt. Immer wieder habe ich ihr gesagt, dass das Schmuckstück viel zu wertvoll ist, um es jeden Tag zu tragen, aber wie viele meiner Ratschläge hat sie auch diesen ignoriert. Und das hier hat sie sich während eines Urlaubs vor zwei Jahren an einem Stand in Sizilien gekauft. Das ist immer noch nicht kaputt, unglaublich. Es ist ein Wunschband. Wer weiß, was für einen Wunsch sie damit verbunden hat!« Es ist offensichtlich, dass Bianca das Bedürfnis hat, sich mitzuteilen, und obwohl mir die Situation unangenehm ist, wage ich nicht, sie zu unterbrechen.

»Dottoressa Allevi … Entschuldigen Sie, ich wollte nicht … Also … ich … Woran ist meine Schwester gestorben? Glauben Sie, dass man sie umgebracht hat? Ich habe die Fotos gesehen: All das Blut ... Und der mit den Ermittlungen beauftragte Kommissar hat sich so zurückhaltend geäußert ...«

»Ich ... bin an meine Schweigepflicht gebunden. Es tut mir leid. Aber darf ich Sie fragen, ob Ihre Schwester gegen etwas allergisch war?«

Bianca reißt ihre Augen auf, die selbst jetzt, im Schmerz, groß und wunderschön sind. »Oh, entschuldigen Sie. Ich weiß, dass ich mehr Geduld haben müsste, und ich war wohl etwas vorschnell. Natürlich dürfen Sie mir noch nichts sagen. Aber um Ihre Frage zu beantworten ... Giulia hat auf vieles allergisch reagiert. Sie litt unter Asthma und wäre schon mehrmals beinahe an einem anaphylaktischen Schock gestorben. Wenn ich Sie fragen darf: Glauben Sie, dass das die Todesursache war?«

»Das ist möglich«, räume ich ein und versuche, das Gespräch rasch zu beenden.

Bianca seufzt hörbar auf. Laras Rückkehr befreit mich von weiteren Fragen.

»Vielen Dank. Sie sind alle wirklich sehr freundlich zu mir.« Sie reicht Lara das leere Glas zurück und bedankt sich noch einmal. Dann wendet sie sich mir zu. »Und Sie haben Giulia kurz vor ... ihrem Tod kennengelernt?«

»Es war ein schicksalhafter Zufall.«

Lara betrachtet mich verblüfft. »Alice, wirklich?«

Ich schildere den beiden kurz meine Begegnung mit Giulia. Lara scheint von der Zufälligkeit der Ereignisse beeindruckt, Bianca ist an Einzelheiten interessiert.

»Erschien Sie Ihnen bedrückt oder besorgt? Und vor allem – haben Sie mit der Polizei darüber gesprochen?«

»Doch, sie war ein wenig erregt. Und nein, ich habe noch nicht mit der Polizei geredet, will das aber noch tun.«

Bianca seufzt wieder, so als ob es ihr nicht gelänge, dieses

Bedürfnis zu unterdrücken. Sie macht keine Anstalten zu gehen. Ihren scheuen Blick auf mich gerichtet, meint sie: »Tun Sie das bitte. Vielleicht ist es ja wichtig.«

»Das verspreche ich Ihnen.«

»All dieses Blut ... Das Bild hab ich immer noch vor Augen«, fügt sie halblaut an. »Mein erster Gedanke war: Sie ist ermordet worden.«

»Warum hat man Ihnen die Fotos gezeigt? Das war ein Schock für Sie.«

»Ich habe darauf bestanden. Ich konnte einfach nicht widerstehen.«

»Bianca, ich glaube, ich darf Ihnen wenigstens eine Sache sagen, ohne meine Schweigepflicht zu verletzen«, werfe ich ein. »All das Blut rührt von einer Kopfverletzung her, die jedoch nicht weiter von Bedeutung ist und nichts mit Giulias Tod zu tun hat. Diese Verletzung ist wahrscheinlich entstanden, als sie bewusstlos zu Boden stürzte.«

Lara starrt mich erschrocken an. »Alice, ich muss mit dir reden«, mischt sie sich in einem Tonfall ein, der betont neutral ist.

»Entschuldigt bitte, Sie müssen arbeiten, und ich ... störe einfach immer weiter. Tut mir leid.«

»Sie haben überhaupt nicht gestört«, erkläre ich schnell.

»Wie auch immer, es ist besser, wenn ich verschwinde. Dottoressa, vergessen Sie nicht, mit Commissario Calligaris zu sprechen, der die Ermittlungen leitet.«

Mit einem unsicheren Lächeln auf ihrem blassen Gesicht steht Bianca auf.

»Alice ...«, ruft sie leise, als ihre gepflegte Hand bereits auf dem Türgriff liegt. »Falls ich ... Also, falls ich irgendeine Frage haben sollte, darf ich mich an Sie wenden?«

Meine Antwort kommt aus dem Bauch und ist fast zu verbindlich: »Gerne.«

Und sobald sich die Türe geschlossen und sich das Klackern der Absätze entfernt hat, nimmt Lara mich mit hochgezogenen Augenbrauen erbarmungslos ins Visier. »Du bist so gedankenlos! Wie konntest du ihr etwas zu der Autopsie sagen? Wenn das Claudio wüsste …«

»Er wird nichts davon erfahren«, entgegne ich leichthin.

»Von mir sicher nicht, aber man kann nie wissen. Die junge Frau ist auf jeden Fall eine Fremde und steht offensichtlich unter Schock. Es würde mich nicht wundern, wenn sie dich unter irgendeinem Vorwand aufsuchen würde, um dir wer weiß was für Erkenntnisse zu entlocken.«

»Sie ist von dem Blut auf den Fotos völlig durcheinander. Das ist verständlich.«

»In Ordnung. Aber deswegen muss man nicht gleich mit ihr auf Tuchfühlung gehen. Das sagt auch der Boss immer.«

»Hat unser Allerhöchster ein Herz oder etwas Vergleichbares?«, frage ich zurück.

Lara schüttelt entschieden den Kopf. »Das nicht, aber damit hat er recht«, erwidert sie trocken. »Hast du heute Abend schon was vor?«, fragt sie mich dann, um das Thema zu wechseln.

»Nichts Besonderes. Yukino macht uns Onigiri.«

»Sind das die, die man in den Cartoons sieht?«

»Ja.«

»Würde es dir etwas ausmachen, wenn ich mich euch anschließe?«

Those who are dead are not dead, they're just living in my head

Am Tag vor Giulias Tod habe ich ein Telefongespräch mitgehört.«

Claudio schaut verblüfft auf. Wir sind beide im selben Büro und arbeiten an einem Fall, der ins Hintertreffen geraten ist. Seit Giulias Tod ist eine Woche vergangen.

»Nicht einmal im Fernsehen passiert so etwas«, lautet Claudios Kommentar, und dabei spuckt er seinen Kaugummi in den Abfalleimer.

»Aber mir.«

»Weil du Unheil wie ein Magnet anziehst. Du musst darüber mit den Ermittlern reden, das ist unbedingt notwendig.«

»Ja, ich weiß. Ich habe schon viel zu lange gewartet«, und während ich das sage, fühle ich mich fast ein wenig schuldig. »Übrigens, Claudio ... Ich muss dir etwas sagen, aber versprich mir, dass du es nicht herumerzählst.«

»Noch was?«

»Ja, immer noch in Bezug auf Giulia Valenti. Als ich gestern aus der Leichenhalle kam, habe ich eine junge Frau gesehen, eine Verwandte oder eine Freundin von Giulia. Sie war völlig durcheinander ... und ich weiß nicht, irgendwie machte sie einen verdächtigen Eindruck.«

»Deine Fantasie geht schon wieder mit dir durch.«

»Du glaubst mir nicht? Bin ich so wenig glaubwürdig?«

Claudio runzelt die Stirn. »Nein, das nicht«, erwidert er, aber er klingt nicht überzeugt.

»Glaub mir, Claudio. Was ist, wenn sie sich gemeinsam etwas gespritzt haben? Sie hatte einen Bluterguss auf der Hand. Der könnte von einem Einstich herrühren.«

»Auch wenn es so wäre, was geht dich das an?«

»Und falls es kein Unfall war?«

»Es ist immer wieder das Gleiche, *CSI* hat ganze Generationen ruiniert.«

»Hör auf mit deinen Scherzen. Ich meine das ernst.«

»Das habe ich leider verstanden. Hör zu, Alice. Die Verletzungen, die du gesehen hast, sind reiner Zufall. Es handelt sich um einen Unfall und nicht um Mord.«

Wenige Erlebnisse sind so frustrierend wie die Erkenntnis, dass man für eine Person, die man so schätzt wie ich Claudio, auf professionellem Gebiet so gut wie nichts zählt.

»Claudio, du vertraust mir nicht, stimmt's?«

Er wirft mir einen fast schmerzlichen Blick zu. »Dir fehlt noch die nötige Erfahrung. Da macht man Fehler, das ist normal.«

»Aber findest du, dass ich Talent habe und Potenzial?«, frage ich ihn ganz offen – das habe ich mich bisher nie getraut. »Ich muss das wissen. Ich brauche dein Vertrauen, dass ich es schaffen kann – trotz meiner Fehler und obwohl dieser Beruf, den ich so liebe, mir manchmal eine Nummer zu groß vorkommt. Meinst du, ich kann eine gute Rechtsmedizinerin werden?«

Ich habe ihn offensichtlich entwaffnet. Er berührt leicht meine Wange und beäugt mich von der Seite. Ich spüre, dass er gerne etwas Nettes sagen würde, aber nicht weiß, ob das richtig wäre.

»Claudio?«

Er lächelt leicht, und einen Augenblick lang scheint er mir ganz und gar nicht mehr dieser zynische Typ zu sein. In seinen Augen glaube ich sogar Mitgefühl zu erkennen.

»Für unseren Beruf braucht es kein Talent. Man kann alles lernen, und das... wirst du schaffen. Komm mit«, meint er schließlich und nimmt meine Hand. »Lass uns mit Anceschi sprechen. Er kennt Commissario Calligaris persönlich.« Er klopft an Anceschis Tür und schildert ihm in knappen Worten den Sachverhalt.

Anceschi, mit seinem legendären Phlegma, lässt sich nicht aus der Ruhe bringen. »Sie kann sich ohne Probleme an Roberto Calligaris wenden. Er ist ein guter Freund von mir. Ich rufe ihn an und sag ihm Bescheid. Sagen Sie ihm, dass Sie von mir kommen, einverstanden?« Anceschi scheint uns rasch loswerden zu wollen, und so stehen wir schnell wieder draußen auf dem Gang. Claudios Anwandlungen von Mitmenschlichkeit sind mir wohl zu Kopf gestiegen, und so entschlüpft mir sofort eine Bitte.

»Claudio, kommst du mit?«

»Nein«, antwortet er trocken.

»Mistkerl. Warum nicht?«

»Ich denk nicht dran. Ich habe Besseres zu tun.«

»Komm schon!«

Claudio seufzt hörbar und verdreht die Augen. »Allevi, du musst dir abgewöhnen, ständig an mein Mitgefühl zu appellieren.«

»Hin und wieder tut dir ein bisschen Freundlichkeit gut. Damit wirst du fast so etwas wie ein Mensch.«

Er nickt spöttisch. In seinem Büro nimmt er die Autoschlüssel aus seinem Hermès-Aschenbecher – ein Geschenk, so sagt man, von einer viel älteren Geliebten, einer berühmten Staatsanwältin – und begleitet mich zu seinem Mercedes der S-Klasse, mit Ledersitzen. Im Radio läuft *So lonely* von Police.

»Ich warte im Auto auf dich, okay?«, sagt er unüberhörbar genervt, als wir ankommen.

»Nein, … du solltest ja nicht Chauffeur spielen. Da hätte ich auch ein Taxi nehmen können. Ich brauche deinen moralischen Beistand.«

»Allevi, du bist wirklich eine biblische Plage. Mach endlich, was du zu machen hast, und beeil dich, ich habe nicht den ganzen Nachmittag Zeit.«

»Wie charmant«, murmle ich niedergeschlagen und schlage die Autotür zu.

»Ich hab schon verstanden«, knurrt er, stellt den Motor ab und steigt mit großer Geste aus dem Auto.

Ich weiß, dass er oft unerträglich ist. Aber es ist Claudio, und im Institut gibt es niemanden, den ich so gernhabe.

Einer von Calligaris' Mitarbeitern führt uns zu dessen Büro. Er bittet uns hinein. In dem Raum herrscht völliges Durcheinander, und es stinkt nach altem Rauch.

Roberto Calligaris ist ein Durchschnittstyp, fast kahl und von schmächtiger Statur. Er trägt ein weißes Hemd mit einer traurigen schwarzen Krawatte und hat das typische Gesicht von Menschen, die an Mundgeruch leiden.

»Giorgio Anceschi schickt Sie, stimmt's? Sie sind Dottoressa Allevi?«

»Ja, die bin ich«, antworte ich ein wenig nervös. »Und Sie, Dottor Conforti, sind auch dabei«, fährt er, an Claudio gewandt, fort. Der begnügt sich mit einem Kopfnicken.

»Giorgio hat angedeutet, dass Sie mit mir über den Fall Valenti sprechen wollen«, meint Calligaris und blickt mich direkt an.

»Genau.«

»Bitte nehmen Sie doch beide Platz«, fordert er uns auf. Claudio sieht unterdessen demonstrativ auf seine Armbanduhr. Falls er vorhatte, sich danebenzubenehmen, so gelingt ihm das hervorragend.

Calligaris räuspert sich, wirft mir einen prüfenden Blick zu und sagt dann: »Nun, Dottoressa, womit kann ich Ihnen dienen?«

Ich erzähle ihm so genau wie möglich von Giulias Telefongespräch. Er hört mir sehr aufmerksam zu.

»Das war ja ein ziemlich kurzes Telefonat«, meint er dann.

»Also, da bin ich mir nicht sicher. Der Teil, den ich mitbekommen habe, war wirklich kurz, das stimmt schon.«

»Würden Sie den Tonfall der Valenti als erregt bezeichnen?«

»Eher als empört.«

»Auch aggressiv?«

»Aggressiv? Das auch ein bisschen. Ich wiederhole mich – sie wirkte vor allem ungehalten.«

»Und Sie haben keinen Namen mitbekommen, keine besonderen Hinweise?«

»Nein, nichts weiter. Das hätte ich Ihnen sonst doch schon gesagt.«

»Merkwürdig viele Zufälle, die hier zusammentreffen«, lautet Calligaris Kommentar, dabei schüttelt er den Kopf.

»Wie meinen Sie das?«, fragt Claudio sachlich.

»Das erscheint Ihnen glaubwürdig, Dottore? Sie lernen zufällig eine junge Frau kennen, und am darauffolgenden Tag liegt sie vor Ihnen auf dem Seziertisch? Nachdem Sie außerdem noch Zeuge eines ziemlich beunruhigenden Telefonats geworden sind? Der Fall Valenti ruft alle möglichen Mythomanen auf den Plan, und es ist unerlässlich, alle Hinweise, die wir erhalten, mit großer Vorsicht zu betrachten.«

»Wollen Sie damit andeuten, dass ich eine Mythomanin bin?«, frage ich verblüfft.

»Ich will Ihnen wirklich nicht zu nahe treten, Dottoressa

Allevi. Zweifeln gehört bei mir zum Handwerk. Ich werde der Sache aber auf den Grund gehen, das verspreche ich Ihnen.«

Das Aufsetzen des Protokolls der Zeugenaussage dauerte nicht sehr lange. Am Ende setze ich meine Unterschrift unter den Text.

»Ich bedanke mich bei Ihnen, Dottoressa«, beschließt Calligaris das Gespräch mit unveränderter Höflichkeit.

»Das war meine Pflicht.« Der Commissario schiebt das Protokoll in einen Ordner und nickt zum Abschied, aber einem Impuls folgend halte ich ihn auf.

»Commissario«, sage ich, »ich glaube, dieses Telefonat ist wirklich sehr wichtig.«

»Ganz sicher, Dottoressa.«

Ich schlage resigniert die Augen nieder. Claudio verabschiedet sich von Calligaris in dem professionellen Tonfall, den er selbst dann behält, wenn er aufs Klo muss, und führt mich dann aus dem Raum.

»Arschloch«, meint er abfällig, während wir die Treppen hinuntersteigen. »Und Gott sei Dank hast du ihm nichts von den Blutergüssen gesagt, die du bei der anderen jungen Frau bemerkt hast.«

»Vielleicht hat er recht. Er muss vorsichtig sein. Wahrscheinlich erhält er eine Unzahl von falschen Hinweisen. Ich würde gerne bei der Polizei arbeiten.«

»Das ist mir nicht entgangen.«

»Und was ist mit dir?«

»Nein, danke«, antwortet er abschätzig.

»Stimmt, ich hatte glatt vergessen, dass du ja einmal den Allerhöchsten beerben wirst.«

»Quatsch.«

»Claudio«, sage ich, als wir wieder im Auto sitzen, und drücke ihm dabei die Hand, die auf dem Schaltknüppel liegt. »Danke, dass du mitgekommen bist. Das war mir wichtig.«

Er zwinkert mir freundlich zu, und das ist in diesem ausdrucksvollen und eitlen Gesicht eine Seltenheit.

»Keine Ursache. Allevi, mach dir keinen Kopf. Du bist zwar eine nervige kleine Hexe, aber du bist mit Leidenschaft bei der Sache. Und das ist das ganze Geheimnis: Um ein wirklich guter Rechtsmediziner zu werden, braucht man genau das.«

Unbewusste Schönheit

Völlig erledigt sitze ich auf dem Sofa und lese gerade ein Buch, als mein Handy klingelt. Besorgt sehe ich, dass Marco mich anruft. Ich wusste gar nicht, dass er überhaupt meine Nummer hat.

»Marco? Ist irgendetwas passiert?«

»Nein, alles in Ordnung. Mach dir keine Sorgen«, antwortet er sanft. »Ich wollte dich nicht stören.«

»Also wirklich, du störst doch nicht. Du rufst mich normalerweise nur niemals an.«

»Heute habe ich einen guten Grund dafür. Ich wollte dich zu einer Ausstellungseröffnung einladen. Sie wird dir gefallen. Es ist auch einiges von mir dabei ... Hast du Lust zu kommen?«, fragt er mich mit der kindlichen Anmut eines Kobolds.

»Das fällt dir aber früh ein, Marco ...«

»Na ja ... Entschuldige, ich wollte dich eigentlich schon eher fragen, aber dann habe ich es immer wieder vergessen. Komm, mach's nicht so spannend. Bist du dabei oder nicht?«

»Klar doch!«, rufe ich aus und tauche allmählich aus meiner unglaublichen Müdigkeit auf.

Vielleicht hat Marco nicht damit gerechnet, dass ich seine Einladung annehmen würde, aber natürlich würde ich mir die Fotoausstellung meines geheimnisvollen kleinen Bruders um nichts in der Welt entgehen lassen. »Darf ich Silvia mitbringen?«, frage ich ihn.

Silvia Barni, Rechtsanwältin und vom ersten Tag der Grundschule an meine Banknachbarin. Sie hat einen IQ, neben dem ich im Vergleich wie ein Idiot wirke. Und doch behauptet sie, dass sie genau aufgrund dieser strahlenden Intelligenz Single ist.

»Selbstverständlich. Eigentlich wollte ich auch Alessandra einladen.«

Alessandra Moranti ist eine tüchtige Kinderärztin, und wir kennen uns seit Beginn des Studiums. Unerklärlicherweise fühlt sie sich zu meinem Bruder hingezogen. Einmal haben sie bei einem Projekt von *Clown Medicine* zusammengearbeitet. Marco hatte das Poster für den Kurs erstellt, und sie (klar, wer sonst) hat mir erzählt, dass da etwas zwischen ihnen war, obwohl es (wie sollte es anders sein) nie zu einer entscheidenden Begegnung kam. »Irgendwie kann ich mir das nicht erklären«, wunderte sich Alessandra damals. »Na ja, Ale… vielleicht steht Marco nicht auf Frauen?«, mutmaßte ich, aber sie antwortete nur: »Nein, da irrst du dich. Für solche Sachen habe ich einen sechsten Sinn. Schwul ist er nicht. Ich habe ihm einfach nicht genug gefallen.« An dieser Stelle wollte ich das Thema damals nicht vertiefen.

»Leider habe ich ihre Nummer nicht«, fährt mein Bruder gerade fort.

»Ich sag ihr Bescheid, mach dir keine Gedanken.«

»Nein, das würde ich gerne selber machen.«

»Tut mir leid, Marco, bei Alessandra hast du die Gelegenheit verpasst.« Tatsächlich habe ich niemals gedacht, dass Alessandra ihn wirklich interessieren könnte.

»Die hat es niemals gegeben, um genau zu sein, aber das macht nichts. Ich lade sie nicht deswegen ein.«

»Hast du eigentlich eine Freundin, Marco? Es ist schon komisch, so gar nichts von dir zu wissen.«

Marco schweigt. Meine Frage ist ihm unangenehm. »Nein,

habe ich nicht«, antwortet er dann und fügt hinzu: »Alice, ich habe nicht viel Zeit. Gibst du mir jetzt ihre Nummer oder nicht?«

Pünktlich um acht Uhr warte ich zusammen mit Yukino im Taxi vor Silvias Haus, die, wie nicht anders zu erwarten, noch nicht fertig ist. Sie kommt zwanzig Minuten später. Ich koche vor Wut, und Alessandra, die ganz sicher ist, dass die Einladung etwas zu bedeuten hat, hat mich bereits zigmal angerufen.

Silvia ist eine glamouröse Erscheinung. Das kupferfarbene Haar fällt wie ein Seidenmantel über die gestreifte Stola von Dior, und als sie an meiner Seite Platz nimmt, umfängt mich ihr Duft, Samsara von Guerlain. »Alice, du hättest dir etwas mehr Mühe geben können! Weißt du nicht, dass Vernissagen superschick sind? Die sind nicht wie eure trüben Medizinerpartys«, meint sie verächtlich. »Da sind Leute, die ihren sozialen Status mit der gleichen Inbrunst zur Schau stellen, mit der Hooligans in Fußballstadien einfallen. Leute mit Kohle, die unter dem Vorwand, etwas von Kunst zu verstehen, mit ihrem Geld um sich werfen wollen. Wenn du aber meine ehrliche Meinung hören willst – ich glaube, es gibt keine Kunst. Die gibt es seit der Renaissance nicht mehr.«

»Du hast doch keine Ahnung.«

»Ich habe recht, und das weißt du auch. Aber ich werde das Marco gegenüber nicht erwähnen, mach dir keine Sorgen.«

Wir holen noch die wütende Alessandra ab, die Silvia wie Luft behandelt. Dann kommen wir endlich an unserem Ziel an.

In der Galerie – architektonisch eindeutig durch den Neoklassizismus inspiriert – tummeln sich lauter intellektuelle Snobs, die sich über irdische Kleinlichkeiten erhaben fühlen, aber trotzdem der Versuchung nicht widerstehen können, ihre Klamotten bei Armani einzukaufen. Ich kann diese Typen nicht leiden. Yukino fühlt sich dagegen wohl: Ihre Nationalität zieht viele Leute an, und sie genießt es, neue Bekanntschaften zu machen. Dagegen bleibt Alessandra und Silvia nichts anderes übrig, als miteinander zu plaudern wie zwei alte Freundinnen – ausgerechnet die beiden, die sich nicht ausstehen können –, nur damit sie nicht einsam und verlassen herumstehen.

Die Galerie ist in mehrere Bereiche auf verschiedenen Stockwerken unterteilt. Die anderen Künstler interessieren mich nicht besonders, deswegen bewege ich mich gleich dorthin, wo Marco ausstellt.

Und hier sind sie, die berühmten Konzeptfotos meines Bruders. Ich sehe sie zum ersten Mal. Ein vom Herbst rot gefärbtes Blatt auf dem Asphalt; ein Clochard, der auf einer Bank eingeschlafen ist, einen Cowboyhut auf seinem grauen Haar; die vielfarbigen Oberflächenspiegelungen eines Tropfens, die mit dem Zoom aufgenommen sind. Die Motive sind vielfältig, man kann wirklich nicht behaupten, dass Marco nur ein einziges Thema hat.

Zwischen all diesen Fotos und auf den ersten Blick das hässlichste: ein Bild von mir, auf das ich nicht vorbereitet bin.

Die Überraschung ist so groß, dass ich es nur zögerlich betrachte. Auf dem Schildchen darunter steht: *Unbewusste Schönheit*.

Das Foto ist einige Jahre alt. Mit einem Buch in den Händen, das auf meine Brust gesunken ist, bin ich im Garten eingenickt. Die Schatten sind durch geschicktes Ausleuchten verwischt, meine Gesichtszüge dagegen klar, und das Türkis des Himmels ist die einzige Farbe auf diesem Schwarz-Weiß-Foto.

Mein Leben mag völlig aus der Bahn geraten sein, aber ich habe einen Bruder, der etwas Besonderes ist.

Während ich in den Anblick des Fotos versunken bin, tritt Marco von hinten an mich heran und umfasst meine Schultern. Er ist ganz in Schwarz gekleidet. Mein Gott, wie dünn er ist. Und wie anmutig. Er ist einfach einzigartig.

»Marco ... ich bin so ... gerührt! Du bist so unglaublich gut! Und dieses Foto ist ... mir fehlen die Worte«, meine Stimme bricht. Marco fährt mir leicht über die Wange.

»Ich hatte schon Angst, du würdest wütend werden. Vielleicht hätte ich dich um Erlaubnis fragen sollen ...«

»Nein! Das war eine wunderbare Überraschung. Und du hast einen unbedeutenden Augenblick zu einem ganz besonderen gemacht. Du bist wirklich begabt, und ich bin stolz auf dich.«

Auf Marcos Wangen breitet sich ein rosa Schimmer aus. »Wie schön, dass du hier bist und dass dir meine Fotos gefallen.«

»Dieses Foto hätte ich gern!«

»Ich mache dir einen Abzug davon. Und auch für Mama, die mochte das Bild sehr.«

Alessandra kommt hüftschwingend langsam näher.

»Marco«, sagt sie leise und mit einem verführerischen Lächeln, »du wirst immer besser. Deine Fotos sind viel reifer geworden.«

»Danke, Ale, nett von dir.«

»Ich hätte gern das mit den Titel *Bellayl*, das würde sich in meinem Schlafzimmer sehr gut machen.«

»Ich schenk's dir, wenn du möchtest.«

Ich lasse die beiden allein, man kann ja nie wissen, und laufe weiter durch die Ausstellung. Alessandra versucht Marco mit allen möglichen Tricks auf sich aufmerksam zu machen. Silvia gibt ihre tiefschürfenden Betrachtungen zur Konzeptionalität in der Modernen Kunst zum Besten, und Yukino ist von einer Schar Intellektueller umringt, mit denen sie über die japanische Erzählliteratur diskutiert.

Ich betrachte alle Fotos, doch erfreue ich mich am Ende wieder an *Unbewusster Schönheit*.

Dieses Bild markiert eine Wende in meinem Leben. Selbst so ein Unglücksrabe wie ich kann zu einem Kunstobjekt werden. Auch wenn es stimmt, dass man schon genau hinschauen muss, um zu erkennen, dass ich das bin. Aber das ist nicht der Punkt. In der Anmut dieses Augenblicks steckt die Kunst.

Ein Unbekannter reißt mich aus meinen Gedanken.

»Sind Sie das Mädchen auf dem Foto?«, fragt jemand hinter mir. Unwillkürlich drehe ich mich um. Es ist eine ziemlich tiefe, ziemlich rauchige und sehr sinnliche Stimme mit einem leicht angelsächsischen Einschlag. Sie gehört einem hochgewachsenen und durchtrainierten Mann um die dreißig, der so ziemlich meiner Vorstellung von einem Typen entspricht, der so wirkt, als hätte er den ganzen Tag an einem sonnigen, windigen Ort auf seinem Segelboot verbracht. Sein blondes welliges Haar ist verstrubbelt, seine Haut bernsteinfarben, und die leichte Bräunung wird durch das weiße Hemd, dessen Ärmel zu drei Vierteln hochgerollt sind, betont. Er hat schöne Hände, obgleich die Fingernägel sehr kurz sind. Seine Augen sind von einem tiefen Blau, die Augenbrauen blond und dicht, durch eine von ihnen verläuft eine kleine Narbe. Sein Blick strahlt eine gewisse Selbstzufriedenheit aus. An einem Handgelenk trägt er einen auffälligen Reif aus Elfenbein, der von einem Leben in der Ferne erzählt. Und ganz allgemein scheint der Typ so ungefähr das Gegenteil von mir zu sein.

»Ja«, antworte ich unbefangen.

»Da waren Sie sehr entspannt«, kommentiert er.

»Sehr wahrscheinlich. Ich erinnere mich nicht mehr daran, um ehrlich zu sein. Das ist eine Momentaufnahme.«

»Das sind immer die interessantesten«, meint der Unbekannte. »Lesen Sie gern?«, fragt er und zeigt auf das Buch. Ich beobachte, wie er ganz nah an das Bild herantritt, um den Titel zu entziffern. Dabei kneift er leicht die Augen zusammen.

So ein Mist. Daran hatte ich gar nicht gedacht. Lieber Gott, hilf mir und mach, dass das nicht einer von diesen Schundromanen ist, wie ich sie immer mal in die Hände nehme. Es kann nicht sein, dass ich in der *Unbewussten Schönheit* verewigt werde, während ich einen Arztroman lese. Es gibt ja immer noch den einen oder anderen, der mich für intellektuell hält.

»*Warum die nettesten Männer die schrecklichsten Frauen haben*«, liest der Unbekannte mit einem leicht ironischen Unterton.

Ich muss lachen. »Das war eine sehr bereichernde Lektüre«, erkläre ich, wieder ernst.

»Und, haben Sie verstanden, warum Männer schreckliche Frauen lieber mögen?« Er lächelt ebenfalls. Ein offenes und selbstbewusstes Lächeln.

»Das Buch hat die These nur bestätigt. Was meinen Sie als Vertreter dieser Gattung dazu?«, frage ich und neige dabei nachdenklich meinen Kopf.

»Dass das Gleiche auch für die Frauen gilt.« Gut gekontert. Der Unbekannte nippt an einem Mojito und wirft mir ein Lächeln zu. »Wer hat die Aufnahme gemacht?«, fragt er und sieht mir dabei tief in die Augen.

»Mein Bruder. Ein Teil der Ausstellung ist von ihm. Er heißt Marco Allevi«, erkläre ich mit Stolz. »Ich bin übrigens Alice Allevi«, sage ich und strecke ihm meine Hand entgegen.

»Arthur Malcomess«, antwortet er und reicht mir die seine.

»Malcomess«, sage ich abwesend, »ist ja lustig – genau wie mein Boss, dieser Idiot!« Das war nicht sehr vornehm, ich weiß, aber ich habe zu viele Mojitos getrunken und bin etwas enthemmt.

Er hebt die Augenbrauen. »Paul Malcomess?«

»Ja«, antworte ich, und mein Herz beginnt schneller zu schlagen. Wie konnte ich nur so dumm sein! Als ob es in Rom wer weiß wie viele Leute mit dem Namen Malcomess gäbe ... Jetzt kommt gleich auch noch heraus, dass sie miteinander verwandt sind.

»Paul Malcomess, der Rechtsmediziner?«

»Ja«, antworte ich schwach. Auf Arthur Malcomess' Zügen breitet sich ein verschmitztes Lächeln aus.

»Das ist mein Vater«, erwidert er liebenswürdig und in einem Ton, der ganz und gar nichts Gekränktes hat.

Scheiße. Scheiße. Scheiße..

Ich fühle, wie ich erröte. Instinktiv lege ich meine Hände an die Stirn und rufe mich innerlich zu dem bisschen Ordnung zurück, die mir geblieben ist, um nicht in Tränen auszubrechen.

»Mach dir keine Gedanken«, flüstert er und berührt mich leicht, »ehrlich gesagt, finde ich auch, dass er ein ziemlicher Mistkerl ist.«

Ich kann ihm nicht in die Augen sehen. Es gibt keine Gerechtigkeit auf dieser Welt. Das kann wirklich nicht wahr sein. Da lerne ich einen Wahnsinnstypen kennen, und mir fällt nichts Besseres ein, als seinen Vater als Idioten zu bezeichnen.

Ich blicke zu Boden.

Hier ist jetzt Geistesgegenwart angesagt. Was soll's! Jeder hasst seinen Chef. Sicher hasst Arthur Malcomess seinen ebenfalls. Und außerdem hat er selbst gesagt, dass er meine Meinung teilt.

»Also bist du Rechtsmedizinerin«, meint er mit größter Selbstverständlichkeit.

»Das war ich«, erwidere ich untröstlich. »Seit ungefähr zehn Tagen ist auf mich ein Kopfgeld ausgesetzt, und anstatt die Probleme zu lösen, ist es mir gelungen, sie auch noch zu verschärfen.«

Mir entfährt ein Seufzer der Verzweiflung. »Das mit meinem Boss habe ich wirklich nur so dahingesagt; ich glaube, er ist sehr gut in seinem Job, und so ein Idiot ist er nun auch wieder nicht. Na ja, ein bisschen schon … aber das gehört auch zu der Rolle als Chef.« Meine holprigen Worte scheinen ihn nicht zu interessieren.

»Klar«, erwidert er zerstreut.

»Und was machst du so?«, frage ich, um das Thema zu wechseln und wieder etwas Boden zu gewinnen.

»Ich bin Journalist.«

»In welchem Bereich?«, erkundige ich mich.

Als er mir lässig die Zeitung nennt, für die er arbeitet, muss ich einen Aufschrei unterdrücken. Vielleicht ist ihm nicht klar – oder es ist ihm im Gegenteil sehr bewusst –, dass er für eine der besten Publikationen in Italien arbeitet.

»Und worüber schreibst du?«

»Reisen.«

»Ich habe da einmal einen sehr aufregenden Artikel über Buenos Aires gelesen. Der hat mir richtig Lust gemacht, dorthin zu reisen, und bis heute ist die Stadt eines meiner Lieblingsziele geblieben.«

»Buenos Aires? Vor ungefähr einem Jahr?«

»Ja, ich glaube schon.«

»Den habe ich geschrieben«, gesteht er in einer Mischung aus Freimut und Verlegenheit.

»Na, in diesem Fall, meinen späten Glückwunsch! Ein toller Artikel«, schwärme ich. »Das ist die Art von Arbeit, die alle gerne hätten: Du wirst praktisch dafür bezahlt, Ferien zu machen.«

»Glaub mir, so aufregend ist das gar nicht«, antwortet er. Und als er meinen ungläubigen Blick bemerkt, fügt er hinzu: »Na ja, es hat viele Vorteile. Ich vergnüge mich stellvertretend für andere und zeige ihnen, was man so alles anschauen kann, aber eigentlich möchte ich gern aus anderen Gründen reisen.« Sein Tonfall ist vage geworden.

»Ich verstehe nicht«, gestehe ich.

Arthur lächelt. »Wir kennen uns gerade mal seit fünf Minuten, und ich möchte dich nicht langweilen.«

»Aber mich interessiert das wirklich«, hake ich nach.

»Vielleicht kann das ja ein guter Vorwand für ein nächstes Treffen sein«, erwidert er und zwinkert mir dabei fröhlich und unbefangen zu. Ich kenne ihn erst seit fünf Minuten, aber er gefällt mir wirklich sehr. Und er ist der Sohn vom Boss. Ich habe wirklich kein Schamgefühl. »Magst du einen Drink?«, erkundigt er sich.

Ich nicke zustimmend, und wir gehen auf das Büffet zu. Ein Reisereporter also: Das erklärt erstens seine Bräune, die so gar nichts von der Aprikosentönung aus dem Sonnenstudio hat. Zweitens: dieses exotische Armband, das mich so beeindruckt hat und das aus Bali oder irgendeinem vergleichbaren Ort stammt. Drittes: diese eigenwilligen, faszinierenden Umgangsformen, die Leute besitzen, die einem interessanten Beruf nachgehen.

Während wir über seine letzte Reise nach Rio de Janeiro plaudern, werden wir von einem seiner Freunde unterbrochen, der sich als Fotograf und Kollege von Marco entpuppt. Dieser unerwünschte Dritte hat es eilig, den Ort zu verlassen, und entführt mir den schönen Arthur.

»Es war schön, dich kennenzulernen«, verabschiede ich ihn und löse mich nur widerstrebend aus der verzauberten Atmosphäre, die zwischen uns entstanden ist. Von heute an werde ich nicht umhinkönnen, mich zu fragen, was Arthur Malcomess gerade macht, wenn ich dem Allerhöchsten begegne.

»Es war wirklich schön, Alice im Wunderland«, antwortet er ein wenig zerstreut, wirft mir eine Kusshand zu und folgt jenem unerwünschten Dritten in die Menge. Dabei erklingt irgendein schmalziger Song.

Am Ende des Abends habe ich das Gefühl, in meinem ganz persönlichen Wunderland zu schweben. Weil ich mit einem tollen Typen geflirtet habe, weil ich mich so hübsch und schick fühle wie Keira Knightley in der Werbung von Coco Mademoiselle und außerdem, last but not least, weil ich es mit den Mojitos ganz schön übertrieben habe und mich so fühle, wie das eine Mal, als ich in einem Laden eine Schaumstoffmatratze namens *Memory Foam* ausprobiert habe.

Im Taxi erzähle ich alles meinen Freundinnen. Silvia kichert. Alessandra ist verwirrt, und für Yukino muss ich die Episode noch einmal wiederholen, damit sie alle Einzelheiten versteht.

»Also wirklich, Yukino. Um zu begreifen, dass sie den Vater von dem Typen, der sie gerade angemacht hat, als Idioten bezeichnet hat, braucht man wirklich kein höheres Studium der Philologie. Und dass der obendrein auch noch ihr Chef ist!«, platzt es aus Silvia heraus.

Die drei unterhalten sich weiter, so als ob ich nicht dabei wäre. Und um ehrlich zu sein, höre ich ihnen auch gar nicht mehr zu.

Bei meiner Ankunft zu Hause googele ich nach »Arthur Malcomess«.

Man verweist mich auf die Webseite der Zeitung, für die er arbeitet, und dort finde ich eine biografische Notiz:

Arthur Malcomess, am 30.3.1977 in Johannesburg geboren, wo er bis zu seinem achtzehnten Lebensjahr gelebt hat. Abschluss in Politikwissenschaft an der Universität Bologna mit Auszeichnung; 2004 Abschluss des Promotionsstudiengangs an der Sorbonne/Paris in Internationalen und Diplomatischen Beziehungen. Er schreibt seit 2005 für den Reiseteil.

Auf verschiedenen Blogs finde ich – ganz oder in Auszügen – einige Artikel von ihm. Die kurzen Texte sind ein perfekter Spiegel der außergewöhnlichen und anziehenden Person, die ich heute Abend kennengelernt habe, und trotz der Müdigkeit, die mich überkommt, lese ich immer weiter und stelle mir dabei vor, wie er mit mir spricht.

Gute Nacht, Arthur.

Du bist der lebende Beweis dafür, dass die viel diskutierte Genpenetranz sehr variabel ist. Ich sollte Anceschi ein Forschungsprojekt zu diesem Thema vorschlagen.

Friends will be Friends

Der Tag ist für Ende Februar außergewöhnlich warm. Der Himmel erstrahlt in einem lebhaften Blau, und die Luft duftet nach Pinien und Kaffee.

Hin und wieder, leider nicht sehr oft, vergesse ich glatt das Damoklesschwert, das über meinem Kopf schwebt, und fühle mich fast richtig froh. Wenigstens bis zu dem Augenblick, in dem ich mein Büro betrete.

Lara sitzt an ihrem Schreibtisch, wo sie eingehend einige Fotos betrachtet und sie mit anderen in einem Band zur Insektenkunde vergleicht. Neben ihr steht ein Urinbehälter mit einem roten Deckel, in dem Zeug herumschwimmt, von dem man besser nicht weiß, was es ist.

»Lara, was ist dieses Ekelzeug da drin?«

Lara hebt ihren kurzsichtigen Blick.

»Wo?«

»Da, in diesem Behälter …«, erläutere ich und rümpfe die Nase.

»Ah ja«, ruft sie ganz aufgeregt aus. »Das sind meine Larven! Ich mache eine Untersuchung für Anceschi. Gestern war ich bei einem Leichenfund dabei – ich habe versucht, dich anzurufen, um zu fragen, ob du mitkommen willst, aber du bist nicht rangegangen. Schade! Die Arme war schon ganz verwest und voller Dipteralarven, genau …«

»Lara, hör bitte auf«, unterbreche ich sie. »Das ist ja grauenvoll. Und schmeiß das weg, mir ist schon ganz schlecht.«

»Das geht nicht, die brauch ich noch. Geh in die Bibliothek, wenn du es wirklich nicht mehr aushältst. Aber wenn du meine Meinung hören willst, dann solltest du einige deiner Empfindlichkeiten aufgeben. Wo warst du gestern Abend?«, fragt sie mich dann.

»Bei einer Fotoausstellung von meinem Bruder. Und weißt du, wen ich da kennengelernt habe?«

Lara zuckt mit den Schultern.

»Den Sohn von Malcomess.«

»Welchen von den zehn? Erzähl, ich will alles genau wissen. Du weißt, dass ich für Malcomess eine Schwäche habe und dass ich mich schon Hals über Kopf in ihn verliebt hätte, wenn er dreißig Jahre jünger wäre.«

»Zuerst räumst du diese Larven aus meinem Blickfeld.«

»Ganz schön anspruchsvoll«, murmelt Lara, während sie das Behältnis auf den Schreibtisch von Ambra stellt, die über das Wochenende mit ihrer Mutter zu einem Kurzurlaub in Paris ist. »Okay so?«

Als ich so mitten im Erzählen bin – wobei ich einige Einzelheiten auslasse (vor allem die, dass ich den Boss als Idioten bezeichnet habe) –, unterbricht uns Claudio. Er tritt ohne zu klopfen ein (das ist sein Markenzeichen) und fragt mich, ohne Lara eines Blickes zu würdigen: »Lust auf einen Cappuccino?«

»Klar«, antworte ich ein wenig nervös.

»Mach dir keinen Kopf, geh nur«, kommt Lara mir zuvor, bevor ich mich überhaupt dafür entschuldigen kann, dass ich sie einfach so sitzen lasse.

Ich hake mich bei ihm unter, und wir gehen zur Bar neben dem Institut.

»Gibt's was Neues zu Giulia Valenti?«, frage ich ihn unbekümmert.

»Ich habe die Ergebnisse der toxikologischen Untersuchung«, antwortet er unaufgeregt.

»Schon?«, frage ich ihn überrascht. Normalerweise braucht der Toxikologe, mit dem er arbeitet, länger.

»Gestern habe ich den ganzen Tag bis nachts um drei mit dem Toxikologen aus der Forensik daran gearbeitet. Ich bin fix und fertig und halte mich nur noch mit Koffein auf den Beinen. Wie auch immer, Giulia Valenti war bis oben hin vollgepumpt mit Drogen.«

»Erzähl.«

»Sie hat so gut wie jede Droge auf dem Markt konsumiert. Heroin eingeschlossen, und zwar regelmäßig, wenn auch nicht häufig.«

»Was heißt das genau?«

Mit übermüdeten Augen rührt Claudio Rohrzucker in seinen Cappuccino.

»Sie war nicht wirklich heroinsüchtig. Sie hat das Zeug maßvoll konsumiert, ohne abhängig zu sein. Entweder war sie noch am Anfang, oder sie wusste einfach, wie man damit umgeht. Auf jeden Fall hat sie sich nicht auf Heroin beschränkt. Wir haben auch Spuren von Kokain und Hasch gefunden.«

»War es eine Überdosis?«

»Allevi, stopp! Überdosis? Hast du schon den Befund anaphylaktischer Schock vergessen?«

»Na ja, es könnte ja sein, dass das Heroin mit einer Substanz gestreckt war, die den anaphylaktischen Schock ausgelöst hat.«

»Bei Paracetamol könnte das der Fall sein. Das ist die einzige Substanz, die, wenn sie ins Blut gelangt, pharmakologisch wirksam und potenziell allergieauslösend ist. Es ist sehr gut möglich, dass das Heroin mit Paracetamol gestreckt war: Der Kollege aus der forensischen Toxikologie hat mir erzählt, dass es bei den Drogen draußen auf der Straße mehr und mehr im Umlauf ist, weil es die Wirkung des Heroins verstärkt. Im Übrigen hat die Familie von Giulia Valenti bestätigt, dass sie eine Allergie gegen Paracetamol hatte, also hätte sie es niemals absichtlich eingenommen.«

»An diesem Punkt frage ich mich, warum wir in ihrer Wohnung keine Spritze gefunden haben.«

»Gute Frage. Um ehrlich zu sein, hat man am selben Abend eine in der Nähe gefunden. Nicht in der Wohnung. In den Abfallcontainern auf der Straße. Wir werden eine DNA-Untersuchung von den Blutresten im Inneren der Spritze und von den Spuren der Epithelzellen auf dem Zylinder vornehmen. Das Material erhalte ich heute Nachmittag.«

»Das würde bedeuten, dass sie an jenem Abend nicht alleine war, als sie die Drogen genommen hat. Sie kann nicht mehr die Zeit gehabt haben, das Haus zu verlassen und die Spritze wegzuwerfen.«

»Das stimmt, aber vielleicht auch doch. Aufgrund der Metaboliten im Blut und in den anderen Körperflüssigkeiten versucht der Toxikologe zu ermitteln, um welche Uhrzeit sie die Drogen konsumiert hat und wie viel Zeit von da ab bis zum Todeszeitpunkt verstrichen ist. Ich habe keine Ahnung, wie ihm das gelingen soll, denn da sind auch noch die biochemischen Prozesse nach dem Tod zu berücksichtigen. Aber die Information könnte vielleicht nützlich sein, auch wenn ich meine Zweifel habe. Auf jeden Fall steht das noch aus. Zu deiner Freude hat dieser Fall also etwas von einem Krimi, Allevi. Auch weil eine Nachbarin berichtet hat, Lärm aus der Wohnung gehört zu haben, und zwar in den Stunden bevor der Leichnam aufgefunden wurde. Sicher ist, dass die Valenti nicht allein war, und jetzt muss man herausfinden, ob und auf welche Art und Weise die Person, die bei ihr war, mit Giulias Tod zu tun hat.«

»Siehst du, diese Blutergüsse könnten von Bedeutung sein.«

»Schauen wir mal.«

»Vielleicht gab es Streit.«

»Klar, in der Welt der Möglichkeiten ist eine Unzahl von Dingen zu bedenken. Es ist aber nicht immer an uns, Hypothesen aufzustellen: Lern deshalb als Grundregel, dass es gut ist, Fragen zu stellen, aber immer mit Verstand.«

»Alles klar, Prof, das habe ich kapiert. Darf ich dir bei den Untersuchungen zu der Spritze helfen?«

»Ja, aber wie immer unter der Bedingung, dass du nicht auffällst.« Dann wechselt er das Thema. Sein Gesicht ist leicht errötet, und er kann mir nicht in die Augen sehen. »Hör zu, Alice. Ich muss über etwas sehr Ernstes mit dir sprechen«, beginnt er in einem dramatischen Tonfall, so als ob er gleich den Weltuntergang ankündigen würde.

»Worüber?«, frage ich, nicht sehr nervös. Er kann mir zu meiner beruflichen Situation nichts Schlimmeres mehr sagen, als ich ohnehin schon weiß. Und es kann auch nicht schlimmer werden als das eine Mal, als ich vergessen hatte, die Freigabe zur Beerdigung eines Leichnams zu fotokopieren und er mich erwürgen wollte.

»Alice, ... Mist, wie soll ich es dir sagen?«, druckst er herum.

»Schieß los, Claudio, Mach's nicht so spannend.«

»Na ja, ... Wally findet, dass du nichts fertigbringst und dass der einzige Weg, um die Lage zu retten, darin besteht, dich das Jahr wiederholen zu lassen.«

Vor Scham erröte ich bis unter die Haarwurzeln. Obgleich ich die Einzelheiten dieser unheilvollen Nachricht nur zu gut kenne, zieht sie mir immer wieder aufs Neue den Boden unter den Füßen weg.

»Das weiß ich schon«, gestehe ich ohne Umschweife, während ich in meiner Handtasche verzweifelt nach meinem Päckchen Merit wühle.

Claudio verdreht die Augen. »Und darf ich erfahren, was du dir hast Schönes einfallen lassen, um deinen Arsch zu retten?«

»Ich arbeite wie eine Verrückte.«

»Ah ja, und woran?«, fragt er distanziert.

»An verschiedenen Projekten.«

»Drück dich klarer aus«, hakt er nach.

Ich schnaube hörbar. »Claudio, ich kann mir nicht von einem Tag auf den anderen etwas ausdenken. Zum Entwickeln von Projekten braucht es Zeit. Während ich auf eine Erleuchtung warte, hänge ich mich in die Alltagsarbeit rein.«

Claudio trinkt seinen Cappuccino aus. »Alice … hör mir gut zu: Deine Lage ist wirklich ernst. Nur du kannst das wieder in Ordnung bringen. Unterschätz Wallys Ultimatum nicht, eine andere Chance kriegst du nicht«, erläutert er. »Mir erschien es nur fair, dir Bescheid zu sagen«, beschließt er das Gespräch schließlich unwirsch, so als ob er sich rechtfertigen wolle.

»Vielen Dank auch«, erwidere ich kurz angebunden. Obwohl er es gut meint, ärgert mich seine Anteilnahme. Er macht eine Bewegung, als wolle er aufstehen, aber ich halte ihn am Arm zurück. Er schaut mich überrascht an. »Claudio … glaubst du, Wally lässt mich wirklich durchrasseln?«

Seine Antwort kommt wie aus der Pistole geschossen: »Sie ist, glaube ich, absolut in der Lage dazu. Aber ich hoffe, dass du retten kannst, was zu retten ist. Aber auch, wenn du die Prüfung am Jahresende bestehen solltest, dürfte es nicht leicht sein, Wally und Malcomesss zu beeindrucken, denn die halten an ihren einmal gefassten Urteilen fest.«

Wenn du Claudio um Hilfe bittest, ist er immer sofort zur Stelle, um mit dir zusammen einen Strick zu finden, an dem du dich aufhängen kannst.

»Wir sehen uns später für die Untersuchung der Spritze.

Um Punkt drei Uhr«, beendet er das Gespräch und lässt mich dann an dem Tisch in der Bar zurück, ein armseliges, verzweifeltes Geschöpf in einem weißen Kittel, inmitten einer Menge von hektischen Menschen, die sich, im Gegensatz zu mir, vielleicht wirklich alle anstrengen, um ihre Ziele zu erreichen.

Lieber ein Tag als Löwe statt hundert Tage als Schaf

In den folgenden ersten Märztagen, die wieder kalt und nass sind, beschäftigen wir uns mit den Spuren auf der Spritze: Blutanalysen und Untersuchung der Hautzellen auf dem Zylinder. Alle Gegenstände, die im Abfallcontainer neben der Spritze lagen, untersuchen wir ebenfalls, um die DNA-Spuren miteinander zu vergleichen und auszuschließen, dass die DNA, die wir an der Spritze sichergestellt haben, verunreinigt wurde. Die Ergebnisse sind ziemlich widersprüchlich. Finde ich zumindest.

Das Blut im Inneren der Spritze, das mit dem Kolben in Berührung kam, stimmt mit Giulias DNA überein, was bedeutet, dass sie die Spritze benutzt hat. Außen finden wir weitere, fremde DNA-Spuren mit zwei Profilen, und zwar von einer männlichen und von einer weiblichen Person.

»Verunreinigung, ganz klar«, lautet Claudios Urteil. »Die weibliche DNA stimmt mit der auf einem Taschentuch überein, das neben der Spritze im Abfall lag und das mit Tränenflüssigkeit und Nasenschleim durchtränkt war. Taschentuch und Spritze lagen dicht beieinander, so kam die weibliche DNA auf die Spritze. Die von der männlichen Person ist um einiges bedeutsamer, denn da gibt es keine Quelle der Verunreinigung.«

»Könntest du mir das näher erklären?«

Claudio schnaubt. »Es ist unglaublich, dass du diese Dinge immer noch nicht weißt, Alice.«

»Deswegen gibt es dich, um sie mir zu erklären, mein großer Held!«

»Vorausgesetzt, DNA kann nicht fliegen, sondern bleibt an einem Gegenstand direkt haften, bedeutet das, dass es zwei Protagonisten geben muss: die Quelle und den Empfänger der Verunreinigung. In diesem Fall trägt der Spritzenzylinder die Spuren von Giulia Valenti, die sich Heroin injiziert hat. Doch auf seiner Oberfläche befinden sich auch Spuren von einem Subjekt XX, einer Frau, und andere, die einem Subjekt XY, einem Mann, gehören. Wie konnte die DNA auf die Spritze gelangen?«

»Ist das eine rhetorische Frage?«

Claudio schaut mich entgeistert an. »Ich meine das ernst.«

»Okay. Die kann auf zwei verschiedenen Wegen darauf gelangt sein: einmal über den direkten Kontakt von jemandem, der die Spritze an jenem Abend angefasst hat. Und zweitens über das Taschentuch im Abfall.«

»Gut. Und was erscheint dir im Fall der weiblichen DNA wahrscheinlicher?«, fragt er in unverhohlen ironischem Tonfall.

»Natürlich die zweite Hypothese. Aber was sagst du dazu: Wenn das Taschentuch der Frau gehören würde, die an jenem Abend mit Giulia Drogen genommen hat?«

»Verzeih meine Offenheit, Alice, aber mir scheint, dass dein Enthusiasmus in Kombination mit einer kolossalen Unkenntnis auf dem Gebiet der forensischen Genetik echte Hirngespinste hervorbringt. Warum sollte es sich dabei ausgerechnet um eine Frau und keinen Mann handeln, wo ich eine Verunreinigung ausschließe?«

Tja. Ich kann ihm schlecht sagen, dass sich meine Überlegungen auf jenes Telefonat stützen, das ich mitgehört habe, und auf Dorianas unzusammenhängende Worte. Er würde das nicht verstehen.

»Aber entschuldige, Claudio, warum gibst du nicht einfach zu, dass die weibliche DNA, die wir auf dem Taschentuch gefunden haben, auch von einer Person stammen könnte, die sich am fraglichen Abend bei ihr aufgehalten hat?«

»*Wir* ist ziemlich frech. *Du*, wolltest du vielleicht sagen. Es ist ein Wunder, dass mir die Analyse überhaupt gelungen ist, obwohl du dabei warst.«

»Du bist ganz schön gemein.«

»Ich sage nur die Wahrheit, und du solltest lernen zuzuhören, denn wie du weißt, steht viel auf dem Spiel für dich.«

»O.k. Lassen wir für den Augenblick meine Unzulänglichkeiten mal beiseite. Hör mir einfach so zu, als würde Ambra mit dir reden.«

Claudio fühlt sich ertappt, und seine Miene verfinstert sich. »Was hat Ambra damit zu tun?«

»Du denkst doch, dass sie unter uns Gesindel von Assistenzärzten der Rohdiamant ist. Oder täusche ich mich?«, frage ich hinterlistig und kneife meine Augen zu Schlitzen zusammen.

»Sie kann was«, räumt er ein. »Aber ich habe zwischen euch nie Unterschiede gemacht. Und nur damit du es weißt, nicht sie ist der Rohdiamant.«

Einen Augenblick lang klopft mein Herz etwas schneller. Sollte am Ende … ich es sein?

Versucht Claudio mir auf seine Art und Weise zu sagen, dass er mich von allen Assistenzärzten für die beste hält?

»Wenn du die Wahrheit wissen willst, ich glaube, dass die Begabteste, Scharfsinnigste und Brillanteste von euch Lara ist. Schade, dass sie so unvorteilhaft aussieht. Ihr Aussehen schadet ihr – du kannst dir nicht vorstellen wie sehr.«

Ich habe kein Interesse daran, das Thema nach diesem

Urteil noch weiterzuverfolgen, auch wenn ich nicht leugnen kann, dass ich ganz und gar seiner Meinung bin. Also wende ich mich wieder der Kernfrage zu.

»Dann hör mir also so zu, als wäre ich Lara.«

»Nur zu, wo ist das Problem?«

»Das Problem ist, dass du dich weigerst, eine Möglichkeit in Betracht zu ziehen.«

»Alice, verstehst du nicht, dass die weiblichen DNA-Spuren für den Zweck der Untersuchung nicht relevant sind? Sie rühren sehr wahrscheinlich von einer Verunreinigung her, und es ist nicht wahrscheinlich, dass sie mit der DNA von der Person übereinstimmen, die sich an jenem Abend mit der Valenti einen Schuss gesetzt hat. Denn ich habe überdies das DNA-Profil der Person identifiziert, die an dem fraglichen Abend die Spritze in der Hand gehalten hat, und das war ein Mann. Habe ich mich jetzt klar genug ausgedrückt? Diese Spuren von weiblicher DNA haben im Gerichtssaal nicht die geringste Aussagekraft. Prozesse sind schon wegen ganz anderen Dingen nicht so gelaufen, wie sie sollten.«

»Aber deswegen heißt das doch nicht, dass sie nicht nützlich sein kann. Ich meine es ernst, Claudio, hör mir zu. Das ist ein Fund, der Bedeutung hat. Den darfst du nicht einfach so ignorieren. Ich sage das nur, um dir zu helfen.«

Claudio schüttelt den Kopf. »Ich ignoriere ihn auch überhaupt nicht. Ich nehme ihn auf, aber ich halte an meiner Einschätzung fest. Ich weigere mich, deinen romanhaften Vorstellungen nachzugeben, wie damals …«, unterbricht er sich, ohne ein Grinsen unterdrücken zu können. »Du warst überzeugt, dass die Hinweise auf Erstickungstod bei einer Frau einen Mord nahelegten, und nicht, dass das Haus über ihrem Kopf zusammengebrochen war.« Und er grinst weiter höhnisch, während er aus einem Schränkchen neue Chemikalien nimmt.

»Da gibt es überhaupt nichts zu grinsen«, entgegne ich verletzt. »Das ist eben meine Art, Dingen auf den Grund zu gehen.«

»Nein, das ist deine Art, wie du die Realität betrachtest. Völlig außerhalb jeder Logik. Aber dein Schutzengel hat mich auf deinen Lebensweg geführt, und ich kann dir helfen. Zum Beispiel beim Nachdenken.«

Das Telefon unterbricht uns. Eine der Sekretärinnen informiert ihn über die Ankunft von Inspektor Calligaris.

»Allevi, verdrück dich, ich habe zu tun.«

»Kann ich nicht hierbleiben, während du mit Calligaris redest?«, frage ich spontan.

»Warum musst du immer wie eine Klette an mir kleben? Ich habe ihm nur das zu sagen, was du ohnehin schon weißt.«

»Okay.« Ich verlasse den Raum, ohne zu wissen, dass viel Zeit vergehen wird, bis ich ihn wieder mit der gleichen Unbeschwertheit betreten kann.

Während ich den Flur hinuntergehe, der zu meinem Büro führt, renne ich in Inspektor Calligaris hinein.

»Wie geht es Ihnen, Dottoressa?«, begrüßt er mich überaus freundlich.

»Gut, danke. Sie wollen zu Dottor Conforti?«, frage ich, obwohl ich die Antwort bereits kenne.

»Ja, ich habe einen Termin mit ihm, denn er muss mir einige Befunde mitteilen. Während ich gewartet habe, konnte ich Giorgio auch gleich einen Besuch abstatten. Ich sollte öfter hierherkommen, das ist ein sehr angenehmes Institut.«

Ich muss unwillkürlich lächeln. Ich hätte gerne den Mut, ihn zu fragen, ob er meinem Hinweis nachgegangen ist, bin aber zu schüchtern und behalte die Frage für mich. Wir verabschieden uns herzlich voneinander.

Ohne es zu ahnen, hat Calligaris mich auf einen Gedanken gebracht. Es gibt nur eine einzige Person, die meine Zweifel ohne Überheblichkeit und mit intellektueller Aufrichtigkeit zerstreuen kann, und das ist der dicke Anceschi. Seine Freimütigkeit und Friedfertigkeit sind ideal, damit man sich wohlfühlen und Fehler machen kann, ohne irgendwelche schlimmen Folgen zu befürchten. Außerdem kann Anceschi Claudio nicht riechen, das ist bekannt. Er hält ihn weniger für ein Wunderkind als vielmehr für einen verzogenen jungen Schnösel.

Ich klopfe an die Tür zu seinem Büro. Ich werde mich hüten, ihm zu verraten, dass ich mich auf den Fall Valenti und das Werk von Claudio beziehe, vielmehr werde ich vage bleiben.

Er begrüßt mich und hört mir mit ungewöhnlicher Aufmerksamkeit zu.

»Und so sind Sie definitiv der Ansicht, dass Dottor Conforti Einzelheiten vernachlässigt?«

Ich erröte.

»Ich habe mich nicht auf Dottor Conforti bezogen. Es ging nur um eine allgemeine Frage.«

»Na, kommen Sie zum Punkt. Es ist offensichtlich, dass Sie sich auf den Fall Valenti beziehen. All Ihre Fragen zur DNA in der Abfalltonne … Geben Sie's doch einfach zu: Sie sind mit Dottor Confortis Haltung nicht einverstanden.«

So formuliert hat es den Anschein, als hätte ich Vorbehalte gegen Claudio, als wolle ich ihm in den Rücken fallen, doch das ist überhaupt nicht der Fall. Jedenfalls ist das nicht meine Absicht.

»Nein. Vielleicht liege ich falsch. Vielleicht messe ich Unwichtigem zu viel Bedeutung bei.«

»Man muss immer allem auf den Grund gehen.« Er greift mit verärgerte Miene zum Hörer.

»Claudio, ich muss kurz mit dir reden.« Ich reiße vor Schreck die Augen auf. Er hat ihn zu sich bestellt, um ihn über meine Zweifel zu informieren.

Und damit sehe ich Schreckliches auf mich zukommen: Claudio wird ganz und gar nicht begeistert sein.

Claudio ist erst seit Kurzem am Institut. Vorher war er nur ein einfacher Doktorand, der sich von Wally hat anbeten lassen. Doch innerhalb des Machtgefüges am Institut zählte er weit weniger, als er sich das wünschte, und auch weniger, als er selbst annahm. Jetzt hat er auf der Karriereleiter einen großen Sprung nach oben gemacht. Sein Verhalten ist das eines Universitätsdozenten, der eigentlich noch grün hinter den Ohren ist: Vor allem hat er sich einen dreisten Hochmut zugelegt. Dass ich seine Arbeit in Zweifel ziehen und darüber sogar mit Anceschi reden könnte, ist für ihn unvorstellbar.

Oder besser, es war für ihn unvorstellbar. Während ihn Anceschi in sanften Worten über sein Erstaunen in Kenntnis setzt (in Wahrheit über *mein* Erstaunen), schluckt Claudio die Kröte und starrt mich dabei unverwandt an. Dabei ist sein immer etwas finsterer Blick (der Schlüssel zu seiner mephistophelischen Ausstrahlung) höchst befremdet und zutiefst verächtlich.

»Einverstanden, Claudio? Trotz der Rolle und Funktion, die du jetzt innehast, bist du noch sehr jung, und es würde mir leidtun mit anzusehen, wie man dich fertigmacht«, beschließt Anceschi das Gespräch. Und mir kommt der Gedanke, jetzt am besten ganz schnell die Flucht zu ergreifen.

Ich bekomme nicht einmal mit, was die beiden noch miteinander verhandeln, so unwohl fühle ich mich in meiner Haut.

Am Ende entlässt Anceschi uns beide. Claudio schließt

die Türe hinter sich, und ich bemerke, dass seine sonst so ruhigen Hände leicht zittern.

»Claudio …«, beginne ich.

»Kein Wort!«, erwidert er verärgert und mit einem so vernichtenden Blick, dass ich mir wie ein Wurm vorkomme. Während er schnellen Schrittes auf sein Büro zugeht, hängt er mich einfach ab. Ich laufe etwas schneller und hole ihn ein. »Entschuldige mich«, meint er mit kalter Stimme und einem grimmigen Lächeln und knallt mir dann die Tür vor der Nase zu.

Ich bringe den Mut auf zu klopfen, aber er antwortet nicht. Schließlich platze ich in sein Zimmer hinein, obwohl ich weiß, dass es besser wäre abzuwarten, bis seine Wut verraucht ist. Ich will mich nicht einfach so abfertigen lassen.

»Ich hatte nicht die Absicht, dir in den Rücken zu fallen. Ehrlich. Ich wollte nur einige Dinge klären, und du wirst immer gleich so nervös … Mir ist einfach der Gedanke gekommen, Anceschi zu fragen, und er hat gleich begriffen, dass vom Fall Valenti die Rede war, aber ich wollte dich nicht in Schwierigkeiten bringen. Bitte, glaub mir.«

Claudios Lippen umspielt ein bösartiges Lächeln, als er mir antwortet: »Aha, ich soll dir also glauben, dass das einfach nur Naivität war. Du bist zwar dumm wie Bohnenstroh, aber so dumm auch wieder nicht.« Seine Augen blitzen wütend. »Ich habe dir immer wieder gesagt, dass du deinen Mund halten sollst. Du kannst reden, so viel du willst und wann du willst, wenn du mal deine eigenen Fälle hast – wenn das jemals eintreten sollte, denn wenn du so weitermachst, habe ich da meine Zweifel.«

»Ich glaube aber nicht, dass ich irgendetwas Schlimmes gesagt habe. Du wolltest mir ja unter keinen Umständen zuhören. Und so blieb mir nur Anceschi, um über meine

Einwände zu sprechen«, verteidige ich mich in ruhigem Tonfall.

»Du hast dich nur so aufgespielt, um bei Anceschi Eindruck zu schinden, und du hast ganz schön Schwein gehabt, dass er dir Glauben geschenkt hat, denn – unter uns gesagt – bist du einfach unfähig.«

Ich bin wie vor den Kopf gestoßen und so enttäuscht, dass mir fast die Spucke wegbleibt.

»Ich weiß, dass ich hier keinen guten Stand habe. Aber ich hätte nicht geglaubt, dass … du …« Mir verschlägt es die Sprache. »Ich dachte, wir seien Freunde.«

»Freunde«, wiederholt er mit einem flüchtigen Lächeln. »Ich habe dir die Freundschaft bewiesen und dir etwas verraten, das ich eigentlich für mich hätte behalten müssen. Doch wir sind auch Kollegen. Oder mit anderen Worten: Auch wenn du das mitunter vergisst, ich stehe über dir, und du solltest dir ein bisschen Mühe geben und mir gegenüber entsprechend Respekt zeigen.«

Ich bin den Tränen nahe. Verdammt noch mal. Ich habe die emotionale Reife und Selbstbeherrschung eines Teenagers.

»Soll ich dir was sagen, Claudio? Du verlangst ein bisschen zu viel. Das ist alles meine Schuld, denn ich habe dich immer im Glauben gelassen, dass du für mich ein Gott bist. Ich hab's satt, immer die Rolle der dummen Schönen zu geben. Ich mag nicht so brillant sein wie du, vielleicht bin ich nichts als eine arme kleine Assistenzärztin, die in der Hackordnung auf der untersten Stufe steht, doch ist mir ein Minimum an professioneller Ehre geblieben, und die wirst du mir nicht nehmen.«

Claudio muss sich ein Lachen verkneifen.

»Mit Anceschi zu reden, war unter menschlichen Gesichtpunkten inkorrekt und unter ethischen noch schlimmer«, behauptet er und räkelt sich dabei selbstgefällig auf seinem Bürosessel.

»Ich hab's nach bestem Wissen und Gewissen getan«, erkläre ich ihm. »Und was immer ich auch gemacht haben mag, es rechtfertigt in keinem Fall deine Verachtung, ausgerechnet jetzt, so als wolltest du noch einen drauflegen – du weißt genau, worauf ich anspiele.«

»Dann lern, erst zu denken und dann zu handeln.«

Ich schweige, weil ich viel zu aufgewühlt bin, um noch etwas hinzuzufügen. Und auf diese Weise bestätigen sich meine Befürchtungen. Auch er hält mich für unfähig. Ausgerechnet er, der mich besser kennt als jeder andere.

Da ist nichts zu machen: Man kann noch so sehr vor sich hin träumen, früher oder später holt einen die Realität ein.

Angesichts meines Befremdens erhellen sich Claudios Gesichtszüge, und er sagt fast wohlwollend: »Na ja, egal, ist nicht so schlimm. Ich weiß, dass du das nicht noch mal machst.«

Wenn mein Gesichtsausdruck ein Spiegel meiner Gemütsverfassung ist, dann muss mein Blick herzerweichend sein. Ich schüttle niedergeschlagen den Kopf. »Du irrst dich, für mich ist das schlimm, und zwar sehr schlimm. Ich habe mich noch nie so sehr als Totalversagerin gefühlt.«

Er schaut weg und gibt keine Antwort. Dann steht er auf und reicht mir die Hand.

»Schwamm drüber.«

Ich verweigere sein Friedensangebot. Ich bin zu gekränkt, um ihm mit einem Lächeln zu begegnen und alles ungeschehen zu machen.

»Ich kann das alles nicht einfach vergessen«, sage ich nur, ohne ihm ins Gesicht zu sehen. »Es ist besser, wenn ich jetzt gehe«, beende ich das Gespräch und nehme überrascht wahr, dass meine Augen feucht sind. Das Traurigste daran ist, dass er nichts, aber auch gar nichts unternimmt, um mich zurückzuhalten. Und vor allem sagt er nicht jene Worte, nach denen sich meine Ohren so sehr sehnen:

Ich habe nicht ernsthaft gemeint, dass du unfähig bist. Ich habe das in meiner Wut nur so dahingesagt.

Die unverblümte Wahrheit kommt von Silvia

Ziemlich niedergeschlagen fahre ich mit der Metro nach Hause. Wenn ich mich derart am Boden fühle, dann gibt es nur eine Lösung: Silvia. Nicht weil sie wüsste, wie man mich tröstet, sondern genau umgekehrt: Sie nimmt mich nicht ernst und macht meine Sorgen kleiner. Das Beste daran ist ihre Überzeugungskraft, und am Ende glaube ich sogar, dass sie recht hat.

Ich rufe sie an und erzähle ihr, dass ich sie dringend sprechen muss. Pünktlich um acht hält sie im quietschgelben und brandneuen Smart-Cabrio unten vor dem Haus.

»Na, komm schon, spuck's aus«, meint sie direkt. Silvia hat ihre Brille auf der Nase und ist gar nicht geschminkt. Das bedeutet, dass sie ihr Haus widerwillig verlassen hat und nur, um mir zu Hilfe zu eilen. Normalerweise ist sie eine makellose Erscheinung.

»Lass uns zuerst entscheiden, wo wir zu Abend essen«, wende ich ein.

»Bei McDonald's. Ich habe keine Kohle mehr.«

»Das kann nicht wahr sein, eine Glamourfrau wie du geht doch nicht zu McDonald's.«

»Doch, nachdem ich fast mein ganzes Gehalt bei Prada und für meine Miete ausgegeben habe. In der Boutique hätte ich beinahe auch noch meine Nieren verkauft. Ich hab nicht einmal mehr Essen im Kühlschrank.«

Silvia gehört zu jenen Personen, denen auch ein astronomisches Gehalt nicht bis zum Monatsende reichen würde.

»Ich zahle.«

»Beleidige mich nicht. Entweder dahin oder nirgendwohin.«

»Also dann, auf zu McDonald's«, seufze ich. »Eigentlich ist es auch egal. Ich muss mir etwas von der Seele reden, ich halt's nicht mehr aus ... Silvia ... mir geht es dermaßen schlecht. In der Arbeit läuft alles schief.«

Silvia runzelt die Stirn. »Was heißt das?«

»Kannst du dich an die Boschi erinnern, die Assistentin von meinem Chef?«

»Mehr oder weniger. Worum geht's?«

»Sie will ... sie will ...« Ich kann meinen Satz nicht beenden und breche in Tränen aus. Silvia, die sich immer schwertut, wenn es gilt, jemanden zu trösten, ist sichtbar befangen.

»Alice! Bitte, beruhige dich«, befiehlt sie streng.

»Sie will, dass ich das Jahr wiederhole!«, rufe ich. Ich spreche diesen Satz zum ersten Mal aus, denn bislang habe ich das noch niemandem erzählt. Meinen Arbeitskollegen sowieso nicht, aber auch nicht Yukino – keiner weiß von dem Felsbrocken, der mir auf der Seele liegt.

Silvia reißt die Augen auf. »Kann sie das denn wirklich?«

»Klar kann sie das!«

»Ich meine, aus rechtlicher Sicht?«

»Natürlich, Silvia, du hast ja keine Ahnung!«

Sie wirkt erschüttert. »Ich verstehe nicht, wie sie auf so etwas kommt.«

Ich hole ein Taschentuch aus meiner Handtasche und putze mir geräuschvoll die Nase. »Weil sie mit meiner Arbeit nicht zufrieden ist. Sie sagt, dass ich mit meinen Leistungen weit zurück bin, dass ich keine Eigeninitiative habe, dass ...« Vor Tränen kann ich nicht weitersprechen. Die Beherrschung, zu der ich in den letzten Wochen irgendwie fähig war, scheint unwiderruflich dahin, als ich mich Silvia den Ernst der Lage schildern höre. »Sie hat mir eine Frist gesetzt … Es sind schon zwei Wochen vergangen, und mir ist noch nichts eingefallen, um die Situation zu retten.«

Silvia ist der ehrgeizigste Mensch, den ich kenne, nach Claudio natürlich. In diesem Augenblick steht sie unter Schock. Ihrem Blick nach zu urteilen, wäre es weniger schlimm, wenn ich ihr gestanden hätte, bei Oviesse ein paar Lippenstifte geklaut zu haben.

»Mist, das ist wirklich schlimm«, murmelt sie, während wir an der Theke von McDonald's unsere Bestellungen abgeben. »Wann läuft die Frist ab?«

»Am Ende des Trimesters.«

»Was genau kannst du tun?«

»Keine Ahnung … irgendetwas. Zum Beispiel einen guten Fachartikel schreiben. Oder mich in einen schwierigen Fall reinknien, oder ihnen beweisen, dass ich eine Autopsie wunderbar hinkriege, irgend so etwas … Die Boschi hat sich nicht sehr klar ausgedrückt. Mein Gott, Silvia. Wenn ich dieses Jahr wiederholen muss, hab ich auch keine Kohle mehr! Von der Blamage mal ganz abgesehen … Ich habe Schulden für die nächsten fünf Jahre!« Silvia runzelt grübelnd die Stirn. »Hörst du mir zu?«

»Ich denke gerade nach!«, versetzt sie. In der Zwischenzeit sind unsere Bestellungen fertig. Wir nehmen unsere Tabletts und setzen uns an einen Tisch in einer ruhigen Ecke. »Kannst du nicht Claudio um Hilfe bitten? Im Grunde … könnte er dir irgendwelche Aufgaben übertragen, das wäre doch schon mal was«, meint Silvia schließlich.

Claudio? »Silvia, ich muss dir etwas sagen.«

Sie sieht mich erschrocken an. »Du bist doch nicht etwa mit ihm ins Bett gegangen?«

»Schön wär's«, entfährt es mir mit einem trüben und melancholischen Lächeln.

Silvia scheint sich zu beruhigen. »Von all den Dummheiten, die du anstellen könntest und die du gerne anstellen würdest, ist das die größte.«

»Doch, es gibt noch etwas Schlimmeres. Ich habe mich mit ihm gestritten. Er hat sich wirklich wie ein Scheißkerl benommen«, erkläre ich traurig. »Das Ganze ist erst knapp drei Stunden her, und schon fehlt mir dieser Blödmann.«

»Das ist sicher nichts Ernstes«, erwidert sie leichthin und spießt mit der Gabel eine Pommes auf, »seine Hilfe wird er dir nicht verweigern, das wirst du schon sehen.«

»Ich kann ihn nicht mehr um Hilfe bitten, das ist der Punkt. Das ist eine Frage der Ehre.«

»Du sitzt so dermaßen in der Tinte und kommst mir mit Ehre?«, fragt sie mich streng.

»Da wiederhole ich lieber das Jahr«, entgegne ich entschieden. Und das meine ich so, obwohl die Möglichkeit, dass es wirklich so kommen könnte, mich in Angst und Schrecken versetzt.

»Dann müssen wir eine andere Lösung finden.«

Sie verliert sich in ihren Gedanken, und wir schweigen, bis sie, ganz begeistert, das Wort ergreift.

»Frag doch diesen einen Chef, diesen netten, dicken ... Erklär ihm deine Lage, sag ihm, dass du alles wiedergutmachen willst und zu allem bereit bist. Er könnte dir einen Tipp geben und vielleicht auch ein gutes Wort für dich einlegen.«

»Laut Boschi ist er auch unzufrieden mit mir.«

»Wie hast du das bloß angestellt?«, platzt es plötzlich aus ihr heraus, eher verärgert als mitfühlend.

»Keine Ahnung. Ich wusste nicht, dass es so schlimm

steht«, erkläre ich. Und das meine ich ernst, und vielleicht erscheint mir das Ganze deshalb noch dramatischer.

Ich kehre recht spät nach Hause zurück. Niemand da, keine Yukino auf dem Sofa, die mit der Nase fast am Fernseher klebt. Ich bin nicht müde und nutze ihre Abwesenheit, um auf ihrem Thron Platz zu nehmen.

Bei der RAI läuft die Wiederholung einer Nachmittagssendung, in der eine aufgetakelte Busenschönheit Bianca Valenti interviewt, und ich höre aufmerksam zu.

Aufgetakelte Busenschönheit mit Kreischstimme und Haaren im typischen Menopausenrot: »Bianca, Sie sind Giulias ältere Schwester. Ihr seid als Kinder Vollwaisen geworden, und Sie haben für Giulia quasi die Mutterrolle übernommen. Was möchten Sie uns heute über Ihre Schwester erzählen?«

Bianca Valenti: »Giulia war ein sehr kreativer und fantasievoller Mensch. Es war schwierig, sie für Aktivitäten zu interessieren, die Konzentration und Ausgeglichenheit verlangen. Von außen betrachtet, war sie eine sehr fröhliche und lebhafte Person, aber nur an der Oberfläche. Wer sie gut kannte, wusste auch um ihre Abgründe, in die sie zu fallen drohte. Sie fühlte sich nur lebendig, wenn sie extreme Gefühle hatte, und sie war sehr viel schwermütiger und melancholischer, als man es auf den ersten Blick erwarten würde.«

Kreischstimme: »Hängt das auch mit dem Umstand zusammen, dass Sie Ihre Eltern verloren haben?«

B.V.: »Jeder reagiert auf seine Weise darauf. Sie war die Schwächere, und ich kann nicht ausschließen, dass unsere Lebensumstände sie beeinflusst haben könnten. Auch wenn es ihr niemals an Zuneigung gefehlt hat. Oder besser, es hat uns beiden niemals daran gefehlt. Unsere Verwandten haben uns wie leibliche Töchter behandelt und nie einen Unterschied zwischen uns beiden und meinem Cousin Jacopo gemacht.«

Kreischstimme: »Damit kommen wir zu einem anderen Thema, das ich ansprechen wollte. Zu Anfang hat Jacopo der Presse gegenüber geschwiegen, doch jetzt scheint sich Rechtsanwalt De Andreis auf einem privaten Kreuzzug zu befinden.«

B.V.: »Kein Bruder hat seine Schwester so sehr geliebt, wie Jacopo Giulia. Es ist denkbar, dass das Gefühl der Hilflosigkeit, das uns alle quält, sich bei ihm in eine Art Obsession verwandelt.«

Kreischstimme: »Sie sind nicht einer Meinung mit ihm?«

B.V.: »Oh, doch. Ich billige nur seine Haltung nicht. Es gibt da Elemente, die nicht zusammenpassen. Und ich weiß vor allem, dass Giulia in der letzten Zeit riskante Bekanntschaften pflegte.«

Kreischstimme: »In welchem Sinne riskant?«

B.V.: »So riskant, wie sich alle Beziehungen zu Leuten entwickeln können, die reich, pervers und gelangweilt sind. Die nehmen in der Regel kein gutes Ende. Doch, ich glaube bestimmt, dass Giulias Freundschaften etwas mit ihrem Tod zu tun haben.«

Kreischstimme: »Kennen Sie diese Freunde?«

B.V.: »Selbstverständlich.«

Kreischstimme: »Haben Sie den Ermittlern ihre Namen genannt?«

B.V.: »Selbstverständlich.«

Kreischstimme: »Wie bleibt Ihnen Giulia in Erinnerung?«

B.V.: »Als ewiges Kind.«

Bianca ist sehr gefasst und beantwortet die Fragen mit den Manieren einer Dame. Die ungenügend überschminkten Augenringe und eine ungesunde Blässe sind ein Zeichen dafür, dass sie großen Belastungen ausgesetzt ist, aber ihre Stimme verrät keinerlei Unsicherheit.

Die erste Verabredung

Es ist Nachmittag, und ich bin in die Lektüre von *Men's Health* vertieft, als mein Handy klingelt. Auf dem Display erscheint eine Nummer, die ich nicht kenne.

»Alice?« Der Unbekannte hat meinen Namen falsch ausgesprochen. Und zwar Englisch – wie in *Alice im Wunderland.*

Ich kann's nicht fassen. Jener Teil von mir, der sich durch etwas mehr Geistesgegenwart und Begabung auszeichnet, hat gerade wahrgenommen, dass am anderen Ende der Leitung Arthur Malcomess ist. Seit der Ausstellungseröffnung mit Marco sind zehn Tage vergangen. Es ist wunderbar und überraschend, Arthur am Telefon zu haben.

»Arthur?«

»Hallo«, beginnt er, völlig unbefangen und überhaupt nicht verwundert darüber, dass ich ihn sofort und ohne Zögern wiedererkannt habe.

»Hallo«, bringe ich schließlich heraus.

»Störe ich dich gerade?« Meine Verneinung fällt allzu entschieden aus, weil ich zwischen Aufregung und Schrecken schwanke.

»Dein Bruder hat mir deine Nummer gegeben. Ich habe die *Unbewusste Schönheit* gekauft, und ich wollte dir das gerne persönlich sagen.«

»Wirklich?«

»Ich wollte sie in der Redaktion aufhängen. Macht dir das etwas aus?«

»Nein, überhaupt nicht. Schließlich trägt das dem egozentrischen Teil meiner Persönlichkeit voll Rechnung.«

»Umso besser.«

»Und von woher bist du dieses Mal angereist?«

»Von Haiti.«

»Wie schön! Polynesien ... Ein Wunder, dass du wiedergekommen bist!«

»Eigentlich liegt Haiti ja in der Karibik«, meint er, und ich stelle mir vor, wie er aus lauter Höflichkeit ein lautes Lachen unterdrückt. »In Polynesien liegt Tahiti.«

»Ah ja.«

»Das verwechseln viele, da bist du nicht die Einzige«, fügt er tröstend hinzu. Bevor mir dazu eine Entschuldigung einfällt, überrascht mich Arthur: »Ich würde dich gerne wiedersehen. Wie wär's mit heute Abend?«

»Heute Abend ... ja, warum nicht.«

»Ich hol dich ab, wenn du mir sagst, wo du wohnst.«

Ich bin überglücklich. Arthur Malcomess ist wirklich ein irrer Typ. Er hat nur einen einzigen Defekt: einen ziemlich riskanten Familienhintergrund. Aber so einer wie er kann es sich leisten, von wer weiß wem abzustammen.

Und während ich vor meinem Kleiderschrank stehe und mir Gedanken darüber mache, was ich für diesen Abend wohl am besten anziehen soll, reißt mich ein Anruf von Marco aus meinen Überlegungen.

»Alice, ich habe *Unbewusste Schönheit* an jemanden verkauft, der behauptet, dich zu kennen, und der dich fragen wollte, ob dir das recht ist. Er hat mich nach deiner Nummer gefragt, und ich habe sie ihm gegeben. War das richtig?«

»Superrichtig! Er hat sich gerade gemeldet. Man wird sehen, ob jetzt dank deiner Ausstellung Bewegung in mein Liebesleben kommt.«

Marco kichert. »Die Ausstellung hat Glück gebracht«, kommentiert er.

»Hast du auch jemanden abgeschleppt?«

»Alice, du bist vielleicht trivial«, erwidert er in einem überlegenen Tonfall. »Wie auch immer, *er* machte mir einen interessanten Eindruck.«

Das *er* klang auf jeden Fall etwas zweideutig, aber vielleicht übertreibe ich.

»Wen meinst du?«

»Der Typ, der Engländer, der das Foto gekauft hat, du Dummerchen. Wirklich interessant.«

»Schau'n wir mal. Ich dank dir für alles, Marco.«

»Keine Ursache.«

Um fünf vor neun warte ich reglos wie ein Chamäleon und mit den für große Ereignisse typischen Bauchschmerzen unten vor dem Haus. Ein bisschen nervös, ein wenig unsicher, aber voller Spannung. Ich fühle mich wie vor einer Prüfung.

»Tut mir leid, dass ich zu spät bin«, meint er mit seiner etwas rauen Stimme und unterbricht damit meine Gedanken.

»Zehn Minuten sind noch keine richtige Verspätung«, erwidere ich versöhnlich.

Er macht einen atemlosen Eindruck, so als hätte er sein Zuhause erst in letzter Minute verlassen. In dem Augenblick, in dem er mir sein Lächeln zuwirft, das zerstreut und verführerisch zugleich ist, habe ich das Gefühl, dass sich etwas Unumkehrbares ereignet.

»Irgendwelche Vorlieben, was das Essen angeht?«, fragt er mich. Ich habe bemerkt, dass Arthur über einen recht kleinen Wortschatz verfügt, vielleicht weil er Engländer, nein, Südafrikaner ist.

»Ich würde gerne in dieses indische Restaurant gehen … Das an der Piazza Trilussa …

»Also, indisch, hmm.«

»Nicht überzeugt?«

»Indisch isst man in Indien.«

»Ich schließe daraus, dass die ausländischen Restaurants alle Pleite machen würden, wenn es nach dir ginge.«

»Nein, das Interesse daran kann ich begreifen. Aber wir sind doch in Rom. Also essen wir römische Küche. Morgen führe ich dich in das indische Restaurant aus, um dich für meine Belehrungen zu entschädigen.«

Der Vorschlag gefällt mir, und die Aussicht darauf, zwei aufeinanderfolgende Abende mit ihm zu verbringen, noch mehr.

Er weist auf sein Auto und öffnet mir die Tür. Arthur fährt einen auffälligen Jeep, der den unverwechselbaren Geruch eines Neuwagens hat. Er hört ausschließlich Musik aus den Siebzigern und fährt, als wäre er auf der Rennbahn von Monte Carlo. Er parkt das Auto in der Nähe des Teatro Marcello, und ich steige mit einer Übelkeit aus, als wäre ich gerade Achterbahn gefahren.

»Mir war nie klar, was diese Häuser auf den Überresten des Theaters sollen«, sage ich und blicke zu der an einer Seite hoch aufragenden Häuserfront des Theaters, das ich als kleines Mädchen für das Kolosseum hielt.

»Im Mittelalter hat man es zur Festung für die Pierleoni umgebaut, und im 16. Jahrhundert hat es ein Architekt in den Wohnsitz einer reichen Familie verwandelt. Aber frag mich nicht nach dem Namen, daran erinnere ich mich nicht mehr.«

Ich blicke ihn bewundernd an, doch er geht geradeaus weiter, die Hände in die Hosentaschen vergraben. Sein Atem steht in der Kälte wie eine Wolke vor seinem Mund.

»Woher genau stammst du, Arthur?«

»Mein Vater ist aus London, aber das weißt du schon. Meine Mutter ist aus Südafrika, und ich habe bis zum Abitur bei ihr in Johannesburg gewohnt.«

»Und dann?«

»Dann habe ich in Bologna meinen Uni-Abschluss gemacht, drei Jahre in Paris gelebt und schließlich Arbeit in Rom gefunden.«

»Und warum Rom?«

»Weil es auf der Welt keine Stadt gibt, die einen mehr begeistern kann. Und weil ich die Arbeit interessant fand, die man mir angeboten hatte.«

»Du redest in der Vergangenheitsform.«

»Das ist auch Vergangenheit.«

Zwischen uns herrscht eine leicht verlegene Stimmung. Eine Verlegenheit, die dem kaum spürbaren Bedürfnis entspringt, einen guten Eindruck zu machen. So wie man sich fühlt, wenn man brillant und intelligent erscheinen will und sich zugleich bewusst ist, dass man sich dafür ziemlich anstrengen muss. Doch immer wenn ich seinen ungewöhnlich leuchtenden Augen begegne, habe ich das Gefühl, dass sich etwas Magisches ereignet.

Wir erreichen das Jüdische Viertel und betreten dort eine römische Osteria im Stil der Fünfzigerjahre mit einer einladenden und warmen Atmosphäre.

Der Kellner führt uns an einen versteckten Tisch und besitzt das Fingerspitzengefühl, uns eine Kerze anzuzünden. Kletterpflanzen verschönern die Wände, und insgesamt erscheint mir alles recht ungewöhnlich. Dass er dieses Lokal für mich ausgesucht hat, ist alles in allem bizarr.

Nach kurzer Zeit reicht man uns die Speisekarte, und ich tue so, als ob ich sie eingehend lesen würde, doch in Wahrheit kann ich meinen Blick nicht von ihm abwenden.

Von seinen außergewöhnlichen Gesichtszügen, seinem entschlossenen Kinn, den schön geschwungenen Lippen und seinen unergründlichen Augen, deren Farbe mich an das Blau eines schönen Junitages erinnert.

»Du bist skeptisch, das habe ich mir gedacht. Deswegen habe ich dich auch hierhergebracht.«

Ich reiße die Augen auf. »Ganz schön mutig«, merke ich an.

»Für eine neue Erfahrung schon. Denk mal daran, wie paradox das ist: eine Römerin, die ein solches Lokal nicht kennt und es nicht mag. Das hier *ist* Rom. Und für den, der das Lokal nicht kennt, ist es viel exotischer als ein Thailänder.«

Die Bestellung lässt nicht lange auf sich warten. Die Küche ist ausgezeichnet, süß, schwer, ölig. Der Geschmack der Speisen erinnert mich an die Zeit, als meine Großmutter noch lebte und ich die Wochenenden bei meinen Eltern in Sacrofano verbrachte. Das Essen macht mir Laune, und der Rotwein verleiht mir ein klein bisschen Brillanz. Ich fühle mich trunken von seiner Gegenwart, und alles erscheint mir in einem freundlichen und positiven Licht.

Nach einem Verdauungsschnaps verlassen wir das Restaurant und machen einen langen Spaziergang. Wir überqueren die Fabriziobrücke über die Tiberinsel und erreichen Trastevere. Ich merke gar nicht, wie die Minuten und Stunden vergehen. Nicht einmal die Kälte kann mir etwas anhaben und ihm ebenso wenig. Wir erfreuen uns am Anblick der Seiltänzer und Feuerschlucker – morgen ist Karneval –, der verkleideten Mädchen, wir hören ihrem Gelächter zu, wir blicken auf die Lichter, die sich im Tiber spiegeln.

Ich frage ihn nach seinen letzten Reisen. Er erzählt mir von Haiti und dann – nicht ohne ironischen Unterton – von

Tahiti und anderen Reisen, und ich ertappe mich bei dem Gedanken, dass ich ihm stundenlang zuhören könnte.

Zu Haiti erklärt er mir: »Da war ich vor langer Zeit mit meinen Eltern schon mal. Die haben sich immer nur gestritten, und kurze Zeit darauf waren sie dann auch geschieden.«

»Ich weiß, dass der Boss ein ziemlich bewegtes Privatleben hatte.«

»Er war und ist ein großer Schürzenjäger.«

»Stimmt es, dass er fünf Ehefrauen und zehn Kinder hat?«

Arthur lächelt. »Jetzt übertreiben wir mal nicht. Es waren drei: eine Engländerin, so wie er, eine Südafrikanerin, meine Mutter, und die Dritte ist Italienerin. Von der ersten hat er vier Kinder, von der zweiten eins, das bin ich, und von der Dritten ebenfalls eins. Zurzeit ist er mit einer Dreißigjährigen zusammen, die schon in den Startlöchern sitzt, um seine vierte Ehefrau zu werden. Zu keinem seiner Kinder hat er eine richtige Beziehung.«

»Macht dir das was aus?«

»Nein«, antwortet er trocken.

»Er ist eine starke Persönlichkeit«, merke ich an.

»Und wie alle Menschen mit einer starken Persönlichkeit ist er unerträglich.«

»Und warum habt ihr nichts miteinander zu tun?«

»Wer weiß«, antwortet er zögernd. »Er hatte immer nur sehr wenig Zeit für uns, und wir waren zu viele und überall in der Welt verstreut.«

»Hat dir das was ausgemacht?«

»Nein«, erwidert er ungehalten. »Ich hatte viele Freiheiten und alles, was sich ein Junge nur wünschen kann.«

Arthur ist so ganz und gar anders als ich. Wir kommen aus zwei so unterschiedlichen Welten, die anscheinend nichts miteinander zu tun haben. Als Kinder haben wir uns nicht einmal die gleichen Zeichentrickfilme angeschaut. Wir sprechen nicht die gleiche Muttersprache. Uns verbinden keine Interessen, und wir verfolgen vielleicht auch nicht die gleichen Lebensziele. Und doch entsteht zwischen uns etwas, das einem Zauber gleicht.

Aus einem Autoradio dringt *Seven Seas of Rhye* von Queen. Es ist fast Mitternacht, und die kalte Nachtluft kneift in meine Wangen. Meine Hand ergreift tastend die von Arthur. Er drückt sie, seine Hand ist warm und rissig, so wie es Männerhände im Winter oft sind.

Arthur übt auf mich eine unwiderstehliche Anziehungskraft aus, und ich kann nicht entscheiden, wie viel davon sein gutes Aussehen und sein weltmännisches Flair ausmachen, und wie viel sein leicht exzentrischer Charakter. In seiner Gegenwart entwischen mir viele Gedanken, und die Gefühle gehen durcheinander und verwirren mich. Ich bin auf dem besten Wege, mich zu verlieben.

Familie De Andreis

Am nächsten Tag bin ich mit dem Kopf in den Wolken und bringe bei der Arbeit nicht viel zustande. Vor allem, weil um die Mittagszeit das Telefon im Büro klingelt, Ambra das Gespräch entgegennimmt und es widerwillig und mit hochgezogenen Augenbrauen an mich weiterreicht: »Das ist für dich.« Sie klingt erstaunt.

Schnell nehme ich den Hörer.

»Alice? Hier ist Bianca Valenti.«

»Guten Tag«, antworte ich in neutralem Tonfall und fühle, wie die Bienenkönigin mich beobachtet.

»Ich hätte einige Fragen an Sie, aber es ist wohl besser, wenn wir uns unter vier Augen sehen. Aber nur, wenn es Ihnen recht ist.«

»Doch, doch. Sagen Sie mir, wo.«

»Im Augenblick wohne ich bei meiner Tante Olga. Sie braucht Trost, und ich möchte sie so wenig wie möglich allein lassen. Wenn es Ihnen nichts ausmacht, könnten Sie auf eine heiße Schokolade vorbeikommen.«

Ohne die Tatsache zu überdenken, dass ich bei wildfremden Leuten aufkreuzen soll und ziemlich verlegen sein werde, nehme ich die Einladung an. Giulias Geschichte zieht mich an wie ein Magnet, und dagegen kann ich recht wenig ausrichten.

Um genau fünf Uhr stehe ich an der Piazza Ungheria vor der Hausnummer neun. Es ist ein so schönes Haus, dass einem die Luft wegbleibt. Auf der Klingeltafel gibt es keinen Hinweis auf die Familie De Andreis, und so rufe ich Bianca auf ihrem Handy an. Die Nummer hat sie mir heute Morgen gegeben.

»Entschuldigen Sie, ich hatte ganz vergessen, Ihnen zu sagen, dass unten kein Name steht. Ich öffne Ihnen sofort, kommen Sie bitte ins oberste Stockwerk.«

Ich betrete den Aufzug, der mich langsam in den fünften Stock hinaufbringt. Auf dem Treppenabsatz bewundere ich die üppigen Blumen und Pflanzen, die jedem Gewächshaus Ehre machen würden. Es gibt nur eine einzige Tür. Kurz bevor ich den goldenen Klingelknopf drücke, öffnet Bianca höchstpersönlich die Tür und empfängt mich mit einem freundlichen Lächeln.

»Können Sie mir verzeihen, dass ich Sie so überfallen habe?«, beginnt sie. Man mag kaum glauben, dass sie sich wirklich nicht bewusst ist, dass man ihr eigentlich alles verzeihen würde. Sie besitzt das gleiche Charisma, das auch Giulia aus jeder Pore ausstrahlte, vielleicht hat sie sogar noch mehr davon.

»Selbstverständlich. Es freut mich, wenn ich Ihnen weiterhelfen kann.«

»Bitte, kommen Sie doch herein. Wenn es Ihnen recht ist, könnten wir uns doch duzen. Ich habe den Eindruck, dass wir gleichaltrig sind, und das ist dann viel natürlicher.«

»Sehr gerne.«

Die Tür schließt sich, und ich befinde mich in der Wohnung, in der Giulia aufgewachsen ist. Der Eindruck, den das auf mich macht, ist merkwürdig, fast fühle ich mich ein wenig unwohl.

Während ich Bianca meinen Mantel reiche, sehe ich mich im Eingangsbereich um. Die Wände sind von einer Strukturtapete mit vertikalen Streifen in Dunkelgrün und Beige bedeckt, die Möbel aus Mahagoni könnten in einem

Museum stehen. Schwarz-Weiß-Fotografien zeigen Signora Olga mit ihrem Ehemann: Fotos von ihrer Hochzeit, Ferienaufnahmen, Fotos mit bekannten Persönlichkeiten der Politik in den Jahren nach 1968. Und Fotos von Jacopo, Giulia und Bianca Valenti.

»Meine Tante Olga ruht sich gerade aus. Ich glaube, sie verlässt sich in diesen Tag ein wenig zu viel auf ihr Schlafmittel, aber vielleicht ist es gut, dass sie so viel wie möglich schläft. Wenn sie wach ist, weint sie immer nur.«

»Ich denke, das ist verständlich.«

»Meine Tante liebte Giulia über alles. Bis letztes Jahr, als Giulia beschlossen hat, mit Sofia zusammenzuziehen, haben sie zusammengelebt. Meine Tante wollte sie aus vielen Gründen nicht gerne ziehen lassen, aber am Ende fanden wir alle, dass es Giulia dabei helfen könnte, mehr Verantwortung für sich zu übernehmen. Ich würde gerne in mein altes Zimmer gehen. Komm mit.« Sie bedeutet mir, ihr durch die riesige Wohnung zu folgen, in der ich mich sicherlich schnell verlaufen würde. Was mich jedoch am meisten beeindruckt, sind nicht die enormen Ausmaße der Wohnung, sondern wie dunkel sie ist. Draußen dämmert es, aber Bianca macht kein Licht. Die Atmosphäre in diesem Apartment, auch wenn man hier rund um die Uhr bedient wird (ich habe gerade zwei asiatische Bedienstete in Uniform gesehen), ist bedrückend; ich fühle mich fehl am Platz.

Bianca öffnet die Tür zu ihrem Zimmer. Es ist so, wie ich mir immer das Zimmer einer Märchenprinzessin vorgestellt habe. Ein großes Bett mit einem Baldachin, ein antiker Toilettentisch, ein langer barocker Spiegel, eine Truhe, eine große Vase mit Blumen. Bianca macht den alten CD-Player aus und unterbricht *Incontro* von Guccini.

»Magst du Guccini?«, frage ich sie ein wenig beklommen. Es ein Geschmack, der eher selten ist.

»Sehr«, erwidert sie mit einem Kopfnicken. »Du auch?«

»Das ist Musik aus meiner Jugend. Mein Bruder hat ihn immer gehört, er hat ihn durch meinen Vater kennengelernt. Zwangsläufig mochte ich ihn am Ende ebenfalls.«

Bianca lächelt voller Sympathie. »Giulia hat ihn auch gern gehört.«

In diesem Augenblick bemerke ich Giulias wertvolles Armband an ihrem Handgelenk.

»Ich habe hier viele von meinen Sachen zurückgelassen, unter anderem auch diese alten CDs. Ein Zeitsprung zurück in die Vergangenheit weckt in mir ganz viele schöne Gefühle, macht mich aber zugleich ein wenig traurig.«

Ich setze mich in einen kleinen Sessel aus dem achtzehnten Jahrhundert.

»Wenn ich meine Eltern in Sacrofano besuche, geht mir das auch oft so. Ich habe widersprüchliche Gefühle.«

Bianca lächelt freundlich und nickt dann. »Kann ich dir etwas anbieten, Tee, Schokolade oder einen Kaffee?«

»Nur ein Glas Wasser, danke.«

Bianca ruft über ein herzförmiges Telefon (sehr im Stil der Neunziger) eine Bedienstete an und bittet sie, mir ein Wasser und ihr einen Tee mit Schuss zu bringen.

Genau in diesem Augenblick bricht die Dunkelheit herein, und nachdem ein Ton zu vernehmen ist, erhellen plötzlich einige Lampen den Raum.

»Ich will versuchen, es kurz zu machen, Alice. Du warst so freundlich zu mir … und ich möchte das nicht ausnutzen.«

»Wirklich kein Problem. Erzähl.«

Bianca seufzt. »Calligaris hat uns erklärt, dass auf der Spritze, mit der Giulia sich an jenem Abend einen Schuss gesetzt hat, einige andere Spuren gefunden wurden, die von jemandem stammen könnten, der bei ihr war. Männliche und weibliche Spuren. Er hat aber hinzugefügt, dass die weibliche DNA vielleicht keinerlei Bedeutung hat, er hat von Verunreinigung gesprochen … Ich bin nicht sicher, ob ich ihn richtig verstanden habe, und deswegen hätte ich gerne deine Meinung dazu.«

Als sie meinen erstaunten Blick bemerkt, fügt Bianca hinzu: »Aus den polizeilichen Untersuchungen geht hervor, dass Giulia an jenem Abend, als sie sich das Heroin gespritzt hat, nicht alleine war. Einige Nachbarn haben ausgesagt, Stimmen, fast Schreie gehört zu haben, die aus ihrer Wohnung kamen, und zwar in den Stunden, bevor ihr Leichnam gefunden wurde. Aber niemand hat eine Ahnung, um wen es sich handelt. Daher nehmen die Ermittler an, dass die Person, die bei ihr war, flüchtig ist und dass jene Spuren von ihr stammen, stimmt's?«

»Ich erklär's dir. Die Spuren des Mannes stammen zweifellos von jemandem, der an besagtem Abend bei ihr war. Sonst ist nicht zu erklären, warum sich die DNA dieses Unbekannten an der Spritze befindet, denn in dem Müllcontainer gab es sonst keine weiteren Spuren. Doch das gilt nicht für die Spuren, die von der Frau stammen. Es ist nicht klar, was sie zu bedeuten haben.«

»Die Zeugen haben aber von männlichen und weiblichen Stimmen gesprochen. Also müssten die Spuren von Bedeutung sein, oder?«, hakt Bianca nach.

»Ich gehöre nicht zum Ermittlungsteam, Bianca. Ich kann dir nur zu rechtsmedizinischen Fragen Auskunft geben.«

Und nicht einmal das dürfte ich, würde ich gerne hinzufügen, denn ich bin an meine Schweigepflicht gebunden. Doch Bianca hat schon viele Informationen, da gibt es also nicht viel Pflicht zu verletzen, oder?

»Auf jeden Fall ist nicht sicher, dass die DNA von jemandem stammt, der an jenem Abend bei ihr war. Sie stammt ganz sicher von jener Person, die ein mit Tränen und Nasenschleim durchtränktes Taschentuch weggeworfen hat. Dieses Taschentuch befand sich neben der Spritze. Das ist alles, was ich weiß, bis jetzt jedenfalls«, erkläre ich.

Bianca ist für einige Augenblicke in ihre Gedanken vertieft.

»Eine andere Frage, Alice. Giulia ist an einem anaphylaktischen Schock gestorben, das wissen wir jetzt. Calligaris hat uns alles erklärt. Hätte sie theoretisch noch die Zeit gehabt, diese Spritze selbst in den Müllcontainer zu werfen?«

»Falls der Schock nicht unmittelbar eingetreten ist, ja, selbstverständlich.«

»Was nichts anderes bedeutet, als dass in dieser Geschichte niemand für irgendetwas verantwortlich ist.«

»Ich glaube, hier gibt es zwei Möglichkeiten: Entweder ist der Tod sofort eingetreten, und wer immer auch bei ihr war, hat nichts unternommen und hinterher alles in den Müll geworfen. Oder der Schock ist später eingetreten, und Giulia ist allein gestorben, nachdem sie die Spritze weggeworfen hat.«

»Du bist doch Ärztin, nicht wahr? Was ist unter medizinischen Gesichtspunkten wahrscheinlicher?«

»Calligaris hat euch zu dieser Frage nichts weiter erläutert?«, frage ich vorsichtig nach.

»Er hat gesagt, dass er an den mit den Untersuchungen beauftragten Rechtsmediziner einige sehr spezifische Fragen hat, um zu verstehen, ab welchem Zeitpunkt sich das Paracetamol im Blut befunden hat. Ansonsten hat er sich bedeckt gehalten. Er hat die gleichen Hypothesen aufgestellt wie du, hat sich aber nicht zu der Wahrscheinlichkeit der einen oder anderen geäußert. Und genau deswegen habe ich dich angerufen.«

»Er hat sich nicht geäußert, weil es sehr schwierig ist, die jeweilige Wahrscheinlichkeit zu ermitteln. Rein statistisch gesehen, ist jede der beiden Möglichkeiten gleich wahrscheinlich, und das gilt ebenso aus wissenschaftlicher Sicht. Die Stoffwechselprodukte, die im Zusammenhang mit dem Paracetamol entstehen, können Hinweise liefern – doch ich glaube nicht, dass man den Zeitraum sehr eng eingrenzen kann, denn diese Substanzen verändern sich nach dem Tod weiter. Eine Chronologie der Ereignisse wird sich nicht rekonstruieren lassen. Wie auch immer, Giulia hatte schon einige Schocks hinter sich, nicht wahr? Wie ist das abgelaufen?«

»Ich erinnere mich wirklich nicht mehr daran. Commissario Calligaris folgt jedenfalls unseren Hinweisen und befragt nach und nach alle Freunde von Giulia. Dabei konzentriert er sich vor allem auf diejenigen, die Rauschgift nehmen. Das sind alles Leute, die am fraglichen Abend sehr gut bei ihr hätten gewesen sein können und die ihr keine Hilfe geleistet haben. Calligaris meinte, dass der Fall, oberflächlich betrachtet, ganz einfach erscheint, aber eigentlich ziemlich tückisch ist.«

Also, ich teile die Meinung des guten Calligaris. Die Grenze zwischen Unfall und Mord als Todesursache ist mitunter sehr unscharf.

Wir tauschen uns weiter zu dem Fall aus. Wann immer sich die Gelegenheit bietet, taucht Bianca in ihre Erinnerungen an Giulia ein. Mir scheint, dass ich ihre Schwester so immer besser kennenlerne, auch wenn mir klar ist, dass mein Bild von Giulia einseitig bleibt, weil ich nur Biancas Sichtweise kenne. Bianca hat anscheinend ein überwältigendes Bedürfnis, über ihre Schwester zu reden, und eigentlich finde ich das verständlich: Schließlich sagt sie selbst, dass der Verlust ihr das Gefühl von absoluter Einsamkeit gibt.

»Sie war meine letzte direkte Verwandte. Natürlich sind

da die Tante, Jacopo und Doriana und meine Freunde – Menschen, an denen mir sehr viel liegt. Sie sind meine Familie, doch … doch Giulia … sie war etwas anderes«, sagt sie und seufzt.

In der Tat ist sie jetzt die Einzige, die von der Familie Valenti übrig ist, und das kann nicht ohne Wirkung bleiben. Sie muss die Illusion bewahren, dass Reden hilft, ihre Schwester am Leben zu erhalten. Wenn es nach ihr ginge, dann würden wir noch lange so weiterreden, doch dann sehe ich, dass es fast schon acht Uhr ist.

»Du hast recht«, bestätigt sie nach einem Blick auf ihre Armbanduhr von Cartier, die sie an einem schwarzen Riemchen um ihr Handgelenk trägt. »Es ist wirklich schon spät. Alice, ich weiß nicht, wie ich dir danken soll. Du hast so viel Geduld mit mir …«

In Wirklichkeit bin ich überhaupt kein geduldiger Mensch. Doch sie ist mir sympathisch, und ihr zuzuhören, kostet mich keinerlei Mühe.

Auf dem Weg zur Tür führt sie mich in einen Salon, dessen karminrote Wände mich an einen Roman aus der Regency-Ära erinnern. Mit folgenden Charakteren: die Signora De Andreis in einem weißen Ledersessel sitzend, arrogant und ganz in Schwarz. Ihr Haar ist, wie auch das letzte Mal, bis auf die letzte Strähne zu einem Knoten zusammengebunden. Ihr Sohn, Jacopo, steht mit dem Ellbogen an das Kaminsims gelehnt und hält seinen stolzen und gelangweilten Blick auf mich gerichtet. Die junge Frau, die mir immer schon verdächtig war, sitzt heute neben der Signora De Andreis und trägt dieses Mal ein superschickes rosa Chanel-Kostüm, das sie jedoch um mindestens zehn Jahre älter erscheinen lässt.

Alle drei beobachten mich neugierig. Ich wende mich hilfesuchend an Bianca, und die erklärt ihrer Tante und ihrem Cousin in einem Akt ungewöhnlicher Geistesgegenwart, dass sie mich zum Tee eingeladen habe, um mir für meine Freundlichkeit bei der Rückgabe von Giulias Schmuck zu danken.

»Aha«, lautet der kurz angebundene Kommentar von Olga De Andreis. »Ich dachte, du wärst gar nicht im Haus«, fügt sie streng hinzu. Das Alter bekommt ihr nicht gut.

»Doch, wir haben beim Reden einfach kein Ende gefunden«, erwidert Bianca, ohne zu lügen.

»Dottoressa, darf ich sie mit Doriana Fortis, der Verlobten meines Sohnes, bekannt machen?«, sagt Olga, ihren kalten Blick auf mich gerichtet.

»Mama«, unterbricht sie ihr Sohn förmlich. »Doriana war an dem Morgen dabei. Du musst sie nicht mehr vorstellen.«

Die Signorina Fortis macht einen ganz und gar apathischen Eindruck. So wie Doriana mir die Hand drückt, kann sie mich nicht wiedererkennen. Mein Händedruck fällt absichtlich energisch aus. Sie zuckt instinktiv zurück.

»Das tut mir leid«, rufe ich mit unschuldiger Miene. »Habe ich Ihnen wehgetan? Gerade sehe ich, dass Sie verletzt sind!«

Doriana schüttelt den Kopf. »Das ist nicht schlimm, machen Sie sich keine Sorgen.«

Jacopo tritt mit sanfter Besorgtheit an ihre Seite, ich hätte ihm eine solche Geste nicht zugetraut. »Alles in Ordnung, mein Schatz?« Dann erklärt er, während er mich gleichgültig ansieht: »Doriana ist von ihrem Hund gebissen worden. Eigentlich war der immer ganz friedlich.«

»Man soll Tieren niemals vertrauen«, meint Olga empört. »Doriana, du lässt deine Tiere viel zu sehr an dich heran. Ein Hund ist ein Hund und kein Kind.«

Doriana senkt ihren Blick. Sie wirft mir ein Lächeln zu.

»Es war ein blöder Unfall. Ich wollte ihm einen Schuh entreißen. Jeder Hund hätte so reagiert: Sie sind einfach besitzergreifend.«

»Sie hat recht, Tante Olga. Das kann jedem passieren«, wirft Bianca ein und nimmt neben Doriana auf dem Sofa Platz.

»Ich will hoffen, dass er wenigstens geimpft war. Es fehlt nur noch, dass du die Tollwut kriegst«, fährt Olga abschätzig fort.

»Die Tollwut gibt es so gut wie nicht mehr, Mama«, stellt Jacopo richtig.

»Soll ich mir die Verletzung mal anschauen?«, frage ich in einem Anflug von Mut. »Auch wenn ich mich normalerweise mit ... anderem beschäftige, bin ich doch Ärztin«, ergänze ich freundlich.

»Das ist nicht nötig, vielen Dank«, antwortet Doriana sanft. Sie klingt entschieden, aber nicht abweisend.

Vor dem Sessel der Signora De Andreis, auf einem niedrigen Tischchen, bemerke ich einige besonders hübsche Fotos von Giulia. Olga De Andreis folgt meinem Blick und sagt, von stolzer Trauer erfüllt: »Meine Nichte war eine außergewöhnliche Schönheit. Finden Sie nicht auch?«

»Oh, doch. Sie war so schön wie eine orientalische Märchenprinzessin.«

Jacopo und Doriana sehen einander überrascht an. Bianca senkt nachdenklich den Kopf.

»Möchten Sie noch andere Fotos sehen?«, fragt die Signora De Andreis ruhig.

»Um ehrlich zu sein, war ich gerade am Gehen«, sage ich leise, aber nur aus Höflichkeit, denn in Wahrheit würde ich das gerne tun.

»Es wird nur eine Minute dauern. Und wenn Sie mögen ...«, fährt Olga fort.

»Alice, warum nicht? Nur ein paar Minuten«, sagt Bianca.

»Gerne«, antworte ich.

»Bianca, mein Liebling, holst du mir mein Fotoalbum?«

Diese erhebt sich ohne ein weiteres Wort. Olga legt ihre verrunzelte, von Arthritis verformte Hand auf Dorianas Arm. »Hast du bei Salani angerufen, meine Liebe, um ihnen den neuen Hochzeitstermin mitzuteilen?«

Doriana beißt sich auf die Unterlippe. »Nein! Das habe ich vergessen. Ich erledige das heute Abend.«

Olga wendet sich an mich. »Im nächsten Monat wollten Jacopo und Doriana heiraten. Giulia hätte Trauzeugin sein sollen. Aus naheliegenden Gründen haben sie den Termin jetzt verschoben.«

»Natürlich«, antworte ich mitfühlend.

Doriana deutet ein Lächeln an. »Wir haben überhaupt keine Lust mehr«, erklärt sie.

»Das tut mir sehr leid.«

Doriana nickt. Bianca kehrt mit einem in Saffianleder gebundenen Album zurück, das sie ihrer Tante reicht.

Olga öffnet es feierlich. »Oh, schau mal hier! Diese Reise hatte ich fast ganz vergessen«, meint sie, während sie darin blättert. »Da waren wir in Boston. Giulia war so glücklich! Hier waren wir in Singapur, im Raffles. Und hier ist sie mit Sofia drauf, die wir in jenem Jahr mitgenommen hatten. Sie kannten sich noch aus dem Kindergarten und waren unzertrennlich, auch wenn sie sich in der letzten Zeit nicht mehr so einig waren … Ich habe niemals verstanden, warum.«

Bianca seufzt. »Herzensangelegenheiten«, erklärt sie.

»Ach, wirklich?«, fragt Olga, die durch ihre lebhafte Neugier wie verjüngt wirkt.

Bianca nickt. »Sofia hatte sich in einen Jungen verguckt, der natürlich bis über beide Ohren in Giulia verliebt war.«

»Natürlich«, wiederholt Doriana. Ihren Tonfall kann ich aber nicht genau interpretieren.

Olga schüttelt bedrückt ihren Kopf. »Meine Nichte war so verschlossen …« Sie blättert weiter aufmerksam in dem Album. »Sieh her, Jacopo. Das ist ein wunderschönes Foto. Das war auf ihrem Geburtstagsfest. Ich erinnere mich nicht … wurde sie da siebzehn oder achtzehn Jahre alt?«

»Siebzehn«, antwortet er ohne ein Zögern.

Seine Augen sind so traurig, und sie drücken dieses Gefühl derart unverstellt aus, dass er mir in einem ganz neuen Licht erscheint. Er durchblättert langsam das Album. Es scheint, als betrachte er jedes Foto zum allerersten Mal, und es gelingt ihm nicht, dabei unbeteiligt zu bleiben. Seine Hand zittert.

»Das ist mein Lieblingsfoto«, erklärt die Signora De Andreis. Es zeigt Giulia, Bianca und Jacopo zusammen in einer Villa am Meer. Sie sind braun gebrannt, sorglos und so schön wie amerikanische Filmschauspieler. Bianca hält sich leicht abseits; Jacopo lacht aus vollem Halse – und mir fällt auf, dass er ein wunderbares Lächeln hat –, und Giulia zieht eine komische Grimasse. Die drei strahlen ein überwältigendes Gefühl von Zusammengehörigkeit aus. Es scheint einer jener kostbaren Augenblicke zu sein, in dem die innere Harmonie jedes Einzelnen von ihnen im Einklang mit der Harmonie der Welt ist und das Leben ihnen zulächelt.

Während er das Foto betrachtet, tritt Jacopos Verzweiflung in voller Härte zutage. Er entfernt sich, voller Unruhe und Beklemmung. Er nimmt in einem Sessel Platz, und Doriana drückt ihm mitleidig die Hand. Bianca zieht die Nase hoch und wischt sich mit einer unbeholfenen Geste schnell eine Träne aus dem Gesicht. Ich habe anscheinend eine Gefühlslawine aus Leid und Trauer losgetreten.

Ich schlage die letzte Seite des Albums auf und verabschiede mich kurz darauf.

Alle sind sehr freundlich. Ganz besonders Bianca, und ich muss gestehen, dass ich in ihrem Bann stehe, so wie es auch bei Giulia war, an jenem Nachmittag, der mir jetzt wie lang vergessen vorkommt.

Die zweite Verabredung

Heute Abend sind Arthur und ich beim Inder. Aus Arbeitsgründen hat er die Frist von vierundzwanzig Stunden nicht eingehalten, aber dann hat er sein Versprechen doch noch eingelöst.

Das Lokal ist voll besetzt, die Luft dampfig, typisch für chaotische und enge Räumen, und es duftet nach Tandoori.

Ein Kellner bringt uns die Karte, aber ich bin mit meinen Gedanken nicht bei der Sache. »Hier dieses, bitte«, sage ich und zeige auf ein Gericht, dessen Namen ich nicht aussprechen kann. Tatsache ist, dass ich keinen rechten Hunger habe: Ich bin zu sehr mit Arthur beschäftigt.

»Bist du sicher? Das ist sehr scharf!«, warnt er mich. »Ja, kein Problem«, antworte ich leichthin. Für mich klingen die Gerichte irgendwie alle ähnlich, eigentlich könnte ich die Wahl auch gleich dem Kellner überlassen. Unsere Bestellung lässt auf sich warten, und ich habe meine Diät-Cola bereits ausgetrunken. Aber wen stört's. Ich bin mit Arthur zusammen! Und der erzählt mir in diesem Augenblick etwas, und ich bin mir nicht sicher, ob ich ihn richtig verstanden habe … irgendetwas mit Balako oder Bamako, oder irgend so ein Ort. Jedenfalls kenne ich den nicht.

Der Kellner bringt unser Essen. Mein Gericht besteht aus Fleischbällchen in einer feuerroten Soße mit Basmatireis drumherum. Es sieht sehr lecker aus. Während ich Arthurs Worten lausche wie eine Heldin aus einem Jane-Austen-Roman, nehme ich eine erste Kostprobe.

»Alles in Ordnung, Alice?«

Das ist nicht die richtige Formulierung. Ich habe gerade ganz unbekümmert etwas heruntergeschluckt, das so brennt wie radioaktive Schlacke.

Automatisch greife ich nach dem Wein – ein anderes Getränk steht nicht auf dem Tisch –, schenke mir ein Glas ein und leere es in einem Zug. Damit mache ich das Ganze noch schlimmer, wenn das überhaupt möglich ist. Ein krampfartiger Husten überkommt mich. Ohne mich einen Augenblick aus den Augen zu lassen, sozusagen wie eine Spinne in ihrem Netz, ruft Arthur mit einem Kopfnicken den Kellner herbei und bestellt ganz entspannt kaltes Wasser. Während ich meinen Hustenkrampf immer noch nicht unter Kontrolle habe, überfällt mich ein furchtbarer Verdacht, nämlich etwas ausgespuckt zu haben. Denn ich bemerke, wie er sich mit seiner Serviette unauffällig ein Reiskorn vom Handrücken wischt. »Alice?«, ruft er wieder und legt sein Besteck nieder. Ich bringe kein Wort heraus, während er sich erhebt und zu mir kommt. In der Zwischenzeit hat mein Gekeuche die Aufmerksamkeit des wunderschönen Kellners erregt.

»Aber sie ist ja ganz … blau!«, ruft der aus.

Ganz langsam lässt der Husten nach. Arthur wischt mir mit den Fingern die Tränen ab. »Alles klar?«

Jetzt, wo alles vorüber ist (er ist mir keinen Millimeter von der Seite gewichen), scheint er eher amüsiert als besorgt.

»Ent-schul-dige einen Mo-ment«, sage ich voll gequälter Würde und lasse mich vom Kellner auf die Toilette begleiten.

Ich betrachte mich im Spiegel und wäre am liebsten gleich in Ohnmacht gefallen. Der Kajalstift ist verschmiert, meine Augen sind verquollen, und mein Gesicht ist puterrot. An meinem schönen blauen Pullover, der so gut an mir aussah, bevor ich mich in einen Clown verwandelte, kleben Reiskörner. Als ich an den Tisch zurückkehre, bemerke ich, dass Arthur sein Essen nicht angerührt hat und noch die Speisekarte studiert.

»Wie geht es dir?«, fragt er mit ernsthaftem Interesse.

»Ausgezeichnet«, antworte ich mit einem breiten und, wie ich hoffe, überzeugenden Lächeln, das er sanft erwidert. »Es war einfach zu scharf«, füge ich hinzu. Er runzelt die Augenbrauen und – ganz Gentleman – unterlässt jeden Hinweis darauf, dass er mich vorher gewarnt hat.

»Ich habe gerade mal nachgesehen, was du sonst essen könntest.«

»Danke dir, aber das passt schon«, erwidere ich mutig.

Er lächelt ironisch und zeigt dem Kellner ein Gericht auf der Karte. »Bitte kein Paprika, keine Peperoni, kein Curry. Nichts davon.« Der Kellner nickt und nimmt die Bestellung auf.

Ich fühle mich ein wenig benommen, in der verbrauchten Luft dreht sich mir der Kopf.

»Warst du schon einmal in Indien?«

Arthurs Blick wird nostalgisch. »Das war meine erste Reportage. Vielleicht das Beste, was ich jemals geschrieben habe, obwohl ich damals noch völlig unerfahren war. Es war eine Riesengeschichte: ein Special über eine zweimonatige Reise kreuz und quer durch Indien. Ich war ganz allein unterwegs und hatte nichts als ein Notizbuch und einen Fotoapparat. Das war einfach unglaublich. Es war nicht einfach, aber ich würde morgen sofort wieder so eine Reise machen.«

»Ich würde diese Reportage gerne mal lesen.«

»Das lässt sich machen. Früher konnte ich gut schreiben. Vielleicht hing das auch mit meiner Begeisterung zusammen. Jetzt langweile ich mich.«

»Vielleicht reist du an Orte, die dir nicht genug sagen.«

Er blickt mich betroffen an. »Das stimmt. Wenn ich über einen Ort berichten sollte, der mich wirklich interessiert, dann würde ich vielleicht wieder so schreiben wie früher.«

»Welche Orte würdest du gerne besuchen?«

»Zum Beispiel … Uganda, den Irak, Bolivien«, antwortet er nach kurzer Überlegung.

»Da gibt es aber nicht viel zu sehen«, wende ich zögernd ein.

»Dort macht niemand Urlaub, und genau deswegen interessieren sie mich.«

»Ich hab den Eindruck, dass dir deine Arbeit nicht viel Spaß macht.«

Arthur räuspert sich; er hat einen bezaubernden englischen Akzent.

»Das ist es nicht. Am Anfang war ich sehr glücklich mit meinen Job. Ich war gerade aus Paris zurückgekehrt und knapp achtundzwanzig Jahre alt, und es war alles nicht so einfach. In Wahrheit ist die Arbeit aber sehr oberflächlich. Wenigstens für mich. Mir reicht es nicht, Restaurants zu besuchen und Parks und Museen zu besichtigen, ich will mehr. Ich habe keine Lust, immer nur Tourist zu sein, ich will wirklich reisen. Das ist ein großer Unterschied.« Lächelnd fährt Arthur sich mit den Fingern durch das Haar. Wenn er lächelt, entspannt sich sein Gesicht, und er sieht noch besser aus.

»Ich verstehe, was du meinst. Versuch's doch einfach.«

Er trinkt einen Schluck Wein. Die Intarsien einer Krishna-Statue beanspruchen anscheinend seine Aufmerksamkeit, und er wirkt leicht abgelenkt. Dann fragt er mich direkt: »Womit beschäftigst du dich gerne in deiner Freizeit, Alice im Wunderland?«

Freizeit? Dank deines Vaters kenne ich das Wort eigentlich nicht mehr.

»Ich lese gerne, aber ich komme nicht oft dazu. Die Arbeit am Institut nimmt mich sehr in Anspruch.«

»Darf ich ehrlich sein?«, fragt er, zieht die Augenbrauen zusammen und sieht mir direkt in die Augen. »Irgendwie sehe ich deine Bestimmung nicht in der Beschäftigung mit Toten. Hat dir schon einmal jemand gesagt, dass du Sophie Marceau ähnlich siehst?«

»Manchmal«, antworte ich und spüre, wie ich erröte. »Es ist wirklich ein sehr interessanter Beruf.« In dem ich, eine unumgängliche Wahrheit, keinen Fuß auf die Erde kriege.

»Wolltest du das schon immer machen?«

»Ich mache das nicht einfach so. Ich *bin* Rechtsmedizinerin. Das ist ungefähr so wie mit dem Touristen und dem Reisenden. Es ist ein großer Unterschied.«

Arthur antwortet mit einem Lächeln und zieht eine seiner dichten Augenbrauen hoch.

»Wie auch immer, ich habe nicht schon als Kind davon geträumt. Ich habe diesen Beruf gewählt, weil er mich schon früh im Studium fasziniert hat.«

»Bist du zufrieden?«

»Dein Vater nicht gerade«, entschlüpft es mir mit einem bitteren Lächeln.

»Darauf darfst du nichts geben: Er ist niemals zufrieden. Und ich habe ja auch gefragt, ob *du* zufrieden bist«, stellt er richtig.

»Mit meiner Berufswahl? Mein Beruf ist mein Leben«, antworte ich knapp.

»Träumst du nie davon, etwas anderes zu machen?«

»Ich könnte nichts anderes machen.«

Stilvoll nimmt Arthur sein Weinglas. »Und damit erhebe ich mein Glas auf die Zukunft der Rechtsmedizin.«

»Und ich erhebe mein Glas auf die Zukunft eines sozial engagierten Journalismus.«

Arthur lächelt, und wir prosten uns zu. Unsere Finger berühren sich leicht. Ich bin glücklich.

Als wir mit dem Essen fertig sind, machen wir uns auf den Weg zu seinem Auto.

»Lebst du allein?«, frage ich.

Er nickt. »In der Via Sistina. Möchtest du mitkommen?«, meint er lässig.

Immer mit der Ruhe! »Das ist mir ein bisschen zu schnell.«

»Ja, ich weiß«, antwortet er lapidar. »Hast du einen anderen Vorschlag?«

»Wir könnten vielleicht wie neulich ein bisschen laufen.« Er nickt.

»Was machst du, wenn du gerade nicht unterwegs bist?«

»Ich bereite die Artikel für meine Rubrik vor und schreibe außerdem verschiedene andere, die ich meinem Chef dann vorlege. Aber er weist sie immer ab. Und dann habe ich noch einen zweiten Job.«

Ich sehe ihn interessiert an. »Und das wäre?«

»So etwas wie ein Hobby. Ich übersetze Bücher aller Art für Kleinverlage. Aus dem Französischen ins Englische.«

»Sprichst du so gut Französisch?«

»Ich habe drei Jahre lang in Paris gelebt«, erläutert er, und ich erinnere mich in der Tat daran, irgendwo davon gelesen zu haben.

»Du hast ja einige Talente«, bemerke ich fasziniert. »Wohin geht's bei deiner nächsten Reise?«

»Nach Kreta. In zwei Tagen muss ich los.«

»Bist du nicht manchmal desorientiert? Ich meine, ist das nicht anstrengend, immer unterwegs zu sein?« Die Augen unter den dichten hellen Brauen nehmen einen amüsierten Ausdruck an, so als hätte ich eine Frage gestellt, auf die es nur eine einzige Antwort geben kann.

»Nein. Ich gehe ein, wenn ich für mehr als zwei Monate am selben Ort bin. Sobald ich nach Hause zurückkehre, habe ich auch schon wieder Lust wegzufahren. Es ist eine unendliche Neugier auf die Welt da draußen, aber auch eine Form von mangelnder Stabilität. Im Grunde bin ich voller Unruhe.«

»Leiden deine Beziehungen zu anderen Menschen nicht darunter?«

»Du kommst gleich auf den Punkt. Willst du wissen, ob es schwierig ist, eine ernsthafte Beziehung mit mir einzugehen?«

»Na ja, auch ...«

»Okay. Die Antwort lautet: Ja, es ist nicht ganz einfach. Aber am Ende ist es nur eine Frage des guten Willens und des Engagements. Und vielleicht habe ich bis jetzt weder das eine noch das andere genügend gehabt.«

»Warum?«

Er verharrt in Schweigen, so als ob er die Antwort sorgfältig abwägen wollte. In der Zwischenzeit sehe ich an den vertrauten Häuserfronten, dass wir bei meiner Wohnung angelangt sind.

Er zieht eine Packung Marlboro aus seiner marineblauen Hose, nimmt eine Zigarette heraus und bietet auch mir eine an. »Aus verschiedenen Gründen.« Er zündet sich die Zigarette an und sieht umher, so als ob ihm die Richtung unseres Gesprächs nicht besonders gefiele.

»Zum Beispiel?«

»Es ist nicht gerade hilfreich, dass ich nicht viel da bin. Das macht mich nicht besonders attraktiv. Außerdem bin ich sehr unbeständig, und auch das ist nicht eben eine gute Eigenschaft. Aber mach dir keine Sorgen, ein Ungeheuer bin ich nicht.« Er lächelt ein wenig schief. »Ich verspreche nur das, was ich auch halten kann. Ich mache niemandem etwas vor und überlasse es den anderen, ob sie mich so nehmen, wie ich bin oder nicht.«

Arthur berührt ganz leicht meine erhitzten Wangen mit seinen schlanken Fingern. Die Art und Weise, wie wir uns in die Augen sehen, verdreht mir den Kopf.

»Ich habe noch nie so sanfte Haut berührt«, flüstert er.

Ich fahre mir mit der Zunge über die Lippen. »Danke«, antworte ich und fühle mich wie eine Anfängerin. Ich streiche ihm leicht über die Wange, die makellos rasiert ist.

»Deine auch.«

Er lächelt zärtlich. Ich fühle, wie ich zittere.

Doch er wirkt ganz und gar unerschütterlich. Nicht einmal der Schatten eines Gefühls verändert seine Miene. Es macht ihm nichts aus, wenn man ihn ansieht, und so blicke ich ihm in die Augen, ohne mich dabei unwohl zu fühlen und ohne dass er den Blick senkt.

»Übermorgen fährst du«, sage ich leise wie zu mir selbst.

»Ich komme aber bald wieder zurück«, antwortet er fast flüsternd.

»Bringst du mir etwas mit?« Arthurs dichte und helle Augenbrauen fahren nach oben. Er hat unglaublich lange Wimpern. Die hätte ich auch gerne.

»Ein Geschenk? Warum nicht? Was würde dir denn gefallen?«

Ich denke nach. »Keine Ahnung, etwas Persönliches.«

»Einverstanden.«

Mit einem letzten Blick auf die Uhr verabschiede ich mich widerstrebend. Ich will gerade in Richtung Tür gehen, als Arthur mich am Handgelenk zurückhält. Er sieht mir geradewegs in die Augen.

»Darf ich dir einen Gutenachtkuss geben?«

Ich nicke und nähere mich ihm. Er riecht wunderbar, einzigartig.

Er nimmt mein Gesicht in beide Hände und legt seine Lippen schließlich leicht auf meinen Mund. Er tut das mit der ihm eigenen Leichtigkeit, doch ist unser Kontakt wie elektrisch aufgeladen, und bald macht die Zartheit großer Entschiedenheit Platz.

Es ist überwältigend.

Es ist unglaublich.

Noch niemals habe ich einen so wunderbaren Duft gerochen.

Die Welt scheint unterzugehen.

Ich streiche ihm über die Haare, was ich schon seit unserer ersten Begegnung tun wollte.

»Ich möchte wirklich gern, dass du bald wiederkommst.«

Er lächelt mich an und gibt mir einen Kuss auf die Stirn.

»Du bist lieb«, murmelt er, so als ob es ihn ein wenig überraschen würde.

Yukino ist noch wach. Sie sitzt an ihrem Schreibtisch, lernt und hört dabei Rachmaninow.

»Yukino! Du bist immer noch am Lernen? Um diese Uhrzeit?«, frage ich sie. Sie ist blass und sieht aus wie jemand, der zu lange nicht mehr an die frische Luft gekommen ist.

Sie nickt müde, schenkt sich ein Glas Fruchtsaft ein und macht die Stereoanlage aus. »Ich bin so müde«, seufzt sie. »Wie war dein Abend?«, fragt sie dann, während sie auf einem roten Drehstuhl ihre Glieder reckt.

»Schön, glaube ich.«

»Er gefällt dir?«

»Ich könnte mich in ihn verlieben. Er würde dir gefallen. Auf den ersten Blick ist er unkompliziert und strahlend, aber wenn man ihn näher kennenlernt, dann macht er einen unruhigen Eindruck… An ihm ist irgendetwas Beunruhigendes, eine Gier, alles kennenzulernen. Und dann hat er so einen Blick auf die Welt, der sie viel schöner macht.«

Yukino lächelt. »Wie eine Figur aus einem Buch.«

»In der Tat, er könnte Shinobu aus *Haikara-san ga Torusen* sein, nur um dir einen Eindruck zu geben. Oder vielleicht sehe auch nur ich ihn so. Vielleicht ist er auch ein ganz gewöhnlicher Typ und so wie alle anderen.«

»Shinobu ist so schön«, murmelt Yukino verschlafen und gähnt dann vor Müdigkeit.

»Lass uns ins Bett gehen«, schlage ich ihr vor. »Du bist zum Weiterlernen viel zu müde. Das bringt nichts.«

»Du hast recht. Ich bin wirklich sehr müde. Gute Nacht, Alice.«

Gedanken und Worte

Einige Tage später komme ich am Institut an und merke sofort, dass etwas in der Luft liegt. Eine merkwürdige Erregung, die man immer spürt, wenn etwas Wichtiges ansteht.

»Ist mir irgendetwas entgangen, Lara?«, frage ich. Während mir Lara ausführlich antwortet, flicht sie ihre roten, unordentlichen Haare zu einem Zopf.

»Ich dachte, Claudio hätte dir davon erzählt. Heute sind einige von Giulia Valentis Bekannten einbestellt worden, die mit dem Fall etwas zu tun haben könnten. Claudio macht Blutabnahmen, und zwar sowohl für die genetischen als auch für die toxikologischen Untersuchungen.«

»Nein, davon hat er mir nichts gesagt.« In Wahrheit überrascht es mich nicht, dass mich der große Universitätsgelehrte nicht darüber informiert hat. Wie beschämend, aus dem engen Kreis seiner Bewunderinnen verstoßen worden zu sein. Doch eines ist sicher – den Höhepunkt des heutigen Tages lasse ich mir nicht entgehen. Umso mehr, als ich aus dem Augenwinkel Calligaris bemerkt habe, der wohl gerade mit Anceschi einen Kaffee getrunken hat (ein Paar wie Dick und Doof). Es steht also etwas Besonderes bevor.

Ich klopfe an Claudios Tür, und nachdem er mich aufgefordert hat einzutreten, schenke ich ihm ein freundliches Lächeln.

»Ich wollte dich fragen, ob ich heute bei den Untersuchungen von Giulias Bekannten dabei sein darf«, sage ich in dem natürlichen Tonfall, den ich bis vor Kurzem angeschlagen hätte.

»Besser nicht«, lautet die abweisende Antwort. Dabei wendet er den Blick nicht von seinem Mac-Bildschirm ab und erwidert auch mein Lächeln nicht.

»Warum nicht?«, frage ich nach, wütend und überrascht zugleich.

»Weil du dich von dieser Geschichte zu sehr mitreißen lässt, und was mich angeht, ist es mir lieber, wenn du nichts damit zu tun hast«, erwidert er und hackt dabei weiter auf die Tastatur ein.

»Das ist ungerecht.«

»Das ist eine Art und Weise, meine Aufsichtspflicht wahrzunehmen, falls du das immer noch nicht verstanden hast«, erklärt er in förmlichem Tonfall und vermeidet immer noch den Blickkontakt.

»Das ist eine Art und Weise, mich zu bestrafen.«

Claudio blickt endlich auf und sieht mich mit einer Mischung aus Kälte und Sarkasmus an.

»Du nimmst dich viel zu wichtig, Allevi. Ich habe Besseres zu tun, als dich zu bestrafen, auch wenn ich zugeben muss, dass ich dich in der Vergangenheit ganz gerne gezüchtigt hätte, wenn auch bei anderen Übertretungen. Doch habe ich dir gegenüber eine Aufsichtspflicht. Vergiss nicht, und zwar keinen Moment lang, dass ich dein Vorgesetzter bin.«

»Du übertreibst auf jeden Fall, denn es kann mir sicher nicht schaden, dir bei den Untersuchungen zu assistieren.«

»Ich habe mir schon eine Person zum Assistieren ausgesucht.«

»Ambra, wetten?«, platze ich voller Sarkasmus heraus.

Er sieht mich hochmütig an. »Genau«, bestätigt er nach mehreren Sekunden spannungsgeladenen Schweigens.

»Glaubst du wirklich, dass Ambra besser ist als ich?«, frage ich schließlich voller Bitterkeit.

»Ja, das glaube ich«, erwidert er trocken und äußerst entschieden..

»Du hackst auf meinem wunden Punkt herum«, antworte ich nach einer kurzen Pause.

»Ich habe nicht die Absicht, dich zu verletzen. Und eines solltest du dir merken: Es gibt immer jemanden, der besser ist als man selbst. Und manchmal hilft dann gerade der Konkurrenzkampf, unsere Leistungen zu verbessern. Doch wie üblich gehst du der Auseinandersetzung mit der Realität aus dem Weg, und das ist das Ergebnis.«

Ich schüttle den Kopf und bin entschlossen, mich nicht unterkriegen zu lassen.

»Ich werde heute bei den Untersuchungen dabei sein«, beharre ich.

»Nicht, wenn ich zu entscheiden habe, Allevi. Und ich sag dir noch eins: Falls man mich nach deinen Leistungen fragen sollte, erwarte dir bloß keine Lobeshymnen.«

Es kann schon sein, dass er das alles gar nicht wirklich denkt. Ich kenne Claudio und weiß, dass man ihm besser aus dem Weg geht, wenn er wütend ist. Doch ich leide trotzdem. Ich sehe ihn an und schüttle traurig den Kopf.

Dann verlasse ich sein Büro und wünsche mir, ich müsste es nie wieder betreten.

In einem derartigen Klima zu arbeiten, macht keinen Spaß. Und neben dem Umstand, dass unsere Beziehung noch weiter Schaden genommen hat und jetzt vermutlich nicht mehr zu kitten ist, tut es mir leid, dass ich ihn nicht gefragt habe, warum auch Frauen untersucht werden. Denn für ihn hatten diese Spuren ja keinerlei Wert, und das wird er auch dem Staatsanwalt sagen.

Gott sei Dank mangelt es mir nicht an Ideen. Es gibt einen Weg, bei den Untersuchungen mitzumachen, auch wenn ich ihm damit auf die Nerven gehe. Es hat schon einmal funktioniert, also wird es auch dieses Mal funktionieren.

»Dottor Anceschi, darf ich Sie stören?«, frage ich, als ich an seine Bürotür klopfe.

Wie immer wirkt er so, als würde er hier nur arbeiten, um der Welt einen Gefallen zu tun, und empfängt mich mit jener für ihn typischen Distanz zu irdischen Dingen.

»Bitte.«

»Ich weiß, dass heute die genetischen und toxikologischen Untersuchungen von einigen Verdächtigen im Fall Valenti stattfinden sollen.«

»Das ist Sache von Dottor Conforti.«

»Sind Sie auch dabei?«

»Meine Anwesenheit ist offensichtlich nicht erforderlich. Doch wird ein alter Bekannter von Ihnen anwesend sein, Commissario Calligaris. Er war übrigens von Ihrer Beharrlichkeit beeindruckt.«

»Sehr schön.« Ich begreife, dass die Situation kompliziert ist, und komme aus der Deckung. »Dottor Anceschi, ich möchte auch gerne dabei sein«, betone ich und versuche meine Schüchternheit zu vergessen.

»Wo ist das Problem? Fragen Sie Dottor Conforti!«, antwortet er und hält dabei die Hände über seinem dicken Bauch verschränkt.

»Mein Verhältnis zu Dottor Conforti ist in diesem Augenblick nicht ganz einfach. Wir hatten beruflich einige Auseinandersetzungen, und er ist nicht objektiv, was mich angeht.«

Anceschi scheint das nicht weiter zu beeindrucken. »Das spielt alles keine Rolle. Er kann Ihnen die Teilnahme nicht verweigern.«

»Doch, das kann er«, erwidere ich. *Und er hat es auch bereits getan!*

Dottor Anceschis Züge nehmen einen entschlossenen und zugleich leicht amüsierten Ausdruck an. Er hebt den Telefonhörer ab und wählt. »Claudio, Anceschi hier. Eine Empfehlung: Lass heute alle Assistenzärzte mitmachen. Das sind vier, stimmt's? Lass die jüngeren die Blutentnahme und die Untersuchung machen, dann sammeln sie ein bisschen Erfahrung. Du weißt, das ist in dem Ausbildungsvertrag für Fachärzte so vorgesehen.«

Ich danke ihm mit leuchtenden Augen für sein Eingreifen.

»Das habe ich nicht für Sie getan. Es ist nur richtig, dass ihr lernt, alles zu machen«, fährt er fort und meint damit die Assistenzärzte im Allgemeinen. »In eurem Alter war ich schon in der Lage, ganz allein Autopsien und Identitätsermittlungen durchzuführen. Der einzige Weg, um das alles zu lernen, ist direkte Beobachtung und Praxis unter Anleitung.«

»Darf ich Ihnen eine Frage stellen?«

Er nickt freundlich und ist so ungerührt und fröhlich wie ein Buddha. »Bitte.«

»Warum wird auch das Blut von weiblichen Verdächtigen untersucht? Dottor Conforti war überzeugt, dass die Spuren von einer Verunreinigung herrühren.«

»Ihnen sind offenbar die letzten Entwicklungen entgangen. Also, zur Erinnerung, Dottor Conforti hat einen DNA-Vergleich zwischen dem Material auf dem Spritzenkolben und dem Sperma vorgenommen. Die beiden DNAs stimmen nicht überein. Und das ist nicht unwichtig, denn es bedeutet, dass die Valenti sich nach dem Geschlechtsverkehr sehr wahrscheinlich mit einem anderen Mann die Spritze gesetzt hat. Wer sind diese beiden Männer? Zweitens hat Dottor Conforti dem Staatsanwalt gegenüber seine Einschätzung stark auf Wahrscheinlichkeiten gestützt. Er hat erklärt, dass die männliche DNA auf jeden Fall die verdächtigere ist, aber dass die weibliche, obgleich sie wahrscheinlich von einer Verunreinigung herrührt, unter Umständen auch von jemandem stammen kann, der an jenem Abend ebenfalls anwesend war.«

Das ist genau, was ich behauptet habe. Ein kleiner Sieg. Jetzt wird mich dieser überhebliche Claudio noch weniger ausstehen können, das ist der Preis, den ich dafür zahle.

Und mit diesem Triumph mache ich mich auf den Weg ins Labor.

Ich habe zwei Fliegen mit einer Klappe geschlagen: Ich habe mein Ziel erreicht und Ambra die Rolle der Primadonna geraubt. Doch angesichts meiner allgemein düsteren Lage ist mir nicht zum Jubeln.

Es wird der Tag kommen, an dem das alles Vergangenheit sein wird. An dem ich nicht mehr vor meinen Chefs auf die Knie gehen muss, um das zu erhalten, worauf ich ein Anrecht habe. Es wird der Augenblick kommen, in dem mein Name unter einem Gutachten stehen wird. Es ist egal, welchen Preis ich dafür bezahlen muss, wie schwierig der Weg sein wird und wie viel Schmach ich einstecken muss. Nie wieder werde ich von einem Typen wie Claudio Conforti abhängig sein.

Attacke!

Und so bin ich heute in der glücklichen Lage, den Namen, über die ich in der Zeitung gelesen habe, ein Gesicht zuzuordnen.

Sofia Morandini de Clés. Ich hatte sie bereits am Tatort gesehen, kurz bevor man sie dem Staatsanwalt vorstellte. Sie entstammt einer alten frankoitalienischen Adelsfamilie. Ihre Vorfahren waren Universitätsrektoren, Gerichtspräsidenten und Notare. Sie ist eine typische Vertreterin der römischen *Upperclass,* auch wenn sie mir nicht blasiert erscheint. Ihr schulterlanges Haar ist blond gefärbt, ihre Augen sind goldbraun und recht ungewöhnlich, und insgesamt ist diese Kombination interessant. Sie hat ein fliehendes Kinn und eine spitze Nase. Ihre Körperformen sind weich und ihre Fingernägel abgekaut. Sie hält sich wie jemand, der im Leben immer auf der Seite der Gewinner gestanden hat, doch sieht man ihr deutlich an, dass sie erschüttert und in Trauer ist. Vor allem aber hat sie enorme Angst. Ich weiß nicht, ob es die strenge Atmosphäre ist, die sie derart einschüchtert, oder der Gedanke, dass sie immer noch unter Verdacht steht. Ihr Gang ist unsicher, und ihre ganze Erscheinung hat etwas Undurchsichtiges. Im Ganzen wirkt sie schwach.

Claudio ordnet an, dass Ambra die Blutentnahme bei ihr vornimmt. Die Bienenkönigin versucht sie zu beruhigen, was ihr aber nicht wirklich gelingt.

Damiano Salvati. Ein widerlicher, blasierter Snob, nicht

sehr groß, mit kurz geschnittenen Haaren. Er ist schmallippig, seine Zähne sind von Kaffee und Nikotin leicht verfärbt, und er hat einen olivenfarbenen Teint. Er zeigt keine Anzeichen von innerlicher Erschütterung, sondern scheint die ganze Tortur nur so schnell wie möglich hinter sich bringen zu wollen. Claudio hat entschieden, dass Massimiliano die Untersuchung durchführen soll, was diesem große Schwierigkeiten bereitet. Am Ende schiebt Claudio ihn brüsk beiseite und macht alles alleine.

Abigail Button. Dichte, honiggelbe Locken mit einem leichten Rotstich, himmelblaue Augen, sehr hochgewachsen und schlaksig und mit einem Lächeln, als befände sie sich auf einer Party. Sie verlangt höflich nach einem Glas Wasser, schiebt anmutig den Ärmel ihres grünen Rollkragenpullovers hoch und reicht Lara ihren Arm.

Und hier ist mein Opfer: Gabriele Crescenti. In seinen Augen liegt unsägliche Trauer. Er macht keinen eingeschüchterten Eindruck, das ist nicht das richtige Wort. Er erscheint mir vor allem resigniert. Ein gut aussehender dunkelhaariger junger Mann, vielleicht ein bisschen untersetzt, aber im Ganzen eine angenehme Erscheinung. Er verströmt einen Geruch von Talkumpuder.

»Guten Tag«, begrüße ich ihn in einem Tonfall, der um Professionalität bemüht ist.

»Hallo«, erwidert er schwach, seine Stimme ist tief und ausdruckslos. Er fährt sich durch die langen, dunklen Haare und legt dabei seine hohe Stirn frei. Seine Stärke liegt im Blick: Er hat wunderschöne Augen, noch niemals habe ich derart dunkle Augen gesehen, unergründlich und ausdrucksvoll, wie die eines Bären.

»Bitte machen Sie Ihren Arm frei«, fordere ich ihn mit einem freundlichen Lächeln auf.

Er gehorcht ohne Zögern. Sein Unterarm ist muskulös

und dicht behaart. Jede seiner Gesten strahlt Männlichkeit aus. Ich bereite die Nadel vor und tränke die Watte mit Alkohol. Dann binde ich seinen Arm ab und bitte ihn, die Hand zu einer Faust zu schließen.

»Ich hoffe, ich tue Ihnen nicht weh«, sage ich verlegen, bevor ich beginne.

»Mich lässt das kalt, das kann ich Ihnen sagen. Seit dem zwölften Februar fühle ich nichts mehr.«

Ich müsste kühl sein. Neutral. Distanziert.

Ich müsste seinen Hinweis wie einen Regentropfen ins weite Meer fallen lassen. Stattdessen gehe ich unter.

»Sie haben Giulia … geliebt?«

Er schaut überrumpelt auf.

»Ob ich sie geliebt habe?«, fragt er mich fast wie betäubt zurück. »Das war viel mehr als nur Liebe. Und jetzt fühle ich mich so leer. Und hierher zur Untersuchung bin ich nur gekommen, weil es tatsächlich Leute gibt, die glauben, ich hätte mir mit ihr einen Schuss gesetzt. Ausgerechnet ich. Ich habe dieses ganze Zeugs gehasst. Wie oft habe ich ihr gesagt, sie soll damit aufhören. Wie viele Male.«

»Waren Sie mit ihr zusammen?«

»Nein«, erwidert er trocken. Und hat dem anscheinend nichts mehr hinzuzufügen, doch dann erklärt er noch: »Nicht, weil ich nicht gewollt hätte, sie war nicht frei.«

Ich finde nicht, dass die beiden gut zusammengepasst hätten, aber ich unterdrücke eine entsprechende Bemerkung.

»Setzen wir dieser Tortur ein Ende. Ich bitte Sie, Dottoressa, machen Sie schnell.«

Claudio kommt vorbei und findet, dass wir spät dran sind. »Mach hin, Allevi«, zischt er mir zu und tippt dabei mit dem Zeigefinger auf das Blatt seiner Armbanduhr. Ich nicke eilig und fange mit der Blutentnahme an.

»Wie will Giulia sich selbst den Schuss gesetzt haben?«,

murmelt Gabriele fast wie zu sich selbst. »Sie war so ein Angsthase. Und außerdem ist das nicht einfach, glaube ich. Oder?«

»Sagen wir es so, ich wäre nicht in der Lage, alles selbst zu machen. Aber vielleicht hatte sie es irgendwie gelernt.«

»In der letzten Zeit hat sie gesagt, dass sie damit aufgehört hätte. Die übliche Lügerei.«

»Vielleicht war es keine Lüge. Vielleicht hat sie wirklich versucht, damit aufzuhören. Das ist nicht so einfach.«

Gabriele seufzt. »Ich weiß nicht. Giulia kam ohne das Zeug nicht aus, das ist die ganze Wahrheit.«

Ich desinfiziere seinen Arm. Die weiße Watte saugt sein dunkles Blut auf. Was seine Person angeht, ist meine Arbeit erledigt.

Für den nächsten Morgen hat sich Claudio die Untersuchungen vorgenommen. Er hat das Schlimmste geplant: Er möchte alles am heutigen Tag fertig kriegen.

Ich muss zugeben, dass die Aussicht, den ganzen Tag mit Arbeit zu verbringen, mir überhaupt nichts ausmacht: Ich platze vor Neugier.

»Und jetzt, meine kleinen verträumten Assistentinnen, an die Arbeit«, sagt Claudio schließlich.

»Warum wendest du dich eigentlich immer nur an die Kolleginnen? Wir sind auch noch da, erinnerst du dich?«, wendet Massimiliano Benni ein und spricht dabei auch im Namen des Neuzugangs im ersten Jahr, einem Jüngling, der die Brillanz eines Darmbakteriums hat.

»Und das fragst du mich, Benni? Deine Kolleginnen sind einfach viel interessanter.«

In dieser gelösten Stimmung, die mich außen vor lässt, ertönt jetzt fröhliches Gelächter. Ich mache mich entschlossen an meine Arbeit und versuche Claudio und seine kritischen Blicke nicht weiter zu beachten. Er wartet nur darauf, mich bei einem Fehler zu ertappen, um mich dann vor allen anderen bloßzustellen.

»Handschuhe, Allevi, sonst finden wir neben der DNA von Gabriele Crescenti auch noch deine«, ermahnt er mich, als er mich bei einer meiner üblichen Nachlässigkeiten ertappt.

Außer einer winzigen Mittagspause arbeiten wir bis zum späten Nachmittag durch. Durch das Fenster sehe ich, wie der Himmel draußen langsam dunkel wird. Claudio will nicht aufhören, bis die Ergebnisse vorliegen. Und einfach aus Prinzip, um als das nimmermüde Genie zu erscheinen, das sie keinesfalls ist, zeigt Ambra keinerlei Anzeichen von Erschöpfung. Sie ist so emsig wie eine Ameise bei Tagesanbruch und ergeht sich in aufmunternden Ratschlägen. Als ich mein Ergebnis, die DNA von Gabriele, vorliegen habe, ist es schon spät. Am Ende keine Überraschung.

Keines der beiden männlichen DNA-Profile kann von ihm stammen. Er hat die Spritze nicht in der Hand gehabt, und trotz seiner Anspielungen war er auch nicht Giulias letzter Liebhaber.

»Das Ergebnis haut mich nicht um«, sage ich zu Lara, während wir zusammen zur Metro gehen. »Auch wenn Gabriele hat durchsickern lassen, dass zwischen ihm und Giulia mehr war als bloße Freundschaft, war er überhaupt nicht ihr Typ.«

Lara sieht mich mit den für sie so typischen großen Augen an; ihre Überraschung wirkt niemals hundertprozentig aufrichtig.

»Ich frage mich, zu welchem Mann die DNA-Spuren von der gynäkologischen Untersuchung gehören. Wenn sie nicht von Gabriele Crescenti stammen, wer war dann ihr Freund?«

»Vielleicht hatte sie keinen«, wendet Lara ein.

»Freund, Liebhaber, Partner … Egal, mit wem hat sie zuletzt geschlafen, bevor sie gestorben ist? Wie kann es sein, dass diese Person noch nicht identifiziert wurde, über die Anruflisten zum Beispiel?«

»Alice, das ist doch nicht so wichtig …«, wirft sie schüchtern ein. »Und übrigens, die DNA-Spuren auf der Spritze stimmen mit jenen in der Vagina nicht überein. Und damit gab es einen fürs Fixen und einen fürs Bett. Und in diesem Falle glaube ich nicht, dass Informationen zu Valentis Privatleben von Bedeutung sind.«

»Vielleicht hast du recht.«

»Auch wenn man ihn identifizieren würde – es spielt so gut wie keine Rolle, wenn man weiß, mit wem sie vor ihrem Tod ins Bett gegangen ist. Du wirst sehen. Und vielleicht gibt es am Ende ja auch gar nichts zu lösen: Alles dreht sich um die Annahme, dass ein Verbrechen geschehen ist, und dann findet man heraus, dass es etwas ganz anderes war.«

Ein bedeutungsvolles Abendessen in einem Bistro in der Villa Pamphili

Ich bin gerade zu Hause angekommen, als mich Bianca Valenti anruft.

Sie ist formell und höflich wie immer, doch auch ein wenig unbefangener.

»Ich bin mittlerweile dein ganz persönlicher Albtraum«, meint sie scherzhaft. Ich verneine herzlich und frage sie dann, womit ich ihr weiterhelfen kann.

»Könnten wir uns später irgendwo treffen? Vielleicht zum Abendessen, wenn dir das recht ist.«

Ich bin fast sicher, dass sie mich wegen der Untersuchungen sprechen will. Eigentlich fühle ich mich völlig erledigt, denn in diesen letzten Tagen haben wir hart gearbeitet, um die Ergebnisse möglichst schnell in der Hand zu haben. Und doch nehme ich ihre Einladung ohne jegliches Zögern an. Sie verabredet sich mit mir in einem Bistro in der Villa Pamphili. Bianca ist überpünktlich. Sie sitzt an einem kleinen Tisch, in die Lektüre eines Buchs von Maupassant vertieft. Sie erhebt sich und reicht mir die Hand. Unter einem dünnen Kaschmirpullover im Stil der fünfziger Jahre trägt sie eine dunkellila Seidenbluse mit einer Schleife am Hals. Ihr dunkles Haar ist im Nacken zusammengebunden, und sie ist sehr zart geschminkt.

»Du siehst müde aus, Alice. Es tut mir leid, dass ich dich in diese Geschichte hineinziehe …«

Ihre wunderschöne Altstimme ist neben ihren Augen, die

einem für immer in Erinnerung bleiben, die Quelle ihrer Anziehungskraft.

»Mach dir keine Gedanken. Ich fühle mich auch persönlich betroffen. Wahrscheinlich, weil ich Giulia kennengelernt habe …«, erkläre ich, lege meine Tasche auf einem Hocker ab und erwidere ihr Lächeln mit wenigstens einem Teil ihrer Anmut, wie ich hoffe.

»Weißt du, ich habe meine Schwierigkeiten mit Commissario Calligaris. Er wirkt freundlich, aber ich habe den Verdacht, dass er seine Informationen filtert, denn er ist nie in der Lage, meine Fragen präzise zu beantworten.«

»Erwarte dir nicht zu viel von mir«, erwidere ich zerstreut und nehme mit Bewunderung all die Details zur Kenntnis, die sie so elegant erscheinen lassen, gerade so, als sei sie eben einem Vuitton-Katalog entstiegen.

»Du steckst mitten in den Untersuchungen. Ich kann mir niemanden vorstellen, der besser informiert wäre als du.«

Wir überfliegen flüchtig die Speisekarte. Am Ende ist das Essen nur ein Vorwand.

»Ich liebe dieses Lokal«, kommentiert sie. »Ich war schon einmal hier, denn der Verlag, für den ich arbeite, ist ganz in der Nähe. Die machen hier einen wunderbaren Nizza-Salat.«

»Dann nehme ich den Salat. Ach, du arbeitest für einen Verlag?«, frage ich und lege die Karte zur Seite.

»Ja, ich bin Lektorin. Seit letztem Jahr. Ich habe in New York studiert, und als ich wusste, dass ich nach Italien zurückkehren würde, habe ich angefangen, meinen Lebenslauf herumzuschicken. Es war nicht ganz leicht, das Richtige zu finden, aber jetzt bin ich ganz zufrieden. Die Arbeit gefällt mir sehr.«

»Warum bist du wieder nach Rom zurückgekehrt?«, frage ich und nehme einen Schluck Wasser.

Bianca senkt ihren Blick. »Vor allem wegen Giulia. Tante Olga kam allein nicht mehr mit ihr zurecht, sie hat immer mehr Probleme gemacht. Ich habe lange überlegt, was ich tun soll: Mein Leben hatte sich mittlerweile nach New York verlagert. Ich hatte dort eine Arbeit gefunden und auch gute Freunde. Am Ende habe ich mich aber für meine Schwester verantwortlich gefühlt. Die Rückkehr ist mir schwergefallen, glaub mir.«

»Nach deinen Worten war Giulia ein schwieriger Mensch. Die Drogenabhängigkeit hat das sicher nicht einfacher gemacht.«

»Das stimmt. Die Tante hatte angefangen, Verdacht zu schöpfen, denn Giulia verlangte immer mehr Geld und war immer ausgeflippter. Einmal, da war sie noch am Gymnasium, hat sie während eines Ausflugs Ecstasy geschluckt und musste ins Krankenhaus eingeliefert werden. Meine Tante ist vor Scham fast im Erdboden versunken, denn man hat sie angerufen, und sie musste zu ihr nach Prag fahren. Auf dem Rückweg hat sie mich dann angefleht, ihr zu helfen. Auf Jacopo war kein Verlass, denn er arbeitet so viel, dass er keinen Feierabend kennt. Er kümmerte sich um Giulia, so gut er konnte, und widmete ihr viel Zeit, aber es reichte nicht aus. Und so habe ich, als die brave große Schwester, meine Koffer gepackt und bin wiedergekommen.«

Während sie von ihrer Lebensentscheidung erzählt, die ihr offensichtlich einiges abverlangt hat, bleibt ihre Stimme sachlich. Sie ergeht sich nicht in Vorwürfen, denn sie ist ein Typ, der immer um Fassung bemüht ist. Aber ich spüre, dass sie sich in ihrem Leben nicht wohlfühlt.

»Also wusstet ihr als nächste Angehörige von ihrem Drogenproblem.«

»Natürlich. Meine Tante bezahlte großzügig einen Psychiater, allerdings ohne großes Ergebnis. Für eine gewisse

Zeit war Giulia in einer Privatklinik in Montreux, aber angesichts dessen, was sich ereignet hat, war auch das völlig nutzlos. Giulia war immer schwierig, sie kannte keinerlei inneres Gleichgewicht oder Maß. Vielleicht suchte sie in den Drogen all das, was sie im Leben vermisste. Wer weiß. Ihr Freundeskreis hat es auch nicht besser gemacht. Eine Truppe von Nichtstuern ohne Lebensinhalt. Vor allem Sofia Morandini de Clés.«

»Bianca …« Ich unterbreche mich, weil ich nicht weiß, ob ich weiterreden soll oder lieber nicht. Aber früher oder später wird sie es ohnehin erfahren. »Die Spuren auf der Spritze stammen von keiner der Personen, zu denen ermittelt wird. Weder von Sofia noch von Damiano, noch von Gabriele.«

Bianca zieht ihre dichten dunklen Augenbrauen zusammen. »Von Gabrieles Unschuld war ich auch von Anfang an überzeugt. Der ist viel zu nett. Ich würde meine Hand dafür ins Feuer legen, dass er mit dieser Sache nichts zu tun hat. Aber …« Sie unterbricht sich, weist einen Telefonanruf ab, lässt das Handy in ihre Handtasche zurückgleiten und sieht mich wieder mit jener einzigartigen Eindringlichkeit an.

»Entschuldige. Ich wollte dir gerade sagen … wenn ich jemanden in Verdacht hatte … dann wahrscheinlich Sofia. Wir sind alle davon überzeugt, dass Giulia mit ihr zusammen angefangen hat. Sie ist skrupellos, und ich verabscheue sie. Sie wäre absolut dazu in der Lage, Giulia einfach zurückzulassen oder vielleicht noch Schlimmeres zu tun. Auch weil sich die beiden in der letzten Zeit überhaupt nicht einig waren. Giulia hat mir erzählt, dass sie unerträglich geworden sei, sie war eifersüchtig wegen Gabriele, in den sie seit Langem verliebt war. Merkwürdig, wirklich merkwürdig.«

»Was?«

Bianca verschränkt nachdenklich die Hände in ihrem Schoß. »Merkwürdig, dass sie nicht mit ihr oder einem der anderen Freunde zusammen gespritzt hat. Da gibt es doch auch Spuren von einem Mann, nicht wahr? Darf ich dir eine Frage stellen?«

»Bitte.«

»Sind diese Ergebnisse … zuverlässig? Eindeutig?«

»Doch, ja. Es wird angenommen, dass die Spuren weiblicher DNA an dem Zylinder der Spritze von einer Verunreinigung herrühren und daher mit Giulias Tod nichts zu tun haben. Aber das schließt nicht aus, dass an jenem Abend jemand bei ihr war. Oder anders ausgedrückt: Es ist möglich, dass diese Spuren von jemandem stammen, der sich an besagtem Abend bei Giulia aufhielt, aber wir haben keine Idee, wer das gewesen sein könnte.«

Der Ausdruck in Biancas riesengroßen Augen verrät leichte Verärgerung. »Wie kommt es zu so viel Unklarheit? Ich habe den Eindruck, dass diese Geschichte zu sehr auf die leichte Schulter genommen wird.«

»Nein, nein. Hier wird nichts auf die leichte Schulter genommen. Dottor Conforti hat die Untersuchungen mehr als einmal wiederholt, und zwar um jeden Irrtum auszuschließen. Leider ist immer Ungewissheit mit im Spiel. In der Medizin ist nichts gesichert. Und das Gleiche gilt auch für die Rechtsmedizin. Es besteht immer nur erhöhte Wahrscheinlichkeit. Eine letzte Sicherheit gibt es fast nicht.«

Bianca beugt sich interessiert vor. »Reden wir auf der Grundlage von Wahrscheinlichkeiten weiter. Was ist wahrscheinlicher? Dass es sich bei dieser weiblichen DNA um eine Verunreinigung handelt oder um relevante Spuren?«

»Das Einzige, was ich sagen kann, ist, dass Dottor Conforti die Hypothese von einer Verunreinigung für wahrscheinlicher hält.«

Sie schweigt überrascht, so als ob sie nachdenken würde. »Durch dieses Ergebnis wird Sofia definitiv entlastet?«

»Es fehlen noch die Ergebnisse der toxikologischen Untersuchung. Wer weiß, da kann sich noch eine Überraschung ergeben.«

»Aha.«

»Und am Ende kommt man vielleicht zu dem Schluss, dass es in dieser Geschichte keine Hinweise auf ein Gewaltverbrechen gibt. Wäre dir das nicht lieber?«

»In welchem Sinn?«, fragt Bianca etwas erschrocken.

»In dem Sinn, dass der Gedanke leichter zu ertragen ist, dass es sich bei Giulias Tod – so tragisch er ist – um einen Unfall handelt, den man nicht hätte vermeiden können, und nicht um etwas anderes.«

»Nun, am Ende ist das eine so schlimm wie das andere«, erwidert Bianca ziemlich kühl.

Ich senke traurig den Kopf. Doch erscheint es mir der richtige Augenblick für eine Frage, die ich das letzte Mal vergessen habe.

»Bianca … darf ich dich fragen, wie Giulia und Doriana miteinander klarkamen?«, frage ich geradeheraus.

Sie wirkt überrascht. »Warum willst du das wissen?«

»Aus Neugier, einfach nur Neugier. Wenn man sich die Probleme anschaut, die deine Familie mit Giulia hatte, und angesichts der Tatsache, dass Jacopo für sie so etwas wie ein Bruder war, frage ich mich, warum deine Tante sich der zukünftigen Schwiegertochter so wenig anvertraute.«

»Doriana ist eine sehr schwache und introvertierte Frau. Obwohl sie und Jacopo seit Langem miteinander verlobt sind, hat sie in unserer Familie niemals ihren Platz gefunden. Sie hatte Giulia auf ihre Weise sehr gern, doch hat sie Giulias kontinuierliche Einmischung in das Leben meines Cousins gestört.«

»Gestört?«

»Ja, … manchmal habe ich so etwas bemerkt wie … wie Ausbrüche von Ärger … Nichts Schlimmes. Kleine Auseinandersetzungen, wie sie in jeder Familie vorkommen. Übrigens, jetzt kommt mir gerade der Gedanke, dass du nicht weißt … Sie war die Person, mit der Giulia am Telefon diese Diskussion hatte, die du an jenem Nachmittag mitgehört hast. Calligaris hat das herausgefunden. Aber ich muss gestehen, dass das nichts Außergewöhnliches gewesen sein kann, denn auch ich habe ständig mit Giulia diskutiert. Sie war streitsüchtig, und man musste sie im Auge behalten, denn sonst hat sie nur Unsinn angestellt.«

Das Essen auf Biancas Teller ist immer noch fast unberührt. Sie lässt es einfach von der jungen Kellnerin abräumen. Sie hat offensichtlich keinen Appetit und wirkt recht hager. Sie weist auch die Auswahl an Desserts zurück, und obwohl ich gerne den Schokoladenbrownie mit Schlagsahne probiert hätte, lehne auch ich dankend ab.

Sie verlangt nach der Rechnung und besteht darauf, mich einzuladen.

»Es hat mir gutgetan, mit dir zu reden. Du hast mich zuversichtlich gemacht«, behauptet sie, »wir sollten uns öfter sehen, und nicht nur, um über Giulia zu reden. Ich glaube, wir haben vieles miteinander gemein«, meint sie warmherzig. »Hier in Rom habe ich nur wenige Freunde. Ich habe sie während der Jahre, die ich in New York verbracht habe, verloren und bin dabei, mir einen neuen Freundeskreis aufzubauen.«

»Sehr gerne«, antworte ich ehrlich.

Cordelia

Während ich einige Tage später durch das trübe Fenster meines ganz persönlichen Gefängnisses blicke – draußen ist ein schmuddeliger Märztag –, geht mir die Begegnung mit Bianca nicht mehr aus dem Kopf. Ich denke an ihre aufrichtige und freundliche Art, meine Fragen zu beantworten: Sie hat die gleiche Weltoffenheit, die mich am Tag unserer Begegnung auch bei Giulia beeindruckt hatte.

Mein Handy reißt mich aus den Gedanken.

Es ist Arthur, der gerade aus Kreta zurückgekehrt ist.

»Hallo, wie schön, dass du zurück bist!« Ich freue mich sehr, seine Stimme zu hören.

»Vielen Dank! Hör zu, ich kann nicht lange telefonieren und mache es kurz. Hast du heute Abend schon etwas vor?«

»Ich glaube nicht.«

»Hast du Lust, mich zu einem Abendessen in lockerer Runde zu begleiten? Es ist nur ein kleiner Kreis von Kollegen aus der Redaktion.« Im Hintergrund höre ich Stimmengewirr, vor allem eine weibliche Stimme, die ihn mit nerviger Beharrlichkeit ruft.

»Ja klar. Sehr sogar«, erwidere ich in einem Tonfall, der zum Ausdruck bringt, dass ich mich durch seine Einladung ganz besonders geehrt fühle. Es handelt sich hier nicht nur um ein kleines Essen als Auftakt zu weiterer Zweisamkeit, sondern um eine formale Einladung zu einem Anlass, bei dem ich offiziell als seine Begleiterin auftrete. Und das alles nach nur zwei Verabredungen. Alles sehr vielversprechend.

Am Abend verströmt Arthur in seinem Jeep einen wunderbaren Duft von frisch gewaschenen Haaren und frischer Wäsche. Insgesamt sieht er jedoch ein wenig fertig aus.

»Seit meiner Rückkehr aus Kreta habe ich Tag und Nacht nichts als gearbeitet. Ich habe einen Termin für eine Übersetzung, doch wegen meiner Reiserei bin ich ziemlich hinterher«, erklärt er mir. »Heute Abend hätte ich eigentlich zu Hause bleiben müssen, um das Kapitel fertig zu übersetzen, doch es ist das Abschiedsfest von Riccardo, einem Redaktionskollegen, der nach Khartum aufbricht. In einem Monat will er wieder zurück sein. Er wird gerne in Gefahrenzonen geschickt und macht seine Witze darüber, dass er vielleicht gar nicht mehr zurückkehrt. Deshalb will er sich in großem Stil von uns verabschieden.«

»Eine ziemlich makabre Idee«, kommentiere ich irritiert, »wirkt fast so, als wärst du gerne an seiner Stelle.«

Arthur lächelt bitter.

»Ich muss mich mit Istanbul zufriedengeben.«

»Das nennst du zufriedengeben! Ich wollte immer schon dorthin, aber ich habe nie die passende Reisebegleitung gefunden.«

Noch bevor mir klar wird, was ich da gerade gesagt habe, überholt Arthur meine Gedanken. »Komm einfach mit. Bis dahin sind es noch knapp zwei Wochen, schaffst du das zu organisieren?«

»Vielleicht habe ich mich jetzt indirekt eingeladen. Entschuldige, das wollte ich nicht. Fühl dich bitte nicht verpflichtet«, erwidere ich, rot vor Scham.

»Da kennst du mich aber schlecht. Ich habe dich gefragt, weil ich das wollte.«

»Bist du sicher?«

»Ja. Und außerdem ist es auch kein unsittliches Angebot.

Wenn ich dich ins Bett kriegen wollte, würde ich das auf der Stelle versuchen, da kannst du sicher sein.«

»Arthur«, murmle ich eingeschüchtert.

Er scheint in seinem Element. »Ich finde, das ist ein wirklich interessanter Vorschlag, von dem wir beide etwas haben. Wir sind fünf Tage weg. Du kannst dir Istanbul anschauen, und ich habe nette Gesellschaft«, fasst er nüchtern zusammen, so als habe er mir gerade ein geschäftliches Angebot gemacht.

»Es ist sehr nett von dir, dass du mich gefragt hast. Vielen Dank«, antworte ich in dem Versuch, seine Ungerührtheit nachzuahmen. »Ich werde darüber nachdenken.«

Er insistiert nicht weiter und sagt nichts mehr. Dafür versucht er im Radio etwas zu finden, das ihm zusagt. Unser Schweigen wird nur durch das Aufheulen des Motors unterbrochen, als er einen ziemlich sportlichen Gang einlegt.

»Gerne«, sagt er schließlich. *Cayman Islands* der Kings of Convenience füllt unser Schweigen.

Er parkt gegenüber von einem modernen Haus auf der Via Tiburtina. Mit meinen hochhackigen Schuhen reiche ich ihm bis zu den Schultern und habe einen unsicheren Gang. Mein Seidenkleid in einem schönen dunklen Grün ist ein wenig durchsichtig und tief ausgeschnitten, und ich habe es gekauft, weil es mich an das Kleid von Keira Knightley in *Abbitte* erinnert.

Er reicht mir die Hand und lächelt. Er ist so schön wie ein Prinz, und ich fühle mich wie Aschenputtel auf dem Schlossball.

Wir sind gerade in die Wohnung gekommen – eine junge Frau, die Arthur vertraulich begrüßt, hat uns geöffnet –, da verhakt sich der verflixte Teppich in meinen Stilettos, und ich mache eine Bauchlandung. »Oje«, ruft die Frau, die uns die Tür geöffnet hat.

Von wegen Aschenputtel auf dem Schlossball.

Arthur gibt sich freundlicherweise alle Mühe, nicht zu lachen, aber seine Züge nehmen einen amüsierten Ausdruck an, was ebenso peinlich ist. »Alles in Ordnung?«, fragt mich die junge Frau besorgt. Später erfahre ich, dass sie als Journalistin für die Rubrik Unterhaltung arbeitet. Ich könnte vor Scham in den Erdboden versinken. Am liebsten würde ich sofort wieder gehen.

»Ja… es ist nichts passiert«, antworte ich mit angeschlagenem Selbstbewusstsein.

Es nähert sich der Hausherr mit zwei Drinks. Glücklicherweise scheint der meine Trapeznummer nicht mitbekommen zu haben.

»Unser Weltreisender!«, ruft er und kommt auf Arthur zu.

Riccardo Gherardi ist ein munterer Mittdreißiger, ziemlich drahtig und nett anzusehen, obwohl nicht im üblichen Sinne gut aussehend. Er hat ein angenehmes Lächeln und ist ein gewandter Unterhalter.

Es scheint ihn überhaupt nicht zu kümmern, dass er sich zu dem gefährlichen und unwirtlichen Ort aufmacht, für den ich Khartum halte. Egoistischerweise bin ich sehr froh, dass ich nicht hier bin, um einen ähnlichen Abschied für Arthur mitzufeiern, obwohl das im Augenblick wohl sein größter beruflicher Wunsch wäre.

Ich weiß, ich bin nicht loyal. Und das, wo er so nett zu mir ist. Aber meine Gefühle sind einfach stärker.

In der Zwischenzeit begrüßen uns andere Kollegen stürmisch.

Und dann sehe ich sie.

Sie ist die auffälligste Erscheinung im ganzen Raum.

Hübsch ist sie nicht. Bei näherer Betrachtung sogar ein bisschen hässlich, aber dafür umwerfend schick und extravagant: Sie ist groß und schlank und trägt eine blaue Tunika. Ihre hellen Haare sind wild aufgetürmt, was bei jeder anderen schlampig aussehen würde, bei ihr aber Stil hat. Sie kommt auf Arthur mit jener unbestimmbaren Anmut zu, die von einer angeborenen Sinnlichkeit herrührt, und begrüßt ihn mit einer Umarmung, als hätte sie ihn seit vielen Jahren nicht gesehen. Ihre Augen glänzen.

Ist das vielleicht eine seiner Exfreundinnen? Wer immer sie ist, sie scheint mich nicht zu bemerken, doch ist das keine kalkulierte Unhöflichkeit. Sie macht eher den Eindruck, als sei sie in Gedanken versunken, die sie nur mit ihm teilen will.

Ich fühle mich fehl am Platz und entferne mich, um mit Simona zu plaudern, der Redakteurin, die uns als Erste begrüßt hat.

Kurz danach stoße ich wieder zu Arthur, und es scheint, als sei nichts Ungewöhnliches passiert. Ich wage nicht zu fragen, wer diese Frau ist, und er selbst scheint es nicht für nötig zu halten, mich aufzuklären. Er ist schon wieder mit anderen beschäftigt. Er plaudert nach allen Seiten, stellt mich diesem oder jenem vor und reicht mir Drinks und kleine Spieße mit Blüten und Früchten, die so hübsch aussehen, dass sie zum Essen eigentlich zu schade sind. »Entschuldige mich einen Augenblick«, meint er nach einer Weile, und ich verliere ihn aus den Augen. Ich bleibe auf einem schwarzen Ledersofa sitzen, nippe an meinem Drink und schaue mich um, ein bisschen weniger fehl am Platz als am Anfang.

Wenn er nicht an meiner Seite ist, dann bleibt Arthur in Gesellschaft der geheimnisvollen jungen Frau. Beide verbindet eine große Nähe, das sieht man sofort: An dem Lächeln, das sie sich gegenseitig zuwerfen, daran, wie er ihre Wange liebkost und sie darauf mit einem kindischen

Lächeln antwortet, und an der Freude, die ihr ins Gesicht geschrieben steht, wenn er Vertraulichkeiten mit ihr austauscht und dabei den Rest der Welt aus ihrer Zweisamkeit ausschließt.

Diesem Theater beizuwohnen, macht wirklich keinen Spaß, und ich hätte niemals geglaubt, dass Arthur mir gegenüber so rücksichtslos sein könnte.

Während er sich mit Riccardo unterhält, nimmt die Unbekannte neben mir Platz, und ich merke, wie mich der Wunsch überkommt, sie zu beeindrucken. Ich mustere sie näher und finde, dass sie etwas sehr Wirres hat. Sie gehört zu jener Gruppe von jungen Frauen, mit denen ich am liebsten sofort befreundet wäre.

»Wo ist Arthur?«, fragt sie mich zerstreut. Die Frage geht mir auf die Nerven.

»Er ist nur für einen Moment fort«, antworte ich unterkühlt. Sie seufzt melodramatisch auf. Auf den ersten Blick ist sie jünger als ich. Ich will gerade aufstehen, da sehe ich, wie Arthur sich uns nähert. »Arthur, diese junge Dame … sucht dich schon ganz verzweifelt«, teile ich ihm süffisant mit. Ich werfe einen verächtlichen Blick in ihre Richtung. Sie antwortet auf meinen Blick mit einem Stirnrunzeln, so als fühle sie sich verletzt. Arthur blickt zuerst mich an, dann sie. Er zieht eine Augenbraue hoch, und die kleine Narbe wandert mit. Ein amüsiertes Lächeln breitet sich auf seinem Gesicht aus.

»Was bin ich doch für ein Schussel. Alice, das ist meine Schwester Cordelia. Cordelia, das ist Alice.«

Cordelia reicht mir ihre zarte Hand, und dabei bemerke ich ein Perlenarmband an ihrem Handgelenk, das mir den Atem verschlägt. Auch sie hat jetzt einen amüsierten Gesichtsausdruck, so als habe sie die Situation endlich durchschaut.

»Sehr erfreut«, rufe ich ein wenig schrill. Was bin ich erleichtert!

»Schön, dich kennenzulernen, Alice«, antwortet sie in höflichem Tonfall. Sie hätte sich vielleicht etwas früher vorstellen können.

Ihr Versäumnis macht sie schnell wett, denn in den folgenden Minuten liefert sie mir eine rasante und leicht hysterische Kurzfassung ihres Lebens.

Cordelia Malcomess ist das zweitälteste Kind vom Boss und Tochter seiner zweiten Ehefrau. Letztere stammt aus einem alten Adelsgeschlecht. Gräfin Cordelia, von Beruf Schauspielerin, auf jeden Fall versucht sie auf diesem Gebiet ihr Bestes, ist das schwarze Schaf der Familie und liegt mit Vater und Mutter im Clinch, seit sie ihre unstandesgemäße Berufswahl getroffen hat. Sie lebt allein in einem Apartment, das von der Mutter bezahlt wird, und versteht sich nur noch mit Arthur. Nach ihren Worten ist er der Einzige, der noch niemals ein Urteil über sie gefällt hat. Auf dem Fest von Riccardo Gheradi ist sie, weil dieser sie eingeladen hat und – wie sie mir erzählt – bis über beide Ohren in sie verliebt ist, jedoch ohne die geringste Aussicht auf eine Erwiderung seiner Avancen. Die Gräfin ihrerseits ist aufgrund einer verunglückten Liebe völlig am Boden zerstört. Ihr Mitbewohner, ein Schauspieler polnischer Herkunft, der keine Kohle hat, aber auch nicht arbeiten gehen will (diese letzten Details erfahre ich von Arthur, während sie auf der Toilette ist), hat die Gräfin abserviert.

Bevor wir uns verabschieden, fragt Cordelia nach meiner Handynummer und verspricht mir, sich recht bald zu melden, um etwas zusammen zu unternehmen. Sie macht einen unwiderstehlich aufgelösten Eindruck.

»Gib's zu, du warst auf Cordelia eifersüchtig.«

»Ich eifersüchtig? Warum sollte ich?«, frage ich mit gespielter Empörung.

»Lügnerin.« Ich schüttle weiter den Kopf, muss aber lachen.

»Das ist doch schmeichelhaft, das kannst du ruhig zugeben«, fängt er wieder an und fährt dabei so schnell, dass mir schlecht wird.

»Ich geb's zu, aber fahr bitte langsamer.«

Arthur wirkt schuldbewusst. »Entschuldige«, meint er und drosselt sofort das Tempo. »Alle beschweren sich über meinen Fahrstil – ist es jetzt besser?«

»Schlechter konnte es kaum noch werden«, antworte ich, während mir vor Schwindel fast die Augen aus dem Kopf fallen.

Unerschütterlich kehrt Arthur zu dem Punkt zurück, der ihm am Herzen liegt. »Ich nehme mal an, das war nur ein Versuch, das Thema zu wechseln. Du warst eifersüchtig«, meint er zufrieden.

»Bin ich unhöflich gewesen?«, frage ich ihn ein wenig besorgt.

Er schüttelt entschieden den Kopf. »Nein, unhöflich nicht. Und sie ist in jedem Fall derart durcheinander, dass sie es sowieso nicht mitbekommen hätte. Und überhaupt hätte ich euch einander sofort vorstellen sollen, um Missverständnisse zu vermeiden.«

In der Tat, das finde ich auch!

»Hast du für den Rest des Abends schon etwas vor?«, fragt er mich dann ganz unverfänglich und scheinbar ohne Hintergedanken.

»Es ist schon sehr spät. Und morgen liegt ein sehr anstrengender Tag vor mir«, erkläre ich bedauernd. Und das ist sogar die Wahrheit, und ich erzähle das nicht nur, um mich begehrenswerter zu machen. Ich habe die Absicht, an Giulias Fall weiterzuarbeiten, um einige physiopathologische Details zu vertiefen, doch eigentlich würde ich auch gerne mit ihm darüber reden … vielleicht beim nächsten Mal. Ich möchte nicht, dass er mich für ein Arbeitstier hält, auch wenn er damit vermutlich recht hätte.

Arthur nickt vielsagend.

»Ich bring dich nach Hause.«

Die Lichter der Stadt funkeln in der Dunkelheit unter einem bleiernen Nachthimmel. Ich rauche eine Zigarette und verharre, gemütlich in den Autositz zurückgelehnt, in Schweigen.

Arthur und ich werfen uns hin und wieder Blicke zu und lächeln.

Ach, dieses Gefühl der Leichtigkeit, wenn man sich verliebt, wie konnte ich das nur vergessen.

Als wir vor meinem Haus halten, beugt Arthur sich unerwartet mit einem verschmitzten Lächeln über meinen Sitz. Ich bin überrascht: Ganz schön ungestüm! Doch berührt er mich nicht einmal, sondern öffnet das Handschuhfach und nimmt ein Päckchen heraus.

»Dein Geschenk«, meint er schlicht.

Oh, das ist das Geschenk, um das ich ihn gebeten hatte! Ich halte es entzückt in meinen Händen, ganz fest.

»Ich hätte nicht gedacht, dass du dich daran erinnerst.«

»Schönen Dank für dein Vertrauen«, kommentiert er sarkastisch.

Ich deute ein Lächeln an. »Ich danke dir, Arthur«, murmle ich.

»Los, mach's auf!«

Es ist eine kleine Haarspange aus Holz, in der Form eines Schmetterlings, der aussieht wie von Hand geschnitzt.

»Die ist wunderschön, Arthur.« Er sagt nichts dazu, sondern nimmt sie mir aus der Hand.

»Willst du sie anprobieren?«, fragt er. Ich nicke und neige meinen Kopf zu ihm. Er streicht mir langsam und sanft über die Wangen, dann fährt er mit seinen Händen durch mein Haar. Es ist eine einfache, unverfängliche Geste, aber von großer Sinnlichkeit.

»Für mich ist ein Armband eigentlich das schönste Mitbringsel von einer Reise. Es ist, als ob dich der Ort festhielte. »Aber ich habe keines gefunden, das mir für dich gefallen hätte.«

»Deswegen trägst du so oft diesen wunderschönen Armreif aus Ebenholz«, sage ich und versuche ungeschickt, den Gesprächsfaden wieder aufzunehmen. Vielleicht ist ihm das nicht bewusst, aber er hat gerade etwas gesagt, das sehr romantisch klingt. »Dein Armreif gefällt mir sehr – und wirkt so, als habe er schon eine lange Geschichte hinter sich.«

»Er kommt aus Tansania. Der Einheimische, der ihn mir verkauft hat, hat ihn mir für eine CD überlassen. Das ist lange her.«

»Eine CD?«

»Ja. Ihm gefielen die Farben, die das Licht auf ihrer Oberfläche hervorrief. Für ihn war diese CD ein magischer Gegenstand.«

Wir verharren in Schweigen. Ich lehne meinen Kopf an seine Schulter.

Er fährt zusammen, so als würde er erschrecken.

Ich lächle ihn an und umarme ihn.

Es ist eine lange Umarmung, und sie findet in einem Schweigen statt, das überhaupt nichts Unangenehmes hat, sondern sehr intensiv und wunderschön ist.

Die unverdächtigen Grenzen der forensischen Pathologie

Während bei der Arbeit alles schiefgeht, ohne dass ich irgendetwas gegen meinen drohenden Untergang tun würde, während die Untersuchungen zu Giulias Tod immer mehr im trüben Brackwasser mannigfaltiger Unklarheiten dümpeln, während meine Befindlichkeit zwischen Hochstimmung und Angst schwankt, gibt es jemanden am Institut, der einen Triumph nach dem anderen erlebt.

Nachdem ich außen vor bin, steht Ambra im Licht von Claudios ungeteilter Aufmerksamkeit, und der spielt mit ihr wie eine Heuschrecke vor der Paarung. Denn dazu wird es früher oder später kommen, wenn sie das nicht bereits hinter sich haben. Und ich muss jetzt mit ansehen, wie er seinen gesunden Menschenverstand für eine der hässlichsten Kreaturen ausschaltet; das trifft mich bis ins Mark und macht mir bewusst, dass es eine ferne Zeit gab (auch wenn ich mir das nicht eingestehen wollte), in der Claudio die Personifizierung meiner Sehnsüchte war. Jetzt bleibt nur noch die schreckliche Erkenntnis, dass für ihn offensichtlich Ambra die ganze Zeit über die Personifizierung seiner Sehnsüchte war.

Doch ist es nicht nur Claudios Schamlosigkeit, die das dreiste Ego der Bienenkönigin noch weiter aufbläst. Auch für Wally ist sie offenbar ein Objekt der Begierde. Ambra hat den ultimativen Trick gefunden, um in der Arbeitswelt den Durchbruch zu erlangen, indem sie sich unentbehrlich macht und sich nicht mal für die dümmsten Aufgaben zu schade ist: Dazu gehört, Kroketten für Wallys Chihuahua zu kaufen oder Anceschi vom Flughafen abzuholen. Ihre Begeisterung ist mehr als lästig – vor allem wenn man darüber nachdenkt, dass ich parallel zu ihrem Aufstieg einen spektakulären Abstieg erlebe. Warum gewinnt sie, während ich verliere? Eigentlich glaube ich ja, dass jeder seines Glückes Schmied ist. Ambra ist jedenfalls ein wunderbarer Schmied. Die Frage ist, warum *ich* das nicht bin. Ambra ist als Kollegin ein klassisches Miststück. Aber sie kann manchmal auch richtig nett sein. Und das ärgert mich paradoxerweise noch mehr.

Wie in diesem Augenblick, während ich sie voller Unmut dabei beobachte, wie sie, über ihren Schreibtisch gebeugt, arbeitet. Dass Claudio ihr vorgeschlagen hat, den Autopsiebericht zu Giulia zu verfassen, ist durch und durch ungerecht. Ich sehe sie mit Notizen und Fotos beschäftigt und fühle, dass es für mich an der Zeit ist, eine grundlegende Veränderung in meinem beschissenen Arbeitsleben herbeizuführen. Sie ist selbstversunken und konzentriert, und es scheint, als ob die gesamte Arbeitswelt sich um ihre Person drehen würde.

»Lara«, ruft sie nach einem Augenblick und reißt mich aus meinen Gedanken. »Hör mal zu, ob das so gut klingt.« Sie wendet sich nur an Lara, weil es offensichtlich ist, dass die Meinung meiner assistenzärztlichen Wenigkeit keinerlei Bedeutung hat.

»Auf Grundlage der Befunde in der schriftlichen Dokumentation und der Beobachtungen am Leichnam, die im Totenschein festgehalten sind, der physischen Konstitution der Untersuchten sowie der Witterungs- und Raumverhältnisse ist davon auszugehen, dass der Tod am 12. Februar 2010 gegen 22 Uhr eingetreten ist«, liest sie langsam in ihrer durchdringenden Stimme vor.

»Perfekt«, erwidert Lara etwas zerstreut.

Ich blicke überrascht auf.

»Ambra, entschuldige, aber ich erinnere mich genau daran, dass wir um Mitternacht dort waren. Giulia wies einige Totenflecken auf, auch wenn sie noch warm war. Ich glaube, sie war bereits seit mindestens drei Stunden tot.«

Ambra schaut mich gelangweilt an. »Ich glaube nicht, meine Liebe, dass der Todeszeitpunkt zur Diskussion steht. Claudio hat festgelegt, dass er gegen zehn Uhr liegt, und hat das im Übrigen bereits auch den Ermittlern mitgeteilt. Wenn du jetzt natürlich Ärger machen willst ...«

»Nein, ich will gar keinen Ärger machen. Er scheint mir nur ein wichtiger Anhaltspunkt zu sein«, erwidere ich mit einiger Bestimmtheit. Lara beobachtet mich neugierig.

»Ich war ja, wie du weißt, an dem Abend auch dabei. Ich stimme mit Claudio überein, was die Daten zum Leichenbefund angeht«, insistiert Ambra mit aufgeblasenem und hochnäsigem Getue.

Ich nicke einfach, bringe es aber nicht fertig, meinen Unmut zu verbergen. »Dass ich vielleicht recht haben könnte, ist natürlich ausgeschlossen.«

»Na ja, nimm's nicht persönlich«, erwidert Ambra beiläufig.

Ich stehe schwungvoll auf und gehe zu Claudios Büro. Ich bin kampfeslustig, denn wenn ich recht überlege, habe ich nichts zu verlieren, und meine bisherige Ergebenheit hat mich ja auch nicht gerade weitergebracht. Es ist an der Zeit, Flagge zu zeigen.

»Störe ich, Claudio?« Er blickt hinter seinem verchromten Mac auf. »Ich mache es kurz«, füge ich an und nehme vor seinem Schreibtisch Platz.

»Gibt's dich auch noch? Hast du beschlossen, wieder mit mir zu reden? Welche Ehre!«

»Ich habe damit nicht aufgehört.«

»Oh, doch. Ich muss dir nur ordentlich den Kopf waschen und dir dann zeigen, wer hier das Sagen hat, und schon feindest du mich für den Rest meines Lebens an.«

»Eine Kopfwäsche ist etwas anderes. Du hast mein Selbstwertgefühl untergraben. Und was den zweiten Punkt angeht, nämlich wer hier das Sagen hat, so war dein Versuch, mich von einer Aufgabe fernzuhalten, vor allem Missbrauch deiner Autorität.«

»Du klingst, als hättest du gerade deine Tage. Diese Überempfindlichkeit ist mir neu, Alice. Ich hab dir schon viel Schlimmeres an den Kopf geworfen, und du hast mich hinterher noch mehr geliebt.«

»Da hat es mir noch an Selbstachtung gefehlt«, erwidere ich bitter.

»Ach so. So funktioniert das – erst schneidest du mich wegen eingebildeter Beleidigungen, und dann wächst deine Selbstachtung. Schön für dich«, gibt er widerlich sarkastisch zurück.

»Ich finde, es ist niemals zu spät, um sich aus psychischer Knechtschaft zu befreien.«

»Knechtschaft. Psychisch. Aha, das war es also.« Er wirft mir einen zweideutigen Blick zu.

»Sonst noch was?«, will er wissen.

»Nein.«

Er scheint das zur Kenntnis zu nehmen. »Und weswegen wolltest du mich dann sprechen?«

»Weil mich der festgelegte Todeszeitpunkt von Giulia Valenti etwas verwundert.«

»Immer noch?«, fragt er mich in einem gelangweilten, aber vertraulichen Tonfall. »Ich hab wirklich keine Ahnung, was das soll.«

»Na, dann hör mir zu. Du hast den Todeszeitpunkt auf

22 Uhr festgelegt, stimmt's? Ohne zu berücksichtigen, dass wir gegen Mitternacht dort waren. Sie kann nicht gegen zehn Uhr gestorben sein, denn sie wies bereits Totenflecke auf, wenn auch sehr schwer erkennbare. Und auch die Kieferstarre hatte bereits ein wenig eingesetzt. Natürlich war der Körper noch warm. Aber sie muss trotzdem länger als zwei Stunden tot gewesen sein.«

An diesem Punkt wird Claudio Conforti, der Universitätsassistent mit Hang zum Größenwahn, aufgrund meiner einfachen, rein technischen Überlegungen zur wütenden Bestie.

»Jetzt hab ich wirklich die Nase voll. Es reicht nicht, dass du wie ein dahergelaufenes Miststück zu Anceschi rennst und dich über meine vermeintliche Oberflächlichkeit beschwerst. Das habe ich dir aber noch verziehen. Doch jetzt willst du mir auch noch beibringen, wie man den Todeszeitpunkt bestimmt? Als du dich noch abgemüht hast, irgendwie durch dein Medizinstudium zu kommen«, fährt er verächtlich fort, »war ich bereits in der Rechtsmedizin eingeschrieben. Und zwar schon jahrelang. Die Einzigen, die mir noch etwas beibringen können, haben ein paar Jahre mehr auf dem Buckel als du.«

»Du brauchst gar nicht so aggressiv zu werden. Du solltest mal einen dieser Kurse machen, wo man lernt, wie man mit seiner Wut umgeht.«

Die düsteren grünen Augen scheinen ihm aus den Höhlen zu treten. »Also, Alice. Dann lass uns über Merkmale an Leichnamen und die Möglichkeiten sprechen, mit denen man den exakten Todeszeitpunkt bestimmt«, erwidert er hochmütig.

»Nicht ich muss hier Rede und Antwort stehen«, erwidere ich mit einem unverschämten Lächeln. Ich muss zugeben, dass es mir Spaß macht, ihn so zu reizen. Früher hatte ich immer Angst, in seiner Gegenwart etwas falsch zu machen, weil ich wusste, dass er mich damit wochenlang aufziehen würde. Aber jetzt ist mir das alles egal. Jetzt, wo ich dieses Gefühl von Unterwürfigkeit hinter mir lasse, fühle ich mich frei. Es ist schon merkwürdig, dass das gerade in dem Augenblick passiert, in dem ich dabei bin, alles zu verlieren. Mir tut es um jede Träne leid, die ich vergossen habe, und das Einzige, was ich dabei vielleicht wirklich verloren habe, war meine wertvolle Lebenszeit.

»Ich auch nicht, wenn das so ist«, erwidert er kalt.

»O doch, denn wenn du dich geirrt hast, werde nicht nur ich mit dem Finger auf dich zeigen, sondern halb Italien.«

Er sieht mich verblüfft an. »Ich habe überhaupt nichts falsch gemacht«, erklärt er.

»Bist du dir da so sicher? Warum 22 Uhr?«

»Weil es vielleicht noch andere Indizien gibt? Um 20 Uhr hat die Valenti ihre Schwester angerufen, und um 21.17 Uhr hat sie von ihrem Handy aus mit ihrem Cousin, Jacopo de Andreis, telefoniert. Das geht aus der Liste der getätigten Telefongespräche hervor. Also hat sie da noch gelebt. Und wenn du jetzt belegen kannst, dass sie um 21.30 Uhr gestorben ist, und nicht um 21.45 Uhr oder um 22.00 Uhr, und das nur aufgrund des Leichenbefunds und ohne weitere Indizien, dann meinen Glückwunsch zu dieser wissenschaftlichen Leistung.«

Eine Augenblick lang überlege ich. Während Claudio es nicht erwarten kann, mich endlich loszuwerden, ist mein Verstand in einem Zustand wissenschaftlicher Erregung.

»Meiner Meinung nach ist der Tod vor 21 Uhr eingetreten.«

»Und den Cousin hat dann ihr Geist angerufen?«, fragt er mich mit einem Grinsen im Gesicht.

»Der Leichnam, den ich an jenem Abend gesehen habe, war mehr als zwei Stunden tot.«

»Du vergisst, dass sie mager war. Bei jemandem mit Symptomen von Unterernährung stellen sich die für eine Leiche typischen Merkmale schneller ein.«

»In diesem Fall aber ein wenig zu schnell.«

»Du machst nicht einmal vor eindeutigen Indizien halt. Allmählich glaube auch ich, dass Wally recht hat, und um ganz offen zu sein, sollte sie dich nicht nur das Jahr wiederholen lassen, sondern sie sollte dich von der Facharztausbildung ausschließen, denn du verursachst nichts als Chaos.«

Wütend blitze ich ihn an. Ich finde es höchst unkorrekt, dass ihm bei allem, was ich sage, nichts Besseres einfällt, als auf meinem wunden Punkt herumzuhacken – eine billige Nummer. »Denk mal an das Chaos, das *du* gerade verursachst, Claudio«, werfe ich ihm würdevoll ins Gesicht und verlasse sein Zimmer, ohne in meinen Überzeugungen im Geringsten erschüttert zu sein.

Ein Sonntag am Meer

Arthur und ich sind am Strand von Ostia. Es ist ein Sonntag Ende März. Einer jener Sonntage, an denen sich Sonne und Wolken am Himmel abwechseln und der entweder todlangweilig werden kann oder einem für immer im Gedächtnis bleiben wird. Es hängt alles vom Wetter ab – oder von der Gesellschaft.

Das schwache Sonnenlicht lässt Arthurs blonde Locken schimmern. Wir sitzen im Sand wie in einer Wüste, und ich fühle mich so unbeschwert, als sei wirklich nichts, aber auch gar nichts von Bedeutung und nur der Augenblick zähle. Ich ziehe mir meinen auberginefarbenen Wollschal enger um den Hals und kritzle mit einem trockenen Stock Unsinn in den Sand.

»Du kommst mir ein bisschen abwesend vor«, sagt Arthur und blickt dabei auf den weißen Schaum der kleinen Wellen.

»Ich bin immer ein wenig abwesend.«

»Aber heute mehr als sonst.«

»Weil ich mich entspanne. Das sollte dir schmeicheln. Es ist Sonntag, ich fühle mich wohl und habe das Gefühl, dass mich nichts aus der Ruhe bringen kann, wenigstens für heute. Dieses Gefühl hatte ich in der letzten Zeit nur selten. Im Augenblick mache ich einiges durch.« Und das ist die Wahrheit. Ich habe mich nicht mehr so wohlgefühlt, seitdem ich davon geträumt habe, mitten in der Nacht allein im Swimmingpool des Park Hyatt in Tokio zu schwimmen. Mit der Erinnerung an diesen Traum ist es mir wochenlang gut gegangen.

»Probleme?«

Es scheint mir nicht der richtige Rahmen, um ihm meine Lage am Institut zu erklären. »Nein, keine Probleme. Es ist nur …«, antworte ich zögernd.

»Was ist los?«, hakt er ermunternd nach.

»Ich … bin sehr mit einem Fall beschäftigt. Das ist mir noch niemals zuvor passiert, nicht in dieser Form. Und je mehr ich darüber nachdenke, desto weniger ergibt das alles einen Sinn, und daher bin ich oft angespannt.«

Arthur hebt neugierig die Augenbrauen. »Dann lass uns doch einfach darüber reden«, schlägt er vor.

»Ich … möchte dich nicht langweilen«, antworte ich schüchtern.

»Du bist nicht der Typ, der einen langweilt, Alice.« So wie er das sagt, klingt das nicht unbedingt wie ein Kompliment.

Ich bin unsicher. Wenn … ich ihm jetzt von Giulia erzählen würde, dann würde es mir vielleicht gelingen, das Ganze durch seine Augen klarer zu erkennen. »Es geht um ein Mädchen … es heißt Giulia.« Arthur hat seine langen Beine bis an den Rand des Wassers ausgestreckt und hört mir aufmerksam zu. »Natürlich ist das nicht mein Fall, sondern der von einem Kollegen. Giulia ist an einem anaphylaktischen Schock gestorben. Sie hatte sich mit Paracetamol gestrecktes Heroin gespritzt. Sie war einundzwanzig Jahre alt und so schön wie eine Märchenprinzessin.«

»Giulia Valenti?«

»Genau.«

»Ich habe in der Redaktion davon gehört.«

»In den Zeitungen wurde lang darüber berichtet.«

»Was macht diesen Fall so besonders?«, fragt er interessiert.

»Vor allem hat er mich von Anfang an gefesselt. Ich glaube, das hängt damit zusammen, dass ich Giulia am Tag vor ihrem Tod kennengelernt habe. Ich war in einem Laden, um mir ein Kleid auszusuchen«, fange ich an zu erzählen. Meine Stimme bricht ein wenig bei der Erinnerung – und ich bezweifle, dass mich die Erinnerung an diesen Augenblick und an alles, was darauf folgte, jemals kaltlassen wird. »Sie hat mir geraten, welches Kleid ich kaufen soll. Ein sehr guter Kauf im Übrigen. Es war ein unglaublicher Schock, sie am darauffolgenden Tag tot wiederzusehen. Das werde ich niemals vergessen, ich hatte ein Gefühl von Verlorenheit, Angst und Machtlosigkeit. Dir mag das komisch erscheinen, aber ich hatte den irrationalen Wunsch, die Zeit zurückzudrehen und ihr zu sagen: Pass bitte auf dich auf!«

»Vielleicht macht dir dieser unglaubliche Zufall zu schaffen.«

»Ja, aber das allein ist es nicht. Es gibt eine ganze Reihe von Einzelheiten, die nicht zusammenpassen.«

Ich dürfte ihm nicht davon erzählen, so viel ist sicher, denn viele der Informationen, die ich besitze, unterliegen der beruflichen Schweigepflicht. Zugleich habe ich den starken Wunsch, es doch zu tun. Es hat etwas mit Instinkt zu tun, so als würde mich jemand vielleicht wirklich verstehen. Angesichts der Tatsache, wie wenig ich von ihm weiß, ist das alles Unsinn. Und doch ist etwas zwischen uns, das über das, was wir uns sagen, und vor allem das, was wir uns nicht sagen, hinausgeht. Es fühlt sich an, als bestünde zwischen uns eine geistige und charakterliche Nähe, welche schon vor dem eigentlichen Kennenlernen da war. Vielleicht ist es auch wahr, dass es einfacher ist, sich Fremden gegenüber zu öffnen. Doch zugleich nehme ich Arthur eben nicht als fremd wahr.

»Schwör mir, dass du mit niemandem darüber redest.«

»Ich gebe dir mein Ehrenwort.«

»Mmm. Das Ehrenwort eines Journalisten.«

»Es ist das Wort eines Ehrenmannes. Oder glaubst du, dass ich die Geschichte an den Bestbietenden verscheuern werde?«

»Nein, das würdest du nicht machen. Du bist nicht so schlecht, wie du immer tust.«

»Doch, das bin ich, und ich ziehe es vor zu sagen, was Sache ist. Aber ich würde niemals ein Geheimnis verkaufen, das ist eine Frage der Ethik.«

»Okay. Du wirst vielleicht gehört haben, dass die ganze Geschichte den Ermittlern Rätsel aufgibt.«

»Ich muss gestehen, dass ich mich nicht sehr für Unfälle interessiere.«

»Ich will es kurz machen. Die Spritze, die Giulia benutzt hat, ist in einem Müllcontainer in der Nähe ihres Zuhauses gefunden worden. Daran waren nicht nur Spuren ihrer DNA, sondern auch die von anderen Personen. Von einer Frau und einem Mann, um genau zu sein.«

»Das heißt, dass sie nicht allein war.«

»Genau, und es ist möglich, dass die Person, die bei ihr war, die Spritze weggeworfen und nicht verhindert hat, dass sie an einem anaphylaktischen Schock stirbt.«

»Sie ist nicht an einer Überdosis gestorben?«

»Nein.«

»Aber vielleicht war sich die Person, die bei ihr war, nicht darüber im Klaren, dass Giulia im Sterben lag. Denn die stand ja auch unter Heroineinfluss, oder? Und als der- oder diejenige sich von dem Trip erholt hat, war Giulia bereits tot. Und der- oder diejenige wusste nicht, was tun.«

»Das stimmt, das ist ebenfalls eine plausible Hypothese. Es ist in der Tat nicht sicher, dass diese Person Verantwortung für Giulias Tod trägt. Der springende Punkt ist, dass man das aber nicht ausschließen kann. Ich habe in dieser Richtung einige Überlegungen im Kopf, die sich völlig von denen des mit den Untersuchungen beauftragten Rechtsmediziners unterscheiden. Damit angefangen, dass ich nicht mit dem von ihm ermittelten Todeszeitpunkt übereinstimme. Und das ist keine Kleinigkeit, denn das würde für alle befragten Personen den zeitlichen Rahmen für ihre Alibis ändern, immer in der Annahme, dass es sich um unterlassene Hilfeleistung handelt.«

»Wie ist es möglich, dass man einen Todeszeitpunkt nicht mit hundertprozentiger Sicherheit bestimmen kann? Ich dachte immer, dahinter steckt eine ganze Wissenschaft«, fragt er neugierig.

»Ja, aber der Todeszeitpunkt ist längst nicht so arithmetisch berechenbar, wie es auf den ersten Blick scheint. Man muss dabei eine ganze Reihe von Variablen berücksichtigen: räumliche Bedingungen oder äußerliche Faktoren. Zum Beispiel spielt die Temperatur eine Rolle oder der Körperbau der Person. Es ist gar nicht so selten, dass man sich da nicht einig wird, glaub mir.«

»Und was bedeutet das?«, hakt er nach.

»Ich habe das Gefühl, dass hier ein Fehler gemacht wurde, aber mir sind die Hände gebunden, verstehst du? Meine Sicht der Dinge zählt nicht.«

»Da irrst du. Das ist schon im Ansatz verkehrt.«

»Du lebst in einer Scheinwelt. Ich lebe in einer, in der meine Meinung keine Rolle spielt.«

»Auch für meinen Vater?«

»Dein Vater kümmert sich nicht sehr um uns Assistenzärzte. Der hat Wichtigeres zu tun.«

»Mein Vater ist sicherlich nicht in der Lage, einigermaßen funktionierende Beziehungen zu seinen Kindern zu unterhalten, das weiß ich. Aber er ist absolut gegen jede

Form von Amtsmissbrauch. Alice, ich würde dir raten, über deine Gedanken und deinen Verdacht mit jemandem zu sprechen, der wirklich etwas ausrichten kann. Vielleicht hast du ja recht. Bestimmte Möglichkeiten dürfen nicht einfach ausgeschlossen werden, bloß weil es dir noch an Erfahrung mangelt.« Arthur steht auf und reicht mir seine Hand, um mich hochzuziehen.

»Willst du schon gehen?«, frage ich ihn enttäuscht.

»Schau mal, die Wolken kommen näher. In maximal zwanzig Minuten fängt es an zu schütten. Ich bring dich nach Hause.«

Während wir den Strand überqueren, um zu seinem Auto zu gelangen, hüllt uns eine klebrige, fast mit den Händen zu greifende Feuchtigkeit wie eine Decke ein, und wir atmen die salzgetränkte Meeresluft ein. Und ein Gedanke geht mir durch den Kopf, nämlich dass in diesem undurchsichtigen Leben nur wenige Dinge und Personen für mich klar sind – und eine davon ist Arthur.

Ich bin dabei, mich ganz langsam und sanft und sehr stark zu verlieben, so wie es mir schon seit langer, sehr langer Zeit nicht mehr passiert ist.

Die Luft im Auto ist wie aufgeladen. Wie er vorausgesagt hat, beginnt es zu regnen. Unaufhörlich fallen kleine Tropfen, ohne dass sich der Regen zu einem Wolkenbruch entwickeln würde. Die Wolkendecke hat ein dunkles, fast märchenhaftes Violett angenommen. Hin und wieder wendet Arthur sich mir augenzwinkernd zu und lächelt mich an.

Was schert es mich weiterzukommen? Was scheren mich irgendwelche Regeln? Es kommt der Augenblick, da reißt dich das Leben mit sich fort, und du kannst nichts anderes tun, als dich dem Gang der Ereignisse zu überlassen.

»Warum fahren wir nicht zu dir nach Hause?«, frage ich.

Er zieht die Augenbrauen hoch. Bis er antwortet, dauert

es sehr lange. »Gerne«, erwidert er und ändert die Fahrtrichtung.

Er parkt das Auto in einer Garage, und wir laufen zu dem Haus, in dem er wohnt. Wir werden ein bisschen nass, und das Gefühl von Verwirrung und Zärtlichkeit, das mich durchdringt, erinnert mich an meine Teenagerzeit. Er wühlt in seiner Hosentasche, holt die Schlüssel heraus, mit denen er die schwere Haustür öffnet, dann die vergitterte Tür, dann die Tür des Aufzugs und schließlich die Wohnungstür. Ich fühle mich so eingeschüchtert wie eine Anfängerin.

Als wir in seiner Wohnung stehen, macht er kein Licht, und wir bleiben, einander zugewandt, in der Dunkelheit stehen.

Er sagt nichts, und ich mag ihn dafür.

Worte ruinieren alles.

Er lässt Gesten sprechen. Der Schwung, mit dem er mir den Schal vom Hals wickelt und mir meinen grauen Regenmantel von den Schultern streift. Die Zartheit, mit der er meine Haare berührt.

»*I like you so much*«, sagt er leise, was mich überrascht und neugierig macht. Ich frage mich, ob er auf Englisch denkt oder auf Italienisch. Doch ist das nicht eigentlich egal?

»*Maybe, I'm falling in love with you. Maybe.*« Er betrachtet mich zärtlich, und vielleicht ist es diese Zärtlichkeit, die mich an ihm am meisten berührt.

»*Maybe, I'm, too.*«

Und trotzdem sind es nicht Worte, die alles ruinieren.

Es ist ein lautes Wohnungsläuten, eindringlich und unerbittlich, das uns beide auffahren lässt.

Zuerst ignoriert er es, und ich folge seinem Beispiel. Die Beharrlichkeit des Klingeltons bricht jedoch den Zauber, und am Ende ist es sinnlos, so zu tun, als ob nichts wäre.

»Tut mir leid«, murmelt er, bevor er zur Tür geht und sie öffnet.

»Arthur!«, ertönt ein weinerliches Stimmchen, das ich auf der Stelle wiedererkenne.

Es ist Cordelia, mit einer riesigen Reisetasche von Louis Vuitton, die sie auf den Fußboden fallen lässt, sobald sie ihrem Bruder gegenübersteht. Sie fällt ihm wild schluchzend um den Hals. Als ich die Tasche anschaue und ihre verweinten grauen Augen, sehe ich alle Hoffnungen für den Abend entschwinden.

»Ciao, Cordelia«, begrüße ich sie und hebe leicht die Hand. Ich komme mir überflüssig vor.

Cordelia wirft ihrem Bruder einen entschuldigenden Blick zu und schmeißt sich dann mir an den Hals.

»Oh, Alice, wie schön dich wiederzusehen!«, ruft sie aus, ohne dabei ihr Weinen zu unterbrechen.

Ihr Haar hat sie zu zwei Zöpfen zusammengebunden; sie trägt einen Zigeunerrock und eine türkisfarbene Bluse; ihre Füße stecken in goldenen Ballerinas – Cordelia sieht einfach reizend aus. Ich tausche einen warmen Blick mit Arthur aus. Er nimmt seine Schwester an den Schultern.

»Was habt ihr hier im Dunkeln gemacht?«, fragt sie, immer noch schluchzend.

Arthur und ich sehen uns lange in die Augen und lächeln dann flüchtig und bedauernd.

»Wir sind gerade nach Hause gekommen.«

»Vor wenigen Augenblicken«, füge ich hinzu.

»Aha. Ich verstehe. Kann ich bleiben?«

»Selbstverständlich«, antwortet er, und er scheint ganz ehrlich. Er führt sie ins Wohnzimmer, dessen Wände in einem dunklen Rot gestrichen sind, doch eigentlich kann man kaum etwas von der Farbe sehen, denn Bilder, Poster und Fotografien nehmen sie fast vollständig ein.

»Was ist los?«, fragt er sie in einem Ton, wie man mit einem Kind redet.

Cordelia weint untröstlich weiter. Gerne nimmt sie das Papiertaschentuch an, das ich ihr reiche, um sich die Nase zu putzen und die Tränen zu trocknen.

»Sebastian!«, ruft sie aus, so als ob bereits die Erwähnung seines Namens ausreiche, um ihr Leid zu erklären.

»Der immer noch?«, ruft Arthur und zieht dabei die dichten Augenbrauen hoch. »Der hat dich doch schon vor Wochen sitzen gelassen.« Cordelia fährt kurz auf und lässt dann ihrer Verzweiflung tränenreich Lauf. Schließlich putzt sie sich geräuschvoll die Nase und wirft ihrem Bruder einen düsteren Blick zu. »Die Neuigkeit ist auch nicht, dass er mich sitzen gelassen hat«, klagt sie ungehalten.

»Sondern?«, frage ich.

Ohne sich an meiner Einmischung zu stören, beginnt Cordelia bis ins kleinste Detail von ihrer Beziehung mit Sebastian zu erzählen, jenem Schauspieler polnischen Ursprungs, von dem Arthur mir kurz berichtet hatte. Und das nimmt Stunden in Anspruch. Und Stunden. Und Stunden. Zwischendurch bleibt gerade mal Zeit für eine Pizza, die Arthur bestellt, aber dann geht es sofort weiter. Am schlimmsten wird es, als sie erzählt, was sie gerade quält: Sebastian hat eine Neue.

Als die erschöpfte Gräfin irgendwann erste Anzeichen von Müdigkeit zeigt, bin ich schon vollkommen geschafft.

Schließlich findet sie, dass sie für die Nachtruhe bereit sei. »Arthur, kann ich hier bei dir bleiben? Ich will nicht nach Hause zurück. Ich will nicht alleine bleiben.« So, wie sie fragt, ist es unmöglich, ihr das abzuschlagen.

Arthurs Blick und meiner kreuzen sich. Wir verstehen uns auf Anhieb.

Regeln existenzieller Geometrie

Am folgenden Tag, einem Montag, der von der ganzen Last einer Rückkehr ins Alltagsleben niedergedrückt wird, und das nach diesem besonders aufregenden Sonntag, bekomme ich mit, dass Claudio sich am späten Vormittag zur Staatsanwaltschaft begeben wird, um die Berichte zu den genetischen und toxikologischen Untersuchungen abzugeben. Letztere hat er zusammen mit einem jungen Kollegen aus der forensischen Toxikologie durchgeführt. Ich habe dazu keine Informationen, und das ärgert mich. Ich bin keine Toxikologin und glaube auch nicht, dass der Bericht neue Erkenntnisse zu Giulias Tod beinhaltet. Doch nur Claudio kennt die definitive Antwort des Toxikologen. Und der Verlust der Freiheit, ihn einfach danach fragen zu können, ist ein hoher Preis für die Genugtuung, ihm einmal richtig die Meinung gesagt zu haben.

Auf dem langen Flur mit dem abgenutzten Linoleumbelag, an dem unsere Büros liegen, bewegen sich zwei Personen aufeinander zu. Die eine, kleine, die etwas mehr Selbstbewusstsein zeigen sollte, bin ich. Ich halte den Blick so tief gesenkt wie möglich. Die andere Person blickt siegesgewiss nach vorne, und das ist Claudio. In einer längst vergangenen Zeit hätte er mir eine scherzhafte Bemerkung zugeworfen oder mich wenigstens angelächelt. Jetzt scheint alles anders. Es gibt kein Entrinnen, und vielleicht trage ich Mitschuld daran. Er fehlt mir sehr, das ist alles, was ich weiß.

Unsere Schultern berühren sich. Das ist keinesfalls reiner Zufall. Unsere weißen Kittel wischen aneinander vorbei. Ich blicke auf, um mich quasi instinktiv zu entschuldigen, aber er ist schon vorbei. Mit einer ganz leichten Drehung, aus dem Augenwinkel, beobachte ich ihn. Er läuft kerzengrade weiter, die Pobacken zusammengekniffen und die Hände in die Taschen versenkt. Erst als ich mich vollständig umwende, von der Parfümwolke angezogen, die er hinter sich herzieht – Declaration von Dior – bemerke ich, dass er sich endlich auch umdreht. Er sieht mich ganz kurz, fast gleichgültig, an. Und diese Gleichgültigkeit trifft mich bis ins Mark.

Ich habe an Claudio geglaubt. Durch ihn habe ich mich an diesem düsteren Institut nicht so einsam gefühlt. Er führte und verbesserte mich. Vieles von dem wenigen, das ich gelernt habe, habe ich von ihm.

Man muss wohl einfach lernen, Menschen und Dingen Lebewohl zu sagen.

Diese Kunst muss man sich aneignen.

Vielleicht fange ich morgen damit an.

»Claudio.« Er sieht überrascht zu mir. »Claudio«, wiederhole ich in einem Tonfall, der sogar in meinen Ohren herzzerreißend klingt.

Er schaut sich nach allen Richtungen um und kommt dann näher. »Ja?«

»Warum?«

»Warum was?«, fragt er. »Ich sag's dir gleich, wenn du mir wieder mit dem Fall Valenti kommst, dann vergiss es.«

Ich verharre in Schweigen. Ist es das wirklich wert?

»Es war nur so ein Gedanke. Nicht weiter wichtig«, stottere ich.

Claudio seufzt. »Ich weiß, was du von mir willst. Die Ergebnisse der toxikologischen Untersuchung.«

Nein. Diesmal hat Claudio nichts kapiert. Wie soll ich ihm sagen, dass ich nur … ich weiß nicht einmal, was genau ich wollte. Mit ihm reden? Es gibt nichts zu bereden.

»Genau die.«

Er nimmt das mit leichtem Unmut zur Kenntnis. »Ich habe nicht viel Zeit.«

»Das macht nichts.«

»Komm mit«, sagt er abschließend und eilig, geht an mir vorbei und wartet darauf, dass ich ihm folge. Er führt mich ins Labor und schließt die Tür hinter uns.

»Die Informationen sind noch nicht offiziell, also versuch wenigstens, sie für dich zu behalten.« Er reicht mir die Kopie einer Untersuchung. Ich muss mich konzentrieren, forensische Toxikologie ist nicht gerade meine Stärke.

»Hab schon begriffen. Ich erklär's dir«, meint er, während er nach einem Hocker langt und mich auch zum Hinsetzen auffordert. Und für einen Augenblick kommt es mir so vor, als hätten wir die Zeit zurückgedreht: Er, ein hervorragender Dozent, erklärt mir alles, was ich nicht verstehe.

Wie vorauszusehen war, ist der Toxikologe nicht in der Lage, aufgrund der Metaboliten im Blut den Zeitpunkt des Drogenkonsums zu bestimmen. Der Grund dafür liegt darin, dass die Pharmakokinetik von einer Person zur anderen sehr variiert, und dass es dafür keine verlässlichen Parameter gibt. Es ist daher unmöglich, von der Drogenmenge auf den Zeitraum zwischen der Einnahme und dem Tod zu schließen. Die toxikologischen Untersuchungen von Giulias Freunden sind dagegen von besonderem Interesse.

Die Einzige, die ebenfalls Drogen konsumiert hat, ist Sofia Morandini de Clés, was ein Beleg für Bianca Valentis Hypothese wäre. Die Metaboliten, die man in ihrem Blut gefunden hat, sind die gleichen wie bei Giulia. Mit einer Ausnahme: das Paracetamol.

»Sie können sich nicht denselben Stoff gespritzt haben«, wende ich ein und suche bei Claudio eine Bestätigung.

»Überleg mal gründlich. Es gibt zwei Möglichkeiten: Entweder war es nicht dieselbe Ladung, oder die Valenti hat das Paracetamol vom Heroin getrennt eingenommen.«

»Aber Giulia hätte doch niemals absichtlich Paracetamol eingenommen. Sie wusste von ihrer Allergie, ihr war klar, dass sie einen Schock riskiert. Das haben ihre Verwandten bestätigt. Lass dich nicht vom Augenschein trügen, Claudio. Glaub mir, dass ist eine üble Geschichte. Vor allem, wenn beide Mädchen denselben Stoff konsumiert haben. Das Heroin, die Spritze im Müll, das Paracetamol ... Das ergibt alles keinen Sinn.«

»Das genetische Material auf der Spritze stammt nicht von Sofia. Wie auch immer, ihre Lage ist auf jeden Fall ziemlich ungemütlich geworden. Aber wie ich dir schon einige Male zu erklären versucht habe – die weiblichen DNA-Spuren auf der Spritze haben keine Beweiskraft.«

»Willst du damit sagen, dass Sofia sich an jenem Abend zusammen mit Giulia das Heroin gespritzt hat?«

»Das ist möglich. Vielleicht mit einer anderen Spritze, auf jeden Fall nicht mit der von Giulia. Es wird nicht einfach sein, das herauszufinden, aber das ist nicht mehr unser Problem. Alice, hast du das verstanden? Das ist nicht mehr unser Problem. Unser Auftrag endet hier. Und zwar heute, in dem Augenblick, in dem wir dem Staatsanwalt Folgendes erklären: Erstens, dass wir nicht in der Lage sind, den Zeitpunkt zurückzuverfolgen, an dem sich die Valenti die Spritze gesetzt hat. Zweitens, dass wir davon ausgehen, dass sich die Morandini vom selben Heroin gespritzt hat. Drittens, dass sich das Paracetamol entweder als Verschnitt im Heroin befand oder dass es die Valenti zu einem anderen Zeitpunkt eingenommen hat.«

»Und wenn Sofia aussagt, dass sie sich vom selben Heroin wie Giulia gespritzt hat? Wie geht das dann mit dem Paracetamol?«

»In diesem Fall würde die ganze Geschichte völlig andere Züge annehmen«, erwidert Claudio. »Und an diesem Punkt wäre auch dein großes Interesse, das du von Anfang an für einen ganz gewöhnlichen Fall von Drogenmissbrauch gezeigt hast, gerechtfertigt.«

»Und gibt es einen Weg, um Sofias Version von besagtem Abend zu erfahren?«

»Keine Ahnung. Zum Beispiel aus den Medien.«

»Claudio, ach komm. Die Frage war ernst gemeint.«

»Ich hab schon verstanden. Was soll ich dir darauf antworten? Frag doch Calligaris, wenn du dich traust«, entgegnet er ungehalten.

Ich halte mich nicht für eine Nervensäge. Und doch ist es immer so: Er erträgt mich höchstens zehn Minuten und verliert dann die Geduld.

»Und warum sollte ich nicht den Mut haben? Was ist Schlimmes daran?«, frage ich ihn herausfordernd.

Claudio schüttelt nachsichtig den Kopf, als spräche er zu einem Schulkind. »Natürlich hab ich das nicht ernst gemeint.«

»Ich schon«, platze ich heraus.

»Raus mit dir, Alice. Geh an deine Arbeit. Ich will dich nur daran erinnern, dass man dir eine Frist gesetzt hat, und wenn du dich nicht um deine Aufgaben kümmerst, dann wirst du so richtig auf die Nase fallen. Daran solltest du jetzt denken, und nicht an den Fall Valenti!«

»Ach ja? Du Lehrmeister in allen Lebensfragen ... du hättest mir helfen können«, schleudere ich ihm entgegen, ohne meine Enttäuschung zu verbergen.

»Hat man dir nicht beigebracht, dass das Leben nicht

immer einfach ist? Und dass nicht immer jemand an deiner Seite ist, um dir die Kastanien aus dem Feuer zu holen? Das musst du jetzt alleine schaffen, und du kannst es auch schaffen, trotz allem.«

Nachdem er mit seinen Gemeinplätzen aufgewartet hat, schiebt er mich mit einer leichten Berührung an den Schultern (sie ist weder barsch noch unhöflich) aus dem Labor.

Und genau in diesem Augenblick ruft Arthur an, um mir vorzuschlagen, Cordelia am Mittwoch auf der Bühne zu sehen.

Cordelias Theatertruppe bringt am Teatro dell'Orologio in einer Querstraße der Via Vittorio Emanuele ein avantgardistisches Stück auf die Bühne. Die Rolle ist ihr im letzten Augenblick zugefallen, nachdem eine Kollegin unerwartet zurückgetreten ist. Von der Vorstellung begreife ich absolut nichts – das ist meiner Meinung nach immer das Problem mit diesem ganzen Bemühen um Konzeptionalität –, aber ich stelle fest, dass sie sich auf der Bühne recht gut macht. Sie hat eine gute Präsenz und eine geschulte Stimme. Arthur und ich tauschen komplizenhafte Blicke und hin und wieder ein Lächeln aus. Es ist unübersehbar, dass er auf seine kleine Schwester richtig stolz ist.

Ende des zweiten Aktes.

Wenn wir jetzt in einem Film wären, dann erklänge im Hintergrund die Musik vom *Weißen Hai*.

Es ist der Supremo, der Allerhöchste.

Es war dumm von mir, nicht mit ihm zu rechnen, nur weil die Beziehung zwischen Vater und Sohn recht unterkühlt ist.

Sein Gesichtsausdruck, als er begreift, dass ich mit Arthur liiert bin, ist nicht zu deuten. Er scheint nicht wirklich unangenehm berührt, sondern eher völlig verblüfft zu sein.

Und zwar nicht nur, weil ich nicht die Sorte Frau bin, die er sich an der Seite seines Sohnes vorstellen könnte, sondern weil ich in seinen Augen überhaupt nicht zur Kategorie »Frau« gehöre. Doch als perfekter Verstellungskünstler begrüßt er mich so, wie es sich gehört. Ich fühle mich fehl am Platz, so wie bei einer Familienfeier, zu der man mich mitgeschleppt hat, bei der ich aber unerwünscht bin. Ich habe nichts, für das ich mich schämen müsste, und doch bin ich verlegen.

Ich halte ihm meine verschwitzte Hand hin und drücke die seine beschämend schlapp.

»Du kennst Alice ja schon, Papa«, meint Arthur gleichmütig, doch bemerke ich eine Spur von Ironie in seiner Stimme. Offensichtlich genießt er die Situation.

»Ich hatte bereits das Vergnügen«, erwidert der Boss eisig. Dann plaudern er und Arthur wie zwei Fremde über Cordelias Vorführung.

Der Allerhöchste ist in Begleitung jener berüchtigten Anwärterin auf Ehe Nummer vier, einer faden Frau, die sich für etwas Besseres hält. Das Auftauchen der Gräfin Saglimbeni, die damit sogleich den Boss samt Begleiterin in die Flucht schlägt, befreit mich aus meiner misslichen Lage.

Die Gräfin Saglimbeni hat ihre platinfarbenen Haare zu einem raffinierten Knoten gebunden. Cordelia sieht ihrer Mutter sehr ähnlich, so als wäre sie ohne Zutun des Allerhöchsten gezeugt worden. Mit Arthur geht die Gräfin ungezwungen um. Sie scheint ihn sehr zu mögen.

»Bin ich alleine mit meiner Ansicht, dass dieses Stück einfach furchtbar war?«, fragt sie in aristokratischer Manier.

»Furchtbar ist noch untertrieben. Aber sie ist glücklich«, antwortet Arthur mit liebevollem Unterton.

»Ich wünschte, jemand würde ihr das ausreden. Arthur,

sie verliert ihre Zeit damit, du bist der Einzige, auf den sie hört ... Versuch, mit ihr zu reden, ich bitte dich ...«

»Ich versprech's«, antwortet er lächelnd.

Sobald sich die Gräfin entfernt hat, wende ich mich Arthur zu. »Welchen Eindruck haben wir wohl gemacht?«

»Auf wen? Auf Anna? Warum ist dir das wichtig?« Ich habe den Verdacht, dass er meine Frage sehr wohl verstanden hat.

»Nein, natürlich nicht auf sie! Auf deinen Vater!«

»Ach so, mein Vater«, wiederholt er mit gekünstelt hoher Stimme.

»Nun komm schon! Du kennst ihn doch ... Ich mein es ernst.«

»Es stimmt überhaupt nicht, dass ich ihn kenne. Aber ich bin nicht sicher, dass es ihn begeistert hat, uns zusammen zu sehen. Das hat nichts mit dir zu tun, das musst du verstehen. Es ist vor allem die Vorstellung, dass du ihn nicht nur in seiner Rolle als Boss sehen könntest.«

»Ich könnte ihn niemals anders sehen«, entgegne ich trocken.

»Ich hab selbst manchmal Mühe, ihn als Vater zu betrachten. Aber was soll's.«

Wir nehmen das Auto, um zu einem Restaurant zu fahren, in dem wir zu Abend essen wollen. Im Radio läuft eine ausführliche Sendung zum Fall Giulia Valenti.

Die Polizei hat Sofia Morandini de Clés in die Zange genommen, und Calligaris quetscht sie aus wie eine Zitrone. Das Ergebnis der toxikologischen Untersuchungen kommt offenbar auch ihm rätselhaft vor. Ich glaube, ich werde ihm morgen einen Besuch abstatten. Ich habe ihm etwas zu erzählen.

»Du steckst noch bis über beide Ohren in diesem Fall,

gib's zu«, kommentiert Arthur, weil ich wahrscheinlich einen ganz und gar entrückten Eindruck mache.

Ich erröte. »Na ja ... schon. Doch, stimmt. Aber ich habe keine Lust, jetzt darüber zu reden.«

»Hast du denn Lust auf ein Abendessen?«

»Ja, aber bei dir«, antworte ich mutig.

Er wendet seine Augen kurz von der Straße ab und wirft mir einen überraschten Blick zu.

»Be my guest.«

Bei ihm zu Hause, vor unseren aufgewärmten Ravioli, die wir beim Chinesen um die Ecke gerade gekauft haben, kreuzen sich unvermittelt unsere Blicke.

»Ich weiß nicht, ob ich Lust auf Essen habe«, meint er.

Ruhe durchströmt uns, und der Raum wird zu einer Insel.

Ich beuge mich schüchtern zu ihm und berühre mit den Fingern leicht seine Wange.

Wir reden nicht mehr weiter.

Wir essen nicht mehr weiter.

Es wird eine außergewöhnliche Nacht.

Das Ende eines notorischen Latin Lovers

Heute Nacht habe ich nicht zu Hause geschlafen.

Ich bin neben einem Mann aufgewacht, der – nachdem er gesehen hat, wie spät es schon ist – sich damit begnügt hat, mir mit charmantem Lächeln zu sagen: »Was soll's! Jetzt liegst du eben mit dem Sohn vom Boss im Bett!«

»Du Scheusal. Kann ich kurz unter die Dusche?«

»*Sure*«, meint er, während er aufsteht, ein Hemd vom Boden aufliest und es sich überstreift.

Er fährt sich durch die Haare, rollt ein paarmal mit dem Kopf, wie um seinen Nacken zu entspannen, und verschwindet dann aus meinem Blickfeld. Ich schlüpfe in Slip und Bluse und warte darauf, dass ich ins Bad kann. Ich sehe auf die Uhr. Mein Magen knurrt.

»Arthur … es ist wirklich höchste Zeit. Beeil dich bitte!« Wally notiert gewissenhaft jede Verspätung und jeden noch so kleinen Verstoß, und ich habe keine Lust, ihr Nachschub zu liefern.

Gelassen verlässt er das Badezimmer und macht eine kurze Verbeugung in Richtung Tür.

»Nur für dich. Ein paar saubere Handtücher liegen auf dem Wäschekorb. Magst du frühstücken? Das Haus bietet … schau'n wir doch mal …«, fährt er fort und geht in Richtung Küche, »… es bietet … so gut wie nichts. Besser, wir gehen frühstücken.«

»Ich bin in einer Sekunde fertig!«, rufe ich aus der Dusche.

Unter dem warmen Wasserstrahl höre ich *Lovers in Japan* von Coldplay, das aus der Küche dringt, wo das Radio in voller Lautstärke aufgedreht ist. Ich ziehe mich eilig an, schminke mich mit dem wenigen, das ich immer in meiner Handtasche habe, und bin fertig.

»Soll ich dich fahren?«, fragt er und nimmt die Autoschlüssel.

»Mach dir wegen mir keine Mühe«, antworte ich und schlüpfe in meinen Mantel.

Er macht ein ungeduldiges Gesicht und öffnet die Wohnungstür. »Gehen wir. Aber zuerst frühstücken wir, du kannst nicht mit leerem Magen zur Arbeit gehen.«

Wir frühstücken in einer kleinen Bar in der Nähe der Uni. Er bestellt sich einen Espresso und ein Nutella-Croissant. Dann zieht er sich den blauen Kaschmirschal vom Hals und schüttet Zucker in die Tasse. Seine Augen sind leicht gerändert.

»Jetzt bin ich wirklich spät dran«, bemerke ich, schiele ohne jede Hoffnung auf seine Armbanduhr und schlage die Hände über dem Kopf zusammen.

»Du solltest das Leben ruhiger angehen. *Take it easy*.«

»Und das musst ausgerechnet du sagen? Als ob du deinen Vater nicht kennen würdest. Und dann Wally, die ist noch schlimmer!«

Unter dem Tisch trommle ich unruhig mit den Füßen. Als die Zeiger seiner Uhr auf halb acht stehen, schnelle ich hoch und küsse ihn flüchtig auf die unrasierte Wange.

»Du verlässt mich einfach so?«, fragt er, ohne sein Croissant aufgegessen zu haben.

»Ich kann nicht länger bleiben, tut mir leid.«

In aller Ruhe wischt er sich den Mund ab und steht auf. »Warte, ich zahle nur schnell und fahr dich dann zum Institut.«

»Nein, nein, zu Fuß bin ich schneller, ich muss nur ein bisschen rennen.«

Er scheint seiner Trägheit zu erliegen. »Ich ruf dich später an.«

Ich zwinkere ihm zu und renne los.

Meine gute Laune von meiner wundervollen Nacht löst sich sofort in Luft auf, als ich eine furchtbare Nachricht erhalte.

Ambra ist damit beschäftigt, eine umfangreiche Dokumentation zu einem Fall von ärztlicher Haftung durchzuarbeiten. Und in meinem Kopf schwirren nicht ganz keusche Einzelheiten der letzten Stunden herum. Lara sucht eindringlich Blickkontakt mit mir und deutet ungeschickt auf die Tür. Bis sie mit der klassischen Entschuldigung – »Ich muss mal auf die Toilette« – aufspringt und mir dabei bedeutet, ihr zu folgen. Wie üblich nimmt Ambra keine Notiz von uns.

»Was hast du denn?«, frage ich, sobald wir außer Hörweite sind.

»Ich muss dir unbedingt was erzählen. Etwas Wichtiges«, antwortet sie voller Stolz. Ich erwarte nichts besonders Spannendes, denn das letzte Mal, als sie so anfing, war die Nachricht total unwichtig.

Wir schließen uns in der Behindertentoilette ein, weil die weniger besucht ist. Dort können wir ungestört plaudern.

»Jetzt rat mal, wer mit wem zusammen ist?«, fängt sie an.

»Keine Ahnung, Lara. Mach's kurz, ich bitte dich.«

»Claudio …«

Bei der Erwähnung seines Namens überläuft mich ein Schauer, ich ahne Schlimmes, ich habe ein flaues Gefühl im Magen. »Claudio? Mit wem ist er zusammen?«, frage ich mühsam.

»Mit Ambra. Jetzt ist es offiziell.«

Einen Augenblick mal.

»Wie, offiziell? Lara, was erzählst du da? Das würde Claudio niemals tun.«

»Also, ich weiß nur, dass sie heute Morgen gemeinsam im Institut angekommen sind und sich einen filmreifen Kuss gegeben haben.«

»Das hat nichts zu sagen. Da geht es doch nur um Sex.«

»Das glaube ich nicht. Ich hab gehört, dass zwischen den beiden schon eine ganze Weile was läuft.«

Irgendwie hatte ich ja schon immer damit gerechnet, denn die erotische Spannung zwischen den beiden war in letzter Zeit wirklich nicht mehr zu leugnen. Aber ich habe nicht erwartet, dass mir das dermaßen nahegehen würde.

Am frühen Nachmittag ruft mich Silvia an und schlägt ein Abendessen in einem japanischen Sushi-Restaurant in der Nähe des Vatikanischen Museums vor, nur wenige hundert Meter von ihrer Wohnung. Ich sage begeistert zu, auch weil ich sie gerne über die neuesten Entwicklungen informieren will.

Wir haben uns vor dem Lokal verabredet, wo sie mit legendärer Verspätung eintrifft. Sie sieht überwältigend aus, und jedes Mal frage ich mich: Ist das alles echt? Ist das eine Wachsfigur von Madame Tussaud, oder hat sie hier und dort einfach mit Silikon nachgeholfen?

»Entschuldige die Verspätung, *ma chère*.«

»Ich hab mich dran gewöhnt. Lass uns hineingehen.«

Ihr Parfüm riecht intensiv und angenehm. Sie setzt sich, streift sich lässig die Jacke von den Schultern. Darunter trägt sie einen kurzärmeligen Pullover mit leichtem Stehkragen. An ihren Handgelenken klimpern fröhlich unzählige Armreifen, ihre volle rote Mähne fällt ihr auf die Schultern.

Nach dem Bestellen plaudern wir über eine Reihe von

Themen. Um genau zu sein, über den Fortgang meiner beruflichen Tragödie, meine zwiespältige Beziehung zu Claudio Conforti, die Entwicklung meiner Beziehung zu Malcomess jr.; und wir sind gerade bei den neuesten Entwicklungen in ihrem Liebesleben angekommen, als uns eine nicht gänzlich unbekannte Stimme aus der Unterhaltung reißt.

»Silvia.«

Fast gleichzeitig blicken wir auf.

Ich bin überrascht, Jacopo De Andreis vor mir zu sehen. Wie immer trägt er seine Ascot-Krawatte, doch macht er heute Abend einen veränderten Eindruck. Vielleicht ist er dabei, über seine Trauer hinwegzukommen. Sein Gesicht wirkt leuchtender, und obwohl ich ihn nicht als gut aussehend bezeichnen würde, zumindest nicht im konventionellen Sinn, muss ich zugeben, dass sein Lächeln etwas Faszinierendes hat.

Silvia reagiert charmant und erhebt sich, um ihn mit vertraulicher Zuneigung zu begrüßen.

Jacopo wendet sich mir ein wenig zerstreut, doch überraschend freundlich zu.

»Allevi, wenn ich nicht irre?«, fragt er und schließt kurz die Augen, so als erinnerte er sich mühsam.

»Ja, Alice.«

»Kennt ihr euch?«, fragt Silvia herzlich nach.

»Ja, leider«, erwidert Jacopo. Seine unglückliche Formulierung lässt sich nicht mehr rückgängig machen, und er beeilt sich hinzuzufügen: »In dem Sinn, dass die Umstände unseres Zusammentreffens ...« Er bricht den Satz ab, als sei er außerstande, ihn zu beenden. Seine Züge verschatten sich, und Silvia, überrascht, aber scharfsinnig, fügt die Ereignisse zusammen.

»Ich habe von deiner Cousine gehört. Es tut mir sehr leid.

Ich wollte mich melden, aber… unter diesen Umständen kann die Aufmerksamkeit von anderen eher ermüdend sein.«

»Genau so ist es«, antwortet er trocken. »Wie geht es Ihnen, Dottoressa?«, fragt er schließlich an mich gewandt.

»Gut, vielen Dank«, erwidere ich und fühle mich ganz klein. Jacopo De Andreis schüchtert mich völlig ein.

Jacopo und Silvia unterhalten sich kurz über juristische Themen. Ich verstehe nur die Hälfte und warte darauf, dass sie sich voneinander verabschieden. Und das geschieht, als Bianca auftaucht.

Sie kommt von der Toilette. Sie hat sehr abgenommen, und der Gewichtsverlust betont einige Züge, die sie Giulia ähnlicher machen; die Haare trägt sie kurz, und unter ihren Augen hat sie, trotz des sichtbaren Versuchs, das zu verbergen, tiefe Ringe; der Blick aus ihren wunderschönen Augen wirkt mir heute Abend noch verschatteter als sonst. Ein wenig verwirrt tritt sie an unseren Tisch. Mit einem kurzen Wimpernaufschlag lächelt sie mir zu, und ihre Augen leuchten für einen Moment auf wie die einer Katze.

Sie scheint sich nicht ganz wohlzufühlen, denn sie hält den Blick gesenkt, ihr Rücken ist leicht gebeugt. So als ob sie verschwinden oder an einem gänzlich anderen Ort sein wollte.

»Alles in Ordnung, Bianca?«, frage ich sie, woraufhin sie mich verwirrt anblickt.

»Ja. Ja, doch«, wiederholt sie. »Ich habe nur furchtbare Kopfschmerzen. Jacopo«, wendet sie sich an ihren Cousin, »können wir gehen?«

Er nickt, verabschiedet sich herzlich von Silvia und freundlich von mir. Bianca Valenti, oder vielmehr das Gespenst, das so aussieht wie sie, grüßt uns beide apathisch.

»Woher kennst du ihn?«, frage ich Silvia sofort. Ich bin froh über unser neues Gesprächsthema.

»Halt den Mund, sie schauen doch beide noch zu uns her«, zischt sie mir zu und setzt ein Lächeln auf. Ich warte, bis der richtige Augenblick für eine Erklärung gekommen ist. Sie taucht ein Maki in eine mit Wasabi vermischte Soße und fängt endlich an zu erzählen.

»Falls du es noch nicht weißt, Jacopo De Andreis ist Rechtsanwalt. Und daher kenne ich ihn.«

»Und welcher Natur ist eure gegenseitige Bekanntschaft?«, frage ich sie, als wäre das ein Verhör.

»Die ist nicht sehr eng. Aber wir waren einmal miteinander im Bett.«

Das Sushi bleibt mir im Hals stecken.

»Silvia!«

»Was ist?«

»Das hätte ich niemals gedacht.«

»Und warum?« Silvia scheint über meine konventionellen Ansichten verärgert. »Wir waren vor ungefähr zwei Jahren auf einer Tagung in Asti. Du weißt, wie das so läuft: Nach dem Essen geht man noch gemeinsam etwas trinken, dann fallen Anspielungen, man schaut sich tief in die Augen und geht ins selbe Hotel zurück. Und am Ende landet man im selben Zimmer.«

»Davon hast du mir nie erzählt.«

»Wenn ich dir von allen Männern erzählen sollte, mit denen ich ins Bett gehe …«, erwidert sie ausweichend.

Silvia ist in der Tat anarchistisch, was ihre Liebesbeziehungen angeht. Ihre Abenteuer haben von Anfang an ein Verfallsdatum. Sie ist eine Jägerin, das ist einfach so.

»Erzähl mir mehr von ihm«, fordere ich sie neugierig auf, »ist er nicht verlobt?«

»Doch, und das war er vor zwei Jahren auch schon. Er ist seit mindestens zehn Jahren mit dieser dummen Doriana Fortis zusammen, aber er betrügt sie in einer Tour, das weiß alle Welt. Und die, die heute Abend bei ihm war… wird seine neueste Eroberung sein.«

»Da liegst du falsch, das ist seine Cousine. Die Schwester von der, die ums Leben gekommen ist.«

»Ach ja? Und woher weißt du das alles?«

»Claudio hat die Autopsie durchgeführt, und ich habe den Fall aufmerksam verfolgt.« Die Einzelheiten der Geschichte lasse ich weg. Am Ende sind sie auch nicht wichtig, und ich würde gerne mehr über diesen Typen erfahren, den ich schwer durchschaue. Ist er ein als Arschloch verkleideter Gentleman oder das Gegenteil?

»Sie ist sehr hübsch, wenn auch ein bisschen auf den Hund gekommen.«

»Heute Abend war sie komisch. Als ich sie kennenlernte, war sie so schön wie eine Schauspielerin aus den Vierzigern, und alles andere als vernachlässigt. Wir haben uns ein paarmal getroffen. Sie hatte einige medizinische Fragen zum Tod ihrer Schwester. Wir sind dabei, Freundinnen zu werden, ich mag sie sehr gern.«

»Ach, wie süß! Ihr seid dabei, Freundinnen zu werden, wie in der Grundschule! Du würdest sogar mit Steinen Freundschaft schließen«, verkündet Silvia.

»Und du bist eifersüchtig, das warst du immer schon. Du bist besitzergreifend. Du bist sogar eifersüchtig auf Yukino.«

»Auf die ganz besonders.«

»Und was ist nun mit Jacopo und Doriana?«

»Ich glaube, das ist eine Zweckbeziehung. Jacopo ist wählerisch. Er betrügt sie, aber er sucht sich seine Liebhaberinnen sehr gezielt aus. Und glaub mir, sein Interesse zu wecken, das hat schon was.«

»Und wozu braucht er eine Zweckbeziehung? Er kommt doch aus einer bekannten und angesehenen Familie.«

»Schon, aber er ist nicht so wohlhabend, wie er alle Welt glauben machen will. Und Doriana ist Alleinerbin von Giovanni Fortis, dem Inhaber von ForTek. Der hat so viel Kohle, dass ihn selbst ein Lottogewinn kaltlassen würde.«

»Und deiner Meinung nach benutzt er sie.«

»Ich glaube schon.«

»Kennst du Doriana?«

»Alice, ich komme mir vor wie in einem Verhör. Schluss jetzt! Aber wenn du willst, kann ich dir von seinen Fähigkeiten als Liebhaber erzählen – die waren wirklich hervorragend.«

»Schön für ihn. Aber mich interessieren andere Aspekte.«

Silvia lächelt und schüttelt resigniert den Kopf. »Ich kenne Doriana kaum, aber ich kann dir verraten, dass sie nicht gerade durch ihren Verstand besticht.«

»Und an jenem Abend… wie hat er sich dir gegenüber benommen?«

»Er hat Klasse. Er war ein bisschen ausgeflippt, aber ich glaube, das war, weil er gerade ein bisschen Koks geschnupft hatte.«

Ich werde hellhörig. »Woher weißt du das?«

»Er hat mir auch etwas davon angeboten. Aber ich habe abgelehnt.«

»Macht er das regelmäßig?« Das Gespräch wird richtig interessant.

»Keine Ahnung. Darüber redet man nicht offen, und an jenem Abend ist er nicht weiter darauf eingegangen. Er hat mir nur etwas angeboten. Er ist eben ein höflicher Mann. Am Morgen darauf haben wir zusammen gefrühstückt und sind dann gemeinsam abgereist – ich nach Rom und er Richtung London, wo ihn Doriana erwartete.«

»Und dann? Dann habt ihr nichts mehr voneinander gehört?«

Silvia denkt einen Augenblick lang nach. »Doch«, antwortet sie schließlich, »wir haben Neujahrsgrüße ausgetauscht, aber nur im letzten Jahr. Dieses Jahr nicht. Können wir jetzt über etwas anderes reden?«

»Nun komm schon ... Das ist wenigstens ein interessantes Thema. Weißt du etwas über seine Cousinen?«

»Die Kleine – die, die gestorben ist – arbeitete oft als Model. Sie war wirklich eine Schönheit. An jenem Abend mit ihm hat sie ihn angerufen, sie hieß Giulia, nicht wahr? Er war sehr freundlich zu ihr, so wie ein Bruder, und ich habe sie beneidet. Denk mal an deinen Bruder, oder an meinen, und dann stell dir vor, so einen Bruder wie Jacopo De Andreis zu haben.«

Rom ist noch schlimmer als Sacrofano. Es wirkt groß, aber am Ende weiß jeder alles über jeden, wenigstens in einer bestimmten Schicht. Und wie viele Überraschungen birgt ein Sushi-Abend mit Silvia!

Ein mutiger Besuch bei Commissario Calligaris

»Wen darf ich melden?«, fragt mich eine junge Frau in Uniform. Sie hat braunes gelocktes Haar und macht einen sympathischen Eindruck.

»Dottoressa Allevi.«

Die Wartezeit vertreibe ich mir mit der Lektüre von Haruki Murakamis *After Dark*. Es ist drei Uhr, ich habe gerade das Institut verlassen, und der Wunsch, mit jemandem über meine Überlegungen zu sprechen, hat meine Schritte in Richtung Polizeikommissariat umgelenkt.

Commissario Calligaris empfängt mich freundlich und öffnet die Flügel des einzigen Fensters in seinem Büro, um etwas frische Luft hereinzulassen. Es ist, wie beim letzten Mal, völlig verräuchert.

»Es ist mir eine Freude, Sie wiederzusehen, meine liebe Alice. Wie kann ich Ihnen helfen?«

»Ich bin nicht gekommen, weil ich Hilfe brauche, Commissario. Ich wollte mit Ihnen über den Fall Valenti sprechen.«

Er verdreht die Augen und räuspert sich.

»Ich bin Ihrem Hinweis nachgegangen, Dottoressa. Machen Sie sich keine Sorgen«, erklärt er beschwichtigend.

»Darum geht es nicht.«

»Ach, nein?«, erwidert er verblüfft.

»Ich wollte mit Ihnen über die Ergebnisse der toxikologischen Untersuchungen reden.«

Calligaris lächelt. »Die sind mir bekannt. Und ich kann Ihnen versichern, dass Dottor Conforti wie immer sehr gründlich gearbeitet hat.«

Das ist ein freundlicher Hinweis darauf, dass er mich lieber abwimmeln würde, und ich kann ihn verstehen. Doch ich muss hartnäckig bleiben.

»Mich beschäftigt, dass im Blut von Sofia Morandini de Clés kein Paracetamol gefunden wurde.«

»Ach, und was schließen Sie daraus?«, fragt er neugierig, das Kinn auf die Hand gestützt.

»Nun, für den Fall, dass die Morandini bestätigt, sich vom selben Heroin wie Giulia gespritzt zu haben, gibt es nur eine einzige Möglichkeit, was das Paracetamol angeht: Jemand muss es ihr gegeben haben, um sie umzubringen.«

Die Züge von Commissario Calligaris, so mager und verschwitzt wie immer, nehmen einen nachdenklichen Ausdruck an. Er betrachtet mich mit aufrichtigem Interesse und bedeutet einem Mitarbeiter, der gerade hereinkommt, zu einem anderen Zeitpunkt wiederzukommen.

»Dottoressa, bedenken Sie eines: Es ist durchaus nicht ausgeschlossen, dass es sich um zwei unabhängige Dosen Heroin handelte, und das würde das Paracetamol in der einen von beiden erklären.«

Ich schaue ihn verärgert an. »Was für ein Zufall! Das Paracetamol befindet sich ausgerechnet in Giulias Dosis, die dagegen bekanntermaßen allergisch ist. Und außerdem sind die Metaboliten im Blut der beiden identisch … mit Ausnahme des Paracetamols. Ich kann einfach nicht glauben, dass so eine Sachlage Sie nicht stutzig macht.«

Calligaris lächelt, und sein Lächeln begleitet ein überraschend scharfer Blick. »Sehr guter Einwand! Ich sehe, Sie haben sich Gedanken gemacht! Reden Sie weiter, Ihre Meinung interessiert mich.«

»So ist es doch, nicht wahr? Sofia hat ausgesagt, dass sie und Giulia denselben Stoff gespritzt haben?«

»Überschätzen Sie meine Geduld nicht, Dottoressa!«, erwidert er mit einem gutmütigen Lächeln. »Sie erläutern mir Ihre Theorien und überlassen es mir, etwas daraus zu machen.«

»Einverstanden. Wenn es sich um denselben Stoff handelt, dann ist es offensichtlich, dass Giulia das Paracetamol zu einem anderen Zeitpunkt eingenommen hat und dass der Stoff nicht mit dem Paracetamol verschnitten war. Warum hat sie das getan? Es gibt drei Möglichkeiten: Aus Versehen? Um sich umzubringen? Oder weil es ihr jemand verabreicht hat? Aber wenn das der Fall war, dann stellt sich die Frage, warum, wenn nicht, um sie umzubringen?«

»Schauen wir uns die Hypothesen alle drei nacheinander an«, schlägt Calligaris vor und zündet sich eine Zigarette an.

»Aus Versehen … Und wie soll das gegangen sein? Sie verwechselt zwei Tabletten miteinander? Das ist merkwürdig, denn ein Allergiker schaut sich normalerweise genau an, was er gerade einnimmt. Selbstmord … Möglich, aber warum hat man dann keine Hinweise gefunden? Keine Medikamentenschachtel, keinen Abschiedsbrief? Also Mord. Was ist die einfachste Methode, um Giulia umzubringen? Schnell, mit fast hundertprozentiger Sicherheit, ohne Blut? Die ideale Tatwaffe: ihr eigenes Immunsystem.«

Calligaris nickt. »Ihre Schlussfolgerungen sind wohlüberlegt, Alice. Und natürlich haben wir das alles auch schon in Betracht gezogen, aber ich bin von Ihrem Enthusiasmus begeistert, wirklich.«

Sein Telefon läutet, und er muss den Anruf entgegennehmen. Ich werfe einen zerstreuten Blick auf seinen Schreibtisch, und mich rührt das Foto seiner beiden Mädchen. Wahrscheinlich sind es Zwillinge, und sie ähneln ihrem Vater sehr. Das ist nicht unbedingt zu ihrem Vorteil, aber ihre Schönheit liegt genau in jenen unebenmäßigen Zügen und in der natürlichen Lebensfreude, die nur Kinder haben.

»Es tut mir leid, Alice, aber ich muss los, und zwar schnell«, sagt er, nachdem er aufgelegt hat, und nimmt Zigaretten, Feuerzeug, eine abgegriffene Brieftasche und einen Schlüsselanhänger in Form eines Plüschdelfins vom Schreibtisch.

Ich verstehe und gehe auf die Tür zu. Calligaris verabschiedet sich mit einem herzlichen Händedruck.

»Bis bald.«

Paradoxien

In der Zwischenzeit – ich bin ganz und gar in Beschlag genommen von Arthur, dem Fall Valenti und schließlich dem Gezänk mit Claudio, und zwar genau in dieser Reihenfolge – habe ich eine unverrückbare Tatsache aus den Augen verloren: dass ich beruflich meinem Verfallsdatum entgegengehe. Noch habe ich nichts getan, um meinen Untergang abzuwenden. Seit dem furchtbaren, von Wally proklamierten Ultimatum sind fast zwei Monate vergangen. Ich bin schon versucht, Anceschi um ein gutes Wort für mich zu bitten. Es könnte zum Beispiel ausreichen, dass er Wally erklärt, wie sehr ich mich im Fall Valenti engagiere. Aber wenn ich ehrlich sein soll, habe ich überhaupt noch etwas anderes gemacht?

Nein, nein und nochmals nein. Ich bin wirklich eine Katastrophe und bekomme das, was ich verdient habe.

Ich habe keine Lust mehr, mich aufzureiben, und beschließe, meine Karten auf den Tisch zu legen und herauszufinden, was die Wally in Bezug auf mein Schicksal entschieden hat.

Les jeux sont faits.

Klopf. Klopf.

»Herein!«, antwortet die Boschi mit ihrer Krötenstimme, die mich immer daran erinnert, wie schlecht das Rauchen unseren Stimmbändern bekommt. »Ah, Sie sind es«, meint sie, nachdem sie mich kurz beäugt hat.

»Störe ich?«

»Setzen Sie sich!«, befiehlt sie eilig. Offensichtlich hat sie keine Lust auf Konversation.

»Professoressa Boschi … Vielleicht komme ich nicht im rechten Augenblick, um mit Ihnen zu reden …«

Sie setzt ihre Brille mit den dicken Gläsern ab und legt sich die violetten Hände ans Gesicht.

»Meine liebe Dottoressa Allevi, zu all den Unzulänglichkeiten, die ich an Ihnen festgestellt habe, gehört auch ein merkwürdiges Ungeschick bei der Bestimmung eines günstigen Zeitpunktes. Daher überrascht mich Ihr Erscheinen nicht. Sie wollen mit mir über den Stand der Dinge sprechen, nicht wahr? Sie wollen wissen, ob ich eine Entscheidung gefällt habe, was Ihre Zukunft angeht, oder?«

»Genau«, bestätige ich und nicke heftig mit dem Kopf.

Die Große Kröte hat einen nachdenklich feierlichen Gesichtsausdruck, während sie mir erklärt: »Während der letzten Zeit habe ich Sie beobachtet. Und um ehrlich zu sein, habe ich eine ganz leichte Verbesserung Ihrer Leistungen festgestellt. Professor Anceschi hat mir von Ihren Beobachtungen zum Fall Valenti berichtet … Aber, wie soll ich sagen, eine Schwalbe macht noch keinen Sommer. Ich halte Sie immer noch für zu initiativlos, aber wenigstens haben Sie ein paar Punkte gemacht. Ich warte immer noch auf etwas wirklich Entscheidendes. Glauben Sie, dass Sie in der Lage sind, mir das zu demonstrieren?«, fragt sie und setzt sich wieder ihre Brille auf die Nase.

»In welche Richtung soll ich gehen? Ich hätte mich gerne mehr engagiert, aber … mir haben die Ideen gefehlt.«

Der Großen Kröte gefällt meine Ehrlichkeit ausnahmsweise, und sie antwortet in einem fast freundlichen Ton: »Sie könnten zusammen mit Dottor Conforti an dem Virtopsy-Projekt arbeiten. Ach, ich hatte ganz vergessen, Sie glauben nicht an die Vorzüge von Virtopsy.«

Ich glaube an gar nichts, vielleicht nicht einmal an Gott, und da soll ich ausgerechnet an Virtopsy glauben. Aber wenn ich damit meinen Kopf retten kann, dann werde ich eben lernen, daran zu glauben. Aber mit Claudio zu arbeiten... Bitte nicht. Alles, nur das nicht. Wieder zurück zu der üblichen Verarscherei, und dann muss ich auch noch dem Geturtel zwischen ihm und Ambra zuschauen... das geht wirklich über meine Kräfte.

»Ist die Arbeitsgruppe für dieses Forschungsprojekt nicht schon längst vollzählig?«

»Für jemanden, der wirklich arbeiten will, ist immer ein Platz.« *Alles klar, hab schon verstanden.* »Machen wir's so: Ich biete Ihnen die Lösungen für Ihre Probleme auf dem Silbertablett. Dottor Conforti ist sehr objektiv: Er weiß genau, wer etwas taugt.« Es kann ja gar nicht anders sein, als dass am Ende noch ein Lobgesang auf den Jude Law der Tabulosen erklingt. »Bringen Sie das Projekt allein zu Ende, und liefern Sie es Dottor Conforti ab.«

»Und wenn ihm das Ergebnis nicht zusagt?«

»Das Jahr zu wiederholen, kann nicht schaden.«

Das ist völlig undenkbar. Meine Zukunft soll in Claudios Händen liegen? Der mich, ohne mit der Wimper zu zucken, mein Jahr wiederholen lassen würde, nur um Ambra einen Gefallen zu tun?

Fieberhaft tippt die Wally mit ihren abgekauten Wurstfingern eine Nummer ins Telefon.

»Claudio? Komm bitte zu mir ins Büro, danke.«

O nein, bitte lass das nicht wahr sein!

Es vergeht keine Sekunde, und dieser Speichellecker von Claudio steht zu ihren Diensten. Er zieht die Augenbrauen hoch und wirft mir einen verwunderten Blick zu. Dann fragt er die Große Kröte, womit er ihr weiterhelfen könne.

»Soweit ich weiß, ist das Virtopsy-Projekt ins Stocken geraten. Oder irre ich mich?«

Claudio runzelt die Stirn. »Ins Stocken geraten, würde ich nicht sagen, Professoressa. Im Großen und Ganzen geht es gut damit voran. Aber ich bin nicht sehr zufrieden damit, das stimmt. Es gibt Probleme bei der Datenbeschaffung und in der Zusammenarbeit mit den Kollegen aus der Röntgendiagnostik.«

»Gut. Ich habe die Lösung für alle deine Probleme mit diesem Projekt gefunden«, erwidert sie mit einem hinterhältigen Lächeln auf den Lippen und sieht mich dabei an. Claudio betrachtet mich mit ungespielter Verblüffung.

»Sie?«, fragt er in einem Tonfall, der meine empfindliche Seele zutiefst beleidigt.

»Genau. Deine Kollegin ist hoch motiviert und hat mich gefragt, ob sie sich eurem Projekt anschließen kann.«

Diese Lügnerin! Jetzt denkt Signor Oberfiesling, dass ich mich angebiedert habe.

»Gut«, meint Claudio neutral.

»Claudio, ich möchte, dass du mir einen Bericht über ihre Arbeit ablieferst. Es handelt sich um eine Prüfungssituation. Einverstanden?«

»Selbstverständlich«, antwortet er mit strenger Miene. Dann wirft er mir einen leicht schielenden Blick zu. »Folgen Sie mir bitte in mein Büro, Frau Kollegin, damit ich Ihnen zeigen kann, worin Ihre Aufgabe besteht.«

Wally lächelt mir zu. Sie ist davon überzeugt, dass sie sich außerordentlich großherzig gezeigt hat. Ich lächle schwach zurück und folge Claudio. Auf dem Flur würdigt er mich keines Blickes und redet auch kein Wort mit mir. Als wir in seinem Büro sind, schließt er sorgfältig die Tür hinter sich und nimmt mich wütend ins Visier.

»Und jetzt hast du gefragt, ob du in meiner Projektgruppe

mitarbeiten kannst. Ich frage mich wirklich, warum, wo du doch in letzter Zeit so unzufrieden mit meiner Arbeitsweise warst. Ich hätte nicht gedacht, dass du so viel Wert auf eine Zusammenarbeit mit mir legst.« Angesichts der jüngsten Ereignisse ist sein Sarkasmus nicht unbegründet, aber ich weiß nicht, wie ich ihm die Wahrheit beibringen soll.

»Es war überhaupt nicht so, wie du denkst. Ich hatte die Wally lediglich gebeten, mich einem Projekt zuzuteilen ... und zwar irgendeinem.« Ich schaue zu Boden, denn mir wird bewusst, dass ich mich nicht für etwas rechtfertigen will, das ich selbst nicht einmal wollte. »Du weißt besser als jeder andere, dass Wally Zweifel an meinen Fähigkeiten hat, Claudio. Du und dein Virtopsy-Projekt sind ihr einfach eingefallen. Wenn ich es mir hätte aussuchen können, dann hätte ich niemals darum gebeten, ausgerechnet deiner Gruppe zugeteilt zu werden. Da kannst du Gift drauf nehmen.«

»Findest du mich derart unerträglich?«, fragt er, und es scheint ihm – auch wenn man bei ihm nie sicher sein kann – leidzutun.

»Nein.« Das ist die Wahrheit, trotz allem. »Doch wie die Dinge im Augenblick zwischen uns stehen, scheint mir eine Zusammenarbeit keine gute Idee. Umso weniger, weil du Wally gegenüber ein Urteil über meine Befähigung als Rechtsmedizinerin abgeben sollst, wo du mich doch überhaupt nicht schätzt.«

Er räumt schweigend auf seinem Schreibtisch herum, aber nur, um seine Verlegenheit zu überspielen. »Wie auch immer, es hat keinen Zweck mehr, weiter darüber zu reden. Über Befehle von oben diskutiert man nicht. Da ist Arbeiten angesagt, also machen wir uns an die Arbeit. Ich garantiere dir, dass ich mich in meinem Urteil um Objektivität bemühe. Und ich verspreche dir, dir so viel wie möglich zu helfen«, beschließt er mit seinem verführerischsten Lächeln. Wie sehr hat mir das gefehlt. Es hat mir wehgetan, dass er dieses Lächeln in letzter Zeit nur allen anderen geschenkt hat. »Nimm dir einen Stuhl und setz dich zu mir. Ich erkläre dir, was du zu tun hast.«

Wir haben alle unseren Preis.
Und wer es sich erlauben kann, ihn zu zahlen,
ist dein schlimmster Feind

»Also, jetzt sind wir alles noch einmal durchgegangen. Hast du verstanden, was du machen sollst?«

Ich schaue Claudio empört an. Er hat nicht gezögert, mir eine Aufgabe zuzuteilen, die seine ganze Hinterhältigkeit offenbart, und es ist noch ein Glück, dass er versprochen hat, sich mir gegenüber anständig zu benehmen.

»Das ist eine Arbeit für Hilfskräfte«, erwidere ich mit letztem Mut.

»An deiner Stelle würde ich mich nicht so anstellen«, gibt er hämisch zurück und zieht dabei die Augenbrauen hoch. Ambra versucht ein bösartiges Lachen zu unterdrücken. »Und außerdem, was soll's. Es tut deinem exzellenten Abschluss in Medizin und Chirurgie keinen Abbruch, wenn du einen Leichnam aus der Leichenhalle holst und ihn in die Röntgendiagnostik bringst, wo die Virtopsy stattfindet. Außerdem wirst du auch noch von einem Wachmann begleitet, dem Signor Capoccello. Normalerweise macht er das alles allein, denn er ist sehr hilfsbereit. Du musst nur mit ihm und dem Leichnam durch den Tunnel, der die beiden Gebäude miteinander verbindet. Also, Allevi, los jetzt!«

»Aber warum ich?«, bleibe ich hartnäckig, denn ich bin nicht besonders begeistert von der Aussicht, mit einer aufgebahrten Leiche unterwegs zu sein. »Das ist Männersache!«, platzt es aus mir heraus, und ich starre dabei auf diesen Wurm von Massimiliano Benni, der so tut, als ob er taub wäre. Und der ist ein Jahr unter mir.

»Wenn du meine Meinung hören willst: Die gesamte Rechtsmedizin ist Männersache«, erwidert Claudio ironisch. »Aber ihr Frauen wolltet ja auch mitmischen, und jetzt könnt ihr nicht einfach die Hände in den Schoß legen, wann es euch passt«, schließt er hämisch. So sieht also seine Hilfe aus. Was hätte er dann wohl gemacht, um mich auflaufen zu lassen?

»Jetzt sei mal nicht so sexistisch, mein Schatz«, meint Ambra leicht verschnupft. Sie schenkt mir ein komplizenhaftes Lächeln, aber sie benimmt sich immer noch so, als wäre sie die Königin auf einem Fest, zu dem ich nicht einmal eingeladen worden bin.

»Wenn es denn sein muss ...«, murmele ich mit unverhohlenem Ärger. Er hält meine Rettungsleine, und wenn er mich demütigen will, dann soll er das nur tun. Wenn ich an alle die Gewissensbisse denke, die mich überkommen haben, nachdem ich seine Entscheidungen angezweifelt hatte! Welch unnütze Seelengröße!

»Sehr gut«, antwortet er affektiert. »Wir erwarten dich um 14.30 Uhr in der Radiologie. Das ist wichtig, Alice. Trödel um Gottes willen nicht irgendwo herum«, wiederholt er noch einmal und betont dabei jede Silbe, als ob er es mit der Idiotin zu tun hätte, für die er mich hält. »Wir haben bereits genügend logistische Probleme und brauchen nicht noch irgendwelche überflüssigen Schwierigkeiten. Das Gerät ist für Untersuchungen an Lebenden bestimmt, und die in der Radiologie können sich nicht erlauben, Zeit zu verlieren.«

»Fliegen kann ich nicht! Es ist schon 14.06 Uhr. Warum hast du mir das alles nicht schon früher gesagt?«

»Nun mal sachte, Allevi. Du klingst aggressiv«, frohlockt

er und verschränkt die Arme vor der Brust. »Und vor allem sehe ich keine Kooperationsbereitschaft.«

Die Blicke der anderen sind alle auf mich gerichtet, und die Uhr tickt. Es hat keinen Sinn, noch weitere Minuten zu verlieren.

Ich mache mich auf den Weg. Die Absätze meiner Stiefel hallen auf dem Fußboden des unterirdischen Tunnels wider, der das Institut auf einer Länge von fünf bis zehn Gehminuten mit der Leichenhalle verbindet. Dort finde ich den Wachmann zusammengekauert auf einem Stuhl. Seine Gesichtsfarbe ist alarmierend ungesund, und er betupft sich mit einem karierten Baumwolltaschentuch die Schläfen.

»Alles in Ordnung?«

Während die Farbe seines Gesichts von blass ins Grünliche wechselt, schüttelt der Arme den Kopf und erklärt mir mit starkem süditalienischem Akzent, dass die zweite Portion Muschelsuppe von der vergangenen Nacht ihm auf den Magen geschlagen ist. Er erhebt sich von seinem Stuhl und unterdrückt Brechreiz.

»Nur zu, Dottoressa. Das haben wir schnell hinter uns gebracht«, erklärt er mühsam.

Die Menschenfreundin in mir regt sich: »Hören Sie, es ist klar, dass Sie sich kaum auf den Beinen halten können. Warum gehen Sie nicht nach Hause?«

Signor Capoccella kneift die Augen zusammen, kauert sich wieder auf seinen Stuhl und schaut mich an, als wäre er dabei, sich auf ein zweideutiges Angebot einzulassen.

»Und wer geht mit Ihnen?«

»Ich kann auch alleine gehen. Es ist doch nur ein kurzes Stück.«

»Das gibt Ärger«, nuschelt er ohne Überzeugung.

»Ach was. Keiner wird davon erfahren. Ruhen Sie sich aus, ich bitte Sie!«

Und so mache ich mich, mit Danksagung und Segnungen überhäuft, mit dem Leichnam in Richtung Radiologie auf. Es ist 14.19 Uhr, und ich halte die Griffe der Bahre mit meinen behandschuhten Händen fest. Es ist 14.27 Uhr, und ich bin schon fast am Ziel, als mein Handy klingelt. Und das allein ist schon ein Wunder, denn hier unten im Hades hat man eigentlich keinen Empfang. Die Nummer kenne ich nicht.

»Hallo?«

»schschschschsch … Alice … schschschschschsch …«

Es wäre auch zu schön gewesen, wenn ich jetzt noch alles verstanden hätte. Ich lasse die Leiche einen Augenblick da, wo sie ist, und gehe auf ein Fenster zu, wo der Empfang vielleicht besser ist.

»Alice?«

Es ist Arthur, er ruft aus Istanbul an. »Ciao! Entschuldige, aber jetzt gerade kann ich leider nicht reden«, sage ich und werfe einen Blick auf die Uhr: 14.29.

»Entschuldige, wenn ich störe. Ich wollte dir nur schnell sagen, dass hier alles okay ist.« Ich will nicht unhöflich sein und ihn einfach so abwürgen. Was sind schon ein, zwei Minuten Verspätung? Ich bin ja praktisch schon da.

»Nein, du störst überhaupt nicht … Es ist gerade nur etwas schwierig. Wann geht dein Flug?«

»Heute Abend um zehn nach neun.«

»Soll ich dich abholen?«

»Das brauchst du nicht. Ich nehme ein Taxi. Morgen sehen wir uns dann aber, oder? Es war wirklich dumm von dir, dass du nicht mitgekommen bist, Istanbul ist …«

In der Tat habe ich mir die Gelegenheit entgehen lassen. Mein Pflichtgefühl war stärker. Wie hätte ich ausgerechnet jetzt verreisen können, selbst nur für einen Kurztrip? Arthur erzählt mir ausgiebig von seinen Eindrücken, und als ich das nächste Mal auf die Uhr schaue, ist es schon 14.35 Uhr, und ich beschließe, das Gespräch zu beenden.

»Ich muss jetzt wirklich los ... bis später«, sage ich und freue mich schon darauf, ihn bald wiederzusehen.

Ich stecke mein Handy in die Kitteltasche und gehe zurück zu meiner Leiche.

Aber wo ist die?

Das ist wirklich ein schlechter Scherz.

Ich war nicht mehr als hundert Meter entfernt.

Man kann mir doch nicht einfach so die Leiche vor der Nase weggeklaut haben!

O Gott!

Mein Handy klingelt, aber diesmal ertönt keine freundliche Stimme am anderen Ende.

»Wo, zum Teufel, steckst du, Alice?« Das ist natürlich Claudio.

»Ich bin sofort da«, sage ich rasch.

Ich sehe mich um, ungläubig, entsetzt. Von meiner Leiche keine Spur, weit und breit keine Menschenseele.

So eine Scheiße, Scheiße, Scheiße!

Ich laufe den Tunnel in die Richtung zurück, aus der ich gekommen bin, und hoffe, auf die Person zu treffen, die den unheilvollen Einfall hatte, die Bahre wegzurollen, aber ohne Erfolg.

Ich bin am Rande eines Nervenzusammenbruchs. Wieso habe ich mich nicht von Capoccella begleiten lassen? Selbst wenn er mitten im unterirdischen Tunnel Bauchkrämpfe bekommen hätte. Es hat alles keinen Sinn, ich muss in die Radiologie und Claudio gegenübertreten. Und Ambra. Und Wally.

Warum passiert das ausgerechnet mir? Warum? Was habe ich verbrochen?

Ich bin eigentlich ein guter Mensch. Ich habe ein Kind

in Tansania adoptiert, ich unterstütze Hilfsorganisationen. Okay, hin und wieder schlage ich beim Shoppen ein bisschen über die Stränge, aber das ist ein verzeihliches Laster.

Als sich die blauen Schiebetüren zur Radiologie öffnen, habe ich das Gefühl, dass ich das nicht überstehen werde. Claudio und Ambra laufen mir aufgeregt entgegen. Es ist 14.48 Uhr.

»Wo ist der Leichnam?«, knurrt Claudio und schaut mich angewidert an.

»Claudio, ich, ich … ich weiß es nicht«, gestehe ich atemlos.

Er sieht aus wie kurz vor einem Schlaganfall. »Was heißt, du weißt es nicht?«

»Ich habe keine Ahnung, wo er jetzt ist.«

An diesem Punkt wird Claudio ganz sanft, nach dem Motto: *Ich bin zwar ein Genie, aber ich muss mich manchmal auch mit Vollidioten abgeben*. »Alice. Noch mal ganz von vorn. Du hast den Leichnam nicht in der Leichenhalle vorgefunden?«

»Doch, doch. Ich habe ihn mitgenommen. Ich war bereits im Tunnel … und da war ich einen Augenblick lang abgelenkt, aber es war wirklich nur ganz kurz, und dann …«

»Und dann war die Leiche weg!«, ruft Claudio aus, kurz vor der Explosion. »Und Capoccella? Wo war der? Du hast die Leichenhalle doch nicht etwa allein verlassen?«

Ich senke meinen Kopf. »Es ging ihm nicht gut, und da habe ich ihm gesagt … dass ich das allein übernehmen könne.«

Während sein schielendes Auge sich darauf einstellt, mich vernichtend anzublitzen, und ihm vor unterdrückter Wut fast die Halsschlagader platzt, ergeht er sich in Beschimpfungen: »Wundervoll, wirklich eine Superidee. Du verletzt nicht nur die Regeln – dieser Capoccella, der kriegt was zu hören, den nehm ich mir vor –, nein, du verlierst obendrein auch noch den Leichnam! Ich habe dir nur einen einzigen Auftrag gegeben. Ich wusste, dass es eine schlechte Idee war, dich in das Projekt mit aufzunehmen. Von allen Nieten …«

»Beruhige dich«, meint Ambra zu ihm, ob aus Mitleid oder aus Solidarität, weiß ich nicht. Vielleicht alarmieren sie auch die Tränen, die aus meinen Augen quellen.

»Kannst du mir näher erklären, was geschehen ist?«, fragt mich die Bienenkönigin so ruhig, dass ich sie fast nicht wiedererkenne.

Ich fasse in wenigen Worten das Wesentliche zusammen. Sie und Claudio sehen sich ratlos an.

»Und was soll ich deiner Meinung nach Wally erzählen?«, fragt mich Signor Oberfiesling und klopft unruhig mit dem Fuß auf den Boden.

Soll ich dir was verraten? Erzähl ihr, was du willst. Selbst meine Würde hat ihren Preis. Ich werde dich jetzt nicht auf Knien anflehen, mich nicht bei ihr zu verpetzen.

»Zuerst einmal wollen wir versuchen, die Leiche wiederzufinden«, funkt Ambra dazwischen und zwinkert mir zu.

Ich weiß nicht, ob ich sie mehr hasse, wenn sie sich aufführt wie ein Ekelpaket, oder wenn sie versucht, die Großherzige zu spielen.

»Ich wusste ja bereits, dass Sie ein bisschen zerstreut sind. Sie haben schon die unglaublichsten Fehler gemacht, haben Dokumente falsch ausgefüllt, Beweisstücke zerstört und sich geweigert, an Exhumierungen teilzunehmen. Aber dass es Ihnen gelingen würde, einen Leichnam zu verschlampen, das hätte ich nicht für möglich gehalten.«

Die Boschi ist der personifizierte Vorwurf.

Ich möchte auf der Stelle in den Erdboden versinken.

»Ist Ihnen klar, was Sie für ein Durcheinander verursacht haben? Gott sei Dank haben die Krankenpfleger aus der Inneren sich der Leiche angenommen.«

Es ist völlig sinnlos, ihr gegenüber zu wiederholen, dass dieses ganze Durcheinander erst dadurch entstanden ist, dass die sich nicht um ihren eigenen Kram gekümmert haben.

»Ich bin nur ganz kurz weggegangen, um einen Anruf entgegenzunehmen ...«, murmle ich tonlos.

»Und das nennen Sie ernsthaftes Arbeiten? Sie sind mit einer höchst heiklen Aufgabe betraut, und da lassen Sie einfach einen Leichnam unbewacht stehen, um zu telefonieren?«

»Bin ich jetzt aus der Projektgruppe ausgeschlossen?«, frage ich unsicher.

»Das kann ich Ihnen nicht sagen. Darüber werde ich mit Conforti reden.«

Oje.

Ich nehme ein Taxi nach Hause. Gegen die Scheibe tropft feiner Regen. Wie betäubt sehe ich nach draußen. Ich habe mich selten so schlecht gefühlt.

Ich bin eine Versagerin, eine Null, ich habe mir die einzige Chance auf Rettung verbaut, die ich noch hatte.

Ich zahle und gehe, ohne den Regenschirm aufzuspannen, auf die Haustür zu. Yukino ist nicht da, und ich bin fast froh darüber. Es würde mich fertigmachen, wenn ich ihr jetzt erzählen müsste, was mir passiert ist.

Ich ziehe mich aus und stelle mich sofort unter die Dusche. Die Tränen mischen sich mit dem heißen Wasser, das meinen Kajalstift abspült und mit ihm die ganze andere Schminke, aber es befreit mich nicht von meinen dunklen Gedanken.

Gott sei Dank kehrt Arthur heute Abend zurück.

Ich bin außerstande, zu lesen oder dem Fernsehprogramm zu folgen. Ich bin außerstande, mit irgendjemandem zu reden, und deshalb beende ich das Telefongespräch mit meiner Mutter schnell.

Es ist zehn Uhr. Es gibt nur einen einzigen Lichtblick.

Ich ziehe mir irgendetwas über und nehme die Metro Richtung Termini. Dort steige ich in den Bus um, der mich zum Flughafen bringt. Das ist einer der Momente, in dem ich es bereue, nicht irgendein billiges Auto zu besitzen.

Als der Flieger landen soll, laufe ich in der Ankunftshalle herum – stillsitzen kann ich nicht, und ich habe weder Geduld noch Hoffnung.

Dann lasse ich mich doch in einen Sessel sinken, auf dem ein unförmiger Fleck prangt. Während ich warte, höre ich auf meinem iPod *Why* von Annie Lennox und lese müde einige Seiten eines wunderbaren Romans von Nadine Gordimer.

Als der Flug Istanbul–Rom mit Ankunftszeit 21.10 Uhr angezeigt wird, habe ich endlich das Gefühl, dass sich der Tag dem Ende zuneigt.

Zwanzig Minuten später, mit einer Reisetasche von North Face in der einen und der unvermeidlichen, zum Anzünden bereiten Marlboro in der anderen Hand, sieht Arthur mich überrascht an.

»*What a surprise*«, murmelt er, stellt seine Tasche ab, schiebt sich die Zigarette hinters Ohr und drückt mir einen Kuss auf die Stirn. Ich lehne mich an ihn und weine alle die Tränen, die ich noch nicht vergossen habe. »Was ist los?«, fragt er ein wenig besorgt. Ich schüttle nur den Kopf. Er erwidert meine Umarmung und streichelt leicht über meinen Rücken. »Alice? Was ist los?«, beharrt er.

»Nichts, was ich dir erzählen müsste«, antworte ich und löse mich von ihm. Auf seiner Jacke prangt jetzt ein Fleck aus Tränen und Kajalstift. »Es reicht mir, dass du heute Abend hier bist. Darf ich bei dir übernachten?«, frage ich und ziehe geräuschvoll die Nase hoch.

Er schaut mich besorgt an, legt mir einen Arm um die Schultern, zieht mich zu sich heran und nimmt seine Reisetasche auf.

»Bist du sicher, dass du mir nicht erzählen willst, was passiert ist?«, fragt er, während wir uns bei ihm zu Hause vor Kälte zitternd unter die Bettdecke kuscheln.

»Morgen. Es ist schon spät … Ich will jetzt nicht mehr daran denken.«

»Gehst du morgen früh arbeiten?«

»Nein. Ich weiß nicht, ob ich noch einmal dorthin gehe.« Und mit diesen letzten, unheilverkündenden Worten schließe ich die Augen und beende diesen furchtbaren Tag.

Die Geschichte einer durchschnittlichen Assistenzärztin

Arthurs Reaktion rückt das Ausmaß meines Missgeschicks in ein anderes Licht. Er lacht lauthals los. »Schwör, dass das alles wirklich wahr ist«, fordert er mich auf. Er liegt ausgestreckt auf dem Bett und spielt mit einer meiner Haarlocken.

»Natürlich ist das alles wahr, du Dummkopf.«

»Und all die Tränen für so eine Kleinigkeit?«

»Kleinigkeit? Offensichtlich ist dir nicht klar, was ich da angestellt habe«, erwidere ich kopfschüttelnd und krabble aus dem Bett, um mir ein Glas Wasser zu holen.

Es ist zehn Uhr morgens, und ich bin nicht zur Arbeit gegangen. Ich schäme mich so sehr, dass ich mir Urlaub genommen habe. Wahrscheinlich bin ich mittlerweile der Witz des ganzen Instituts.

Zugleich fühle ich mich seltsam befreit. Niemals hätte ich es geschafft, heute Morgen dort anzutreten und allen ins Gesicht zu sehen. Von allen Dummheiten, die ich begangen habe – und das waren einige, seit ich dort angefangen habe, nicht zuletzt die mit dem Schädel, den der Allerhöchste ein paar Medizinstudenten vorführen wollte und der mir versehentlich auf den Boden gekracht ist –, ist das ohne Zweifel die schlimmste. Sie hat das Zeug zur Legende, die man sich von einem Jahrgang zum anderen weitererzählt.

»So schlimm ist das nun auch wieder nicht! Man hat den Leichnam zwanzig Minuten später wiedergefunden. Was soll daran so dramatisch sein, ehrlich. Das ist alles die Schuld von diesem Conforti, der daraus eine Staatsaffäre gemacht hat. Er hätte das der Boschi auch nicht erzählen müssen.«

»Ich wage nicht mir auszumalen, was dein Vater dazu sagen wird.«

»Mein Vater wird das zu bewerten wissen. Er ist streng, aber wenigstens objektiv. Mach dir keine Gedanken.« Wie schön wäre es, wenn er recht hätte. »Und morgen gehst du wieder zur Arbeit.«

»O nein, bitte nicht. Ich muss Abstand gewinnen. Ich will dieses Zimmer nicht mehr verlassen. Oder besser, dieses Bett.«

»Damit löst du gar nichts: Je mehr Zeit vergeht, desto schlimmer wird das Ganze«, erwidert er.

»Arthur … es gibt da etwas, das du nicht weißt«, hebe ich an, die Hände vors Gesicht geschlagen. Es ist der Augenblick gekommen, die Karten auf den Tisch zu legen: Nur dass ich kein Ass im Ärmel habe.

»Was hast du denn sonst noch angestellt?«, fragt er, aber er kann sich natürlich nicht ausmalen, was ich ihm jetzt gleich sagen werde.

Und so erzähle ich ihm alles. Wirklich alles, ohne Wenn und Aber.

Arthur ist verblüfft. »Und das hast du alles mit dir herumgetragen, ohne jemandem davon zu erzählen?«

»Ich bitte dich, mach mir jetzt keine Vorwürfe. Für mich ist es nicht einfach, darüber zu reden.«

Jetzt habe ich ihm mein Herz ausgeschüttet und fühle mich klein und nackt. Aber in Wirklichkeit ist es noch viel schlimmer, denn ich habe den Eindruck, das Bild beschädigt zu haben, das er von mir hatte. Es tut mir fast schon leid, dass ich ihm alles erzählt habe.

»Alice, das tut mir wirklich leid.« *O nein, bitte nicht, ich will dein Mitleid nicht. Das ertrage ich nicht.* »Soll … soll ich mit meinem Vater darüber reden?«

Ich reiße die Augen auf. Er ist völlig verrückt geworden. Ich fahre hoch und streiche mir die Haare hinter die Ohren. »Das will ich nicht gehört haben.«

»Daran ist doch nichts Beleidigendes«, rechtfertigt er sich mit einem Schatten von Unmut auf dem gebräunten Gesicht. »Ich werde ihm nichts erzählen, was nicht wahr ist. Du hast dich ganz klar in die Nesseln gesetzt, aber ganz egal, was wir von ihm halten mögen – für ihn zählt nur Leistung.«

»Was ist wahr? Was weißt du denn davon? Wenn alle mich für blassen Durchschnitt halten, dann wird das schon einen Grund haben.«

»Ganz gewiss«, antwortet er und nickt heftig. »Und möchtest du wissen, was der Grund ist? Du kannst dich nicht verkaufen. Du glaubst nicht an dich, nicht im Geringsten, und wie willst du dann erwarten, dass die anderen es tun?«

»Wie auch immer, ich will nicht, dass du mit deinem Vater redest.«

Arthur lehnt sich resigniert zurück. »Ich will dir nur helfen.«

»Mit ihm zu reden, ist keine Hilfe, im Gegenteil. Ich würde mich wie ein perfekter Idiot fühlen. Er würde annehmen, dass ich dich darum gebeten habe, und das würde ich nicht aushalten.«

Ohne mich anzusehen, schüttelt Arthur den Kopf. »Das ist, mit allem Respekt, eine sehr italienische Denkweise. Hier geht es nicht um Vetternwirtschaft. Ich will keine Empfehlung für dich abgeben. Ich kann es nicht ausstehen, wenn jemand weiterempfohlen wird.«

»Es ist schwierig für mich, das anders zu sehen.«

»Kommt, jetzt sei nicht so. Da hast du die Möglichkeit, ein Problem zu lösen, und dann machst du nichts daraus.«

»Würdest du das annehmen? Wenn ich die Tochter von deinem Boss wäre, und ich würde ihn davon zu überzeugen versuchen, dass du als Reisereporter überqualifiziert bist und dass er dir einen Job geben sollte, der interessanter ist und besser angesehen, zum Beispiel als Korrespondent in irgendeinem Krisengebiet... Hättest du nicht das Gefühl, es nicht allein geschafft zu haben? Würdest du nicht etwas von deiner Würde verlieren?«

»Nein, weil das die Wahrheit ist.«

»Das glaube ich dir nicht. Das sagst du nur, weil du nicht in der Situation bist.«

»Du kannst glauben, was du willst. Und du kannst auch entscheiden, was du willst. Ich werde erst mit meinem Vater reden, wenn du mich darum bittest, okay? Und jetzt gehe ich duschen«, beschließt er das Gespräch, noch bevor ich etwas erwidern kann.

Die Institutsmauern sind mir noch niemals so abweisend vorgekommen wie heute. Es ist ein wunderbarer und vielversprechender Frühlingstag, und ich versenke mich stoisch in meine Arbeit und ignoriere die allseitigen Belustigungen, die mein Missgeschick selbst bei den ernsthaftesten unter meinen Kollegen ausgelöst hat, die Sekretärinnen eingeschlossen. Wider Erwarten spielt Ambra nicht darauf an, und Lara folgt ihrem Beispiel. Beide wenden sich nur mit Fragen der Arbeit an mich, und zwar in einem freundlichen Tonfall.

Claudio habe ich noch nicht zu Gesicht bekommen. Er war den ganzen Vormittag hinter verschlossener Tür in Wallys Büro. Ich habe auch gar kein Bedürfnis, ihm zu begegnen. Gerade seine Reaktion hat mich enttäuscht und niedergeschlagen, aber auch empört. Ich habe das Gefühl, auf einer tickenden Zeitbombe zu sitzen – und wenn sie am Ende hochgeht, wird sich meine schlimmste Befürchtung bestätigen. Gibt es denn überhaupt noch etwas, mit dem ich mich retten kann? Ich denke an Giulia, und mir kommt eine flüchtige Idee, die mich wenigstens beschäftigt hält. Ich verfasse eine wissenschaftliche Abhandlung über den anaphylaktischen Schock im Zusammenhang mit Drogenmissbrauch. Diese Arbeit nimmt mich bis zum Abend in Anspruch, aber mit dem Ergebnis bin ich nicht zufrieden. Und es kann natürlich keine Rede davon sein, den Text der Großen Kröte vorzulegen, nur damit sie ihn mir um die Ohren haut. So höre ich im Hintergrund eine CD der Buddha Bar, knabbere Chips und beschäftige mich mit einem Fall, den Anceschi großzügigerweise an mich weitergereicht hat. Da klingelt mein Handy.

»Hast du heute Abend schon was vor?«

Es ist Arthur. Gott sei Dank gibt es ihn.

»Nein. Eigentlich fühle ich mich ein bisschen einsam. Willst du zu mir kommen?«, schlage ich ihm mit einem Blick auf die Uhr vor und sehe überrascht, dass es schon fast acht ist.

»Wunderbar. Wir sehen uns später.«

Als ich ihm öffne, ist es nach zehn. Arthur hat mit der Pünktlichkeit so seine Schwierigkeiten.

»Ich hab dir dein Lieblingsessen mitgebracht: Take-away von Burger King.«

»Na, die Leber wird sich freuen. Vielen Dank, dass du daran gedacht hast.«

In der Zwischenzeit hat er die Fahnen der Zeitung, für die er arbeitet, auf meinem Sofa abgelegt. »Warum hast du die mitgebracht?«

»Da ist ein Artikel über den Fall Valenti drin, den wollte ich dir zeigen.«

»Wie nett von dir, danke.« Während ich an Kartoffelchips knabbere, blättere ich die Seiten durch. »Mmm … *Das Meer von Mykonos* von Arthur Paul Malcomess. Darf ich den lesen?«

»Einer der schlechtesten Artikel, die ich jemals geschrieben habe. Außerdem ist er alt.«

»Du übertreibst, wie immer.«

»Nein. In Wahrheit sollte ich mit dieser Arbeit aufhören. Sie bedeutet mir nichts mehr«, erwidert er hart.

»Arthur …«, flüstere ich betrübt.

»Egal. Der Artikel, der dich interessiert, steht auf Seite neunzehn.«

»Der kann warten, Arthur. Lass uns reden.«

»Dann würde ich dir Dinge sagen, die dir nicht gefallen. Zum Beispiel, dass ich kündigen will.«

»Red keinen Unsinn. Du kannst nicht einfach bei der Zeitung kündigen.«

»Ach nein, und warum nicht? Natürlich kann ich. Aber ich will jetzt nicht darüber reden. Das Problem ist nicht akut«, schließt er lakonisch. Das entspricht genau seiner Lebenseinstellung – so viel habe ich inzwischen begriffen.

Niedergeschlagen blättere ich auf Seite neunzehn.

Dort ist ein wunderschönes Foto von Giulia. Es ist eine Großaufnahme, auf der Giulias Blick dermaßen unbeteiligt ist, als ob sie nichts auf dieser Welt wahrnehmen würde. Ich verschlinge den Artikel regelrecht; er ist ziemlich gut geschrieben.

Es ist eine ausgewogene Zusammenfassung von Giulias Leben. Angefangen bei dem Verlust der Eltern über ihr Leben bei der Familie De Andreis bis zu ihrem engen Verhältnis zu Jacopo und Doriana. Es sind einige Äußerungen von Jacopo aus Interviews eingestreut, die mir den Eindruck von jemandem vermitteln, mit dem man jahrelang befreundet sein kann, ohne ihn jemals wirklich zu kennen. Dann gibt es noch Aussagen von Bianca und Abigail Button, die Giulia beide als eine außergewöhnliche junge Frau beschreiben. Der zweite Teil des Artikels beschäftigt sich ausschließlich mit Sofia Morandini de Clés. Der Autor hat sie »die Prinzessin« getauft, was natürlich nicht als Huldigung gemeint ist, sondern er will damit ihren Vater, einen Staatssekretär im Innenministerium, treffen. Ich überfliege diesen Teil, der mich nicht besonders interessiert, und wende mich den Einzelheiten des Falls zu.

Sofia hat gestanden, am 12. Februar, an Giulias Todestag, kurz vor dem Mittagessen Drogen konsumiert zu haben. Das Heroin, das sie schnupfte und nicht injizierte, hatte Giulia ihr besorgt. Es ist unmöglich herauszufinden, ob sich Giulia vom selben Stoff bediente. Sofia bekam ein eigenes Tütchen. Die junge Frau wies auf das Besondere der Situation hin, denn soweit ihr bekannt war, spritzte sich Giulia das Heroin nicht, sondern schnupfte es, ebenso wie sie selbst. Sofia hatte eine Vermutung, wer der Freundin den Stoff besorgt haben könnte. Ein Architekturstudent namens Saverio Galanti, ein entfernter Verwandter von Sofia aus Florenz, der mittlerweile in Rom lebt. Giulia und Sofia waren dem gleichen Laster verfallen und konsumierten Drogen meist gemeinsam. Doch nicht an jenem Tag.

»Ich habe sie gefragt, ob sie mit mir das Heroin schnupfen wolle, aber Giulia hat abgelehnt, weil sie noch für eine Prüfung am nächsten Tag lernen musste. Dann habe ich gleich nach dem Abendessen das Haus verlassen, während sie zu Hause blieb. Sie hat über Kopfschmerzen geklagt und wollte früh zu Bett gehen. Der Rest der Geschichte: Sofia kehrt um 22.30 Uhr nach Hause zurück und findet Giulia in einer Blutlache liegend vor.

Was Saverio Galanti angeht, so sagt Sofia aus, dass Giulia und er in der letzten Zeit sehr eng miteinander gewesen waren. Sofia nimmt daher an, dass es sich um mehr als bloße Freundschaft gehandelt haben könnte.

An diesem Punkt erscheint es mir so gut wie sicher, dass ich Saverio Galanti früher oder später auf einem der Institutskorridore über den Weg laufen werde.

»Der Autor dieses Artikels ist ganz schön gut. Er sollte es mit Romanen versuchen, er wäre ein wunderbarer Krimiautor«, meine ich und reiche Arthur die Fahnen.

»Ich werd's ihm ausrichten. Dann verlässt auch er diese Scheißzeitung.«

»Arthur, ich habe Angst, dass du etwas Unvernünftiges anstellen könntest. Und dass du dann fortgehst.«

»Du hast vergessen, dass ich reise, um zu arbeiten. Tatsächlich lebe ich, um zu reisen. Ein Vagabund eben. Du wirst dich an den Gedanken gewöhnen müssen, dass ich mich irgendwann auf den Weg mache.«

»Aber es ist immer nur für eine gewisse Zeit«, bringe ich vorsichtig vor.

»Wer weiß«, erwidert er mit einem Achselzucken. »Alice, mach dir nicht zu viele Illusionen, was mich angeht. Ich bin nicht zuverlässig, ich bin kein Mann für Zukunftspläne, und das ist keine Frage von Wollen, sondern von Prioritäten.«

Ich blicke ihn verstohlen an. Dieses natürliche Lächeln. Sein wohlgeformtes Profil, dieser unergründliche Blick, mit dem er mich ansieht. Seine Gedanken, die so sprunghaft sind und so weit von meinem Alltagspragmatismus entfernt.

Ich bin am Boden zerstört.

Es ist überhaupt noch nicht viel Zeit vergangen, aber ich kann nicht mehr zurück.

Bianca spielt ihren Poker aus

Am folgenden Tag marschiert Claudio in Begleitung von Ambra, die ihn eng umklammert hält, ins Institut, um offiziell das genetische Profil von Saverio Galanti zu erstellen und eine toxikologische Untersuchung seines Blutes durchzuführen. »Und diesmal hinter verschlossenen Türen«, betont er in der Bibliothek während der Kaffeepause. Seine Ermahnung geht direkt an mich.

»Ihr müsst verstehen, dass das hier eine heikle Situation ist und dass ich keine Zeit verlieren darf, meine Lieben.«

»Einverstanden, Claudio, aber könntest du uns hinterher die Ergebnisse mitteilen?«, fragt Lara ihn mutig.

Er hebt eine Augenbraue. »Klar«, erwidert er unterkühlt, weil er weiß, dass er jetzt nicht mehr zurückkann.

Gegen Mittag erscheint ein Typ im Institut, der exakt der Vorstellung entspricht, die ich mir von Saverio Galanti gemacht habe.

Er ist hoch aufgeschossen und zurückhaltend. Seine Haare hat er fast vollständig abrasiert, auf der Nase trägt er eine Sonnenbrille von Ray Ban, die er nicht einmal jetzt, im Dunkel der Räume, abnimmt; am Zeigefinger der linken Hand prangt ein Ring, und er trägt eine Lederjacke von bester Qualität, dunkle Jeans und ein Paar Sportschuhe, die bei näherer Betrachtung sehr teuer gewesen sein müssen.

Saverio Galanti begrüßt niemanden, spricht mit niemandem und folgt Claudio ins Labor, wo sich die Türen hinter den beiden schließen.

Völlig schamlos halte ich mich in der Nähe des Labors auf, um vielleicht einen Hinweis oder einen Eindruck zu erhaschen.

Und tatsächlich, Claudio öffnet die Tür.

»Allevi«, ruft er, ohne mich auch nur eines Blickes zu würdigen, »zeig ihm, wo es zur Toilette geht.«

Galanti – jetzt hat er die Sonnenbrille abgenommen – wirft mir einen gleichgültigen Blick zu.

Er macht einen sehr ungeduldigen Eindruck. Ich führe ihn in einer unangenehmen Atmosphäre des Schweigens zu den Toilettenräumen.

Die Begegnung dauert nur wenige Minuten, und das reicht nicht aus, um mir ein Bild zu machen, und genau darauf brenne ich doch.

»Auf Wiedersehen«, sage ich, kurz bevor er die Tür öffnet, um das Institut zu verlassen, was er offensichtlich lieber früher als später tut. Er antwortet nicht einmal.

In der Nähe seines Büros begegne ich Claudio. Ich habe keine Lust, mit ihm zu reden, kann aber meine Frage nicht unterdrücken: »Und wann hast du die Ergebnisse?«

»Misch dich da nicht ein. Wenn sie fertig sind… dann wirst du sie sehen.«

Mein Gott, ist der unfreundlich.

Während ich in meinem Büro bei einer Tüte Chips konzentriert zu arbeiten versuche, reißt mich das Klingeln meines Handys aus meiner Trägheit.

»Hallo?«

»Alice? Entschuldige, wenn ich dich störe. Hier ist Bianca.«

Die Chips bleiben mir fast im Hals stecken. »Du störst überhaupt nicht!«, antworte ich eine Spur zu überschwänglich. Warum bin ich eigentlich so begeistert?

»Vielleicht überrascht dich mein Anruf, aber ich würde dich gerne treffen.«

Ich höre sie, aber auch die Hintergrundgeräusche aus ihrem Büro – Telefongeläute, Aufregung, Geschrei. »Sehr gerne. Willst du mir schon sagen, worum es geht?«, frage ich sie, weil ich vor Neugier fast platze.

»Nur, dass es um meine Schwester geht. Aber das hast du wahrscheinlich schon geahnt.«

Voller Ungeduld begebe ich mich zum vereinbarten Treffpunkt, eine elegante Bar — ein echter Geheimtipp — in der Nähe von Arthurs Zuhause.

Dort muss ich mehr als eine halbe Stunde auf Bianca warten. Ich spiele mit dem Gedanken, sie anzurufen, möchte aber nicht den Eindruck erwecken, als wollte ich sie bedrängen, und so warte ich zunehmend unruhig. Dann sehe ich sie kommen, aufgelöst und um Worte ringend.

»Du kannst dir nicht vorstellen, wie leid mir das tut«, fängt sie an und ist tatsächlich die Verkörperung des schlechten Gewissens. »Man hat mich im Büro aufgehalten, und ich konnte dich nicht anrufen, denn der Akku meines Handys ist leer «, erklärt sie verlegen. Ich glaube, für Menschen wie sie ist eine kleine Verspätung Ausdruck von großer Unhöflichkeit. Doch weil Verspätungen durch Arthur nunmehr Teil meines Lebens geworden sind, bringt sie mir das nur näher.

»Oh, du brauchst dich nicht zu entschuldigen, das macht überhaupt nichts.«

Sie stellt ihre Louis-Vuitton-Tasche auf einem Stuhl ab und nimmt Platz. Dann bestellt sie sich einen einfachen Scotch – nicht schlecht! –, setzt mit einer natürlichen Geste ihre Sonnenbrille ab und massiert sich mit den Fingerkuppen die Schläfen.

»Ich weiß nicht, wo ich anfangen soll.« Und in der Tat schwankt ihr Gesichtsausdruck zwischen Befangenheit und Entschlossenheit.

Wie immer, wenn ich mit ihr zu tun habe, bin ich ein wenig durcheinander. Ich fühle mich von ihrer Art überrumpelt, ja geradezu bedrängt, obwohl ich gleichzeitig sehr von ihr eingenommen bin.

»Ich weiß, dass ich aufdringlich bin und dich mit meinen Fragen, auf die du nicht hättest antworten müssen, in Schwierigkeiten gebracht habe … Es ist für mich ein großer Trost, mit dir reden zu können, und vor allem bringst du Ordnung in meine Gedanken, so wie das dieser Calligaris niemals tun könnte. Ich bin nicht sehr glücklich darüber, dass ein derart mittelmäßiger Beamter mit den Ermittlungen zu Giulias Tod betraut worden ist.«

Der arme Calligaris! Er mag bei seinen Ermittlungen nicht ausgefuchst und bei der italienischen Polizei nicht der hellste Kopf sein, aber er ist ein anständiger Mann.

»Ich finde ihn nicht so schlecht«, erwidere ich in einem Gefühl von Solidarität.

Bianca unterbricht mich: »Weil du nichts mit ihm zu tun hast, das ist doch klar.«

Ich verharre in Schweigen und warte darauf, dass sie den ersten Schritt macht. Heute trägt sie einen champagnerfarbenen Pullover, der ihr sehr gut steht und ihre Züge noch ätherischer macht.

»Vielleicht ist es besser, wenn ich gleich zum Punkt komme«, fügt sie mit jener warmen und sinnlichen Stimme hinzu, die ihren ganzen Charme ausmacht. »Ich habe einen Verdacht, der mich nicht loslässt. Bis jetzt habe ich noch nicht den Mut gefunden, mit jemandem darüber zu sprechen, am allerwenigsten mit Calligaris.«

Ich runzle die Stirn, und mein Herz beginnt schneller

zu schlagen. Ich habe den Eindruck, dass ich ihr in eine Parallelwelt folge, in der Giulia noch am Leben ist. Eine Welt, die mir ein wenig Angst macht.

»Meinst du wirklich, dass das eine gute Idee ist?«, warne ich sie, »denn wenn es sich um etwas Ernstes und vor allem Fundiertes handelt, dann bin ich nicht die geeignete Person.«

»Im Gegenteil. Du bist genau die richtige Person«, beteuert sie. »Es handelt sich um einen Verdacht, der meine Familie berührt, und ich kann Calligaris nichts davon erzählen, denn wenn sich meine Überlegungen als unbegründet herausstellen, dann riskiere ich Brüche innerhalb der Familie, die nicht mehr zu kitten sind.«

»Ich sehe nicht, wie ich dir weiterhelfen könnte. Ich gehöre nicht zum Ermittlungsteam. Du weißt, wie sehr mir dieser Fall am Herzen liegt, aber leider habe ich keine offizielle Rolle und …«

»Hör mich an, und dann wirst du alles begreifen«, unterbricht sie mich.

Ich weiß nicht so recht, wie ich mich verhalten soll: Tatsache ist, dass Bianca mich einschüchtert. Es ist so, als ob ich ihr um jeden Preis gefallen wollte, in ihren Augen aber immer ungeschickt wirke.

»Ich habe immer gedacht, ich würde Giulia kennen und alles über sie wissen«, beginnt sie. Ihr Blick ist ein wenig leer, und die Trauer, die sie umhüllt, ist so dicht, dass man sie fast mit Händen greifen kann. »Doch ihr Tod hat mir gezeigt: Ich kannte sie nur oberflächlich.«

»Wie das?« Mit der musikalischen Untermalung im Stil von Montecarlo Nights erscheint mir unsere Unterhaltung immer surrealer.

»Giulia war ein schwieriger Mensch. Sie mochte es nicht, wenn man sie kritisierte, sie hasste Ratschläge oder irgendeine andere Form von Einmischung in ihr Leben. Zu viele unserer Diskussionen endeten in Streit. Sie wusste, dass ich ihren Lebensstil nicht guthieß, und sie hütete sich, mit mir darüber zu reden.«

»Ich nehme an, dass dir das etwas ausmachte.« Ich beobachte sie, und sie erscheint mir anders als bei unseren früheren Treffen, eher verstört, weniger traurig.

Bianca trinkt ihren Scotch aus. »Das hat mir viel ausgemacht«, antwortet sie schlicht und ohne mir dabei in die Augen zu sehen. »Und mich quälen Gewissensbisse. Ich hätte mehr auf sie aufpassen und mich um sie kümmern müssen. Sie war wie ein Kind, völlig unfähig. Und es kam mir nur allzu gelegen, dass Jacopo sich um sie gekümmert hat.«

»Aber sie war immerhin zwanzig Jahre alt. Ihr konntet ja nicht immer um sie herum sein und bis ins kleinste Detail über sie Bescheid wissen. Weder du noch Jacopo.«

»Oder wir haben uns nicht ausreichend bemüht. Wie oft habe ich mir vorgenommen, Klartext mit ihr zu reden! Vielleicht wäre sie noch am Leben, wenn ich das getan hätte. Und was Jacopo angeht … hat er sich auf seine Weise um sie gekümmert. Auf eine Weise, über die man sehr geteilter Meinung sein kann.«

»Was soll das heißen?«, frage ich.

Bianca zögert einen Augenblick. »Es ist furchtbar. Ich finde nicht einmal die Worte dafür.«

Jetzt sag's schon, Bianca.

Und obwohl ich eine gewisse Distanz wahren will, hänge ich an ihren Lippen. »Bianca, du hast gesagt, ich wäre die einzige Person, mit der du reden kannst.« Am Ende hat sie mich dahin gekriegt, wo sie mich haben wollte. Zunächst war ich nicht sehr scharf darauf, mehr über ihren Verdacht zu erfahren. Natürlich fühle ich mich magnetisch angezogen von Giulias Schicksal. Aber genau das beunruhigt mich, ja, ich fürchte mich fast davor, mehr über diese Geschichte zu erfahren. Und jetzt sitze ich hier und bitte sie darum weiterzureden. Immer diese Neugier, mein schlimmster Fehler.

»Es ist immer wieder das Gleiche. Am Ende redet es sich leichter mit Fremden«, sagt sie liebenswürdig, und ich muss ihr recht geben. »Also, zu meinen Überlegungen. Mit wem ist Giulia kurz vor ihrem Tod ins Bett gegangen? Soweit ich weiß, ganz sicher nicht mit Gabriele Crescenti. Oder?«

»Richtig«, bestätige ich ruhig und versuche zu begreifen, worauf sie hinauswill.

»Nun, meine Schwester hatte nie, ich betone, nie einen Freund. Findest du das nicht merkwürdig für ein so schönes und interessantes Mädchen? Nicht einmal Affären. Entweder hat sie sich nicht für Männer interessiert – und das glaube ich nicht –, oder sie war nur an einem einzigen Mann interessiert, den sie aber nicht haben konnte. Und wer ist nun dieser rätselhafte Liebhaber, über den niemand spricht? Vielleicht jemand, an den man zunächst nicht denkt und bei dem es ganz normal erscheint, dass er eine sehr enge Beziehung zu ihr hatte.«

Ich brauche nicht sehr lange, um zu begreifen.

»Euer Cousin Jacopo«, stammle ich.

»Genau«, erwidert sie ernst. »Es war wie ein Puzzle. Als ich jedes Teil an seinem Platz eingefügt hatte, war alles eindeutig.«

»Bianca, du weißt sicher, dass Saverio Galanti …«

»Das glaube ich nicht«, fällt sie mir entschieden ins Wort. »Es ist höchst unwahrscheinlich, dass die beiden zusammen waren. Ich glaube, dass er bei ihr war, als sie gestorben ist, und dass sie zusammen gefixt haben – was willst du von einem Freund von Sofia auch anderes erwarten –, aber dass sie zusammen waren, nein.«

»Sofia hat das aber eindeutig ausgesagt.«

»Das ist mir völlig gleichgültig. Saverio Galanti ist nicht an Frauen interessiert, das hat mir Giulia selbst anvertraut.«

Ich bin sprachlos. Dann erkläre ich ihr: »Auf jeden Fall hat das alles keine große Bedeutung, Bianca. Ich will damit sagen, dass die DNA von Giulias letztem Liebhaber und jene, die man an der Spritze gefunden hat, nicht identisch sind. Daher ist es nicht von Bedeutung zu wissen, mit wem sie zuletzt zusammen war.« Das sind genau die gleichen Worte, die mir Lara damals gesagt hat.

»Halt. Nicht so schnell, lass mir Zeit, damit ich dir erklären kann, worauf ich hinauswill.« Biancas Tonfall nimmt jene Vertraulichkeit an, die sie nur manchmal und nur in kleinen Dosen verabreicht. »Jacopo und Giulia waren sich immer sehr nah. Ich habe immer geglaubt, dass sie ein geschwisterliches Verhältnis zueinander hätten. Er war ihre Bezugsperson, und sie unternahm nichts, ohne ihn vorher gefragt zu haben. Ursprünglich wollte sie Orientalistik an der Uni in Venedig studieren, aber nach dem Abitur verkündete sie, dass sie – so wie Jacopo – hier in Rom Jura studieren wolle. Sie spielten Tennis zusammen, und mir fiel auf, dass sie oft sehr spät nach Hause kamen. Und ich habe immer gestaunt, wie unendlich viel Geduld er für Giulia aufbrachte. Ganze Nachmittage, Abende und Nächte half er ihr bei der Vorbereitung auf Prüfungen, zu denen sie dann oft nicht erschien, und wenn, erzielte sie nur sehr bescheidene Ergebnisse. Er verbrachte sehr viel mehr Zeit mit ihr als mit Doriana. Vielleicht zu viel. Und Giulia betete ihn an.«

»Aber das muss ja nichts heißen«, kann ich mich nicht zurückhalten.

Bianca zieht die Augenbrauen hoch. »Giulia stand bei ihm ganz oben. Seit ihrer Kindheit waren sie sehr innig und eng miteinander. Ich habe mich oft ausgeschlossen gefühlt. Jacopo hatte nur Augen für meine Schwester, so als wäre sie eine kleine Prinzessin. Ich habe niemals bemerkt, dass er ihr gegenüber abweisend gewesen wäre. Er war sehr beschützend.«

Ich räuspere mich. »Bianca, man hat die DNA des Samens bestimmt. Giulia und Jacopo sind mütterlicherseits Cousins, und die Blutsverwandtschaft wäre aufgefallen.«

Bianca bewegt verneinend ihren Zeigefinger hin und her. »Wir sind miteinander nicht blutsverwandt. Jacopo ist der Sohn von Corrado De Andreis, aber nicht von meiner Tante Olga, der Schwester meiner Mutter. Er stammt aus einer früheren Ehe. Seine Mutter ist gestorben, als er ein Jahr alt war, und deshalb hat er meine Tante Olga immer als seine Mutter betrachtet.«

Ich bin sprachlos. »Das wusste ich nicht.«

»Das war mir klar.«

»Hast du mit ihm jemals darüber geredet?«

Biancas Züge verhärten sich, und sie antwortet nur widerstrebend.

»Jacopo würde das niemals zugeben. Ich glaube, er würde sich schämen. Und dann war unser Verhältnis niemals eng genug für derartige Vertraulichkeiten. Außerdem ist Jacopo sehr verschlossen«, fügt sie eilig hinzu. »Aber du wirst bemerkt haben, dass ich darauf gar nicht hinauswollte.«

Anders wäre auch nicht zu erklären, weshalb sie mir etwas derart Ungeheuerliches anvertraut hat. Bianca hat ein Ziel vor Augen, das sie mit großer Präzision verfolgt. »Der Punkt ist, dass dieses ambivalente, viel zu enge und intensive Verhältnis zwischen den beiden für Eifersucht gesorgt haben könnte.«

»Vonseiten Dorianas«, werfe ich unwillkürlich ein.

»Genau«, erwidert Bianca. Das Schweigen, das nun folgt,

erscheint mir geradezu ohrenbetäubend. »Ich habe das Gefühl, dass sie in den Fall verwickelt ist«, fährt Bianca fort. »Und je mehr ich darüber nachdenke, desto einleuchtender erscheint mir alles. Giulias geheimnisvoller Liebhaber, der nicht identifiziert ist und bei dem es sich – das wirst du sehen – nicht um Saverio Galanti handelt. Und wenn Giulia und Sofia denselben Stoff konsumiert haben, dann könnte Doriana ihr das Paracetamol durchaus verabreicht haben. Sie wusste von Giulias Allergie. Und dann die Kratzer auf Giulias Arm ... und die DNA unter ihren Fingernägeln ... die von einer Frau stammen, bei der es sich aber nicht um Sofia handelt ... Verstehst du, was ich sagen will, Alice?«

Ich muss ihr recht geben. Ihr Verdacht ist fundiert. »Bianca, ich denke immer noch, dass du mit Calligaris darüber reden solltest. Er ist nicht so unfähig, wie du denkst.«

Bianca blickt mich eindringlich mit ihren opalfarbenen Augen an. Ich spüre, wie ich innerlich kleiner werde. »Versuch dir doch nur einmal die Reaktion von Jacopo auszumalen, oder die von Doriana. Und wie sehr das alles meiner Tante Olga nahegehen würde. Denk an die Folgen, falls ich falschliege. Doch falls sich herausstellt, dass mein Verdacht berechtigt ist, übernehme ich die Verantwortung und unternehme die nächsten Schritte. Doch dafür brauche ich dich.« Sie unterbricht sich. »Du siehst aus, als wärst du nicht bei der Sache«, fügt sie dann hinzu. Ihre Gesichtszüge sind angespannt.

»Ich denke nach«, erwidere ich vorsichtig.

»Und worüber, wenn ich fragen darf?«

»Über die Tatsache, dass ich noch problemlos an die DNA-Analyse der Proben unter den Fingernägeln herankomme. Und ich denke darüber nach, dass ich, wenn ich eine DNA-Probe von Doriana hätte, eine DNA-Analyse machen könnte, um die beiden Ergebnisse miteinander zu vergleichen. Dann wüsste man, ob das Material unter den Fingernägeln von ihr stammt.«

Das alles sage ich in einem Atemzug. Jetzt, wo es heraus ist, bekomme ich es mit der Angst zu tun.

Bianca blickt mich mit unverhohlener Bewunderung an. »Genau darauf wollte ich hinaus, aber ich habe nicht gewagt, dich direkt darum zu bitten.« Ich schaue sie überrascht an. »Ich weiß, dass diese Bitte dir absurd und sehr verwegen erscheinen mag. Aber …«

Die Angst übermannt mich, und ich falle ihr hastig ins Wort: »Bianca, das Ganze ist illegal.«

»Ich werde dich entsprechend entlohnen.«

»O nein. Ich will kein Geld.«

»Ich bin daran gewöhnt, andere für ihre Arbeit zu bezahlen«, erwidert sie leicht hochmütig.

»Diese Art von Arbeit verstößt gegen das Gesetz, und wenn ich mich dafür bezahlen ließe, dann käme ich mir vor wie eine Verbrecherin. Einzig und allein für Giulia würde ich es machen«, bringe ich in einem Anfall von völliger Verantwortungslosigkeit hervor.

Bianca hakt nach. »Also würdest du das übernehmen?«

Das Schicksal legt mir Biancas Komplizenschaft in die Hände, wie kann ich da jetzt einen Rückzieher machen?

»Ja«, erwidere ich, und sofort nachdem ich die Silbe ausgesprochen habe, ist mir klar, dass dies vielleicht das gewichtigste Ja war, das mir bislang aus dem Mund gekommen ist.

Bianca blickt triumphierend. »Ich wusste, dass ich auf dich zählen kann. Dir liegt Giulia am Herzen, und ich war sicher, dass du mir helfen würdest.«

»Aber ich brauche eine Probe von Dorianas DNA«, erkläre ich ihr. Mich überkommt Tatendrang.

»Ich weiß nicht, wie ich das anstellen soll.«

»Klau ihr einfach eine Haarbürste«, schlage ich vor.

»Dann müssen wir zu ihr nach Hause.«

»Das müssen *wir*?«, staune ich.

»Natürlich. Du wartest unten im Auto auf mich, während ich versuche, etwas Brauchbares zu finden. Du meinst, eine Haarbürste wäre gut?«

Die ganze Situation hätte etwas Komisches, wenn sie nicht so unglaublich wäre.

»Wenn ich darüber nachdenke, dann wäre eine Zahnbürste noch besser.«

Bianca erhebt sich und kramt in ihrer Handtasche nach dem Autoschlüssel.

»Auf geht's!«

»Jetzt sofort?«

»Warum kostbare Zeit verlieren?«

Und bei diesen Worten haben ihre Augen ein mir ganz und gar unbekanntes Leuchten.

Draußen wird es dunkel, und der Himmel hat eine düstere Farbe angenommen. Ich blicke aus dem Autofenster des roten Lancia Y von Bianca, der vor Dorianas Haus geparkt ist. Ich bin so nervös, als hätte ich zu viel Kaffee getrunken. Es gelingt mir nicht, meine Beine ruhig zu halten, ich knete meine Finger, und während ich darauf warte, dass Bianca mit etwas Brauchbarem auftaucht, spüre ich die ganze Wucht der Idiotie, auf die ich mich da eingelassen habe. Meine Zeitwahrnehmung hat sich verändert, und sechzig Sekunden erscheinen mir dreimal so lang.

Nach ungefähr einer halben Stunde taucht Bianca wieder auf und zieht den kamelfarbenen Trenchcoat fest um sich.

Sie lässt sich auf den Fahrersitz fallen und verströmt dermaßen viel Adrenalin, dass ich mich wie angesteckt fühle.

»Was gefunden?«, frage ich sie.

Sie lächelt, fährt mit der Hand in ihre Tasche und zeigt mir einen Zigarettenstummel, den sie in ein Papiertaschentuch gewickelt hat. Bianca beunruhigt mich ein wenig: Sie wird von der Suche nach der Wahrheit getrieben, doch zugleich ist sie so hinterhältig, jemanden aus einem einzigen Grund einen Besuch abzustatten – nämlich um etwas zu entwenden, das diese Person in Bedrängnis bringen könnte.

»Etwas Besseres konnte ich nicht finden«, rechtfertigt sie sich, als sie meinen erstaunten Blick bemerkt.

»Gott steh uns bei. Schnell, der muss jetzt in den Kühlschrank«, meine ich lakonisch und fühle mich alles andere als ruhig. Instinktiv schaue ich nach oben, die Hausfront empor, um einen Blick zu erwidern, den ich eindringlich spüre.

Panik überfällt mich, als ich bemerke, dass jener finstere Blick Jacopo De Andreis gehört, dessen Schatten ich unverkennbar hinter einem Fenster im dritten Stock sehe.

Nach einer schlaflosen Nacht, in der ich mich im Bett hin- und hergewälzt habe, während der Zigarettenstummel von Doriana Fortis in meinem Gefrierfach in der Küche liegt, bin ich schon im Morgengrauen arbeitsbereit. Im Institut versuche ich, nicht zu sehr aufzufallen. Ich bin wahnsinnig aufgeregt. Im Labor schließe ich mich ein — es ist heute Morgen glücklicherweise unbesetzt — und beginne mit der Analyse.

Plötzlich betritt Anceschi unerwartet den Raum.

»Dottoressa Allevi?«, begrüßt er mich fragend.

»Oh, guten Tag, Dottor Anceschi«, erwidere ich seinen Gruß und versuche meine Verlegenheit zu verbergen.

»Darf ich Sie fragen, was Sie da gerade machen?«, meint er ganz unverfänglich. Er ist einfach neugierig.

»Das ist eine Übung«, erwidere ich schlagfertig. »DNA-Analyse anhand von Speichelspuren.«

»Und Ihre Quelle ist das da?«, fragt er und zeigt auf den Zigarettenstummel, den ich noch nicht fortgeworfen habe.

»Genau. Daran befindet sich der Speichel. Ich übe, wie ich die Analyse auch unter erschwerten Umständen durchführen kann, und nicht nur bei Proben, die ordnungsgemäß gesammelt worden sind.«

Er zieht die Augenbrauen zusammen und runzelt die Stirn. »Sehr gut. Ausgezeichnet«, kommentiert er erstaunt und freundlich, während er ein Reagenzglas vom Fensterbrett nimmt. »Ich habe immer schon gedacht, dass Sie, allem Anschein zum Trotz, die wahre Passionaria an diesem Institut sind. Gutes Gelingen«, fügt er, ein Inbild von Freundlichkeit, im Weggehen noch an. Wenn ich nicht so voller Panik wäre, würde mich sein Kompliment richtig freuen. Wenigstens hin und wieder mal etwas Aufbauendes.

Als ich mit der Analyse fertig bin, ist es fast acht Uhr abends. Ausgewertet habe ich zwar noch nichts, aber ich kann mich hier nicht länger aufhalten. Ich räume auf, verstaue die Proben in einer Schachtel, die hoffentlich nicht weiter auffällt, und als es draußen dunkel und das Institut menschenleer ist, kehre ich wieder ins Leben zurück.

Lost

Am nächsten Morgen, um Viertel vor acht, bin ich schon wieder im Institut und habe mich im Labor verbarrikadiert.

Ich bin aufgeregt und erregt zugleich, während ich fieberhaft arbeite. In einem hellsichtigen Augenblick – oder sollte ich vielleicht besser sagen, in einem Zustand geistiger Umnachtung? – wünsche ich mir, dass mich Wally so bei der Arbeit sehen könnte, denn so schlecht kann ich nicht sein, wenn es mir gelingt, etwas Derartiges alleine durchzuführen.

Das Glück will es, dass unser Labor seit Kurzem, dank Geldern aus Brüssel, mit den fortschrittlichsten Geräten auf dem Gebiet der forensischen Genetik ausgestattet ist. Normalerweise darf ich nicht an derart komplexen Geräten arbeiten, aber ich habe genau zugesehen: So wiederhole ich mechanisch alle Schritte, wie ich es bei Claudio beobachtet habe. Zuerst vergrößere ich die gestern gewonnene DNA, um mehr Kopien zu haben. Mithilfe eines Geräts, für dessen Erwerb der Allerhöchste wahre Wunder vollbringen musste, ermittle ich dann die Sequenz.

Und hier ist es schon, das genetische Profil von Doriana Fortis, und zwar nach allen Regeln der Kunst rekonstruiert. Jetzt muss ich es nur noch mit den DNA-Spuren vergleichen, die man unter Giulias Fingernägeln gefunden hat, und, um sicherzugehen, mit denen an der Spritze.

Von Coldplays *A rush of blood to the head* angeheizt und voller Tatendrang mache ich mich ans Werk.

Als ich gerade fertig geworden bin und noch nicht ganz verarbeitet habe, was ich da gefunden habe, ruft mich Alessandra an. Sie ist offensichtlich in Plauderstimmung, und es gelingt mir nicht, ihren Redefluss einzudämmen. Und so lasse ich mich vom Strom ihrer Vertraulichkeiten mitreißen und werfe nur hin und wieder ein zustimmendes Brummen ein, wenn es mir gerade passend erscheint. Doch bei diesem Spiel war ich noch nie wirklich gut. Und irgendwann verstummt sie und platzt heraus: »Störe ich dich? Du scheinst nicht ganz bei der Sache.«

In Wirklichkeit weiß ich noch nicht mal, wovon zuletzt die Rede war. Ich habe nur einige Fetzen eines schier endlosen Monologs mitbekommen, den ich unter anderen Vorzeichen wahrscheinlich interessant gefunden hätte. Doch jetzt bin ich wirklich mit anderen Dingen beschäftigt. »Alice, hör mal. Ich muss mit dir reden, und es tut mir auch leid, dass es gerade nicht passt, aber ... es muss einfach raus. Eigentlich wollte ich es dir persönlich sagen, aber ich kann einfach nicht länger warten.«

»Ale, was ist los? Ich habe überhaupt nichts verstanden.«

»Klar, du hast mir auch gar nicht zugehört!«, erwidert sie ungeduldig. »Also: Es hat an diesem Tag bei der Ausstellungseröffnung angefangen ... Wir haben dann immer wieder miteinander telefoniert, und langsam sind wir unzertrennlich geworden, und gestern ... ist es endlich passiert! Es war ein Traum! Oh, Alice, du hast einen wunderbaren Bruder!«

Erst in diesem Augenblick erfasse ich den Kern der Geschichte.

»Du willst mir damit sagen, dass du und Marco ...!«

»Genau!«, ruft sie aus, und obgleich ich sie nicht sehen kann, bin ich mir sicher, dass sie vor Freude platzt. »Und ich kann dir garantieren, dass er alles ist, bloß nicht schwul.«

»Schön für ihn«, erwidere ich überrascht. »Also, das freut mich, auch wenn ich das alles niemals für möglich gehalten hätte.«

»Weil du pessimistisch bist, Alice. Oh, Alice, ich bin so glücklich! Und auch er hat mir immer wieder gesagt, dass er sich zu mir so hingezogen fühlt wie zu keiner anderen bisher. Er ist ein wunderbarer Mann.«

»Das hast du mir schon einmal gesagt«, merke ich an. Nach dieser schönen Geschichte fühle ich mich endlich wieder lebendiger.

»Sei doch nicht so nüchtern. Seitdem du so viel mit Silvia unternimmst, bist du völlig abgebrüht.Ich habe dich immer für romantisch gehalten.«

»Nein, Ale, ich freue mich wirklich sehr. Nur gerade bin ich ziemlich beschäftigt ...«

»Du bist noch im Institut?«, fragt sie leicht besorgt.

»Ja, genau.«

»Warum? Das sieht dir gar nicht ähnlich. Ruf mich doch später an, oder auch morgen, ja?«

So gut ich kann, beschwichtige ich sie und beende unser Gespräch mit dem Versprechen, mich bald zu rühren.

Mir tut es leid, dass ich ihr gegenüber so wenig aufmerksam war.

Aber das Gefühl von Verwirrung ist so überwältigend, dass mein Verstand vollauf damit beschäftigt ist, meine Verblüffung und Unruhe zu verarbeiten.

Wenn du nicht weiterweißt, frag um Rat

»Silvia! Ich muss dich unbedingt sehen. Es geht um etwas wirklich Wichtiges und Dringendes. Und Heikles.«

»Bist du schwanger?«, fragt sie trocken.

»Nein«, gebe ich kurz angebunden zurück. »Bist du zu Hause, kann ich vorbeikommen?«

»Eigentlich war ich gerade dabei, mir *Frühstück bei Tiffany* anzuschauen. Aber wenn du magst, kannst du dich zur Pyjamaparty dazugesellen.« Ich begreife nicht ganz, ob sie das im Scherz sagt oder ob sie es ernst meint.

»Ich könnte eine Packung Eis von Häagen Dazs mitbringen …«, schlage ich vor.

»Für mich Macadamia.«

Sie empfängt mich mit mayonnaiseverschmierten Händen.

»Ein Abendessen mit Tramezzini, gefüllt mit Hühnchensalat«, sagt sie schlicht.

»Die hast du gemacht?«, frage ich sie, während ich mir den Regenmantel ausziehe und einen Blick auf Audrey Hepburn werfe, die gerade *Moon River* singt.

»Du wirst überrascht sein.«

»Wir haben vieles zu bereden«, fange ich an und nehme in der Küche auf einem durchsichtigen Stuhl aus Plexiglas Platz. Bevor ich das Ergebnis meiner Analyse Bianca Valenti vorlege, möchte ich es mit ihr besprechen.

»Na, dann mal los«, erwidert sie und serviert mir ein Tramezzino.

Ich erzähle ihr alles der Reihe nach, von Anfang bis Ende. Sie lässt mich ohne Unterbrechung ausreden, aber ihr Gesichtsausdruck wird immer düsterer und verrät, was sie gerade denkt. Am Ende ist sie so sehr aus der Fassung, dass sie nach Worten ringt.

»Ich ruf sofort deinen Vater an«, sagt sie schließlich und greift zum Handy.

»Bist du verrückt geworden?«

»Nein, du hast den Verstand verloren, Alice. Ich habe den Eindruck, dass du überhaupt nicht begriffen hast, was du dir da eingebrockt hast. Das Ganze ist kriminell, hast du das verstanden?«

»Klar habe ich das verstanden. Ich habe Angst vor mir selbst. Aber lass meinen Vater aus dem Spiel.«

»Du brauchst jemanden, der dich zur Ordnung ruft. Auf mich willst du nicht hören, auf deine Chefs auch nicht. Mit Claudio hast du gebrochen, bloß weil der deine Disziplinlosigkeit nicht mehr tolerieren wollte. Und jetzt hoffe ich, dass dein Vater dich zur Raison bringt!«

»Halt ihn da raus. Jetzt ist es ohnehin schon passiert.«

»Du kannst immer noch Bianca Valenti gegenüber einen Rückzieher machen und ihr das Ergebnis nicht einmal mitteilen. Und dann bist du aus dem Schneider.«

»Das will ich nicht.«

»Hör mal, was redest du für einen Unsinn!«

»Begreifst du nicht, dass mit diesem Ergebnis alles einen Sinn ergibt? Diese merkwürdigen Verletzungen, die ich unmittelbar nach Giulias Autopsie bei Doriana bemerkt habe; dieses Telefongespräch, das ich zufällig mitgehört habe; die Tatsache, dass im Blut von Sofia kein Paracetamol war; Giulias Liebhaber, den man bislang nicht identifiziert hat. Doriana hatte alle Gründe, sich ihrer zu entledigen.«

»Das ergibt alles einen Zusammenhang, das ist wahr, aber die Art und Weise, wie du zu diesem Ergebnis gelangt bist ... ist nicht einfach nur anstößig. Sie ist strafbar.« Silvia seufzt müde. Sie streichelt leicht über meine Hände und sieht mich mit einem flehenden Blick an, was für sie sehr ungewöhnlich ist. »Alice, ich bitte dich, lass diese Geschichte. Du kommst da nicht mit heiler Haut raus, selbst wenn du recht haben solltest.«

»Ich werde Bianca das Ergebnis mitteilen, und sie wird tun, was sie für richtig hält. Aber es gibt eine klare Vereinbarung: Sie muss mich außen vor lassen.«

»Sag Bianca Valenti, dass du die Untersuchung nicht machen konntest, und dann bist du draußen. Wenn du dich einmal strafbar gemacht hast, wirst du erpressbar.«

»Ich werde Bianca das Ergebnis mitteilen, das kann ich nicht für mich behalten, dafür ist es zu wichtig. Ich muss die Verantwortung für das, was ich getan habe, übernehmen.«

Silvia schüttelt nachdenklich den Kopf. »Alice, bring mich nicht in eine Situation, wo ich dir nur sagen kann: ›Das habe ich dir alles vorher erzählt.‹«

Ein nutzloser Rat. Genau das werde ich tun, das weiß ich jetzt schon, und ich stürze mich fast resigniert in die Unsicherheit des Risikos.

Doch erst mal beschwichtige ich meine innere Unruhe mit einem halben Kilo Eiscreme von Häagen Dazs.

Müde, aber nicht ohne Energie verlasse ich Silvias Haus und rufe Arthur an.

Mir gefällt, dass man ihn zu jeder beliebigen Stunde anrufen kann, ohne dass er erwidert: »Um diese Uhrzeit?«

»Vielen Dank, dass du gekommen bist«, sage ich zu ihm, als ich ihm um Punkt Mitternacht die Türe öffne.

»Du hast tiefe Augenringe«, meint er zur Begrüßung »Ich bin gekommen, um hierzubleiben«, hebt er an, lässt eine große Reisetasche auf den Boden fallen und drückt mir zerstreut einen Kuss auf die Wange. In der Küche macht er sich gleich auf die Suche nach einem Snack.

»Ich bin erledigt. Und ich habe Angst.«

Er runzelt die Stirn. »Immer noch Probleme am Institut?«

»Nicht wirklich. Ich habe etwas angestellt, aber diesmal habe nur ich etwas damit zu tun.«

»Hast du schon wieder etwas verloren?« Arthur wagt ein Lächeln.

»Ich garantiere dir, Arthur, dass es nicht zum Lachen ist.«

»Du übertreibst«, antwortet er gähnend.

Einen Augenblick lang bin ich versucht, ihm alles zu erzählen, aber jetzt, wo ich mit ihm zusammen bin, habe ich fast das Gefühl, als würde alles gut gehen. Wenn man frisch verliebt ist, hat man eine innere Wärme, die wie ein Schutzschild wirkt, und so habe ich den Eindruck, dass im Grund nichts verloren ist.

»Gibt es etwas Neues im Fall Giulia Valenti?«, fragt er mich unvermittelt.

Ich fahre zusammen. »Etwas Neues?«, stottere ich, als ob ich es mit dem Cointreau übertrieben hätte.

»Genau, etwas Neues, Alice.«

»Nicht wirklich. Ich habe etwas angestellt.«

Arthur sieht mich fragend an. So knapp wie möglich und so, dass alles weniger dramatisch erscheint, erzähle ich ihm von dem Treffen mit Bianca Valenti und von der außerordentlichen Arbeit, die ich geleistet habe, und zwar ohne Rücksicht auf eine ganze Reihe von Gesetzen.

Falls er ebenso beunruhigt ist wie Silvia, lässt Arthur sich das jedenfalls nicht anmerken.

»Möglicherweise bist du da ein gewisses Risiko eingegangen«, lautet sein kurzer Kommentar, britisch gelassen.

»Ach wirklich, meinst du?«, erwidere ich mit leisem Spott.

Er sieht mich jetzt ein wenig besorgt an. »Deine Schilderung, was die Risiken angeht, war durchaus nicht übertrieben«, meint er abschließend und seufzt.

»Was soll ich jetzt machen, Arthur? Es ist immer noch Zeit für einen Rückzieher. Ich kann behaupten, dass mir die Analyse nicht gelungen ist. Wie gerne würde ich aus der Geschichte aussteigen, aber gleichzeitig möchte ich Bianca Valenti helfen. Und ich habe das Gefühl, dass ich das Ergebnis nicht für mich behalten darf.«

»Ich möchte mir mit dem, was ich dir rate, sicher sein, aber im Augenblick bin ich mir nicht sicher.«

»Das verstehe ich, aber ich kann es mir nicht erlauben, auf Zeit zu spielen, das bringt nichts.«

»Findest du es wirklich sinnvoll, dir weitere Probleme aufzuhalsen? Eigentlich hast du schon genug.«

»Du hast mich immer ermuntert, mich in diese Geschichte reinzuhängen.«

»Und jetzt weiß ich nicht mehr, ob ich damit richtig gelegen habe. Was ist denn das da?«, fragt er schließlich, und ich habe den Eindruck, dass er das Thema wechseln will.

Ich werfe einen Blick auf die Blätter in seiner Hand. »Och, das ist nichts«, meine ich enttäuscht. »Das ist ein Fachartikel, den ich vor einigen Tagen geschrieben habe. Ausgangspunkt ist der Fall Valenti. Ich wollte ihn der Boschi vorlegen, als Zeichen meines guten Willens. Aber er taugt nichts, und jetzt werde ich das nicht mehr tun«, sage ich, nehme ihm die Blätter ab, zerreiße sie und werfe sie in den Papierkorb. Geistesabwesend verfolgt er mein Tun. »Was würdest du an meiner Stelle machen?«

Er küsst mich leicht aufs Haar. »Du kennst die Antwort.«

»Du würdest Bianca die Ergebnisse mitteilen, nicht wahr?«

Er nickt. »Vielleicht ist es nicht das Richtige, Alice, ziemlich wahrscheinlich sogar. Vielleicht solltest du mit jemandem reden, der dir einen vernünftigeren Rat geben kann.«

Ich werfe einen Blick auf die Uhrzeit – es ist sehr spät. »Genug der Grübelei. Mal sehen, was morgen ist.«

Sagen oder nicht sagen?

Ich bin bei Bianca. Ihr karg möbliertes Wohnzimmer hat Wände aus Milchglas und Fensterscheiben, die einen Blick auf die Stadt freigeben, welche sich reglos unter einem indigofarbenen Himmel erstreckt. Ich meide ihren Blick, so als ob ich damit leichter eine Antwort finden würde.

Doch es gibt keine Antwort. Es gibt nur eine Entscheidung.

Und ich entscheide mich für die Wahrheit.

Bianca erwartet eine Antwort. Und sie nimmt diese gefasst auf.

»Ich war mir sicher«, murmelt sie. »Schau, Alice, was den Tod meiner Schwester angeht, gibt es im Grunde zwei Möglichkeiten. Eine davon halte ich für begründeter und wahrscheinlicher. Die andere ist lediglich eine Alternative, die ich nicht ausschließen will.«

»Welche?«, frage ich, neugierig geworden. Zuvor hatte sie mir gegenüber nicht von irgendeiner Alternative gesprochen.

»Wie du dir vorstellen kannst, ist es wahrscheinlicher, dass es Doriana war. Und ich bin der Meinung, dass dein Ergebnis das beweist. Die andere Möglichkeit ist, dass Giulia Selbstmord begangen hat«, meint sie nüchtern und rümpft die Nase. »Ich bin nicht überzeugt davon, nur damit das klar ist. Aber … wer kann das schon wissen? Sie war einfach ein selbstzerstörerischer Charakter.«

»Ich weiß nicht so recht, Bianca. Mir erscheint das unwahrscheinlich. Wo ist die Tablettenschachtel? Und dann hinterlassen Selbstmörder oft eine Nachricht, und Giulia hat überhaupt nichts zurückgelassen. Vielleicht ist es nur mein Gefühl … aber ich glaube nicht, dass sie sich umgebracht hat.«

Bianca denkt nach. »Ich auch nicht, aber ich wiederhole, ausschließen will ich es nicht, und zwar in dem Sinne, dass ein solches Ende mit ihrem Charakter im Einklang stehen würde.«

»Und was wirst du jetzt tun?«, frage ich sie neugierig.

Bianca schüttelt den Kopf. Dann erhebt sie sich, um aus dem Fenster zu blicken.

»Ich glaube, als Erstes werde ich mit Jacopo reden.«

»Bist du wirklich sicher, dass die beiden ein Verhältnis miteinander hatten?«

»Auf jeden Fall«, erwidert sie, ohne sich umzuwenden. Sie blickt weiter gedankenverloren auf die Stadt. »Ich bin zu dem Schluss gekommen, dass es unmöglich ist, sich so zu lieben, wie die beiden es getan haben, ohne dass etwas dahinter war … was den großen Unterschied macht.« Sie setzt sich bedrückt auf das Sofa zurück. Die Stimmung ist angsterfüllt.

»Alice, ich weiß nicht, wie ich dir danken soll«, fügt sie dann freundlich, aber niedergeschlagen hinzu. »Und mach dir keine Sorgen – was du für Giulia getan hast, bleibt unter uns. Danke, auch in ihrem Namen«, beschließt sie mit einem Lächeln. Es ist ihr Versuch, die Atmosphäre zwischen uns zu entspannen, doch es gelingt ihr nicht.

Never let me down

Nach einem Tag am Institut, der mehr oder weniger so grässlich war wie die meisten, sitzen Arthur und ich im Auto. Für Ende April ist es an diesem Abend ungewöhnlich kalt. Die schneidende Kälte verstärkt nur noch das unbestimmte Gefühl von Traurigkeit, das mich von Zeit zu Zeit überkommt. Und dass Arthur, seitdem wir ins Auto eingestiegen sind, nur kurz angebunden auf meine Fragen antwortet, ist auch nicht sehr hilfreich.

Als wir bei ihm ankommen, frage ich ihn, ob ihn etwas bedrückt.

»Nachher«, lautet seine Antwort. Dann schließt er sich ohne ein weiteres Wort im Bad ein.

Ich trommle mit den Fingern auf die Tischplatte und beschließe schließlich, den Tisch zu decken und zwei Pizzas zu bestellen. Mit nassen Haaren, wütendem Gesichtsausdruck und in einem zerknautschten Hemd kommt er endlich aus dem Bad.

»Der Siphon vom Wasserhahn ist kaputt«, verkündet er. Als ich ihn so anschaue, muss ich lachen.

»Was ist denn so lustig?«, fährt er mich an. So rücksichtslos hat er sich mir gegenüber noch nie verhalten.

»Immer mit der Ruhe.«

Er murmelt irgendetwas vor sich hin, trocknet sich mit einem Föhn die Haare und setzt sich mit abweisender Miene an den Tisch.

Ich habe keine Ahnung, wie ich mich verhalten soll.

Vielleicht sollte ich einfach gehen.

Er beendet schließlich das Spielchen. Die Ankündigung ist seiner Laune entsprechend kurz und sachlich.

»Ich bin von der Zeitung weg. Ich reise zu Riccardo nach Khartum.«

Ich bin wie erstarrt. Und auch er macht keinen frohen Eindruck, obwohl er mir gegenüber mehrmals geäußert hat, dass diese Entscheidung der einzige Ausweg aus seiner mittlerweile chronischen Unzufriedenheit sei.

»Hat man dich rausgeworfen?«

Anstatt zu antworten, wirft er mir einen Blick zu, als hätte ich mich der Gotteslästerung schuldig gemacht.

»Du bist von dir aus gegangen«, stelle ich leise und kopfschüttelnd fest.

»Es war höchste Zeit«, erwidert er und nimmt sich ein Bier aus dem Kühlschrank.

»Bist du verrückt geworden?« Im Augenblick ist er arbeitslos. Als ob er noch niemals etwas von Weltwirtschaftskrise gehört hätte.

»Im Gegenteil, ich bin zur Vernunft gekommen«, verbessert er mich und nimmt einen Schluck aus der Flasche.

»Für dich heißt es Vernunft annehmen, wenn du bei einer der wichtigsten Zeitungen dieses Landes kündigst?«

»Du verstehst überhaupt nichts. Ich bin dreiunddreißig Jahre alt, noch keine sechzig. Ich habe keine Lust, mich einfach schon zufriedenzugeben. Seit Jahren arbeite ich daran, ein guter Journalist zu werden. Mit diesen Scheißreportagen habe ich schon viel zu viel Zeit verloren.«

»Dafür hättest du aber nicht zu kündigen brauchen. Du hättest dir einen anderen Job suchen können, anstatt wie ein Verrückter und ohne Kohle ausgerechnet nach Khartum zu reisen.«

»Soweit mir bekannt ist, bin ich niemandem Rechenschaft schuldig«, erwidert er derart ungerührt, dass mir für einen Augenblick die Luft wegbleibt.

Lockerlassen kann ich nicht. »Doch, diese Person gibt es – mich.«

»*I beg you pardon?* Stell mich nicht vor irgendwelche Entscheidungen. Keine Erpressungen, *please*.«

Vor Wut bebend gehe ich mit ausgestrecktem Zeigefinger auf ihn zu. »Es ist ein bisschen arg bequem, auf deine Entscheidungsfreiheit zu pochen, Arthur.«

»Selbst auf die Gefahr hin, mich zu wiederholen, habe ich dir immer wieder gesagt, wie ich gestrickt bin. Anscheinend hat das alles nichts genützt.«

»Arthur, denk doch mal nach. Du bist brillant und hartnäckig. Es gibt keinen Grund, warum du dich nicht verwirklichen solltest. Aber doch nicht so.«

»In diesem Job kommt es darauf an, alles zu riskieren. Opferbereitschaft und Verzicht zählen, und nicht dieses Herumgereise, um über die Orte, die ich besuche, irgendwelche Banalitäten zu verbreiten.«

»Ich habe deine Artikel gelesen, du schreibst keine Banalitäten. Ehrlich.«

»Daran zweifle ich nicht, aber du bist nicht objektiv«, erwidert er mit einem bitteren Lächeln. »Das ist nicht der richtige Weg für mich«, fährt er entschieden fort.

»Wie lange wirst du fortbleiben?«, frage ich ihn schließlich angespannt und warte auf den Gnadenschuss.

»Alice … « Er spricht meinen Namen in einem Tonfall aus, in dem sich Wut und Mitleid mischen. »Ich weiß nicht einmal, ob ich wieder nach Italien zurückkehre.«

Ich habe das Gefühl zu versinken. Ich empfinde lähmende, doch immer noch ungläubige Verlorenheit, wie sie einen überkommt, wenn man etwas Wichtiges verliert, den Wohnungsschlüssel zum Beispiel. »Wie das?«, murmle ich.

»Ich habe mit Michel Beauregarde, dem Direktor fürs Ausland bei der AFP Kontakt aufgenommen. Der Artikel, den ich zusammen mit Riccardo schreiben will, ist für ihn.«

»AFP?«, wiederhole ich entmutigt.

»Agence France Presse. Die französische Nachrichtenagentur. Ich habe beschlossen, wieder nach Paris zu ziehen.«

In dieser ganzen Zeit, in der wir ineinander verliebt waren wie zwei Teenager, stand schon eine Entscheidung fest, die natürlich den Gang der Dinge verändern wird. Während ich hierbleibe, eine Karikatur von Assistenzärztin, schnuppert Arthur Höhenluft, und zwar weit weg von Italien und mir.

Und am Ende habe ich nicht einmal ein Recht darauf, mehr von ihm zu erwarten: Unsere Liebe ist jung. Uns verbinden keine Jahre, nur wenige Wochen. Und noch weniger verbinden uns gemeinsame Erfahrungen, ein gemeinsamer Alltag und alles andere, was eine Liebe ausmacht. Dass ich in ihn derart verliebt bin, steht vielleicht in keinem Verhältnis zur Realität, und wenn man sich ohne Fallschirm in etwas stürzt, dann muss man damit rechnen, sich einige Knochen zu brechen.

Er hat sich über seine wahre Natur niemals ausgeschwiegen. Das stimmt. Wie schon so oft habe ich zu sehr meinen Träumen nachgehangen. Ich habe Arthur die Rolle des Märchenprinzen zugeteilt, die ihm in Wahrheit überhaupt nicht zukommt.

»Hör mir zu, Arthur. In dir steckt etwas, das dich umtreibt«, sage ich in einem Versuch, den Abgrund zwischen uns zu überbrücken. »Auch ich hätte gerne diese innere Kraft. Leider bin ich nicht so wie du. Und wenn du gehst … ich weiß wirklich nicht, was dann aus uns beiden werden soll.«

Er wendet den Blick ab. »Ich habe keinerlei Absicht, darauf zu verzichten. Nicht einmal für dich«, erwidert er und sieht mich dabei von der Seite an. Er klingt ganz natürlich. Ich fühle mich unendlich verletzt.

»Darum habe ich dich auch niemals gebeten«, flüstere ich erstaunt. Mir kommen die Tränen.

»Verstehst du ... ich muss weggehen«, fügt er in einem Tonfall hinzu, der mir den Boden unter den Füßen wegzieht.

»Ist dir klar, wie schlimm das ist, was du mir da gerade erzählt hast? Oder besser, wie schlimm die Art und Weise ist, mit der du mir das gesagt hast?«

»Ich wollte vor allem keine Zweifel aufkommen lassen, und dabei war ich nicht sehr angenehm, das tut mir leid.«

»Wenn du dich entscheiden müsstest, ob du fortreist und ohne mich dieser Arbeit nachgehst oder ob du hier bei mir bleibst und dir etwas anderes suchst, dann würdest du zweifellos Ersteres wählen.« Sein Schweigen ist schlimmer und erschreckender als jede Bejahung.

Er streichelt leicht meine Hand, so als ob er Angst hätte, sie zu zerbrechen.

Ich sammle meine Sachen auf. Mir ist es lieber, in meinem Unglück allein zu sein.

»Geh nicht.«

»Du machst mir Angst«, murmle ich, die Hand schon auf dem Türgriff.

»Ich würde dir gerne sagen, dass du dich irrst und dass ich mich ändern werde. Aber das wäre gelogen«, sagt er schließlich. »Vielleicht würden diese Lügen uns für diese eine Nacht wieder zusammenbringen. Doch nur für heute Nacht, und morgen sind wir wieder da, wo wir angefangen haben. Wenn wir uns in Bezug auf unsere Lebenseinstellung über etwas so Grundsätzliches uneins sind wie den Willen zur Selbstverwirklichung ... wie kann es dann eine Zukunft geben?«

»Du bist ein Arsch, ich bin genauso ehrgeizig wie du.«

»Gut, dann sag das meinem Vater.«

Ich spüre einen Stich im Herzen. Nein, keinen Stich, es ist das Gefühl, dass mein Herz zerbricht. Ich fühle, wie das Blut, das aus meiner Haut, meinen Organen und Muskeln weicht, das Herz überflutet, und mich verlassen die Kräfte.

Eine Geste von ihm würde genügen, und ich würde ihm trotz allem zu Füßen liegen, auch wenn vielleicht nichts mehr so wäre, wie es war. Doch er sagt kein Wort, und er rührt sich nicht.

Innerhalb von zwei Stunden bin ich vom Paradies in der Hölle gelandet. Ich bin dermaßen verletzt und enttäuscht, dass ich seine Gegenwart nicht länger ertrage. Ich habe Angst, dass unsere Blicke sich kreuzen und ich ihn anflehe, noch einmal von vorne anzufangen.

»Ich bringe dich nach Hause«, sagt er schließlich.

»Lieber nicht«, antworte ich.

»Bitte.«

»Ich habe keine Lust, dir irgendwelche Wünsche zu erfüllen. Ich nehme ein Taxi, mach dir keine Gedanken. Mir wird nichts passieren.«

»Ich ...«

»Bitte. Halt deinen Mund!«

Arthur senkt den Blick. Fast sieht es so aus, als wollte er auch noch etwas anderes tun – wer weiß, mich aufhalten vielleicht?

Hinter mir schließt sich die Tür, und ich habe keine Ahnung, woher ich die Kraft nehme zu gehen.

Ich rufe kein Taxi heran. Ich ziehe es vor, mich abzureagieren, indem ich zu Fuß gehe.

Und ich laufe.

Und laufe immer weiter.

Bis ich endlich erschöpft bei mir zu Hause ankomme.

Während ich den Schlüssel ins Schloss stecke, bemerke ich aus dem Augenwinkel sein Auto, das an der Straßenecke geparkt ist. Voller Schmerz wende ich meinen Blick ab und betrete das Haus.

Usque ad finem – Bis zum Ende

Es ist nicht einfach, sich von einer Geschichte zu verabschieden, die man für die wichtigste seines Lebens hält.

Ein Abschied, der einen umbringen kann.

Nachts schlafe ich unruhig und wache immer wieder aus traumlosem Schlaf auf.

Ich überlasse mich den Qualen, wie allem, was mich keine Anstrengung kostet. Ich fühle mich bis auf den Grund meiner Seele einfach beschissen.

Am liebsten würde ich mir freinehmen, wenigstens für ein paar Tage, doch die Untätigkeit macht mir noch mehr Angst als die dicke Luft am Institut. Und so erscheine ich dort aus reiner Trägheit, mit riesigen, abgrundtiefen Augenringen, und nur der Gedanke, dass ich mittags nach Hause gehen kann, hält mich auf den Beinen. Ich vertrödle meine Zeit – eigentlich sollte ich mich um meine Zukunft kümmern – mit Warterei auf irgendein Signal, eine Mail, einen Anruf, irgendetwas, und natürlich kommt nichts.

Doch bin ich während des Vormittags wenigstens abgelenkt, und als ich mir eines Tages flüchtig das Arbeitsprogramm für die Woche ansehe, fällt mir auf, dass sich Berge an unerledigter Arbeit angehäuft haben. Soll ich das alles einfach so liegen lassen, wo sich doch bald ohnehin alles zum Schlechteren wenden wird, oder soll ich meine letzten Kräfte zusammennehmen und alles zu einem Abschluss bringen? Mein Kinn auf die Hand gestützt, beobachte ich die regendurchnässte Welt dort draußen.

Doch den Aktenberg und die ganze Arbeit, die da auf mich warten, kann ich nicht länger ignorieren. Lara hat die Szene mitverfolgt, und wie so oft bei Menschen, die vom Schicksal mit einem unvorteilhaften Äußeren geschlagen sind, verfügt sie über eine außerordentliche Empathie.

»Mach dir keine Sorgen wegen all der Arbeit. Das hat keine Eile. Der Boss und Wally sind auf einer Konferenz in Glasgow und vor nächster Woche nicht zurück«, erklärt sie mir sanft.

»Gott sei Dank, dann haben wir ein bisschen Luft«, gebe ich, ein wenig beruhigt, zurück. Noch eine Woche länger die Höllenqualen der Ungewissheit.

»Hast du Probleme?«, fragt sie mich schüchtern.

»Im Augenblick läuft's nicht so gut«, erwidere ich ausweichend.

»Kann ich dir irgendwie helfen?«

Ich bin nicht einmal in der Lage, ihr zu antworten: Ich nuschle irgendetwas vor mich hin. Und Lara gibt auf.

Die Wahrheit ist: Niemand kann mir helfen. Ich muss mich selbst an den Haaren aus dem Sumpf ziehen.

Nachdem ich nach Hause gekommen bin, mache ich mir um vier Uhr nachmittags mit schier übermenschlicher Anstrengung ein Sandwich anstelle eines Mittagessens. Ungesundes Fett in mich hineinschlingend, lasse ich mich endlich aufs Sofa fallen. Nach einer unbestimmten Anzahl von Stunden reißt mich das Geräusch meines Handys aus dem Schlaf, und bevor ich es schaffe, mich wie eine Besoffene hochzurappeln, ist es wieder still.

Es ist ein Anruf von Arthur. Ich fühle mich überrumpelt, und bevor ich mich entscheiden kann, ob ich ihn zurückrufen soll, klingelt das Handy wieder, und er ist dran.

»Arthur!«, rufe ich in einem Ton, in dem ein wenig zu viel Begeisterung mitschwingt.

»Ciao, Alice.« Seine Stimme klingt unsicher.

»Wie geht es dir?« Eine ziemlich banale Frage, aber mir fällt nicht viel ein, und ich hoffe, dass meine Stimme nicht zu verschlafen klingt.

»Es geht. Und dir?«

»Beschissen, aber das ist egal. Trotzdem freue ich mich, dass du anrufst.«

Silvia würde mich für all die Fehler, die ich innerhalb von wenigen Sekunden begangen habe, bis aufs Blut auspeitschen.

Arthur schweigt einige Augenblicke lang, und ich frage mich schon, ob die Verbindung noch steht.

»Bist du noch dran?«

»Ja. Ich wollte nicht, dass es so mit uns zu Ende geht. Ich wollte nicht, dass es überhaupt zu Ende geht«, verbessert er sich schließlich.

»Ich auch nicht, aber es gibt anscheinend keinen anderen Weg. Wir haben uns kopfüber in eine Geschichte gestürzt, die von Anfang an keine Zukunft hatte. Zum Glück hat sie nicht lange gedauert.«

Alice, jetzt halt um Gottes willen die Luft an. Du hast dir im Augenblick die Fettnäpfe buchstäblich unter die Füße geschnallt.

»›Zum Glück‹, sagst du?«, wiederholt er verdutzt, so als hätte er nicht recht gehört.

»In dem Sinn, dass … vergiss es. Besser so.«

Er kommentiert das nicht weiter. »Genau, besser so. Ich wollte mich nur noch mal melden, denn ich reise heute ab«, sagt er dann, so als hätte er wieder einigermaßen sicheren Boden unter den Füßen.

»Und du weißt nicht, ob du zurückkommst«, wiederhole ich seine Worte von jenem unglückseligen Abend.

»Wenn ich zurückkomme, dann nicht, um zu bleiben. *Anyway, I'm sorry*«, fügt er dann unsinnigerweise hinzu.

»Mir tut es auch leid.«

Es folgt ein unendlich langes und unerträgliches Schweigen, das ich schließlich unterbreche, weil ich es nicht länger aushalte.

»Wir können ja in Kontakt bleiben«, schlage ich vor.

»Wenn ich nicht vollkommen von dir loskomme und meinen Weg zu Ende gehe, dann habe ich Angst, alles abzublasen. Und da du mich vor die Wahl stellst ... Ich habe eine Entscheidung getroffen. Der Entschluss, von hier wegzugehen, ist mir nicht leichtgefallen, und ich will einfach keinen Rückzieher machen.«

»Das verlange ich nicht von dir. Und was das Kontakthalten angeht ... ich habe von dir nichts anderes erwartet«, füge ich gekränkt hinzu.

»*Let's grow up, Alice. Stop it.* Du bist nicht die Einzige, die leidet«, gibt er, ganz offensichtlich verärgert, zurück.

Was für eine bescheuerte Unterhaltung.

»Der Unterschied liegt darin, dass ich mir das nicht ausgesucht habe.«

»Das geht eben nicht immer, und man muss so intelligent sein, sich Veränderungen anzupassen. Es gibt keinen Kompromiss – jedenfalls kommt es mir nicht so vor, als ob du an einem Kompromiss interessiert wärst, oder irre ich? Ich möchte dich nicht verlieren, aber wenn ich auf meine Reise verzichten muss, damit ich dich haben kann ... dann ist es besser so. Aber jetzt muss ich Schluss machen«, beendet er das Gespräch unvermittelt und in einem veränderten Tonfall. Ich höre Stimmen im Hintergrund, und es ist offensichtlich, dass er die Unterhaltung nicht fortsetzen kann.

Liebe ist keine Liebe,
wenn sie sich mit Veränderungen ändert

oder sich aufgibt, wenn andere sie aufgeben.
Sie ist wie ein Leuchtturm im Sturm,
und widersteht.

Das würde ich dir gerne sagen, wenn du von Kompromissen redest.

»Kein Problem. Ich wünsch dir eine gute Reise.«

Ich wische mir eine Träne von der Wange, während ich höre, wie er sich von mir verabschiedet.

»Vielen Dank. Auf Wiedersehen, Alice.«

Gerade jetzt dringt aus Yukinos Zimmer – unglaublich passend – ein japanisches Lied, *Ktamomoi Fighter*, zu mir. Wie sie mir dann erklärt, bedeutet der Liedtitel »Kämpferin um unerwiderte Liebe«. Yukino hält ein imaginäres Mikrofon in den Händen und singt mit großem Pathos und unbarmherzig falsch mit, als sie zu mir ins Zimmer tritt.

»Heute Abend Karaoke? Ich bitte dir«, fragt sie hoffnungsvoll im Anschluss an ihren Auftritt.

»Das ist nicht der richtige Augenblick, Yukino.«

»Weil du bist traurig, und dann ist das der richtige Augenblick. Und wir trinken auch«, sagt sie bestimmt und nimmt mich bei der Hand.

»Neiiin.«

»Ich beobachte dich seit Tagen. Du kommst mir vor wie Miki aus *Mamaredo boi*. Aber sie ist sechzehn, und du bist zehn Jahre älter. Wenn man Liebeskummer hat, weint man ein oder zwei Tage lang. Man macht nichts anderes, man isst nicht und lernt nicht. Man weint nur, und das war's. Und dann fängt man wieder von vorne an und denkt nicht mehr daran.«

»Du bist ein Schatz, Yukino.«

»Danke, ich weiß«, erwidert sie selbstbewusst und ist überzeugt, dass ich das ernst gemeint habe. »Und jetzt kommst du aus diesem Zimmer und hörst auf, Nutella zu essen, denn du hast schon ganz viele Pickel bekommen.«

»Nutella ist alles, was mir geblieben ist.«

»Nein, du bist nicht allein. Ich bin auch noch da und noch vieles andere, aber das siehst du alles nicht, weil du nur Arthur-*kun* willst.«

Wie recht sie hat!

Alles zu seiner Zeit

Ziellos, seelisch und körperlich angeschlagen, streife ich durch das Institut, bis Lara mich zu einem Treffen in die Bibliothek ruft. Erst als Claudio eintrifft, wird mir klar, dass es sich um eine Übung in genetischer Forensik handelt.

Er kommt mit großen Schritten auf den Glastisch zu, nimmt dahinter wie ein König auf seinem Thron Platz, wirft uns entnervte Blicke zu, trommelt vor Ungeduld mit den Fingern auf die Tischplatte und geht im Geiste wahrscheinlich die Aufgaben des Tages durch. »Los, an die Arbeit, ihr Transusen. Ich habe keine Zeit zu verlieren. Ambra, teil die Blätter aus.«

Die Bienenkönigin reicht mir eine Kopie, die ich gespannt in Augenschein nehme. In der Zwischenzeit gibt uns Claudio Arbeitsanweisungen: »Vergleicht die Profile miteinander, ihr habt höchstens eine Viertelstunde Zeit, aber wenn ihr die braucht, seid ihr wirklich unterbelichtet.«

Das ist natürlich eine Provokation. Lediglich Lara ist nach einer Viertelstunde fertig, ich habe versucht, von ihr abzuschreiben, aber ich habe es aufgeben müssen, als er mich wütend anblitzte.

»Wie erwartet, seid ihr in der Materie völlige Nieten. Nardelli, erklär uns die Ergebnisse.«

Lara beginnt mit ihren Erläuterungen, aber ich folge ihr nur unaufmerksam. Ich habe keine Kraft mehr, ich bin zu deprimiert, um mich auf Fragen genetischer Forensik zu konzentrieren. Ich habe schon genügend Probleme. Und natürlich hätte ich den Test mit ein wenig mehr Zeit ebenfalls bestanden. Immer wieder gähnend, warte ich auf ein Ende der Quälerei. Claudio entlässt mich schließlich mit einer neuen Zote auf den Lippen, doch kurz bevor ich aus der Tür bin, ruft er mich donnernd zurück: »Allevi!«

Ich wende mich müde um. »Ja?«

»Du hättest besser daran getan, Laras Erklärungen zuzuhören.«

»Das habe ich«, schwindle ich unverschämt.

»Du Lügnerin. Das Profil, das ich euch zur Analyse gegeben habe, war das von Saverio Galanti.«

Ich reiße erstaunt die Augen auf. »Stimmt es mit dem Profil auf der Spritze überein?«, frage ich ohne nachzudenken.

»Du hättest wirklich verdient, das nicht zu erfahren.«

Pass nur auf, dass ich dir nicht sage, was du verdient hättest.

»Mach dir keine Mühe. Auch wenn dir das komisch vorkommt, ich bin durchaus in der Lage, es selbst zu ermitteln.« Das hat sich erst kürzlich bewahrheitet.

»Allevi, was ist los mit dir? Geht es dir nicht gut?«, fragt er unvermittelt und ignoriert meine Worte.

»Nein, warum?«

»Du bist blass. Und angeschlagen.«

»Nein, nein. Alles in Ordnung.«

Claudio seufzt, nicht recht überzeugt. »Frag Lara nach den Ergebnissen. Und viel Spaß dabei«, meint er abschließend.

Ich habe mich vorher schon dreckig gefühlt, aber jetzt ist alles noch viel schlimmer.

Vielleicht, weil ich dieses Mal mit Aufmerksamkeit bei der Sache bin, habe ich bald das Ergebnis.

Die Spuren auf der Spritze stammen von Saverio Galanti,

und das ist der Beweis dafür, dass die beiden zusammen gefixt haben, genau so, wie es Sofia Morandini de Clés ausgesagt hat. Doch die Spuren auf der Spritze sind nicht die gleichen wie die DNA-Spuren der gynäkologischen Untersuchung. Und so ist die Identität des letzten Liebhabers von Giulia immer noch unbekannt, wenigstens offiziell.

An diesem Punkt frage ich mich, wie das Ergebnis der toxikologischen Untersuchung aussieht, aber um das zu erfahren, müsste ich Claudio direkt darum bitten. Und ich möchte ihm nicht die Genugtuung geben, schon wieder sagen zu können: »Du gehst mir wirklich auf die Nerven mit diesem Fall Valenti.«

Ich bin verstimmt und gehe nicht nach Hause. Ruhe finde ich auch keine. Ich bin allein im Institut. Mithin eine ideale Situation, um mich ohne Störungen von außen auf höchst illegalem Terrain zu bewegen.

Und mein heikles Ziel ist in diesem Augenblick, mir das Ergebnis der toxikologischen Untersuchung von Saverio Galanti zu besorgen. Nicht dass das viel Aussagekraft hätte: Seit Giulias Tod sind mittlerweile drei Monate vergangen, und die an jenem Abend gespritzte Droge ist in Saverios Körper längst abgebaut worden. Im Blut oder im Urin lassen sich keine Reste mehr davon finden, höchstens in den Haaren, doch die von Saverio sind zu kurz für Analysen: Sie geben keine Auskunft über vorangegangenen Drogenkonsum. Eine toxikologische Analyse würde wohl nur zeigen, dass Saverio kürzlich Drogen konsumiert hat, was vielleicht auf eine chronische Abhängigkeit schließen ließe. Nur ein weiteres Detail in diesem unklaren Fall.

Der einzige Weg besteht darin, an Claudios Computerdaten heranzukommen, in der Hoffnung, dass er noch eine Kopie davon besitzt.

Die Tür zu seinem Büro ist natürlich abgeschlossen, aber das ist kein Problem: Die Schlüssel zu den einzelnen Büros sind im Sekretariat erhältlich.

Und so dringe ich, allein und ungestört, in sein Reich ein.

Die Fotos an den Wänden zeigen ihn tief gebräunt auf einer Reise nach Scharm El-Scheich, ein Reiseziel, das vollkommen zu ihm passt. Dann gibt es da einen mit Leuchtmarkern bis zum Platzen gefüllten Behälter und einen elektrischen Luftbefeuchter, der neben dem Lichtschalter einen herben Lavendelduft verströmt; auf dem Schreibtisch liegen *Notizen eines anatomischen Pathologen* (ich nutze die Gunst der Stunde und blättere darin herum; dabei stoße ich auf die langweilige Widmung von einer gewissen Chiara, die eine krakelige Handschrift hat, sich aber Mühe gegeben hat, ordentlich zu schreiben) und neben der Tastatur eine gedankenlos abgelegte Brille. Mir ist es unbehaglich, so in seine Privatsphäre einzudringen, aber ich habe einfach keine Lust, ihn nach dem Ergebnis zu fragen. Ich schalte seinen Computer ein und sehe verärgert, dass ein Passwort gefordert wird. Und das ist mir natürlich nicht bekannt. Ich will den Computer schon wieder ausschalten, als ich aus der Ferne Schritte höre.

Mist!

Das Klappern von Absätzen. Und bald darauf auch die Stimme.

»Ja, Liebling, ich bin gerade angekommen. Nein, kein Problem, das waren keine Umstände für mich, das lag auf dem Weg. Liebling? Hast du vergessen, die Tür zu deinem Büro zu schließen? Was, nein? Sie ist offen, wirklich! Komisch! Wo sollen sie sein? Auf dem Schreibtisch? Zwei Akten, eine grüne und eine gelbe. Alles klar. Bis nachher. Heute Abend essen wir mit Marta und Pierre. Ja, keine Sorge, ich mach die Tür zu.«

Mein Herz klopft so laut, dass es eigentlich auch Ambra hören müsste. Was für ein Desaster! Unter dem Schreibtisch versteckt, wie eine Comicfigur!

Wegen einer simplen Information, an die ich zur rechten Zeit ohnehin herangekommen wäre, habe ich es riskiert, von Ambra kalt erwischt zu werden – mit unvorstellbaren Folgen.

Ich habe wirklich den Verstand verloren.

Renaissance

»Alice? Bist du mit deiner Arbeit fertig? Heute kommen Wally und der Boss zurück, und wir dürfen nicht unvorbereitet sein.« Lara ist sehr besorgt, was mich nicht überrascht, denn sie ist ein eher ängstlicher Typ. Ich bin von der Nachricht an sich überrascht.

»Heute? Sie kommen heute zurück?«, frage ich bestürzt.

»Leider ja.«

Es war so schön ohne Wally und den Boss. Es war für mich wie ein Winterschlaf. Meine persönlichen Probleme haben mich die erdrückenden offenen Fragen am Institut vergessen lassen.

Als das Telefon klingelt und die Sekretärin mich zu einem Gespräch mit dem Allerhöchsten bestellt, kann ich mich eines wenig eleganten Kommentars nicht enthalten: »Scheiße.«

Lara wirft mir einen fragenden Blick zu. Vollkommen ergeben in mein Schicksal gehe ich zur Direktion.

Jetzt ist der Augenblick gekommen.

Im Übrigen war nichts anderes zu erwarten. Im Lauf von zehn Tagen, während der sie viel Zeit miteinander verbracht haben, werden der Boss und Wally Gelegenheit zu einem Gedankenaustausch gefunden haben und zu einem Ergebnis gekommen sein, das ist klar.

Der Allerhöchste sitzt an seinem Schreibtisch. Er hebt nicht einmal den Blick, als er sagt: »Ich muss mit Ihnen reden.« Seine Stimme klingt anders als die von Arthur, die verraucht ist, aber das Timbre ist trotz des Altersunterschieds das gleiche. Er ist ein harter und recht gleichgültiger Mensch. Jetzt, wo ich ihn als Vater von Arthur kennengelernt habe, scheint mir das noch offensichtlicher.

»Worum handelt es sich?«, frage ich ruhig.

Für einen Augenblick hebt er den Kopf und scheint wie Arthur auszusehen, aber das ist reine Einbildung. Sie könnten in Wahrheit nicht unterschiedlicher sein, und es steckt etwas anderes dahinter: Ich sehe Arthur einfach überall.

»Nehmen Sie Platz«, fordert mich der Allerhöchste ungeduldig und wenig aufmunternd auf. »Haben Sie Professoressa Boschi schon Ihre Arbeit zu Harnröhrenverletzungen infolge von Verkehrsunfällen abgeliefert?«

Es ist nicht so, als ob ich sie nicht erledigt hätte. Aber Ihr Sohn hat mich sitzen gelassen, und jetzt fühle ich mich beschissen. Und Harnröhrenverletzungen sind in diesem Augenblick so ungefähr das Letzte, was mich interessiert.

»Sie ist so gut wie fertig, Professore. Ich bin noch am Überarbeiten.«

»Was heißt überarbeiten?«

»Ich habe einen ersten Entwurf geschrieben, den ich jetzt technisch untermauere.« Ich bewege mich auf unsicherem Gelände, und der Allerhöchste sieht so aus, als würde er das sofort merken.

»Sie müssen lernen, sich präziser auszudrücken«, meint er kühl.

»In Ordnung«, antworte ich kleinlaut.

»Doch ich habe Sie nicht deshalb zu mir bestellt. Es geht um ein anderes, etwas heikles Thema.«

Na, jetzt ist es so weit. Komisch, dass nicht Wally die Rolle des öffentlichen Anklägers übernommen hat.

»Was immer Sie mir auch zu sagen haben, Professore, ich bin auf alles gefasst«, verkünde ich mit schmerzlicher Würde.

Er runzelt die Stirn. Dann setzt er ein kaum wahrnehmbares, winziges Lächeln auf und zieht dann aus einem riesigen Durcheinander einen dünnen Stapel Papier, der mir bekannt vorkommt.

»Jemand hat mir Ihre Arbeit zukommen lassen«, hebt er zu einer Erklärung an. Er zieht eine Lesebrille aus der Jackentasche, setzt sie auf und liest den Titel.

Es ist der Artikel, den ich vor einiger Zeit geschrieben und an jenem Abend mit Arthur zerrissen habe.

Jemand.

Wer anders soll das gewesen sein, wenn nicht er.

»Mir ist bekannt, dass Sie an Ihrem Artikel Zweifel hatten... Zweifel, die in Wahrheit unbegründet sind. Sie haben da gute Arbeit geleistet, Dottoressa, sehr gute Arbeit.« Mir klopft das Herz wie verrückt. Der Allerhöchste legt die Blätter auf seinem Schreibtisch ab und sieht mich mit seinen grauen Augen an. »Ich habe erfahren, dass es zwischen Ihnen und Professoressa Boschi Probleme gab.«

Ich schlage beschämt die Augen nieder. »Es tut mir sehr leid, Professore. Ich gebe mir Mühe... ich würde gerne auf dem Niveau der anderen Kollegen sein, aber mehr kann ich nicht leisten.«

»Valeria hat kein Vertrauen in Sie und behauptet, Sie würden sich nicht auf Durchschnittsniveau befinden. Sie beklagt vor allem Ihre mangelnde Initiative. Sehen Sie das auch so?«

Ich hebe den Blick und schaue direkt in seine kalten Augen.

»Nicht gänzlich.«

Er hat einen sehr undurchschaubaren Charakter, aber mir kommt es so vor, als ob ihm meine Antwort gefiele. »Ich bin der Meinung, dass man sich seines Wertes immer sicher sein sollte, auch wenn der Rest der Welt einen vom Gegenteil überzeugen will.« Ich blicke ihn verblüfft an: Ich habe den Allerhöchsten niemals als Menschen wahrgenommen, sondern immer nur als ein Wesen, das gottgleich über unserem Institut schwebt, und ich hätte es niemals für möglich gehalten, dass er zu Mitgefühl in der Lage ist.

Der Allerhöchste erhebt sich und greift nach einem gerahmten Foto, das auf dem Schreibtisch steht. Er reicht es mir, und ich nehme es mit einer gewissen Feierlichkeit aus seiner Hand. Das Foto zeigt seine Kinder. Ich erkenne in dem dürren, kleinen Blonden mit dem wütenden Gesicht Arthur wieder, und Cordelia ist das kleine, unauffällige Mädchen, das zwei Zöpfe mit rosa Schleifen trägt.

»Professore …«

»Lassen Sie mich ausreden. Der Augenschein trügt, Sie sind eine sehr begabte junge Frau. Doch Sie brauchen Stabilität und permanente Ermunterung, um Leistung zu bringen. Das soll keine Kritik an Ihnen sein, und fassen Sie das nicht als solche auf. Es ist nur eine Feststellung. Arthur … ist ganz anders als Sie. Je mehr man ihn unter Druck setzt, desto weniger leistet er. Es ist, als würde er sich niemals anerkannt genug fühlen und als ob er nicht verlieren könnte. Es steckt etwas Unausgereiftes in ihm. Ich war mir sicher, dass sich das mit der Zeit bessern würde. Doch jetzt ist er ein Mann. Es kann nicht sein, dass ein Mann von über dreißig Jahren seinen festen Arbeitsplatz für eine Existenz als Freiberufler aufgibt. Er hat völlig den Verstand verloren.« Ich will gerade etwas darauf erwidern, doch er unterbindet jeden Versuch. »Wir kommen von unserem Thema ab. Was ich sagen will, ist, dass es richtig war, dass Professoressa Boschi Sie mit allen Mitteln unter Druck gesetzt hat. Mit einem Menschen wie Arthur hätte das nicht funktioniert, aber mit Ihnen schon. Mit ihren Methoden hat Professoressa Boschi dazu beigetragen, dass Sie den Antrieb finden, der Ihnen vielleicht sonst gefehlt hätte.«

Sie hat auch dazu beigetragen, einen kleinen Teil in mir zu zerstören, wenn wir schon dabei sind.

Bevor er fortfährt, räuspert der Allerhöchste sich. »Ich habe meinen Sohn vor seiner Abreise nach Khartum getroffen. Er hat mir diese Arbeit gegeben, die Sie fälschlicherweise unterschätzt haben, und er hat mir von gewissen Unternehmungen erzählt, an denen Sie arbeiten …« Ich laufe rot an und fühle, wie meine Ohren anfangen zu brennen. »… Unternehmungen, nach denen ich auch Dottor Conforti gefragt habe.«

»Der Fall Valenti hat mich emotional wirklich sehr berührt. Ich habe keine Ahnung, was ihn von anderen unterscheidet. Aber er hat mich völlig verstört.«

»Was falsch ist, merken Sie sich das für die Zukunft.«

»Nur in diesem einen Fall.«

»Was jedoch der Qualität Ihrer Arbeit keinen Abbruch tut.« Der Allerhöchste begleitet mich – ein einmaliges Ereignis – zur Tür. »Valeria erwartet Sie, um mit Ihnen über ein Projekt zu sprechen, an dem Sie mitgearbeitet haben. Gehen Sie zu ihr.«

»Ja, Professore.«

Ich bin gerade dabei, den Raum zu verlassen, als ich seine Stimme nochmals höre. »Alice, mir liegt daran, Sie zu beruhigen. Sie sind vielleicht nicht der brillanteste und zuverlässigste Kopf an diesem Institut, aber ich persönlich bin mit Ihren Leistungen nicht so unzufrieden, um gleich Ihre Zukunft aufs Spiel zu setzen, indem ich Sie hinauswerfe. Sie sind gerettet, und das ist ganz und gar Ihr Verdienst.«

In dieser Situation hätte Ambra vermutlich mit Klasse und Souveränität reagiert.

Lara wäre gefasst und dankbar gewesen.

Ich reagiere auf meine Weise und breche in Tränen und Schluchzen aus. So als ob man alle Hähne an einem zum

Bersten gefüllten Boiler öffnen würde. Der Allerhöchste gibt sich kurz angebunden und peinlich berührt.

»Ich bitte Sie, Dottoressa. Ein wenig Fassung, bitte«, meint er, und seine Haltung versteift sich. Er reicht mir ein Baumwolltaschentuch, auf dem seine Initialen eingestickt sind. Ich putze mir geräuschvoll die Nase und bin so erschüttert – diesmal wegen einer guten Nachricht –, dass ich keinen zusammenhängenden Satz herausbringe.

»In mir hat sich … in diesen Monaten … so viel Spannung … aufgestaut, und jetzt erfahre ich … dass alles vorbei ist … dass ich nichts zu befürchten habe … Ich kann mich einfach nicht beruhigen«, erkläre ich mit einem Lächeln und knete sein Taschentuch zwischen den Händen.

Der Boss würde mich nun gerne loswerden. »Es freut mich, dass ich Ihnen diese gute Nachricht mitteilen konnte. Jetzt gehen Sie an Ihre Arbeit zurück, sonst reut es mich am Ende noch.«

Aber ich bin viel zu gerührt, um einfach so zu gehen. Das Gefühl der Erleichterung überwältigt mich so sehr, dass ich das »Vielen Dank, Allerhöchster« nicht zurückhalten kann.

Schweigen.

Und dann: »Wie haben Sie mich gerade genannt?«

»Ich …«

»Allerhöchster? Allerhöchster … doch, das trifft es genau. Jetzt gehen Sie aber. Auf geht's.«

Ich verlasse sein Büro, mein Kajal ist verschmiert und mein Gesichtsausdruck leicht blöde. Ich nähere mich der Tür von Wallys Büro und unterdrücke die Versuchung, näherzutreten und ihr in einem Akt von fataler Selbstbefreiung die Zunge herauszustrecken. Stattdessen klopfe ich und trete ihr erhobenen Hauptes gegenüber.

»Professor Malcomess hat mir gesagt, Sie wollen mich sprechen.«

Wally mustert mich, die ungezupften Augenbrauen hochgezogen. »Setzen Sie sich.« Ich folge ihrer Aufforderung und betrachte sie mit einer Gelassenheit, die ich in ihrer Gegenwart bislang noch nie empfunden habe. »Ich würde Ihnen raten, Ihr Gesicht zu waschen, nachdem Sie mein Büro verlassen haben. Sie sehen aus wie beim Karneval.«

»Ich habe die Kontrolle verloren.«

»Das wäre ja nicht das erste Mal«, lautet ihr ätzender Kommentar. »Ich habe nicht viel Zeit, Dottoressa. Professor Malcomess hat heute einen Beschluss gefasst, was Ihre Situation angeht, und da muss ich mich leider fügen.«

»Ich danke Ihnen, Professoressa«, antworte ich, gegen meinen Willen unterwürfig.

»Wir wissen beide, dass sie bei dem Virtopsy-Projekt eine Menge Unheil angerichtet haben.« Die üblichen Übertreibungen. Wenn überhaupt, dann war es eine einzige Sache. »Und trotzdem hat sich Dottor Conforti, als er Ihre Arbeit bewerten sollte, sehr positiv, ja geradezu überschwänglich geäußert. Ich nehme an, dass ich ihm Glauben schenken muss, solange nicht das Gegenteil bewiesen ist.«

»Vermutlich«, antworte ich und versuche meine Verblüffung zu verbergen.

Das ist wirklich eine doppelte Überraschung: Die zwei Menschen, die mich in meinem Leben auf die eine oder andere Weise am schlimmsten verletzt haben, die mir das Gefühl gegeben haben, weniger als ein Nichts zu sein, haben mich vor dem Abgrund gerettet, in den ich zu stürzen meinte.

Ganz klar hat Wally ihm nicht geglaubt. Aber Claudio hat seine festen Standpunkte, und es ist nicht ganz einfach, ihn zu widerlegen. Vor allem nicht für die Wally, die im Übrigen – wie alle Frauen – seiner Ausstrahlung nicht widerstehen kann. Dass er sie angelogen hat, ist eine Geste der Freundlichkeit, die ich nicht erwartet hätte.

»Ich stehe zu meinem Wort. Ich hatte Ihnen zugesagt, dass Sie im Fall von positiven Arbeitsergebnissen beim Virtopsy-Projekt aus dem Schneider wären. So ist es gekommen, und damit sind Sie gerettet.«

Mich bei Claudio zu bedanken, ist das Mindeste, was ich nun tun kann. Ich klopfe an seine Tür.

»Herein.«

Ich trete zögernd ein. Die Zeiten, in denen mich bei seinem Anblick stürmische Begeisterung überfiel, sind lange vorbei.

Er sitzt an seinem Schreibtisch und scheint in etwas vertieft zu sein. Die durch das Fenster hereinscheinende Sonne betont einige silberne Strähnen an seinen Schläfen. Er sieht verschmitzt zu mir auf.

»Ach, du bist es.«

»Claudio«, murmle ich schüchtern. Ich begreife nicht, warum, es ist mir peinlich, mich bei ihm zu bedanken. »Es ist alles in Ordnung. Vielen Dank, dass du Wally gegenüber gut über mich gesprochen hast.«

Claudio mustert mich. Niemand hat mich jemals derart eindringlich angesehen. Ich fühle, wie meine Wangen sich erhitzen, und frage kleinlaut: »Warum siehst du mich so an?«

Er schließt kurz die Augen, und ein Lächeln huscht über sein Gesicht. Dann schüttelt er den Kopf, wie um einen Gedanken loszuwerden: »Schon gut, nichts«, meint er. Er erhebt sich aus seinem Sessel und kommt unbefangen auf mich zu.

»Mit diesem verlaufenen Kajal siehst du aus wie ein Grufti. Aber das passt zu deinem Charakter, wenn man es recht bedenkt«, meint er, nicht unbedingt an mich gewandt. Es scheint eher so, als würde er mit sich selbst reden. »Es war auf jeden Fall eine Freude, dir zu helfen, meine kleine Alice.«

Er ist nur einen Schritt von mir entfernt. Ich spüre, wie mein Herz zu flattern beginnt.

»Wäre es hinterhältig, wenn ich dich im Gegenzug um etwas bitten würde?«, fragt er mich in einem wirklich höchst unangemessenen Tonfall.

»Es kommt darauf an, worum du mich bitten willst«, erwidere ich mit einer Geistesgegenwart, die mich selbst überrascht.

»Darum«, antwortet er und neigt den Kopf, um mich zu küssen.

Ich fühle, wie ich zittere, und habe nicht den Mut, ihn wegzudrängen. Es ist nur ein kurzer Kuss, aber er ist so sinnlich, dass mir die Knie weich werden. Mit einem schnellen Blick auf die Tür, die Gott sei Dank geschlossen ist, entfernt er sich sofort wieder von mir.

Ich starre ihn ungläubig an. Ich kann nicht fassen, dass sich das Ganze wirklich ereignet hat.

»Das war wirklich sehr hinterhältig«, stottere ich und fahre mir mit den Fingern über die Lippen.

Claudio scheint es zu genießen, mich so zu sehen. »Ich weiß«, gibt er freimütig zu. »Du hast aber mitgemacht.«

Das stimmt, und wenn ich ehrlich sein soll, dann müsste ich zugeben, dass ein Teil von mir diesem Kuss nicht abgeneigt war. »Ich geh jetzt lieber«, meine ich und ziehe mich Richtung Tür zurück.

»Mach dir keine Gedanken. Das mache ich nicht noch einmal«, meint er abschließend und seufzt.

»Besser so«, bekenne ich und habe vor lauter Verlegenheit Mühe, die Worte herauszukriegen.

Claudio wirft mir noch einen durchdringenden Blick zu. Dann lächelt er nachsichtig.

»Wäre dir das wirklich lieber, Alice? Bist du dir da so sicher?«

Sicher … was für ein großes Wort. Es ist wahr, es hat Zeiten gegeben, da habe ich mir eine Szene wie diese erträumt. Aber diese Zeiten sind lange vorbei.

Das alles kann ich kaum fassen und bin völlig durcheinander. Ich gehe mit Silvia feiern und bin um sechs Uhr abends schon ziemlich betrunken.

Sie begleitet mich im Taxi nach Hause, und ich kann mich kaum noch auf den Beinen halten.

Kaum dass ich in meinem Zimmer ankomme, schalte ich den Computer ein und zwinge mich zur Konzentration. Die verbliebene geringe Geisteskraft nutze ich dazu, etwas halbwegs Vernünftiges zuwege zu bringen.

Danke.
Du weißt schon, wofür.
A.

Kurz nach neun gleite ich in den Schlaf. Ich klappe geradezu zusammen. Es hat sich in mir einfach zu viel Müdigkeit angesammelt, und es fühlt sich so an, als habe man mir ein Mittel gegen alle Beschwerden verabreicht.

Am folgenden Tag bekomme ich von Arthur eine Antwort.

Ich habe dir nichts davon gesagt, weil ich fand, dass es besser wäre, wenn mein Vater dir alles erzählt. Im Übrigen hat er ein korrektes Urteil getroffen, also musst du mir für gar nichts danken. Ich hingegen muss mich bei dir dafür entschuldigen, dass ich dein Vertrauen missbraucht habe.
Arthur

Arthur.

Die Freude ist nicht echt, wenn du so weit fort bist.

Ich bin dir überhaupt nicht böse, auch nicht für deine Fehler in der Vergangenheit.

Ich hätte nur so gerne, dass du wieder zurückkommst. Sofort.

Dass ich ihm dieses eine Mal geschrieben habe, wenn auch aus einem gutem Grund, bricht den Damm.

Es stimmt, es geht darum, dass wir den Kontakt nicht halten und uns aus den Augen verlieren, und wenn ich ihm jetzt weiter schreibe, dann handle ich gegen seinen Willen.

Aber er fehlt mir zu sehr, und es gelingt mir nicht, meinen Vorsatz einzuhalten. Und so rücke ich ihm ohne Gewissensbisse zuleibe, ganz wie es meine Art ist.

Ich würde so gerne erfahren, was du so machst und wo du lebst.

Warum einfach verschwinden, als ob wir füreinander tot wären? Du bist für mich alles andere als tot. Es macht mir sehr viel aus, dass ich nichts mehr über dich erfahre. Gerade so, als ob wir im Leben des anderen nichts als Meteore gewesen wären. Es spielt keine Rolle, wie die Dinge am Ende zwischen uns gelaufen sind. Ich will nicht einfach so verschwinden. Darf ich deinen Artikel dann lesen?

Deine

A.

P.S. Es war kein Glück, dass es nur so kurz gedauert hat.

Ich schicke die Mail ab und nehme mir vor, Outlook nicht unaufhörlich zu kontrollieren und nicht zu sehr auf eine Antwort zu hoffen. Doch natürlich gelingt mir das nicht.

Wie schön ist es daher, zwei Stunden später seinen Namen im Posteingang zu lesen.

Wie Meteore, da hast du recht. Das ist sehr traurig, das sehe ich genau wie du. Ich war zu drastisch, was das Füreinander-Verschwinden angeht. Das hätte ich so nicht fordern dürfen, es tut mir leid.

Hier in Khartum wohne ich im Hotel Akropolis.

Ich habe noch niemals eine solche Höllenhitze erlebt. Das Klima ist nicht das einzige Problem, aber vielleicht das größte.

Ich verbringe meine Tage damit, Material zu sammeln, Fragen zu stellen, zuzuhören und herumzulaufen. Am Abend arbeite ich dann alles durch, oft bis spät in die Nacht.

Doch es ist das, was ich unbedingt wollte, und es geht mir gut.

Ich habe dir viel zu erzählen. Ich hoffe, das kann ich bald auch tun, aber jetzt muss ich Schluss machen: In einigen Stunden reise ich nach Darfur weiter.

Es war schön, per Mail von dir zu hören,

Bis bald,

Arthur

Wie gehen denn die Nachforschungen zu den Hilfsgeldern voran? Habt ihr, du und Riccardo, schon etwas Interessantes herausgefunden?

Pass auf dich auf, Arthur. Ich will dir nicht auf die Nerven gehen, aber etwas besorgt bin ich schon,

A.

Ich erhalte sofort eine Antwort. Das bedeutet, er ist online.

Ich bin ziemlich zufrieden. Sobald ich Gelegenheit dazu habe, werde ich dir das ausführlicher erklären,

Arthur.

Neue Entwicklungen

Die Ergebnisse der toxikologischen Untersuchung von Saverio Galanti treffen einige Tage nach meinem Einbruchsversuch ein.

Ich sitze zu Hause gemütlich auf meinem Sofa, bin in einen wissenschaftlichen Artikel über Anaphylaxe vertieft und höre dabei Janis Joplins Best of. Yukino kommt herein und hält mir mit ihren kleinen Händen (die Nägel sind leuchtend lila lackiert) die heutige Tageszeitung hin.

»Da gibt es einen interessanten Betrag«, erklärt sie.

»Einen Betrag? Yuki, du meinst einen Beitrag. Seit wann liest du die Tageszeitung?«

»Das ist eine Übung für die Uni. Lies, lies«, fordert sie mich auf und setzt sich neben mich aufs Sofa. Unter einem Kissen zieht sie einen schon bereitliegenden Manga hervor.

Wie ich vorhergesehen habe, hat die Untersuchung lediglich einen nicht lange zurückliegenden Drogenkonsum zutage gefördert, und zwar pflanzliche Drogen. Das wäre an sich noch nicht außergewöhnlich. Doch gewinnt dieses Ergebnis in Verbindung mit Saverios Aussagen in Bezug auf Giulias Todestag und infolge der genetischen Untersuchung, die ihn in Bedrängnis bringt, an Bedeutung.

Er hatte das Heroin am Tag zuvor besorgt. Zwei Päckchen, und sein Dealer hatte ihm versichert, dass der Stoff aus derselben Ladung stammen würde. Saverio hatte sich zu der Wohnung von Giulia und Sofia begeben und das Heroin bei ihnen deponiert, um das Zeug nicht mit sich herumzutragen. Am folgenden Tag hatte Giulia ihn gegen drei Uhr nachmittags angerufen und ihn gebeten, zu ihr nach Hause zu kommen. Ihr ging es nicht gut, sie hatte Kopfschmerzen. Normalerweise schnupften sie das Heroin, nur sehr selten spritzten sie es sich. An jenem Tag hatte Giulia indes darauf bestanden, den Stoff intravenös zu konsumieren, weil sie davon überzeugt war, dass die Wirkung dann intensiver und dauerhafter sein würde. Sie konnte sich die Spritze aber nicht alleine setzen, und so half er ihr dabei. Er hingegen hatte es vorgezogen, den Stoff zu inhalieren.

Seiner Aussage zufolge hatte Giulia nach der Injektion keinerlei allergische Reaktion gezeigt. Sie war wie immer eingeschlafen. Und er mit ihr. Als sie beide aufwachten, war es ungefähr siebzehn Uhr. Giulia ging es wieder gut, sie war bester Laune, und auch ihr Kopfweh war verflogen. Er verließ die Wohnung gegen achtzehn Uhr, und von diesem Augenblick an hat er bis dreiundzwanzig Uhr ein wasserdichtes Alibi. Damit ist der gesamte Zeitraum bis zu Giulias Tod abgedeckt, auch weil der Tod nicht vor acht Uhr abends eingetreten sein kann, denn zu diesem Zeitpunkt hat Giulia ihre Schwester angerufen. Das hat Bianca ausgesagt, und es wird durch das Verzeichnis der Anrufe bestätigt. Und selbst wenn Claudio sich geirrt haben sollte, als er den Todeszeitpunkt auf zweiundzwanzig Uhr festlegte, war Saverio in diesem Augenblick auf jeden Fall an einem anderen Ort.

»Und wenn er ihr trotzdem Paracetamol verabreicht und auf eine allergische Reaktion gewartet hat, die dann aber erst später eingetreten ist?«, frage ich Claudio. Ich habe ihn sofort angerufen. Gerne habe ich das nicht getan, denn ich bin immer noch verlegen. Aber wie ich ihn kenne, hat dieser Kuss für ihn keinerlei Bedeutung. Es ist sinnlos, ihm irgendein Gewicht zu geben.

Er verharrt für einige Augenblicke in Schweigen und denkt nach. »Klar, das ist schon möglich. Er hätte ihre Dosis damit versetzen können, um sie durch eine allergische Reaktion, die aber nicht eingetreten ist, umzubringen. Es ist durchaus möglich, dass Giulia sich erst später schlecht gefühlt hat. Eine allergische Reaktion ist aber umso gefährlicher, je unmittelbarer sie erfolgt. Wenn die Allergie verzögert eintritt, mithin leichter und schleichender ist, hätte Giulia noch Zeit gehabt, Medikamente zu nehmen oder Hilfe anzufordern oder ins Krankenhaus zu fahren ... Meinst du nicht auch, Alice? Und wenn sie verzögert eintritt, schwillt gleichzeitig oft das Gesicht an, doch bei Giulia sind keine derartigen Symptome aufgetreten. Im Ganzen erscheint mir das alles wenig wahrscheinlich.«

»Wenig wahrscheinlich, das schon. Ich gehe von einer unmittelbaren, zerstörerischen Reaktion aus – aber doch nicht auszuschließen.«

Claudio scheint es eilig zu haben und sich nicht sehr sicher zu sein. »Ich habe eine Verabredung mit Calligaris, Allevi. Er will mit mir darüber reden. Möchtest du mitkommen?«

Ich bin wirklich überrascht. Claudio hat alles dafür getan, um mich aus diesem Fall rauszuhalten. Vielleicht fängt er an, sich ein anderes Bild von meinem angeblich übertriebenen Engagement zu machen? Wie auch immer – diese Gelegenheit ist einmalig, und ich werde sie mir nicht dadurch entgehen lassen, dass ich versuche, die verwinkelten Gedankengänge eines Mannes zu verstehen.

»Sehr gern!«, antworte ich also überschwänglich.

Er seufzt. »Einverstanden, ich hole dich in zwanzig Minuten ab.«

Claudio und sein Mercedes Klasse SLK fahren auf die Minute pünktlich vor. Auf der Fahrt zu Calligaris' Büro tun wir uns schwer miteinander. Er unterbricht schließlich unser verlegenes Schweigen.

»Ich glaube, der Commissario will mir genau die gleichen Fragen stellen wie du«, meint er.

»Das ist sein gutes Recht«, lautet mein Kommentar.

»Ja, selbstverständlich. Im Augenblick tappen sie mit den Ermittlungen ziemlich im Dunkeln. Ich glaube, Galanti ist der einzige Verdächtige.«

Also hat Bianca von den Informationen, die ich ihr zugespielt habe, noch keinen Gebrauch gemacht.

Schüchtern bringe ich meinen persönlichen Einwand vor: »Diese weibliche DNA, die man unter den Fingernägeln gefunden hat, passt jedoch nicht zur Hypothese, dass Galanti bei Giulias Tod eine aktive Rolle gespielt hat.«

»Wer weiß das schon? Vielleicht waren sie an jenem Nachmittag auch zu dritt.«

Ich weiß das, und ich kann mir nicht vorstellen, dass Doriana und Saverio die Tat gemeinsam begangen haben könnten. Doch muss ich meine Hypothese für mich behalten, bis Bianca grünes Licht gibt.

Während ich in meine Gedanken versunken bin, habe ich nicht bemerkt, dass wir bereits da sind.

Calligaris empfängt uns mit der üblichen Freundlichkeit und tritt in seiner Überschwänglichkeit gleich in ein großes Fettnäpfchen.

»Dottor Conforti, wie schön, dass sie auch die liebe Alice mitgebracht haben. Ich habe gehört, dass an Ihrem Institut die Liebe blüht… wie wundervoll! Ein Paar bei der Arbeit und auch im Leben. Auch ich und meine Frau haben lange Seite an Seite gearbeitet.«

Claudio und ich schauen uns verlegen an.

»Bitte, setzen Sie sich doch!«, sagt er und weist uns die kleinen Sessel zu.

In dem abweisenden Tonfall, der ihn auszeichnet, fordert Claudio Calligaris auf, ihm alle noch offenen Fragen zu stellen. Der gute Commissario bringt die gleichen berechtigten Überlegungen hervor, die auch mir gleich nach der Lektüre des Artikels über Saverio durch den Kopf gegangen sind. Claudios Erwiderungen sind von jener unerschütterlichen Gewissheit, die ihn bei den Rechtsmedizinern zum Senkrechtstarter gemacht haben.

Der berufliche Gedankenaustausch beansprucht eigentlich nicht mehr als zwanzig Minuten, doch Calligaris ist in Plauderlaune. Seine letzte Bemerkung kurz vor unserem Abschied lässt mich aufhorchen. Er deutet an, dass es bei den Ermittlungen seit Kurzem eine neue Spur gebe und ein Umschwung bevorstehe. Dann sieht er Claudio mit festem Blick in die Augen, wie um ihn herauszufordern, und fügt hinzu: »Bald gibt es neue Arbeit für Sie, Dottor Conforti.«

Das ist seine Art des Abschieds.

Claudio verabschiedet sich mit einem gezwungenen Lächeln und nimmt mich beim Arm. Er zwingt mich geradezu aus meinem Sessel und dazu, ihn nach draußen zu begleiten. Ich habe nicht einmal Zeit, mich von Calligaris zu verabschieden.

Als wir draußen sind, trete ich, kurz bevor wir ins Auto einsteigen, in einen Hundehaufen.

»Du kannst jetzt die Metro nehmen«, meint er mit der für ihn typischen Solidarität.

»Das meinst du nicht ernst«, erwidere ich, während ich versuche, den Absatz am Randstein zu säubern.

»Ich hab den Kleinen gerade in der Autowäsche gehabt. In diesem Zustand setzt du da keinen Fuß rein.«

»Was für ein Mistkerl du bist«, sage ich und lächle ungläubig.

»Die Metro ist gleich da vorne«, wirft er mir als Antwort hinterher und steigt in seinen Mercedes. Ich neige mich zum Autofenster und sehe ihn durch meine Sonnenbrille an, die ich mir in der Zwischenzeit aufgesetzt habe.

»Schön blöd für dich: Ich wollte dir nämlich eine von meinen Theorien erklären.«

»Was für ein Verlust«, lautet sein Kommentar, während er das Auto anlässt.

»Die Zeit wird mir recht geben. Calligaris' Worte waren eine Anspielung auf Doriana Fortis. Früher oder später werden sie ihre DNA untersuchen, und an diesem Tag wirst du dich bei mir entschuldigen, Dottor Confortis.«

Er schüttelt den Kopf und unterdrückt ein Grinsen. Dann fährt er los. Ich laufe mit Hundescheiße unter den Sohlen Richtung Metrostation und freue mich an der warmen Sonne, die an diesen schrecklichen Maitagen am Himmel steht.

Niemals vertrauen

Ganz allein zu Hause, bringen mich Sehnsucht und Unbehagen auf eine schlechte Idee. Der gute Vorsatz, mit Arthur nicht gleich wieder Kontakt aufzunehmen, verfliegt, als der irrationale Teil in mir Oberhand über meinen Verstand gewinnt. Mitunter habe ich meine Zweifel, dass ich so etwas wie Verstand überhaupt besitze.

Ciao, Arthur,
wie geht es dir? Bist du in Darfur angekommen?
Weißt du, dass ich Cordelia vor einigen Tagen im Fernsehen gesehen habe? Sie war sehr gut. Wie eine richtige Prinzessin. Ich habe dir so viel zu erzählen ... alles Mögliche. Und ich würde dir so gerne zuhören. Vielleicht sollten wir einmal ausführlich miteinander plaudern, wenn du Zeit hast.
A.

Keinerlei Antwort, zumindest bis zwei Tage nach dem Absenden.

»Vielleicht ist ihm etwas zugestoßen«, wirft Alessandra schüchtern ein; dabei drückt sie die Hand von meinem Bruder Marco.

Wir sind beim gemeinsamen Abendessen in einer Trattoria in Trastevere.

»Genau das befürchte ich auch am meisten, aber ich will es einfach nicht glauben. Ich möchte lieber annehmen, dass er sich wie ein Dreckskerl verhält.«

»Ruf ihn doch einfach an«, schlägt mein Bruder ganz pragmatisch vor. Es hinterlässt einen merkwürdigen Eindruck, ihn so zu sehen, wie irgendein junger Mann, der zufällig mit einer meiner besten Freundinnen liiert ist (seine Fingernägel sind frei von Nagellack).

Ich zupfe am Saum der Tischdecke herum. »Ich will ihn zu nichts zwingen«, erwidere ich schwach.

»Marco hat recht, du solltest ihn anrufen. Wenn man bedenkt, wo er sich aufhält, könnte ihm wirklich etwas passiert sein. Der arme Arthur, mir wird schon bei dem Gedanken daran schlecht, dass er sich an diesem gottverlassenen Ort befindet.«

Alessandra mag Arthur sehr gern. »Das ist der netteste Typ, mit dem du jemals zusammen warst«, hat sie mir verraten, kurz nachdem sie ihn kennengelernt hat. Das Schlimmste daran ist, dass ich das genauso sehe. »Er hätte dir bestimmt schon geantwortet«, schiebt sie nach und lässt Marcos Hand los. »Ruf ihn an. Und zwar jetzt«, sagt sie nachdrücklich. Marco sieht sie bewundernd an und nickt heftig.

»Ich habe keine Lust«, antworte ich.

»Wie bitte? Vergehst du nicht vor Sehnsucht danach, seine Stimme zu hören«, fragt sie erstaunt.

»Klar.«

»Na, dann ruf ihn an. Dein Hochmut bringt dich nicht weiter. Wenn ich da bei mir drauf gehört hätte, wäre mit deinem Bruder …« Sie lässt den Satz in der Luft hängen und sieht Marco liebevoll an. Der antwortet mit einem zärtlichen Lächeln, das mich an meinen Vater erinnert, und das ist ein höchst seltsames Gefühl.

»Vielleicht funktioniert sein Handy nicht«, versuche ich Zeit zu gewinnen.

»Nun, komm schon, Alice, so kenne ich dich gar nicht.

Er ist doch nicht auf dem Mond. Versuch's einfach«, meint Alessandra leicht empört.

»Der Akku von meinem Handy ist leer.«

»Dann nimm meins«, erwidert mein Bruder und reicht es mir.

Zwei Augenpaare sehen mich an, als ob sie das Ende eines Liebesfilms mitverfolgen würden.

Was soll ich machen? Ich will ihn nicht in Verlegenheit bringen. Ich will nicht erfahren, dass irgendetwas nicht in Ordnung ist. Ich will nicht erfahren, dass er mir noch nicht geantwortet hat, weil er keine Zeit oder keine Möglichkeit dazu hatte. Es ist der gleiche Grund, aus dem ich monatelang keinen Blick in meine Kontoauszüge werfe: Ich fürchte mich vor der Wahrheit.

Ich nehme das Handy von meinem Bruder, ein Modell, das seit mindestens zehn Jahren aus dem Handel ist, und rufe ihn an. Ich weiß jetzt schon, dass ich das Telefonat gleich auf der Stelle bereuen werde und dass es mich ärgern wird, aber als die Verbindung hergestellt ist, kann ich nicht mehr zurück.

Es klingelt sehr lange. Ich will schon aufgeben, die Spannung in mir hat sich aufgelöst. Endlich antwortet er.

»Ja?«, meldet er sich verärgert.

»Arthur?«

»Alice!«, ruft er aus, mit völlig verändertem Tonfall.

Meinen Namen aus seinem Mund zu hören, trifft mich bis ins Mark, und ich bereue schon, mir das hier überhaupt angetan zu haben.

»Arthur ...« Was soll ich ihm jetzt sagen? »Wie geht es dir? Ich habe dir geschrieben ... und mir ein bisschen Sorgen um dich gemacht«, erkläre ich ihm in einem Tonfall, in dem all die Unsicherheit mitschwingt, die mein Leben in diesem historischen Augenblick kennzeichnet.

»Entschuldige, du hast recht, ich wollte dir auch so schnell wie möglich antworten. Du kannst dir nicht vorstellen, was hier für ein Durcheinander herrscht.«

»Pass bitte auf dich auf.«

»Ja, ja.« Ich bin ein wenig verlegen. Er hat nicht einmal die Zeit gefunden, mir auch nur mit einer Zeile zu antworten. Aber was habe ich mir denn anderes erwartet? Er war nicht sehr aufmerksam, als wir noch zusammen waren, wie soll das dann erst jetzt sein?

»Na ja, wenn bei dir alles okay ist … dann mach's gut«, stottere ich.

»Warte! Bei dir auch alles okay, *Alice*?« Seine Stimme klingt nach echtem Interesse.

»Ja, danke.«

»Am Institut?«

Wahrscheinlich ist das Institut das einzige meiner Probleme, das sich gelöst hat. »Ja, wirklich.«

»Mein Vater schätzt dich mehr, als du glaubst.«

»Gut, das ist wirklich ein Trost.«

Was folgt, ist ein schreckliches Schweigen, das nicht daher rührt, weil wir uns nichts zu sagen hätten, sondern weil uns die richtigen Worte fehlen. »Ich schreib dir bald, versprochen«, beendet er schließlich das Gespräch.

»Dann gedulde ich mich«, antworte ich und glaube nicht wirklich an seine Worte.

Ich kehre an den Tisch zu meinen zwei Begleitern zurück, die an meinen Lippen hängen.

»Hast du mit ihm gesprochen?«, fragt Alessandra. Ich probiere die Kartoffeltarte, die ich mir bestellt habe, und nicke. »Und was hat er gesagt?«

»Nichts. Das Telefonat war absolut überflüssig. Doch, da war was: Er hat mir gesagt, dass sein Vater mich schätzt.«

»Das war nett von ihm. Natürlich wäre es besser gewesen,

wenn er gesagt hätte, dass er dich sehr schätzt«, kommentiert Alessandra.

Ich schüttle traurig den Kopf und gebe keine Antwort, denn, so banal es erscheinen mag, ich möchte wirklich nicht weiter darüber reden.

»Vielleicht hätten wir dich nicht drängen sollen«, wirft mein Bruder mit schlechtem Gewissen ein.

Alessandra teilt diese Meinung nicht. »Alice sollte der Realität ins Gesicht sehen, egal, wie sie aussieht.«

Ich seufze und begrabe alle meine Sorgen in Kohlenhydraten.

Am folgenden Tag beschließe ich endlich einmal wieder einen Blick in die Briefe zu werfen, die sich auf meinem Schreibtisch türmen. Es handelt sich um Kontoauszüge von meinen diversen Kreditkarten – sie zu überprüfen macht wenig Spaß, und deshalb schiebe ich das auch schon seit Wochen vor mir her.

Zwischen den Umschlägen befindet sich auch ein Brief der Ärztekammer.

Komisch. Ich habe meinen Jahresbeitrag entrichtet und den Präsidenten gewählt, und ich frage mich, was die von mir wollen.

Sehr geehrte Frau Kollegin Allevi,
mit Bedauern müssen wir Ihnen mitteilen, dass eine interne Untersuchung anberaumt worden ist, um die Richtigkeit eines Tatbestands zu prüfen, der uns gemeldet wurde und der mit der Ethik unseres Berufsstands nicht im Einklang steht.
Um allfällige Fragen zu klären, bitten wir Sie, sich am 19. Mai um 18 Uhr im Sitz der Ärztekammer einzufinden. Die Anwesenheit eines Rechtsanwalts ist nicht erforderlich.
Mit freundlichen Grüßen

»Silvia?«

»Alice. Du bist also noch nicht vor Selbstmitleid eingegangen.«

»Silvia, es gibt nichts zu lachen. Ich sitze richtig in der Scheiße.«

»Stell dir vor! Wer hätte das gedacht! Was ist los?«

Ich lese ihr den Brief vor.

»Dass die Anwesenheit eines Rechtsanwalts nicht erforderlich ist, ist ausgemachter Quatsch. Ich gehe morgen mit dir hin. Und beruhige dich, die können dir nichts anhaben.«

»Das weiß ich, Silvia. Und du weißt auch, um was es ...«

»Nicht am Telefon. Ich hol dich morgen um fünf ab.«

Ich bin wirklich arm dran. Sie werden mich aus der Ärztekammer ausschließen, das weiß ich jetzt schon. Ich werde nach Hause, nach Sacrofano zurückkehren und mich dort in mein Zimmer einschließen, ganz so wie Emily Dickinson.

Ich bin sicher, dass hinter diesem freundlichen Brief dieser üble Jacopo De Andreis steckt.

Überpünktlich treffen Silvia und ich beim Sitz der Ärztekammer ein. Wir sind unglaublich aufgeregt.

Auch wenn sich Silvia um Gelassenheit bemüht, so befürchtet sie mindestens ebenso sehr wie ich, dass die Dinge einen unguten Verlauf nehmen könnten.

»Dottoressa Allevi«, ruft mich ein Sekretär und weist mir dann die Tür zu, hinter der schon einige Vertreter der Ärztekammer auf mich warten.

Mir kommt es so vor, als würde ich die Höhle des Löwen betreten.

»Bleib ruhig. Schließlich haben sie nicht einmal die ausgeschlossen, die bei Big Brother mitgemacht hat«, sagt Silvia zu mir und glaubt, mich damit zu beruhigen.

»Ich hab etwas viel Schlimmeres getan, Silvia.«

»Das ist Ansichtssache. Komm, schau nicht so besorgt, und denk daran, du bist gekommen, um deinen Mund zu halten und im Ernstfall alles abzustreiten. Alles klar?«

Mir ist schwindlig. Meine Angst ist übermächtig.

Ich spüre, dass mir etwas Schreckliches widerfahren wird.

Ich habe das Gefühl, dass ich es nicht schaffen werde.

Nach außen hin sind sie freundlich. Der Ton ist friedlich, niemand klagt mich in irgendeiner Weise an. In einem nüchternen und gesetzten Ton teilt man mir mit, dass Rechtsanwalt De Andreis die Beschwerde vorgebracht hat, der die einzelnen Punkte indes nicht aus Lust an Revanche formuliert hat, sondern weil er die Situation besser verstehen wollte.

Warum haben Sie sich an der Autopsie von Giulia Valenti beteiligt, Dottoressa?
Warum haben Sie die Familie De Andreis aufgesucht, Dottoressa?
Welches Verhältnis haben Sie zu Bianca Valenti, Dottoressa?
Und zu guter Letzt: Haben Sie wirklich einen Vergleich von der DNA aus dem Leichnam Giulia Valenti mit jener von Doriana Fortis durchgeführt, Dottoressa?

Auf die ersten Fragen antworte ich ganz ruhig, so wie jemand, der nichts zu verbergen hat. Bei der letzten gelingt es mir nicht, meine Verblüffung zu verbergen.

»Wie kommt Rechtsanwalt De Andreis zu dieser Annahme?«

Silvia tritt mir auf den Fuß und formuliert meine Frage ruhig und mit anderen Worten.

Darauf die vollkommen gelassene Antwort des Vertreters der Ärztekammer: »Rechtsanwalt De Andreis hat das von

Bianca Valenti erfahren. Und stimmt das nun, was er behauptet, Dottoressa?«, hakt er nach.

Aber ich bin mit meinen Gedanken schon nicht mehr bei der Sache.

Sie hat mich bei Jacopo angeschwärzt, obwohl sie wusste, dass ich meine Karriere aufs Spiel setze.

Ich kann's nicht fassen, was für ein Miststück.

»Das entbehrt natürlich jeder Grundlage«, erwidert Silvia an meiner Stelle. »Bianca Valenti hat Dottoressa Allevi um diesen Gefallen gebeten, und zwar gegen ein Entgelt. Eigentlich müsste man sie anzeigen! Aber Dottoressa Allevi hat das selbstverständlich abgelehnt, weil sie sich darüber im Klaren war, dass sie damit einen Rechtsbruch begehen würde. Darüber hinaus ist sie noch gar nicht in der Lage, selbstständig eine DNA-Untersuchung durchzuführen. Sie hat ihre Ausbildung noch nicht abgeschlossen und ist keine Fachärztin. Es genügt, mit ihrem Tutor zu sprechen, der wird das bestätigen. Für mich sieht es so aus, als habe Rechtsanwalt De Andreis einer Person Glauben geschenkt, welche die Absicht hatte, die Situation zu ihren Gunsten zu nutzen. Wahrscheinlich hat Signorina Valenti damit persönliche Interessen verfolgt und deswegen meine Klientin in das Ganze hineingezogen. Überdies fehlen Beweise.«

»Tatsächlich, Beweise liegen nicht vor. Der Herr Rechtsanwalt wollte nur eine Klärung des Sachverhalts herbeiführen. Er hat nichts weiter in der Hand, sonst hätte er wahrscheinlich bereits Anzeige gegen die Dottoressa erstattet.«

Glücklichweise habe ich bei meiner Untat keine Spuren hinterlassen.

»Du wirst sehen, du kommst mit dem Schrecken davon«, meint Silvia, als wir die Ärztekammer verlassen haben und auf ihren unsäglichen Smart zugehen. »Lass dir das Ganze eine Lehre sein!«

Die Ärztekammer hat sich vorbehalten, die Ergebnisse der Untersuchung intern zu prüfen, und damit stehe ich vor einer neuen Ungewissheit. Und doch kann ich nicht behaupten, dass ich mich an dieses Gefühl gewöhnen würde: Im Gegenteil, ich fühle mich völlig erledigt.

»Ich hoffe, du hast wenigstens mitgekriegt, dass das ein Einschüchterungsversuch war«, sagt sie und sieht mich gerade an.

»In welchem Sinn?«

»In welchem Sinn, Alice? In dem Sinn, dass Jacopo dir ordentlich eins auf die Rübe gegeben hat, damit du endlich begreifst, dass du dich aus der ganzen Sache heraushalten sollst. Mich wundert, dass er dir nicht schon längst einen Schriftsatz geschickt hat.«

»Nun ja, aber diese ganze Veranstaltung hier kann auch bedeuten, dass er etwas zu verbergen hat.«

»Nein, sie bedeutet, dass du völlig den Verstand verloren hast. Ich habe dich davor gewarnt, dass du dich mit deinem blinden Vertrauen in Schwierigkeiten bringen würdest. Angefleht habe ich dich, dieser Bianca Valenti nichts zu erzählen. Trau niemals einer Fremden.«

»Das hätte ich wirklich nie für möglich gehalten … Ich begreife nicht, wie ich mich so sehr in ihr täuschen konnte.«

»Das ist doch klar. Du kennst sie nicht. Du weißt nichts über sie. Sie hat dich um einen Gesetzesbruch gebeten, und du hast ihr ohne Gewissensbisse gehorcht.«

»So einfach ist das nun auch wieder nicht. Ich habe das für Giulia getan, nicht für Bianca.«

»Du sitzt einer Wahnvorstellung auf, begreifst du das nicht?«

Ich sehe sie ungehalten an – schon das Wort gefällt mir nicht, weil es die Sache nicht trifft. »Wahnvorstellung. Warum immer diese Stereotypen? Es geht um Forschung, um

Hartnäckigkeit. Kann ich in meinem Leben eigentlich mal irgendetwas richtig machen, ohne dass es gleich als krankhaft angesehen wird?«

»Genau hier liegst du falsch. Du machst hier überhaupt nichts richtig. Dass du das Jahr am Ende nicht wiederholen musst, hast du Claudio und Malcomess junior zu verdanken. Du bist gerade wegen einer Disziplinarbeschwerde vorgeladen worden. Du kommst mit deinen Dozenten nicht klar. Sind das für dich etwa gute Ergebnisse?«

Aua, das tut weh! Wie unangenehm und schmerzhaft kann Wahrheit sein. »Nein, und ich fühle mich wirklich furchtbar durcheinander und verloren. Aber das geht vorüber.«

»Alice, geh in dich. Das wird nicht immer so gut für dich ausgehen. Diesmal ist es der Fall Valenti. Beim nächsten Mal stürzt du dich auf etwas anderes. Wenn du nicht endlich etwas änderst, dann steckst du irgendwann bis zum Hals in Schwierigkeiten.«

»Ich weiß, dass du es nur gut mit mir meinst, ich weiß«, räume ich ein.

Silvia seufzt, will gerade in die Straße zu meiner Wohnung einbiegen. »Kannst du mich bitte in der Via Manzoni absetzen?«

»Das ist dein Dank? Mich einfach so sitzen zu lassen? Ich hätte schon erwartet, dass du mich wenigstens auf einen Tia Maria einlädst.«

»Du hast recht. Heute Abend, versprochen. Jetzt muss ich wirklich gehen, es ist wichtig.«

Mit ungewöhnlicher Großzügigkeit kommt Silvia meinem Wunsch nach und setzt mich an der Via Manzoni fünfzehn ab.

Ich drücke auf die Klingel.

»Ja, bitte?«

Ihre Altstimme erkenne ich sofort. Ich bin so richtig in

Fahrt und bekomme die Worte kaum heraus: »Bianca? Ich bin's, Alice. Nur ein einziges Wort: Miststück. Vielleicht werde ich aus dem Ärzteverband ausgeschlossen. Vielen Dank auch, wirklich vielen Dank.«

»Das ging nicht anders. Und ich habe dich auch, so gut es ging, geschützt«, erwidert sie schlagfertig, und ich habe nicht einmal die Zeit, mich sofort zu entfernen, wie ich das eigentlich wollte. »Komm rauf, und wir reden drüber.«

Ich könnte jetzt raufgehen. Ich könnte ihren Erklärungen lauschen, die das, was sie angestellt hat, in keinem Fall moralisch rechtfertigen. Ich könnte zu ihr raufgehen, und ich bin sicher, dass sie mich wieder einwickeln würde. Ich könnte raufgehen und mich in die nächste Katastrophe stürzen, denn – eines ist klar – Bianca kann ich nicht vertrauen. Doch wenn ich nicht mit ihr rede, dann werde ich niemals erfahren, warum sie mich ausgeliefert hat und ob es ihr leidtut.

Ich könnte zu ihr raufgehen, aber ich lasse es.

Im Grunde hat es keine Bedeutung. In meinem Leben ist so vieles unklar, und Bianca Valenti ist nur eine der Unklarheiten.

Sie reagiert nicht sofort und sagt dann in unpersönlichem Tonfall: »Alice, pass auf.«

Achtung, Doriana

Ich fühle mich furchtbar, nein, schlimmer. Yukino versucht mich abzulenken und, überzeugt, dass der Bruch mit Arthur die Ursache all meines Übels ist, führt sie mich zum Shoppen aus. Sie kann nicht ahnen, dass mein Unglück noch viel größer ist, dass ich völlig orientierungslos bin und meinen Mittelpunkt verloren habe.

Ich fühle mich ganz schwach. Tränen rinnen mir die Wangen herunter, und als ich endlich weine, bin ich erleichtert.

Arthur.

Nur er kann mir jetzt zuhören, mich verstehen und beraten.

Es ist zehn Uhr morgens, ich bin im Institut. In Khartum müsste es jetzt zwölf Uhr mittags sein. Das alles kann man nicht per Mail mitteilen. Ich muss mit ihm reden, seine Stimme hören, er soll mir sagen, dass ich mir keine Sorgen machen muss. Ich versuche immer wieder, ihn anzurufen, aber drei Stunden später habe ich ihn immer noch nicht erreicht. Mein Handy ist wie tot.

Also bleibt mir nichts anderes, als ihm zu schreiben.

Arthur,
ich habe schon lange nichts mehr von dir gehört. Ich mache mir ein bisschen Sorgen und würde gerne erfahren, wie es dir geht.
Was mich angeht, so weiß ich nicht, wo ich anfangen soll.
Vielleicht sollte ich mit der Wahrheit herausrücken: Ich brauche Hilfe.

Kannst du mir helfen?
Ich weiß nicht, was ich tun soll. Gib mir einen Rat, ich bitte dich.
Es geht um Giulia Valenti …

Ich fahre fort und versuche die Ereignisse zusammenzufassen. Dabei fällt mir auf, dass es nicht leicht ist, alles logisch und geordnet zu beschreiben, ohne dass das Ganze als das wirre Gerede einer Besessenen erscheint. Ich schreibe, lösche wieder alles, fange wieder von vorne an, speichere zehn Entwürfe ab und schicke am Ende eine Fassung ab, die sich wie die Zusammenfassung eines Schmonzettenkrimis im Privatfernsehen liest.

Antworte.
Arthur, antworte mir bitte.

Die Antwort kommt.

Sie liest sich so:

Entschuldige, dass ich mich in diesen Tagen nicht gemeldet habe.
Hier ist alles in Ordnung.
Ich kann mich nicht weiter am Computer aufhalten, tut mir leid.
Bis bald,
Arthur

Aus naheliegenden Gründen fällt mir zu dieser Antwort nichts ein.

Sie ist dermaßen nichtssagend, dass ich nicht wüsste, wie ich sie rechtfertigen sollte.

Ich gebe mir alle Mühe, sie zu vergessen.

In dieser Stimmung setze ich mich gegen drei Uhr nachmittags an den Tisch; ich bin eben von der Arbeit nach Hause gekommen. Als Tischgast habe ich Yukino, die jedes Augenmaß verloren hat.

»Ich habe dich schon erwartet! Ich habe Überraschung vorbereitet, italienische Pasta.«

»Vielen Dank, Yukino«, antworte ich geistesabwesend.

»Heute bist du noch ruhiger als sonst.«

»Das kommt vor«, erwidere ich und koste die Nudeln mit Pesto, die sie gekocht hat, ohne wirklich etwas zu schmecken.

»Gehen wir heute Abend ins Kino?«

»Darüber reden wir später noch einmal, okay?«

»Du lachst seit Wochen nicht mehr. Das ist nicht normal.«

»Yuki, ich habe auch keinen Grund dazu, weder zum Lachen noch zum Lächeln.«

Yukino verneint das entschieden und schüttelt den Kopf. »In Japan sagt man: Man lächelt nicht, weil etwas Schönes passiert ist, sondern weil etwas Schönes passieren wird.«

»Ich denk dran«, gebe ich zerstreut zurück.

»Kommt dieses Geräusch von deinem Handy?«

Tatsächlich signalisiert ein schwaches vibrierendes Geräusch, das aus der auf dem Sofa abgelegten Tasche dringt, dass mich jemand anruft.

Es ist Lara dran, die so flüstert, als würde sie mich heimlich anrufen. »Beeil dich, Alice, komm ins Institut.«

»Ich bin eben erst nach Hause gekommen und esse. Ich habe gerade eine wirklich blöde Zeit hinter mir und gehe nicht mehr aus dem Haus«, gebe ich ungehalten zurück.

»Beeil dich, hab ich gesagt.«

»Gibt's Ärger mit dem Boss? Oder mit Wally?«, frage ich und fühle, wie mir das Blut in den Adern stockt.

»Nein. Es geht um den Fall Valenti. Ich muss Schluss machen, aber jetzt komm endlich.«

Yukino sieht verwundert zu, wie ich blitzartig den Tisch verlasse und mir die Jacke überziehe. Nicht einmal ihren Rat beherzige ich, den sie mir hinterherruft: »Du hast noch Essen zwischen den Zähnen, mach dich sauber!«

Bei meiner Ankunft im Institut versuche ich zu begreifen, was geschehen ist. Ich sehe nur Männer in Uniform und keinen von uns. In aller Eile wähle ich Laras Nummer, aber sie nimmt den Anruf nicht entgegen.

Mein Büro ist menschenleer, ebenso das Sekretariat.

Am Ende des Flurs sehe ich Claudio, der mich völlig ignoriert.

»Claudio!«, rufe ich und knöpfe mir den Kittel fertig zu.

Er wendet sich mit seinem hochmütigen Gesichtsausdruck um und betrachtet mich neugierig. »Allevi? Was für ein Zufall. Immer zur Stelle, wenn es um den Fall Valenti geht.«

»Das hat gerade so gepasst«, erwidere ich mit einem Achselzucken.

Ohne meinen Worten Glauben zu schenken, rückt er mir den Kragen zurecht. Seine Hand an meinem Hals lässt mich innerlich zusammenfahren.

»Der Staatsanwalt hat ein genetisches und ein toxikologisches Gutachten zu Doriana Fortis angeordnet.«

Die Nachricht schlägt ein wie ein Blitz, aber sein Blick gibt ganz klar zu verstehen, dass er das Thema nicht vertiefen will.

»Da siehst du's«, meine ich nüchtern. »Ich erwarte eine Entschuldigung von dir.«

»Allevi, geh mir jetzt bloß nicht auf die Nerven. Das ist gerade nicht der richtige Zeitpunkt.«

Grummel, grummel.

»Weißt du, wo Lara steckt?«, frage ich ihn.

In der Zwischenzeit ist Ambra zu uns gestoßen: temperamentvoll, auf hohen Hacken und mit frischen Strähnchen in den Haaren.

»Du bist spät dran, mein Schatz, die Fortis ist schon zur Blutabnahme da.«

Er antwortet mit einem Laut, der wie ein Fluch klingt, und die beiden entfernen sich, als wäre ich Luft. Was gibt es da Besseres, als ihnen auf den Fersen zu bleiben?

Vor dem Raum, in dem die Blutabnahme stattfindet, stehen Jacopo De Andreis und Commissario Caligaris: Der eine möchte am liebsten alles auf der Stelle hinter sich lassen, der andere ist entschlossen, Antworten zu finden. Jacopo grüßt kalt, und ich mache es ebenso. Vor dem Hintergrund seiner Beschwerde bei der Ärztekammer versetzt mich das Wiedersehen in Angst und Schrecken. Ich spüre, wie mir jedes Mal, wenn unsere Blicke sich zufällig kreuzen, die Knie zittern. Er sieht fix und fertig aus und tut mir fast ein wenig leid. Commissario Calligaris ist dagegen so freundlich und leutselig wie immer.

Doriana wartet auf uns: Mal sieht sie sich verloren um, dann wieder ist sie völlig apathisch, und sie erscheint mir im Ganzen genauso hilflos und schwach wie bei unserer ersten Begegnung.

Claudio wirkt besonders angespannt. Für das ungeübte Auge ist sein Zittern nicht zu bemerken. Doch ich kenne ihn gut. Und vor allem erkenne ich, aus Erfahrung, den Geruch der Angst. Hinter der Fassade von anerkannter, unanfechtbarer und kühler Professionalität, die er sich weiß Gott wie mühselig zusammengebastelt hat, hat Claudio vor etwas Angst.

Er befürchtet, in diesem einen Fall etwas falsch gemacht zu haben.

Er hat Angst davor, dass jemand behaupten könnte, er habe das Ganze zu oberflächlich abgehandelt.

»Machen Sie bitte Ihren Arm frei, Signorina Fortis.«

Doriana stöhnt und schluchzt dann kurz auf.

»Lassen Sie mich Blut abnehmen, Signorina Fortis, seien Sie so gut.«

Doriana wirkt apathisch. Nach einer Weile sieht sie Claudio mit glasigen Augen an.

»Ich wollte das nicht. Ich wollte das nicht. Ich schwöre, ich wollte das nicht. Oh, mein Gott, Giulia«, schluchzt sie und schlägt ihre Hände vor dem Gesicht zusammen wie ein Kind, das keine Ruhe findet.

Was wolltest du nicht, Doriana?

Sofort schaltet sich ihr Anwalt ein. »Verlieren Sie nicht die Nerven, Signorina Fortis. Dottor Conforti, ich muss Sie bitten, noch einige Minuten zu warten. Sie sehen doch selbst, dass meine Mandantin nicht in geeigneter Verfassung ist.«

Claudio schnaubt ungeduldig. »Wenn Sie meine Meinung hören wollen, Herr Rechtsanwalt, dann wird ihre Verfassung in zehn Minuten immer noch die gleiche sein.«

»Also wirklich, Dottor Conforti, ein bisschen Geduld!«

Claudios Zügen verhärten sich. »Herr Rechtsanwalt, ich gebe Ihnen zwanzig Minuten, und dann führe ich die Blutabnahme durch, egal, in welcher Verfassung Ihre Mandantin sich befindet.«

Auf seine Aufforderung hin verlassen wir den Raum, und ich nutze die Gelegenheit, um Lara anzusprechen.

»Kannst du jetzt reden?«, frage ich. »Vielen Dank, dass du mir Bescheid gegeben hast, Lara. Sonst hätte ich das hier völlig verpasst«, sage ich.

»Mmm«, erwidert sie. »Die Situation ist folgende: Offensichtlich hat sich Doriana einem wichtigen Zeugen anvertraut, der damit natürlich zur Polizei gegangen ist, und deshalb findet jetzt die Untersuchung statt.«

»Weißt du, wer das war?«

»Nein, mehr weiß ich nicht. Und das hab ich übrigens von Ambra, da kannst du dir vorstellen, was für eine Mühe es war, an diese Informationen heranzukommen.«

Lara zieht ein Paket Minzbonbons aus ihrer Kitteltasche und bietet mir eins an.

»Doriana macht den Eindruck, als hätte sie jeden Bezug zur Realität verloren«, meint sie und zerkaut geräuschvoll ein Minzbonbon.

»Na ja. Vielleicht liegt ihr wirklich etwas auf der Seele. Ich könnte es nicht ertragen, in den Tod von jemand anderem verwickelt zu sein.«

Lara nickt verständnisvoll. »Mein Kopf tut weh. Wenn ich dagegen nicht rechtzeitig etwas unternehme, bin ich bald fix und alle. Hast du Aulin?«

»Ich hol's aus unserem Büro«, antworte ich und laufe los.

Die Tabletten sind in meiner Handtasche, und ich bin schon aus der Tür, da werde ich auf die Stimme eines Mannes aufmerksam.

Diese Stimme kenne ich mittlerweile gut.

Sie gehört Jacopo De Andreis, der sich in einen kleinen, ungenutzten Raum neben meinem Büro geflüchtet hat und so leise wie möglich telefoniert.

»Ruf mich nicht mehr an. Ich habe genug!«

Ich weiß, dass man das nicht tut, es gehört sich eigentlich nicht zu lauschen.

Und doch stehe ich mit dem Ohr an die Wand gepresst, ja, ich suche die Position, in der ich am besten mithören kann.

»Du solltest sie sehen, wirklich. Sie ist am Ende. Hast du kein schlechtes Gewissen?«

Schweigen.

»Das kannst du nicht wissen. Sie ist … etwas Besonderes, meine engste Vertraute.«

Wieder Schweigen.

»Das ist das Ziel?«, fährt er nach einer kurzen Pause fort. »Was für ein Irrtum«, murmelt er in einem Tonfall, der größtes Bedauern ausdrückt. »Ein furchtbarer Irrtum! Verschwinde aus meinem Leben, ich will nichts mehr davon hören.« Und schließlich: »Ich habe dir nichts versprochen. Du bist mir vollkommen egal, das ist die Wahrheit.«

Ich schaffe es nicht mehr, rechtzeitig zu verschwinden, weil er aus dem Raum stürzt, als sei ihm der Teufel auf den Fersen. Er starrt mich mit einem tödlichen Blick an.

»Sie schon wieder!«, ruft er wutschnaubend aus.

»Das hier ist mein Büro«, versuche ich mich zu rechtfertigen und weise auf die Tür, an der neben meinem die Namen von Lara und Ambra stehen.

»Klar, natürlich«, erwidert er, immer noch erbost. Er lässt mich mitten auf dem Flur stehen. Er scheint außer sich. Als ich ihn kurz darauf wiedersehe, hat er äußerlich seine Ruhe wiedergefunden, doch ich kann sehen, wie beunruhigt er ist.

Zusammen mit Claudio betrete ich den Raum, in dem wir Doriana zurückgelassen haben.

Bei meinem Eintreten wirkt sie noch blasser, ihr scheint es noch schlechter zu gehen als vor der Pause.

»Das ist das Ende«, murmelt Doriana und bricht, die Hände vor das Gesicht geschlagen, zusammen.

Claudio verdreht die Augen und geht nicht weiter auf ihre Nervenkrise ein.

»Auf geht's, Signorina Fortis, den Arm.«

Er nimmt sie bei der Hand und sucht nach einer Vene. Sie lässt ihn teilnahmslos gewähren.

»Ich schwöre, ich habe sie nicht umgebracht.«

»Signorina Fortis«, ruft ihr Anwalt aus. »Dottor Confortis, machen Sie bitte weiter.«

»Das genau war meine Absicht«, erwidert der erbost.

Und während er diese ungehaltenen Worte ausspricht, dringt die Nadel in Dorianas feine und helle Haut ein.

Und alles erscheint mir endlich entschieden. Denn nun wird die Wahrheit, wie auch immer sie aussehen mag, ans Licht kommen.

Ein neues kleines großes Problem

In einem Gefühlszustand, der zwischen Teilnahmslosigkeit und Entmutigung schwankt, schaue ich auf den Fernseher, ohne mich auf irgendetwas konzentrieren zu können.

Es ist zehn Uhr abends, als mich Cordelia anruft. Ich habe schon seit einer Weile nichts mehr von ihr gehört. Und weil ich Peinlichkeiten aus dem Weg gehen wollte, hatte ich mich nicht gemeldet.

»Alice, ich bin's, Cordelia.«

»Ciao! Wie schön, von dir zu hören«, sage ich und meine es auch.

»Na ja, ich freu mich auch. Oder besser, eigentlich nicht. In dem Sinn, dass ich gerne so mit dir reden würde wie zu der Zeit, als du noch mit Arthur zusammen warst. Und es fällt mir schwer, dich jetzt in einer solchen Situation anzurufen.«

Ich horche auf. »In welcher Situation?«

»Versuch, dich nicht aufzuregen, okay?«

»Arthur?«, frage ich instinktiv nach.

»Er liegt im Krankenhaus in Khartum. Riccardo hat mich gerade angerufen.«

»Ich habe geahnt, dass ihm etwas zugestoßen ist. Ich wusste es. Ist er verletzt? Hat man ihn gefangen genommen und gefoltert? Cordelia, sag mir, was los ist.«

»Es ist alles viel weniger aufregend und hat weniger von le Carré und mehr von Rosamunde Pilcher. Er ist an Malaria erkrankt, aber mach dir keine Sorgen, es ist nicht ernst.«

»Weißt du, um welche Form von Malaria es sich handelt?«, frage ich.

»Davon verstehe ich nichts, Alice. Aber es geht ihm schon besser, und das kann nur bedeuten, dass die Erkrankung nicht tödlich ist. Oder nicht? Auf jeden Fall hat Riccardo sich nicht dazu geäußert. Er hat mir nur gesagt, dass das Schlimmste vorüber ist, dass er jetzt im Krankenhaus liegt und dass man sich keine Sorgen machen muss.«

»Weiß dein Vater davon?«

Cordelia verharrt einen Augenblick in Schweigen. »Ja, ich habe ihn angerufen. Er hat mir den Kopf vollgequasselt und was von Prophylaxe, Chinin und anderem Zeug erzählt. Er hat auch den Chefarzt in Khartum angerufen ... Es sieht so aus, als ob Arthur mittlerweile außer Gefahr wäre, aber es ging ihm richtig schlecht.«

»Hast du mit ihm gesprochen?«

»Nein. Das alles weiß ich selbst erst seit Kurzem, Alice«, betont sie. »Seit ungefähr einer Stunde.«

»Ich will mit ihm reden«, sage ich mehr zu mir selbst als zu ihr.

»Ich geb dir Riccardos Nummer und die vom Krankenhaus«, bietet sie mir freundlich an.

»Vielen Dank, dass du mir Bescheid gesagt hast, Cordelia. Nach dem, wie sich die Dinge zwischen mir und deinem Bruder entwickelt haben, war das nicht selbstverständlich.«

»Für mich war es klar, an dich zu denken. Von allem anderen einmal abgesehen, wusste ich, dass es dir nur recht wäre, wenn man dich informiert, und das habe ich getan. Und außerdem sind die Dinge zwischen dir und meinem Bruder ja noch offen«, fügt sie bedächtig hinzu. »Jetzt muss ich Schluss machen. Ich ruf Riccardo an, und wir halten uns gegenseitig auf dem Laufenden, sobald es etwas Neues gibt.«

Ohne auch nur einen weiteren Gedanken zu verschwenden, rufe ich Riccardo an. Nach dreimaligem Läuten nimmt er ab. Er klingt beruhigend und beschwichtigend.

»Alice, mach dir keine Sorgen. Es ist alles unter Kontrolle. Du bist Ärztin, du wirst das sicher wissen. Der zuständige Arzt hat mir erklärt, dass es vier unterschiedliche Formen von Malaria gibt. Er hat sich nicht die tödliche eingefangen«, versucht er mir zu erklären, aber ich höre seine Stimme nur bruchstückhaft.

»Bist du dir da sicher?«, frage ich ihn und werde unabsichtlich lauter.

»Ganz sicher!«

»Kannst du ihn mir geben?«

Schweigen. »Alice, es tut mir leid. Aber er ruht sich gerade aus, und der Arzt hat gesagt, er solle schlafen. Es ging ihm so schlecht... Wir waren gerade aus Darfur zurückgekommen, und am Anfang war er sich sicher, dass es nichts Ernstes sei. Er fühle sich nur ein wenig schlapp, meinte er. Dann hat er Schüttelfrost bekommen und angefangen, sich zu übergeben... Du kannst dir nicht vorstellen, wie hoch sein Fieber war. Da musste ich ihn ins Krankenhaus bringen.«

»Warum hast du Cordelia erst jetzt angerufen? Das war unverantwortlich!« Mir fällt nichts Besseres ein, als auf ihn loszugehen.

Die unsichere Stimme, mit der er antwortet, spiegelt sein Unbehagen wider. »Ich hätte vielleicht nicht auf ihn hören sollen, aber glaub mir, er hat bis zum Schluss darauf bestanden, dass ich niemanden informiere. Und ich hätte in keinem Fall gegen seinen Willen handeln dürfen«, erklärt er in ernstem Tonfall. »Er war von dem Gedanken besessen, dass die Familie ihn nicht in Ruhe lassen würde, wenn sie davon erfahren würde. Deswegen hat er mich darum gebeten, in seine Mailbox zu schauen und allen an seiner Stelle zu antworten. Dir habe ich auch eine Antwort geschickt.«

Ich brauche einen Augenblick, um die Neuigkeiten zu verarbeiten.

»Und du hast auf ihn gehört? Er war im Fieberwahn, aber du? Riccardo, das ist unglaublich! Der Brief war wichtig, und deine Antwort darauf hat mich fertiggemacht.«

»Was hätte ich sonst tun sollen?«, rechtfertigt er sich.

»Vielleicht lieber gar nicht antworten? Dann hätte ich vielleicht geglaubt, dass er von meinen Problemen nichts weiß, so musste ich annehmen, dass sie ihm egal sind.«

»Es tut mir wirklich leid, Alice. Das war ein Fehler, okay?«

»Kann ich ihn später anrufen und mit ihm reden?«, frage ich unterkühlt.

»Selbstverständlich«, antwortet er und scheint ziemlich verärgert über meine Vorwürfe.

Als unsere Unterhaltung beendet ist, breche ich in Tränen aus. Es ist ein untröstliches Weinen, mit dem sich meine ganze Anspannung Luft macht. Ich weine wegen Arthur, wegen mir, wegen Bianca und wegen Giulia. Doch alle meine Tränen können mich nicht trösten.

Es kostet mich viel Kraft, noch eine weitere Stunde zu warten, bis ich Riccardo wieder anrufen kann, aber am Ende ist es Energieverschwendung, denn Arthur schläft noch.

»Ist das normal?«, frage ich ihn.

»Ja, sagt man hier. Wenn die Situation ernst wäre, würde ich es dir sagen, Alice. Cordelia vielleicht nicht«, führt er aus, »aber dir schon. Du kannst mir vertrauen.«

Mir bleibt nichts anderes übrig, als ihm zu glauben. Und zu warten und weiter zu warten.

Ich bin unfähig zu lesen oder zu schlafen, oder irgendetwas zu tun. Also sehe ich die ganze Nacht fern, ohne mich zu beruhigen. Gegen fünf schlafe ich ein, aber um sieben bin ich schon wieder auf den Beinen, um zur Arbeit zu gehen. Doch die Müdigkeit macht mir nichts aus, denn ich habe die Absicht, mit dem Allerhöchsten zu reden – und meiner Schüchternheit zu trotzen.

Auch er – das fällt mir sofort auf – sieht angespannt aus. In voller Größe (und er ist groß) steht er vor seinem Schreibtisch und raucht seine Zigarre.

»Professore …«, beginne ich zögerlich nach einem zaghaften Klopfen an seine Tür.

»Ich weiß schon, was Sie von mir wollen. Es ist eine harmlose Form. Er wird durchkommen, wenigstens dieses Mal.«

»Haben Sie mit ihm gesprochen?«

»Ja. Er sagt, es gehe ihm gut.«

Ich kenne ihn und weiß, dass er selbst kurz vor seinem Ableben behaupten würde, dass es ihm gut gehe, nur um Vorwürfen zu entgehen.

»Wissen Sie, ob er zurückkommen wird?«

»Das fragen Sie ihn besser selbst. Doch jetzt gehen Sie wieder an Ihre Arbeit, Dottoressa Allevi. Sie haben einen Berg unerledigter Aufgaben vor sich«, beschließt er das Gespräch und behandelt mich wie jemanden, der nicht weiter wichtig ist.

Ich bin schon dabei, mit gesenktem Haupt den Raum zu verlassen, als er ruft: »Allevi, wie haben Sie mich das letzte Mal noch genannt?«

Ich zögere einige Sekunden, aber ich weiß, dass ich keine andere Wahl habe: »Allerhöchster.«

Und wenn mich nicht alles täuscht, reicht dieser Spitzname aus, um den Schatten eines Lächelns auf sein Gesicht zu zaubern.

Die Hälfte des Vormittags ist vorbei, und ich versuche Riccardo anzurufen: Er kann mir Arthur leider nicht geben, weil der in diesem Augenblick mit einem Typen von einem Pharmaunternehmen redet. Es geht um eine Befragung zum Impfstand in der Bevölkerung von Darfur, die er und Arthur zusammen angeleiert haben. Ich beschließe, das Krankenhaus anzurufen; die Nummer hat mir Cordelia gegeben.

Es antwortet eine Krankenschwester, die kein Englisch spricht und die mich nach endloser Warterei mit dem Stationsarzt verbindet – einem Italiener. Was für ein Glück!

Er heißt Fragassi. Wegen der ärztlichen Schweigepflicht ist er mit Informationen zurückhaltend. Doch ich bezwinge seine Bedenken mit meinem flehentlichen Tonfall, der sein Mitleid erregt und sogar mich selbst zu Tränen rührt. So erfahre ich, dass Arthur die Nacht gut überstanden hat, dass die Prognose grundsätzlich positiv ist und dass er lediglich ein Problem mit den Nieren hat, welches man aber unter Kontrolle hat.

Nein, leider kann er ihn nicht ans Telefon holen, denn er macht gerade eine Dialyse.

Eine Dialyse? Also sieht es überhaupt nicht gut aus!

»Nein, machen Sie sich keine Sorgen, Kollegin. Es wird nicht mehr lange dauern, dann kommt er ohne die Maschine aus. Die Nieren haben keinen dauerhaften Schaden genommen. Aufgrund der schweren Hämolyse hatte er akutes Nierenversagen.«

Diese Kurzfassung lässt nicht den Eindruck entstehen, dass die Situation unter Kontrolle ist. »Wann kann ich zurückrufen, um mit ihm zu reden?«, frage ich kleinlaut.

»In ein paar Stunden, einverstanden?«, antwortet Dottor Fragassi.

Nach Ende des Telefonats stelle ich mich innerlich auf die Warterei ein, aber ich halte nicht lange durch. Langeweile, gepaart mit dem Gefühl überwältigender Angst, haben mich im Griff, und ich rufe Cordelia an.

»Ich habe endlich mit Arthur gesprochen«, verkündet sie. Warum gelingt nur mir das nicht? »Nur ganz kurz, dann war die Leitung unterbrochen. Er wirkte sehr ruhig. Er ist unverwüstlich: Einmal wäre er fast an einem Blinddarmdurchbruch gestorben, weil seine Mutter – die hat sich nie viel um ihn gekümmert – die Symptome nicht weiter beachtet hat. Wie durch ein Wunder hat er überlebt. Und von diesem Augenblick an war er gegen alles resistent. Ich habe nie gehört, dass Arthur krank war, wirklich niemals. Und du wirst sehen, auch dieses Mal wird das für ihn so etwas wie eine Erkältung sein.«

Malaria »so etwas wie eine Erkältung«! Cordelia hat so ihre eigenen Vorstellungen.

Bald darauf versuche ich noch einmal, Riccardo anzurufen. Sein Handy ist ausgeschaltet. Ich probiere es im Krankenhaus und verlange direkt nach Fragassi, aber die Leitung wird unterbrochen, und so gelingt es mir auch dieses Mal nicht, mit ihm zu reden.

Am Nachmittag, ich bin einem Nervenzusammenbruch nahe, bringt mich ein Anruf wieder in die Nähe des gesunden Menschenverstands, oder besser, er raubt ihn mir endgültig.

»Alice.« Er ist es. In seiner unverkennbaren Stimme schwingt Unsicherheit mit.

»Arthur«, rufe ich ohne jede Zurückhaltung. »Wenn du wüsstest, wie oft ich versucht habe, dich zu erreichen.«

»Das hat man mir ausgerichtet. Mach dir keine Sorgen, okay?« Seine Stimme klingt müde.

»Arthur … wie geht es dir?« Ich spüre einen Kloß im Hals, und meine Stimme hat einen merkwürdigen Klang.

»Ich habe schon bessere Zeiten erlebt«, erwidert er leise.

»Das glaube ich dir. Aber hast du keine Prophylaxe gemacht?« Was für eine blöde Frage. Was interessiert mich jetzt die Prophylaxe?

»Doch, ich hatte damit angefangen, aber dann ... habe ich vergessen, die Tablette regelmäßig zu nehmen.«

Man merkt, dass ihn das Reden Kraft kostet. Ich habe so viele Fragen, doch will ich ihn nicht zu sehr überfordern.

»Arthur, das tut mir so leid« ist alles, was ich herausbringe.

»Das geht vorbei.«

»Du machst einen sehr müden Eindruck. Soll ich dich später anrufen?«

»Ich bin nicht müde. Und du kannst anrufen, wann immer du willst«, antwortet er. Man hört Stimmen aus dem Hintergrund, er ist nicht allein.

Alles das, was ich ihm so gerne sagen würde, bleibt in meinen gedanklichen Wirren hängen. Doch das Wichtigste von allem kämpft sich an die Oberfläche: »Arthur ... mein Gott, Arthur, du fehlst mir so!«

Er scheint hin- und hergerissen zwischen dem, was er mir jetzt darauf antworten, und dem, was er besser für sich behalten sollte. Er senkt die Stimme: »Von allem, was mir hier fehlt, und glaub mir, hier fehlt mir sogar die Luft zum Atmen, fehlst du mir am meisten.«

Ich lasse mich auf den Boden gleiten und lehne den Kopf an die Wand. »Komm zurück. Ich bitte dich«, höre ich mich mit tränenerstickter Stimme flüstern.

»Das will ich nicht«, antwortet er darauf, so als ob der Grund dafür auf der Hand läge. Ich seufze und verharre in Schweigen. »Auf jeden Fall könnte ich das in diesem Augenblick nicht, selbst wenn ich wollte. Ich darf dieses Scheißkrankenhaus noch nicht verlassen.«

»In Italien würde man sich besser um dich kümmern.« Ich weiß nicht, woran ich mich noch klammern soll.

»Da habe ich meine Zweifel«, antwortet er entschieden. »Ich muss Schluss machen«, sagt er schließlich, und so beendet er, einfach so und ohne Vorwarnung, unser Gespräch, das für mich noch stundenlang hätte weitergehen können.

Ich fühle mich noch niedergeschlagener als zuvor. Ich stehe auf und gehe ins Bad, um mir das Gesicht zu waschen. Ich betrachte mein Spiegelbild – ich trage einen Ausdruck von machtloser Wut im Gesicht.

Eine Zusammenarbeit, die bis vor Kurzem noch völlig undenkbar erschienen wäre

Einige Tage danach, die ich um Grunde nur damit verbracht habe, auf ein Lebenszeichen von Arthur zu warten, dessen Gesundheitszustand gleich geblieben ist, kommt Dottor Conforti höchstpersönlich auf mich zu. Er ist so sorgfältig in Schale geworfen und parfümiert, wie nur er es zu sein vermag.

Anders als sonst macht er einen aufgeräumten und freundlichen Eindruck.

»Ich muss mit dir reden. Hast du eine Sekunde Zeit?«

»Selbstverständlich«, erwidere ich ohne Umschweife. Wir gehen in sein Büro.

»Nimm Platz«, fährt er fort und zeigt auf einen Besuchersessel. Auf seinem Schreibtisch thront ein Foto von ihm und Ambra. Als mein Blick darauf fällt, verziehe ich angewidert den Mund.

»Wie peinlich«, entfährt es mir.

»Willst du meine ehrliche Meinung hören? Ich sehe das genauso. Ich hätte ihr sagen sollen, dass das fehl am Platz ist. Aber ich wollte nicht unhöflich sein.«

»Tja.« Ich hüstle leicht verlegen, denn dieser Raum hat mich gerade an den hinreißendsten Kuss meines Lebens erinnert. Jetzt herrscht zwischen uns eine merkwürdige Kühle.

»Hast du Angst vor mir, Allevi?«

»Angst?«

»Du gehst mir aus dem Weg, so als ob ich dich jeden Moment anspringen würde. Ich tu's nicht.«

»Sehr gut.«

»Wenn du mir jetzt eine Frage stellen könntest, welche wäre das?«

»Bist du betrunken, Claudio?«

»Natürlich nicht. Im Institut niemals. Dann wäre der Lack ab. Antworte mir. Was würdest du mich fragen? Nicht, ob ich dir noch einen Kuss geben kann, das ist klar. Also, was?«

Ich überlege einen Augenblick und antworte dann aufrichtig: »Hast du schon die Ergebnisse?«

»Siehst du's? Ich kenne dich wie meine Westentasche. Und was solltest du auch sonst von mir wollen? Wie auch immer, nein, noch nicht. Doch deswegen habe ich dich nicht angesprochen. Du lagst richtig, Doriana Fortis zu verdächtigen. Ich habe keine Ahnung, wie du das gemacht hast, aber die Zeit gibt dir recht, es ist alles genau, wie du vorhergesagt hast. Meine aufrichtigen Glückwünsche!«

Ich begreife nicht, ob er gerade Witze macht oder nicht. Aber es spielt auch keine Rolle.

»Ich weiß nicht, ob Doriana Fortis Giulia umgebracht hat. Wenn man darüber nachdenkt, kommt auch Saverio Galanti infrage. Oder Sofia Morandini de Clés. Oder auch Jacopo De Andreis. Jeder von denen hätte ihr das Paracetamol verabreichen können. Sicher ist nur, dass Doriana mir vom ersten Anblick an zwielichtig vorkam, und wenn ich jemanden beim Namen nennen sollte … doch, dann wäre sie das.«

»Du hast Intuition bewiesen, anders kann man das nicht sagen.«

»Hat Calligaris dir erklärt, wie er auf Doriana gekommen ist?«

Claudio trommelt mit den Fingern auf die Tischplatte. »Er hat mir von einem neuen Zeugen erzählt, dem sich die Fortis offenbar anvertraut hat.«

»Weißt du, wer das ist?«, frage ich impulsiv, bevor mir die Dummheit meiner Frage bewusst wird. Es ist ganz klar, dass Claudio den Namen nicht kennen kann, und sicherlich habe ich im Vergleich zu ihm mehr Informationen, um die Identität dieses Zeugen zu erahnen.

Oder vielmehr der Zeugin.

Bianca.

»Für wen hältst du mich, Allevi? Wie soll ich das wissen? Du kommst vom Thema ab«, sagt er bestimmt. Claudio macht immer den Eindruck, als seien seine Arbeitstage für das, was er alles erledigen muss, viel zu kurz. »Kommen wir auf unser Thema zurück: Ich habe nur das Ergebnis der toxikologischen Untersuchung. Das hat der Toxikologe bereits mit ungewöhnlicher Schnelligkeit ausgewertet. Aber das Resultat ist nicht weiter von Bedeutung. Mittlerweile sind Monate vergangen, und es hat ohnehin niemand angenommen, dass Doriana Fortis etwas mit der Drogengeschichte zu tun hat.«

»Meiner Meinung nach sind die beiden Ereignisse völlig unabhängig voneinander. Am frühen Nachmittag hat Giulia sich mit Saverio einen Schuss gesetzt, und die Begegnung mit Doriana erfolgte erst später.«

»Ich weiß nicht mehr, was ich glauben soll, und offen gestanden interessiert es mich auch nicht. Ich würde dich gerne belohnen: Du wirst mir dabei helfen, das genetische Profil von Doriana Fortis zu erstellen.«

»Und wenn ich dir sagen würde, dass ich dieses Profil schon längst habe?«, frage ich wagemutig.

»Wie, was meinst du damit?«, fragt Claudio stirnrunzelnd.

»Claudio, ich …« Ich weiß nicht, wie ich ihm das sagen soll. Zu oft rede ich, ohne vorher meinen Verstand einzuschalten. »Ich habe es bereits eigenständig erstellt.«

»Also ist es ganz und gar zuverlässig«, lautet sein harscher Kommentar.

»Mistkerl.«

»Und wie willst du das gemacht haben?«

»Das ist eine lange Geschichte. Und ich will sie dir auch gar nicht erzählen, denn ich habe keine Lust auf deine witzigen Bemerkungen. Ich hab's, und fertig.«

»Dir ist bekannt, Allevi, dass es strafbar ist, genetische Profile ohne Zustimmung anzufertigen«, fragt er zögernd.

»Klar, wofür hältst du mich?«

»Ich verstehe. Also wie bist du an diese DNA gekommen?«

»Ich habe dir schon gesagt, dass ich nicht darüber sprechen möchte.«

»Ich weigere mich, einen Vergleich vorzunehmen, wenn du mir nicht erzählst, woher du die DNA-Probe hast. Ich habe eine Berufsehre, wie du weißt.«

»Ich versichere dir, dass die Probe von Doriana stammt. Nun komm schon, Claudio. Sei kein Pedant, das sieht dir nicht ähnlich.«

Mit einer kleinen Verzögerung wendet Claudio seinen Blick von mir ab und schaut auf seinen Computerbildschirm.

»Hier ist das genetische Profil der Hautpartikel, die man unter Giulias Fingernägeln gefunden hat«, sagt er, während er den Bildschirm in meine Richtung dreht und mir die von der Software erstellte Darstellung zeigt. Die ist mir bestens bekannt und besteht aus einem Band, an dem sich viele bunte Zacken befinden.

Innerhalb weniger Minuten komme ich mit meiner Datei von Dorianas Profil in sein Büro zurück.

Claudio vergleicht die Profile schweigend. Ich beobachte ihn, doch ist das Ergebnis mir von Anfang an klar.

»Die sind gleich«, lautet sein abschließendes Urteil, und er sieht mich überrascht an.

»Wundert dich das?«

»Ja. Denn du hast deine Arbeit gut gemacht. Klar, da gibt es einige Zweideutigkeiten. Schau, hier zum Beispiel, das ist ein Drop-in-Phänomen, eine Verunreinigung von außen«, sagt er und zeigt mit seinem Stift auf einen der Zacken. »Doch dafür, dass du das alles allein gemacht hast, ist das Profil sehr gut geworden. Ich hab's doch richtig gemacht, als ich bei Wally ein gutes Wort für dich eingelegt habe. Trotzdem wäre es besser, wenn du mir nun erklären würdest, wie du an die DNA-Probe gekommen bist.«

»Genau. Da sind wir bei einem interessanten Punkt«, sinniere ich und lehne mich bequem im Sessel zurück. »Und tu bloß nicht so, als würdest du dich langweilen. Früher hast du Stunden damit verbracht, über Fälle nachzugrübeln. Da warst du aber noch kein wissenschaftlicher Mitarbeiter. Manchmal frage ich mich, wo dieser Claudio abgeblieben ist und wer diese leidenschaftslose Gestalt sein soll, die seinen Platz eingenommen hat.«

Claudio schaut mich betroffen und überrascht an. Der Geruch von Minze, den er verströmt, kitzelt in der Nase, so stark ist er. »Ich habe keine Veränderung bemerkt«, erwidert er schlicht.

»Es ist eine schleichende Veränderung«, erkläre ich weiter. »Dein Verhältnis zu diesem Beruf hatte immer etwas Gaunerhaftes. Doch was ich jetzt bemerke, ist eine Distanz, ein Desinteresse, das vorher nicht da war.«

Er hat einen bitteren Zug um den Mund. »In der Tat, da sind wir bei einem interessanten Punkt, Allevi.« Ich habe den Eindruck, dass die Wiederholung meiner Worte von eben eine mehr oder weniger höfliche Überleitung zu einem anderen Thema sein soll.

»Ich hab schon verstanden. Okay. Also, wie verhält sich das alles deiner Meinung nach? Giulia hat Doriana ganz klar gekratzt. Um sich zu verteidigen?«

Claudio seufzt müde auf. »Schon möglich. Ich glaube, Calligaris wird sich ganz schön anstrengen müssen, bis er an die Wahrheit kommt. Nicht zuletzt aufgrund der Tatsache, dass es unmöglich ist zu bestimmen, wann Giulia das Paracetamol eingenommen hat. Außerdem passen die Alibis der Verdächtigen zueinander. Damit ist das Chaos perfekt.«

Mir kommt eine Frage in den Sinn, die er mir nicht unbedingt wird beantworten können. »Hat dir Calligaris zufällig irgendein Detail zu Giulias Anruf bei Jacopo De Andreis um 21.17 Uhr mitgeteilt?«

Claudio schließt die Augen, um sich besser zu erinnern. »Ja, er hat erwähnt, dass De Andreis nicht geantwortet hat. Und dass der von der Vorstellung besessen war, dass sie ihn angerufen haben könnte, um ihn um Hilfe zu bitten, und dass er sie gleichsam dem Tod überlassen hat, weil er nicht abgehoben hat.«

»Warum hat er nicht geantwortet?«

»Jetzt fragst du mich ein bisschen zu viel«, gibt er zurück, schaltet seinen Computer aus und steht auf.

»Das ist auch eine indirekte Bestätigung, weißt du?«

»Wofür?«, fragt er zurück, wie auf das Schlimmste gefasst.

»Dafür, dass Giulia und Jacopo De Andreis ein Verhältnis miteinander hatten.«

»Was? Ich sehe schon, deine Fantasie macht mal wieder Sprünge.«

»Denk doch nur mal nach: Warum hätte Doriana Giulia etwas antun sollen? Das scheint mir das einzig mögliche

Tatmotiv zu sein, nicht zuletzt, weil Giulias letzter Liebhaber bis jetzt nicht identifiziert worden ist. Wer anders sollte es sein, wenn nicht Jacopo De Andreis?«

Gegen seinen Willen muss Claudio nicken. »Das passt zusammen. Wenn sich das so verhält, dann werden wir sehr bald eine erneute Analyse durchführen, nehme ich an. Jetzt setz dich in Bewegung, Allevi. Auf ins Labor.«

»Warum?«, frage ich verdutzt.

»Wir analysieren die Blutprobe von Doriana«, erwidert er sachlich und massiert sich seinen Nacken.

Auf seine Art ist er anziehend.

»Warum? Das ist Zeitverschwendung. Wir haben das Profil schon, wir haben es gerade abgeglichen.«

Claudio betrachtet mich resigniert. »Glaubst du vielleicht, ich vertraue der Analyse von DNA-Material, das du dir irgendwie besorgt hast? Die DNA passt, keine Frage, aber ich führe die Untersuchung noch einmal durch. Und zwar mit dir zusammen.«

Ätiologie und Pathogenese einer Reise

Nach einem schrecklich langweiligen Sonntag ruft mich Cordelia Montagmorgen im Institut an und schlägt mir ein gemeinsames Abendessen in einer Pizzeria vor, die vor Kurzem in der Nähe ihrer Wohnung aufgemacht hat. Sie klingt ganz aufgekratzt.

Cordelia erwartet mich schon sichtbar ungeduldig vor dem Lokal. Sie trägt eine auberginenfarbene Bluse und sehr eng anliegende Jeans; die blauvioletten Ballerinas an ihren Füßen sind umwerfend.

»Du bist spät dran«, bemerkt sie.

»Auch ich habe mal das Recht dazu«, gebe ich spitz zurück. Sie schürzt ihre dünnen Lippen, nimmt ein Minzbonbon aus der riesigen Tote Bag von Hermès, die ihren Vater den Gegenwert von mindestens zehn Autopsien gekostet haben dürfte, und sieht mich an, dürr und aufgeregt.

»Ich habe einen Riesenhunger«, erklärt sie.

»Du?«

»Auf geht's, gehen wir rein. Lass uns keine Zeit verlieren.«

Zu den Klängen von *Tainted Love* von Soft Cell bestellt sie eine Pizza, während ich sie mit Fragen bombardiere, die sich natürlich alle um Arthur drehen.

»Hast du vor Kurzem von ihm gehört? Geht es ihm besser? Muss er immer noch zur Dialyse?«

»Ohne Oliven, auf keinen Fall Oliven«, sagt sie zu der Kellnerin. »Jetzt erklär ich dir alles, Alice.«

Als sie die Bestellung abgegeben hat, wendet sie sich in einem schulmeisterlichen Ton mir zu: »Du hast wirklich keinen Funken Geduld.«

Stimmt. Das ist mein größter Fehler.

»Ich schaff's einfach nicht, ich hab mich einfach nicht unter Kontrolle. Ich will, dass er sofort wieder zurückkommt«, sage ich in dem weinerlichen Tonfall eines verzogenen Kindes.

»Ich schaff's auch nicht«, erwidert sie, so als ob das eine Selbstverständlichkeit wäre. »Genau darüber wollte ich mit dir reden«, kündigt sie verschwörerisch an.

»Das heißt?«

»Ich will nach Khartum reisen, und ich will, dass du mitkommst«, erklärt sie mir sachlich und schenkt sich Mineralwasser ein.

Wow, was für eine Tatkraft! Mir war die Idee auch schon gekommen, aber ich hatte nicht den Mut, sie weiterzuverfolgen. Für einen Moment bin ich sprachlos.

»Und?«, hakt sie nach.

Die Sache erfordert einen kühlen Kopf.

Würde ich gerne mit Cordelia nach Khartum fahren?

Wahnsinnig gerne.

Wäre das eine gute Entscheidung?

Ganz sicher nicht.

Vor allem würde das dem Plan, mit Arthur Schluss zu machen, zuwiderlaufen, glaube ich. Ich bin nicht sicher, dass es ihm wirklich gefallen würde, mich in unmittelbarer Nähe zu wissen. Doch andererseits ist das ein Notfall. Und außerdem fehle ich ihm. Als ich mich an seine Worte erinnere, zucke ich innerlich zusammen.

Ich muss ihn mir zurückholen.

»Weiß Arthur davon?« Die Frage ist rein rhetorisch, aber sie drängt sich auf.

»Selbstverständlich nicht, er würde mir das verbieten. Auf geht's, Alice. Denk doch nur, du und ich in Khartum ...«

Es nützt nicht viel, ihr zu erklären, dass Khartum kein Feriendorf ist und dass ich im Internet gelesen habe, dass die Regierung gerade wieder eine Ausgangssperre verhängt hat, weil es kriegerische Auseinandersetzungen gibt. Ganz zu schweigen von der Tatsache, dass der Internationale Strafgerichtshof Anklage gegen den Präsidenten wegen Verbrechen gegen die Menschlichkeit erhoben hat. Cordelia nimmt meine Einwände mit sanfter Überlegenheit auf: »Es wird nichts passieren, du spielst wieder einmal die Bedenkenträgerin. Das wird ein unvergleichliches Abenteuer«, sagt sie verträumt. Die süße Cordelia. Für sie ist alles ein Spiel. »Also, ja oder nein? Damit du's nur weißt, ich fahr auf jeden Fall. Und wie kannst du mich alleine fahren lassen, wenn es angeblich so gefährlich ist?« Sie sieht mich mit ihren grauen Augen an, die so groß sind, dass sie im Verhältnis zu ihrem übrigen Gesicht fast überproportioniert wirken.

»Und was sagt deine Familie?«, frage ich nach.

»Was kümmert mich meine Familie. Ich fahre. Schluss. Kommst du mit oder nicht?«

»Okay, gehen wir morgen ins Reisebüro«, seufze ich, doch in Wahrheit bin ich ganz schön aufgeregt.

»Reist ihr aus beruflichen Gründen nach Khartum?«, fragt uns der Angestellte im Reisebüro. Auf seinem weißen Hemd prangt ein blaues Namensschild mit der Aufschrift »Igor«.

»Wie kommst du darauf?«, fragt Cordelia.

»Nach dem Ausschlussverfahren. In den Sudan fährt man eher selten in den Urlaub. Vor allem im Augenblick«, gebe ich zurück und versuche zu klingen wie eine Person mit Verstand. So als ob ich die Mutter wäre und sie die Tochter.

Igor sieht uns verwirrt an.

»Wir fahren aber nicht aus beruflichen Gründen, okay?«, führt sie aus.

»Ihr müsst euch bei der Botschaft ein Visum besorgen«, meint Igor gleichgültig.

Cordelia und ich sehen uns verblüfft an.

»Ein Visum?«, stammeln wir gleichzeitig.

Igor schaut uns mitleidig an. »Natürlich, ein Visum. So gut wie alle afrikanischen Staaten verlangen bei der Einreise ein Visum.«

»Und wie lange dauert es, bis man eins bekommt?«, frage ich hastig.

»Mindestens zwei Wochen«, antwortet er und schaut mich immer noch verdutzt an, weil er nicht glauben kann, dass wir etwas so Wichtiges nicht bedacht haben.

»So eine Scheiße!«, platzt es aus Cordelia heraus.

»Es handelt sich um einen Notfall, kann man es da nicht schneller bekommen?«, frage ich, um einen ruhigen Tonfall bemüht.

»Nein, davon ist mir nichts bekannt.«

»Das kann doch nicht sein?!«, ruft Cordelia völlig aufgeregt.

»Wartet einen Augenblick. Ich frage ein bisschen herum.« Igor greift zu seinem Adressbuch und fängt hektisch an, irgendwelche Telefonnummern zu wählen.

Am Ende verkündet er feierlich: »Es gibt eine Möglichkeit, aber auf euer Risiko.«

»Erzähl«, fordert Cordelia ihn auf und scheint sich zu fühlen wie in einem Film von Indiana Jones.

»Man kann das Visum bei der ägyptischen Botschaft in Kairo anfordern.«

»Das heißt?«

»Also, man reist nach Kairo. Dort angekommen, verlangt man nach einem Visum in den Sudan. Das ist teuer, aber manchmal hat man Glück.«

»Ist das sicher?«, frage ich misstrauisch.

»Na ja, sicher... In den meisten Fällen klappt es. Das ist die einzige Möglichkeit, die euch bleibt. Wenn euch das nicht gefällt, dann müsst ihr Geduld haben und so lange warten, bis ihr es auf dem normalen Weg erhaltet.«

»Wir können nicht warten«, meint Cordelia entschlossen. »Wir machen das so, wie du es vorgeschlagen hast.«

»Das wird ziemlich teuer für euch«, erklärt Igor.

»Geld spielt keine Rolle«, fährt sie mit der ganzen Hochnäsigkeit ihrer sozialen Klasse unbeirrt fort.

Das wird ein großes Loch in meine magere Haushaltskasse reißen, aber für Arthur ist mir nichts zu teuer.

»Und wenn das alles nicht klappt?«, frage ich nach und gerate immer mehr in Verwirrung.

»Dann macht ihr euch in Ägypten eine schöne Zeit«, antwortet Igor mit einem ruhigen Lächeln.

»Mach dir keine Sorgen, Alice, es wird alles gut gehen, ich fühle das«, erklärt Cordelia beschwichtigend. »Du wirst doch nicht etwa aufgeben?«

Nein, das könnte ich nicht. »Quatsch, Cordelia, also versuchen wir's!«

»Gut. Für Donnerstag um 11.55 Uhr gibt es einen Flug Rom–Kairo. Das ist ein Direktflug, mit dem kommt ihr um 15.15 Uhr in Kairo an«, meint Igor.

»Geht es nicht schon früher?«, fragt Cordelia.

»Morgen ist doch schon Mittwoch, Cordelia«, wende ich ein.

»Ach, stimmt. Trotzdem, ich könnte innerhalb von vierundzwanzig Stunden fertig sein, du nicht?«

»Die Frage stellt sich nicht. Es sind keine Plätze mehr frei«, fährt Igor dazwischen, allmählich entnervt.

»Okay. Gibt es in Khartum ein Hilton?«, fragt Cordelia dann.

»Ja. Aber planen wir zuerst den Rückflug und den Aufenthalt in Kairo«, antwortet er. »Die erste Nacht verbringt ihr natürlich in Kairo. Am darauffolgenden Tag, das ist der Freitag, verlangt ihr bei der Botschaft ein Visum für den Sudan, und wenn alles gut geht, fliegt ihr am Samstag um 15.00 Uhr weiter nach Khartum und kommt dort planmäßig um 18.35 Uhr an. Bei der Ankunft müsst ihr euer Rückflugticket schon gebucht haben. Für welches Datum soll ich buchen?«

»Und wenn wir das Visum nicht bekommen?«

»Ich werde versuchen, den Rückflug auf ein anderes Datum zu legen, damit ihr ihn nicht verliert. Ich könnte es um zwei Wochen nach hinten verschieben, dann ist euer Visum auf jeden Fall fertig. Ich warne euch, das ist alles euer Risiko. Und vor allem ist es schweineteuer. Also, für welches Datum soll ich buchen?«

»Für mindestens eine Woche nach der Ankunft. Auf geht's, bringen wir die Sache hinter uns«, meint Cordelia.

Igor sieht uns mit einem undurchdringlichen Gesicht an.

»Was ist, gehen wir ins Hilton?«, schlägt sie vor.

»Nein, besser ins Akropolis«, gebe ich zurück.

»Warum das?«, fragt sie verblüfft nach.

»Weil Arthur dort untergebracht ist.« Für mich liegt das auf der Hand.

»Nur um eines klarzustellen, Arthur ist im Augenblick im Krankenhaus.« Igor hört uns mit wachsendem Unmut zu. »Ich gehe nur ins Hilton.«

Ich könnte ihr den Hals umdrehen, wenn sie sich so aufführt.

»Das Akropolis, oder ich geh auf der Stelle nach Hause.«
Wir benehmen uns wie zwei verzogene Gören.

Cordelia stampft mit ihrem in Gucci-Leder gehüllten Fuß auf, aber am Ende gibt sie widerwillig nach.

Die Tickets sind in meiner Handtasche; ich bin ganz aus der Fassung. Ein Teil von mir wäre am liebsten schon angekommen, während ein anderer an das denkt, was an ungelösten Fragen und Problemen zurückbleibt.

Silvia macht alles noch schlimmer.

»Ich will dich nur daran erinnern, dass die Ärztekammer offiziell noch keine Entscheidung gefällt hat und dass du noch immer am Rand einer Katastrophe stehst. Muss ich dich weiter daran erinnern, dass Arthur überhaupt keine Absicht hat, mir dir eine ernsthafte Beziehung einzugehen? Er liebt dich nicht genug, Alice. Oder vielleicht auch gar nicht.«

»Ich reise nicht zu ihm, weil ich mit ihm wieder etwas anfangen will. Er braucht mich.«

»Das möchtest du gerne glauben.«

»Nein, er hat es mir selbst gesagt.«

»Er hat auch gesagt, dass er nicht wieder hierher zurückkommen will. Wie stellst du dir eine gemeinsame Zukunft mit ihm vor?«

»Woher soll ich das wissen?«

»Ich sag's dir – vergiss es.«

»Mach's mir nicht schwerer, als es schon ist.«

»Ich kann's dir nicht verbieten, auch wenn ich das gerne tun würde. Ich kann dir nur viel Glück wünschen.«

Wake up, it's a beautiful morning

Mich trennen noch weniger als zwei Tage von einer Reise nach Afrika, die mich meine Gesundheit und meinen Ruf kosten kann.

Trotzdem bin ich in keinster Weise beunruhigt, im Gegenteil, es kommt mir so vor, als ginge ich auf Wolken. Ich habe ein Gefühl von Leichtigkeit, das einen nur überkommt, wenn man zum Äußersten entschlossen ist.

Und in dieser gelassenen Gemütsverfassung trete ich Claudio gegenüber, der mich über eine Sekretärin zu sich bestellt hat und mich in seinem Büro mit einem fast zärtlichen Lächeln empfängt.

»Ich habe dich rufen lassen, um dir über die neuesten Entwicklungen im Fall Valenti zu berichten. Interessiert?«

»Na klar.«

»Ich habe sie von Calligaris persönlich, und sie sind noch nicht offiziell, behalt sie also für dich. Doriana Fortis hat eine Aussage gemacht. Sie behauptet, dass sie und Giulia am 12. Februar gegen sechs Uhr abends gestritten hätten. In der letzten Zeit war ihr Verhältnis zueinander offensichtlich nicht sehr harmonisch. Das bestätigt auch deine Zeugenaussage.«

»Hat sich Calligaris zum Grund des Streits geäußert?«

»Er ist nicht ins Detail gegangen, und ich habe ihn auch nicht danach gefragt. Er hat nur erklärt, dass offenbar zwischen beiden eine tief verwurzelte und gegenseitige Abneigung bestand, die sie niemals überwunden haben.«

»Aber … diese Unterhaltung, die ich an jenem Nachmittag mitgehört habe, weist auf einen viel konkreteren Groll hin. Das war keine vage Antipathie, sondern es ging um einen konkreten Anlass. Doriana war auf Giulia und Jacopo eifersüchtig. Das ist doch offensichtlich!«

»Reg dich nicht auf. Das wird alles herauskommen, es ist nur eine Frage der Zeit. Zunächst mal wäre das mögliche *Verhältnis* zwischen den beiden zu klären. Doriana hat nichts davon gesagt.«

»Ich glaube, ich weiß auch, warum: um Jacopo zu schützen.«

Claudio runzelt die Stirn. »Der Kernpunkt ist doch der, dass Doriana für die Zeit zwischen 21 und 23 Uhr auf jeden Fall ein Alibi hat.«

»Und der Krach, wann haben die Zeugen den genau gehört?«

»Keine Ahnung, ich habe mich nicht darum gekümmert.«

»Du hast den Todeszeitpunkt für 22 Uhr angegeben. Du weißt, das sehe ich anders.«

Claudio nimmt einen versöhnlichen Gesichtsausdruck an. Merkwürdigerweise wird er nicht wütend, sondern antwortet ungewöhnlich nachgiebig: »Ich kann mir dieses Telefonat um 21.17 Uhr nicht erklären.«

»Dieses Telefonat könnte ein Ablenkungsmanöver von Doriana gewesen sein oder auch von De Andreis. Denk doch mal nach: Wir haben DNA-Spuren von Doriana unter Giulias Fingernägeln gefunden und Sperma, das zu neunundneunzig Prozent von De Andreis stammt, und dafür gibt es nur eine einzige Erklärung.«

»Es ist wirklich sehr wahrscheinlich, dass die beiden zusammen waren«, überlegt Claudio. »Ich muss dir recht geben. Und deshalb muss so schnell wie möglich das Genmaterial untersucht werden, das wir in Giulias Körper gefunden haben. Ich bin sicher, dass Calligaris dieser Spur bereits folgt.«

»Wenn du zugeben würdest, dass der Tod auch vor 21 Uhr eingetreten sein könnte, dann hätte Doriana kein Alibi mehr«, wage ich mich vor. Mit fataler Wirkung, wie ich sogleich an Claudios Gesicht ablesen kann.

»Was soll ich zugeben?«, fragt er vergrätzt. »Ich bin ehrlich überzeugt, dass der Tod nach 21 Uhr eingetreten ist. Sie war noch warm, und was du Livores nennst, waren in Wahrheit leichte Hautverfärbungen. Von fehlender Totenstarre gar nicht zu reden. Mein Gott, sie war doch noch so gut wie lebendig!«, ruft er erregt aus und versucht mehr sich selbst als mich zu überzeugen.

»Doriana und Jacopo sind so gut wie erledigt«, sage ich leise und überlege, dass mir immer noch etwas schleierhaft ist. »Es gibt keine andere Erklärung. Doriana hat ihr das Paracetamol verabreicht, und ich nehme mal an, in heimtückischer Absicht, um einen tödlichen Schock auszulösen. Aber wie und unter welchem Vorwand?«

»Darüber brauchst du dir keine Gedanken zu machen. Lass Calligaris sich darüber den Kopf zerbrechen. Angesichts der Lage der Dinge schließe ich auch Selbstmord nicht aus.«

»Du meinst, dass Giulia sich nach dem Streit mit Doriana umgebracht haben könnte?«

»Warum nicht?«, wirft er wagemutig ein.

Stimmt, warum nicht? Ich habe zwar viel über sie geredet, und unsere Lebenswege haben sich für einige Augenblicke gekreuzt, aber ich kann nicht behaupten, Giulia gekannt zu haben. Und obwohl etwas in mir sich weigert, an Selbstmord zu glauben, muss ich doch zugeben, dass man diese Möglichkeit angesichts der Sachlage nicht ausschließen kann. Sogar Bianca, die Giulia vermutlich besser kannte als jeder andere Mensch, hält Selbstmord für plausibel.

Ich frage mich aber immer noch, warum man keine Tablettenschachtel bei Giulia gefunden hat. Wenn sie selbst das Paracetamol eingenommen hat, wohin hat sie dann die Schachtel getan? Dass in ihrer Wohnung nichts gefunden wurde, legt den Schluss nahe, dass ihr die Medizin von einer anderen Person verabreicht wurde. Doch es ist an der Zeit, diese Überlegungen abzubrechen, denn Claudio scheint wieder an seine Arbeit gehen zu wollen. Und mir bleibt nichts andere übrig, als das Gleiche zu tun.

Ich bin mit Yukino beim Mittagessen, wir hauen uns eine Pizza rein. Sie war in den letzten Tagen in Florenz, um die Uffizien zu besichtigen, und hat die letzten Sendungen ihrer Lieblingssoap verpasst. »Arthur-kun ist krank? Ungerecht! Ungerecht!«, ruft sie aus, nachdem ich ihr, ihrem Sprachvermögen angepasst, von den letzten Entwicklungen berichtet habe. »Warum ist nicht dieser üble Typ krank, der am Institut so viele böse Dinge tut? Warum Arthur-kun, der so nett ist?«

»So ist das Leben, Yukino. Es geht ihm schon wieder besser. Wir müssen uns keine Sorgen mehr machen.

»Glaubst du an diese Philosophie ... Epi, epi?«

»Epikureismus?«

»Genau, das ist zu schwierig für mich. Gestern habe ich an der Uni darüber erfahren. Schön, wie Zen!«

»Genau, Yuki. Vor allem habe ich aber eine Neuigkeit für dich. Ich fahre weg, ich fahre zu ihm in den Sudan«, kündige ich triumphierend an. Ich bin wirklich stolz auf meinen Mut. Yukino reißt begeistert die Augen auf.

Sie schafft es nicht, ihre Gedanken auf Italienisch zu formulieren, und so hält sie eine Rede auf Japanisch.

»Kann ich dir für Arthur-kun ein kleines Geschenk geben? Ich möchte ihm ein Buch schenken, damit er im Krankenhaus nicht alleine ist.«

»Natürlich, Yuki. Wenn er die Überraschung verdaut hat, mich dort zu sehen.«

»Er weiß es noch nicht?«

Ich schüttle den Kopf. Das ist wirklich der schwierigste Punkt.

Yukino schweigt einige Augenblicke lang (zum ersten Mal während des gesamten Essens) und reißt ihre Mandelaugen auf.

»Du bist mein Mythos«, meint sie dann feierlich.

Ich erzähle ihr, was ich mir von dieser Reise verspreche. Sie ist so unbedarft und romantisch, dass sie mich in meinen Fantasien bestärkt und sogar behauptet, dass diese Reise uns wieder zusammenbringen würde. Ich möchte zu gerne glauben, dass sie recht hat.

Doch bevor ich abreise, muss ich mit Calligaris sprechen. Denn es gibt da etwas, das mich beunruhigt, und ich werde meine Bedenken dann erst abstellen können, wenn ich mit ihm geredet habe.

Die junge Frau mit den braunen Locken, die mich bereits kennt, empfängt mich höflich und bittet mich in einen halb vollen Warteraum. Die gelblichen Wände, an denen die Farbe abblättert, wirken ziemlich unfreundlich, und trotz des offenen Fensters riecht es etwas nach Schimmel. Während ich warte, erhalte ich von Cordelia unzählige Nachrichten. Zum Beispiel zur Frage, ob sie sich für die Reise eine neue Tasche von Prada kaufen soll oder lieber nicht, dann die Bitte, noch ganz schnell ganz viele Kelloggs-Riegel einzukaufen. Alle anderen sind ungefähr im gleichen Ton. Doch ihr Reisefieber ist ansteckend, und bis Calligaris' Mitarbeiterin mir mit einem Kopfnicken bedeutet, in sein miefiges Büro zu gehen, mache ich eine Liste von Dingen, die ich noch besorgen muss.

»Alice! Es ist wie immer ein Vergnügen, Sie zu sehen!«

»Für mich ebenfalls, Commissario.«

»Sehr gut. Nehmen Sie doch bitte Platz!«

Ich folge seiner Aufforderung und fühle mich zum ersten Mal, seit ich ihn mit Behauptungen und mehr oder weniger gewagten Bitten bombardiert habe, ein wenig unwohl. Denn dieses Mal kann ich mich nicht darauf berufen, weitere Hinweise zu den Ermittlungen zu liefern. Ich muss ehrlich sein und ihn bitten, all meine Bedenken zu zerstreuen, auf welche die Zeitungen und Claudio nicht eingehen.

»Wie kann ich Ihnen weiterhelfen?«, fragt er. Dabei hält er die Hände verschränkt, und sein farbloses Gesicht nimmt einen neugierigen Ausdruck an.

»Ich möchte mit Ihnen über ... na ja, Commissario, ich möchte Sie fragen, was es Neues zum Fall Valenti gibt«, beginne ich zögerlich.

»Sie sind wirklich sehr daran interessiert, Alice ...«, meint er, während er sich an einer Wange kratzt.

»Sie verstehen die Situation, oder nicht? Mich verbindet etwas mit dieser Geschichte. Das ist mir vorher noch niemals passiert, und es wird wahrscheinlich auch niemals wieder geschehen. Wenigstens hoffe ich das.«

»Was wollen Sie denn genau wissen?«, unterbricht er mich.

»Worauf laufen die Ermittlungen hinaus? Auf Mord oder Selbstmord?«

»Wie bitte, Alice? Sie haben Selbstmord doch ausgeschlossen.«

»Ich ja. Aber ich bin nicht Sie.«

»Das stimmt. Auch ich gehe nicht von einem Selbstmord aus. Aus verschiedenen Gründen. Zuerst einmal gibt es keine Anhaltspunkte dafür. Es gibt keine Spur von der Paracetamolpackung, weder innerhalb noch außerhalb der Wohnung. Außerdem haben wir keine Hinweise gefunden, die auf eine Depression schließen ließen. Die Valenti war drogenabhängig, aber alle Befragten haben ausgeschlossen, dass sie selbstmordgefährdet war. Alle, außer der Schwester. Eine der Freundinnen, Abigail Button, hatte sogar von einer Unterhaltung mit der Valenti berichtet, in der es um den Selbstmord von jemandem ging, den die beiden kannten. Bei dieser Gelegenheit hat die Valenti eine Reihe von Gründen angeführt, warum sie niemals im Leben daran denken würde. Das mag unbedeutend erscheinen, aber ich glaube nicht, dass man das vernachlässigen darf. Ich will Ihnen nur sagen, dass ich einen unglücklichen Zufall immer noch für wahrscheinlicher halte als einen Selbstmord. Und trotzdem, das war kein Unglückstod.«

»Ich habe den Grundgedanken verstanden. Es handelt sich um Mord.«

»Da bin ich mir sicher.«

»Wenn Sie erlauben, Commissario… wie sind Sie auf Doriana Fortis gekommen?«

»Na, jetzt machen Sie mal halblang. Sie erwarten doch nicht etwa, dass ich Ihnen das verrate!«, ermahnt er mich. »Und warum interessiert Sie das überhaupt? Doch ich kann Ihnen so viel sagen, dass es sich um eine Person handelt, der sich die Fortis anvertraut hat. Sie habe sich am Nachmittag des Tages, an dem die Valenti gestorben ist, ziemlich heftig mit ihr gestritten, hat die Fortis dieser Person gesagt.«

»Und was hat sie ihr sonst noch erzählt?«

»Nichts weiter. Die Fortis hat dagegen bestritten, jemals

jemand anderen ins Vertrauen gezogen zu haben. Aber das behaupten sie immer alle, da kann man sich nicht weiter drauf verlassen. Außerdem, wie hätte diese Person sonst von den Einzelheiten des Streits wissen können?«

Mir ist ganz klar, dass Doriana niemals mit Bianca gesprochen hat. Das vertrauliche Gespräch hat Bianca erfunden und nur etwas ausgesagt, von dem sie bereits wusste. Die arme Doriana lügt in diesem Fall überhaupt nicht.

»Welche Einzelheiten?«

»Sie kannte den Inhalt des Streitgesprächs, das die Fortis ihr anvertraut hat, bis ins Detail.«

»In welcher Hinsicht?«

»In diesem Gespräch hat die Fortis der Valenti eindeutig Vorwürfe gemacht, welche meine Zeugin zu wiederholen in der Lage war und welche die Fortis aber abstreitet.«

Bianca kann diese Einzelheiten überhaupt nicht kennen. Dieses Gespräch zwischen ihr und Doriana hat niemals stattgefunden, da bin ich mir sicher.

Es gibt nur eine Möglichkeit: Entweder bei dieser Zeugin handelt es sich nicht um Bianca, oder Bianca hat von jemand anderem als Doriana Details über das Streitgespräch erfahren.

Nur eine einzige Person hätte Bianca verraten können, was sich an jenem Nachmittag ereignet hat, und zwar Jacopo De Andreis.

Aber eines ist merkwürdig: Wenn Bianca bereits von diesem Streit wusste, warum hat sie mich dann um die DNA-Analyse gebeten?

Als einzige Antwort auf diese Frage fällt mir nur ein, dass sie die Einzelheiten zu diesem Streit danach, und zwar von Jacopo, erfahren haben muss. Und wenn man weiter darüber nachdenkt, hat sie wohl dabei ihrem Cousin auch unser Geheimnis verraten.

Das alles lässt vermuten, dass der Kontakt zwischen ihr und Jacopo weit vertraulicher ist, als sie behauptet.

»Jetzt habe ich einen Termin, wenn es Ihnen nichts ausmacht, Alice …«, meint Calligaris freundlich und schaut auf seine Uhr.

Ich wäre gerne noch länger bei ihm geblieben. Und wenn ich den Mut gefunden hätte, dann hätte ich ihn gefragt, wann der Staatsanwalt endlich eine DNA-Probe von Jacopo De Andreis anordnet. Seinetwegen haben Doriana und Giulia eine Auseinandersetzung gehabt, das ist doch offensichtlich!

»Keine Ursache«, erwidere ich und erhebe mich. »Sehr freundlich von Ihnen, Commissario. Ich danke Ihnen.«

Calligaris lächelt. »Sie sind mir sehr sympathisch, Dottoressa. Sie haben Elan, Neugier und großes Beobachtungsvermögen. Das sind Qualitäten, die man nur selten antrifft, und genau deshalb erscheinen sie mir umso wertvoller.«

Was wieder einmal ein Beweis dafür wäre, dass das Glück immer die Untüchtigen belohnt.

Calligaris begleitet mich nicht zur Tür, sondern verabschiedet mich mit einer freundlichen Geste und bleibt bequem in seinem Bürosessel sitzen. Ich erwidere seinen Gruß und habe die Türschwelle gerade überschritten, als ich gegen eine Frau pralle, deren Parfüm ich sofort wiedererkenne.

»Bianca …«

Sie ist verärgert. Wegen meiner Ungeschicklichkeit ist ihre wertvolle Handtasche zu Boden gefallen, und der Inhalt liegt überall auf dem Fußboden verstreut. Unvermittelt bücke ich mich, um ihr zu helfen, alles wieder in die Tasche zu räumen.

»Lass nur«, murmelt sie und sammelt fieberhaft ihre Habseligkeiten zusammen: eine rotlederne Brieftasche, einen

Schlüsselanhänger, ein brandneues Handy, einen Taschenspiegel, ein Päckchen Papiertaschentücher, einen Roman von Marguerite Duras, ein Lipgloss von Helena Rubinstein, eine Tablettenschachtel, ein Päckchen Kaugummi und eine Haarpinzette. Bianca wirkt wie immer. Und doch trügt der Schein, dessen bin ich mir ganz sicher.

Sie vermeidet jeden Blickkontakt mit mir und lässt mich stehen, als ob ich eine völlig unwichtige Person wäre, in die sie zufällig und ärgerlicherweise reingelaufen ist.

Während ich nach Hause gehe, denke ich nicht ohne Bedauern und mit jener leisen Melancholie an sie, die man für Personen empfindet, die einen verführt und dann im Stich gelassen haben.

Ein wenig erschöpft steige ich die Treppen hinauf und finde die Wohnung leer vor. Ich stelle mich unter die Dusche und genieße die Entspannung. Und während ich mir die Haare auswasche, durchfährt mich plötzlich ein Gedanke.

Ich wickle mich in meinen Bademantel und werfe meinen unglaublich langsamen PC an. Ich fühle, dass ich zittere, während ich darauf warte, dass sich der Internet Explorer öffnet.

Ich tippe »Panadol Extra« in die Suchmaschine.

Ich klicke auf den ersten Link, der mir die Zusammensetzung auflistet.

Es handelt sich um ein Schmerzmittel, das in den USA im Handel ist. Erst seit Kurzem ist es auch in Italien zu haben.

Eine pharmazeutische Aufbereitung von Paracetamol.

Es ist der Name der Tabletten, die Bianca in ihrer Handtasche hatte.

Panadol-Extra-Tabletten enthalten Koffein, das ist das Besondere an ihnen.

Ich rufe sofort Claudio an.

»Könntest du mir die Datei mit den Ergebnissen der toxikologischen Untersuchung von Giulia Valenti schicken?«, frage ich ihn geradeheraus.

»Alice, ich bin gerade bei einem Abendessen außer Haus.«

»Ist es schon so spät? Entschuldige.« Tatsächlich ist es bereits nach acht Uhr.

»Keine Ursache.«

»Na, dann... Wenn du mir die Datei nicht schicken kannst... Erinnerst du dich denn, ob im Blut von Giulia Spuren von Koffein gefunden wurden?«

Claudio räuspert sich. »Alice, ich habe gehört, dass du verreist. Warum fängst du nicht an, deine Koffer zu packen?« Bei uns ist es, wie an allen Arbeitsplätzen dieser Welt, unmöglich, etwas geheim zu halten.

»Die sind schon fertig, mach dir keine Gedanken. Also, versuch dich zu erinnern.«

»Ich glaube schon. Eine winzige Dosis.«

»Könnte sie das Koffein zusammen mit dem Paracetamol zu sich genommen haben?«

»Meine Güte, Alice. Kann ich vielleicht zu Abend essen, ohne mich mit dem Fall Valenti zu beschäftigen? Sei so gut. Wir reden morgen darüber.«

Letzte Zuckungen

Morgen werde ich in den Sudan reisen, und ich bin superaufgeregt.

Ich habe den Verdacht, dass das Paracetamol, an dem Giulia gestorben ist, aus Biancas Handtasche stammt, und das macht mich völlig fertig.

Jacopo De Andreis ist ins Institut gekommen und hat mich mit überraschendem Groll angesehen, und das hat mich ziemlich durcheinandergebracht.

Ich betrachte ihn verstohlen, wie immer ist er gepflegt und von jener nichtssagenden Freundlichkeit, die er bei allen Begegnungen an den Tag legt. Während Ambras Augen giftig funkeln, meint Claudio an ihn gewandt: »Wenn es für Sie kein Problem ist, hätte ich gerne, dass die Untersuchung von meiner Kollegin, Dottoressa Allevi, durchgeführt wird.«

Jacopo fährt unvermittelt herum und mustert mich, als ob er nach der richtigen Methode suchen würde, um mich aus dem Weg zu räumen.

Einige Augenblicke verschlägt es mir den Atem vor Spannung, ob er dem zustimmen wird oder nicht. Dann wendet er sich großmütig an Claudio und antwortet: »Sehr gut! So wird das Ganze angenehmer sein.«

Und so gehe ich in Begleitung von Jacopo den Korridor hinunter. Wir zwei, alleine und in einem unnatürlichen Schweigen vereint, das er sofort bricht, nachdem er seine Jacke aus feinstem Stoff abgelegt und auf einem Stuhl Platz genommen hat.

Er sitzt vor mir, in seinem blauen Hemd und mit blauer Krawatte, offensichtlich müde, aber ruhig. Sein Parfüm riecht angenehm. Sein Haar ist etwas länger als vor einigen Wochen, und das nimmt seinen eingefrorenen Zügen etwas von ihrer Härte. Seine Haut ist perfekt rasiert, alles stimmt an ihm, und er hat ganz klar das Bedürfnis, mich in Verlegenheit zu bringen.

»Diese ganze Situation ist paradox, finden Sie nicht, Alice?«

Ich fühle, wie meine Hände zittern, während ich meine Utensilien zurechtlege.

»Warum, Herr Rechtsanwalt?«, frage ich gleichmütig zurück.

»Dass Sie die Untersuchung durchführen sollen, ist paradox.«

»Sie haben selbst gesagt, dass es für Sie kein Problem ist.«

»Das stimmt auch. Wenn es für Sie keins ist, warum sollte das dann für mich eins sein?«, erwidert er zweideutig.

»Dann sind wir ja einer Meinung«, meine ich und trete mit einem langen Wattestäbchen an ihn heran, um ihm damit über die Mundschleimhaut zu fahren. Aus dem Speichel wird dann die DNA gewonnen. Eine weitere Blutanalyse hielt Claudio nicht für notwendig. Er hat zuvor bereits eine Blutprobe genommen, um mit dem Material die toxikologische Analyse durchzuführen. »Öffnen Sie bitte den Mund, Herr Rechtsanwalt.«

Er folgt meiner Aufforderung und gibt sein gesundes und schönes Gebiss frei. Doch dann verziehen sich seine Lippen zu einem unwillkürlichen Lächeln. Wie viele Male mag Giulia in den Anblick dieses Lächelns versunken gewesen sein?

»Herr Rechtsanwalt?«, frage ich. Er lässt den Kopf hängen, eine Hand liegt über den Augen.

Bei diesem Treffen war ich auf alles gefasst. Sogar auf Pathos. Aber nicht darauf, dass Jacopo De Andreis einen Lachanfall haben würde.

»Ich kann's nicht glauben, ich kann's nicht glauben«, wiederholt er immer wieder.

Ich habe von Leuten gehört, die lachen, wenn sie nervös sind. Vielleicht ist das bei ihm auch so.

»Rechtsanwalt De Andreis?« Jacopo hebt seinen Blick, in dem im Gegensatz zu seinem Gesicht, das sich mittlerweile zu einem Grinsen verzogen hat, eine Angst liegt, wie ich sie noch niemals gesehen habe. Die Angst eines zum Tode Verurteilten. »Geht es Ihnen gut?«

»Gut, fragen Sie mich?«, erwidert er gereizt. »Wie kann es mir gut gehen?« Er betrachtet mich mit einem Groll, der nichts Persönliches hat. Es ist grenzenlose Wut.

»Entschuldigen Sie«, gebe ich schüchtern zurück.

»Sie entschuldigen sich? Sie müssten sich zuerst einmal für das entschuldigen, was Sie angerichtet haben. Vielleicht kommen Sie ungeschoren davon, aber Sie sollten sich schämen!«

Ich fühle mich ausgelaugt und sehe ihn an wie betäubt, zitternd und mit dem Wattestäbchen in den Händen.

»Signor De Andreis, ich …«

»Sie haben auf die Bitte einer …« Er unterbricht sich und lässt den Satz offen.

»Signor De Andreis, von meinen Fehlern und Versehen einmal abgesehen, hätte das, was hier passiert … auf jeden Fall stattgefunden. Und Sie wissen auch genau, warum.«

Er sieht mich interessiert an. »Was meinen Sie damit?«

Ich schlucke und rücke dann damit heraus. »Es war nicht sehr umsichtig von Ihnen, einer Person von einem Streit zu erzählen, die dann gleich der Polizei davon berichtet hat.«

Jacopo ist niedergeschmettert. Sein Gesichtsausdruck –

eine Antwort gibt er mir nicht – bestätigt genau das, was ich erwartet habe. Jacopo hat mit Bianca gesprochen. Er hat ihr von den Ereignissen jenes Nachmittags berichtet. Er hat ihr von dem Streit zwischen Giulia und Doriana erzählt.

Er hat das getan, weil er und Bianca sich in diesen Zeiten sehr viel näher sind, als es den Anschein hat.

Dann kommt Claudio herein, und meine Versuche, mehr zu erfahren, finden ein Ende.

»Gibt es irgendwelche Probleme?«, fragt er, vermutlich irritiert über unsere betroffenen Gesichter.

»Nein, alles in Ordnung«, gebe ich geistesgegenwärtig zurück.

»Hast du die Probe noch nicht genommen?«, fragt er nach.

»Wir sind so gut wie fertig«, erwidere ich sofort.

»Das hoffe ich«, lautet seine kurz angebundene Antwort, bevor er die Tür hinter sich schließt.

»Machen wir weiter?«, frage ich Jacopo, der immer noch bestürzt dasitzt.

»Wie …«, beginnt er und unterbricht sich wieder.

»Woher ich das weiß? Reine Intuition. Mehr nicht.«

Jacopo schweigt und lässt sich die Probe nehmen. Nachdem wir fertig sind und bevor er den Raum verlässt, scheint er zu zögern. So als wollte er noch etwas sagen. Aber vielleicht ist das auch nur mein Eindruck.

Anscheinend verhält er sich auch Claudio gegenüber kurz angebunden. Der lässt mich rufen, um zu klären, ob ich irgendetwas angestellt habe.

»Was hast du mit De Andreis gemacht? Der hat beim Weggehen vor Wut gekocht.«

»Ich? Nichts. Wer hat den Test in Auftrag gegeben?«

»Calligaris hat von seiner Kronzeugin neue Informationen erhalten. Und am Ende war es nur eine Frage der Zeit, und dann hätte man ihn auf jeden Fall durchgeführt.«

»Was für Informationen?«

»Die Fortis war an jenem Nachmittag zum Zeitpunkt der Auseinandersetzung nicht allein. Wo wir schon beim Thema sind, kannst du mir vielleicht deinen Anruf von gestern Abend näher erklären, Alice?«

»Nichts, nichts. Es ist mir nur alles Mögliche durch den Kopf gegangen.«

Claudio scheint mit dieser Antwort zufrieden. »Machen wir uns an die Arbeit?«, schlägt er vor, knöpft seinen Kittel zu und mustert sich im Glas eines Bilderrahmens an der Wand. »Wie unser Boss so schön sagt, *a rolling stone gathers no moss*.«

Und kurz bevor wir den Raum verlassen, nimmt er mich ganz selbstverständlich bei der Hand, voller Zuneigung.

Die Wahrheit (oder eine von vielen)

In dem grauen Licht dieses regennassen Abends kann ich mich in den Pfützen spiegeln, die nach dem Wolkenbruch zurückgeblieben sind.

Ich stehe vor dem Haus, in dem Bianca wohnt. Ich habe ihre Klingel gedrückt und keine Antwort erhalten. Dann bin ich ein wenig in der Gegend herumspaziert, und gerade als ich es noch einmal versuchen will, sehe ich sie unter einem Burberry-Schirm die Straße heraufkommen.

Warum die Luftfeuchtigkeit, die meine Erscheinung so verwaschen hat wie ein Aquarell, ihrer Makellosigkeit nichts anhaben kann, bleibt ein Geheimnis von Physik und Chemie. Sie trägt einen blauen Trenchcoat von bester Qualität und hat ihr Haar zu einem großen und weichen Knoten zusammengesteckt. Ihre nicht sehr vollen Lippen sind von einem intensiven künstlichen Rot. Ihre Augen sind wie immer verschattet, die Wimpern so dicht, dass sie sich gleichsam ineinander verhaken, wann immer sie kurz ihre Lider schließt. Sie scheint einer Lancôme-Werbung entstiegen zu sein.

Sie betrachtet mich neugierig und mit leichtem Unbehagen.

»Hallo«, begrüßt sie mich mit ihrer warmen Stimme, die ich so gut kenne.

»Hallo, Bianca. Ich möchte gerne mit dir sprechen. Hast du einen Moment Zeit?«

Sie nimmt ihre Schlüssel aus der Tasche und scheint nicht so recht zu wissen, wie es weitergehen soll.

»Einverstanden. Auch ich schulde dir noch eine Erklärung.« Der Abgrund, der sich in ihren braunen Augen spiegelt, zieht mich magnetisch an.

Schweigend steigen wir die Treppen hoch; als wir im Wohnzimmer angekommen sind, bietet sie mir etwas zu trinken an, aber ich lehne dankend ab.

»Bitte«, fordert sie mich mit so etwas wie einem Lächeln auf. »Was möchtest du mir sagen?«

Ich antworte nicht sofort, sondern lasse mir viel Zeit. Schließlich ist sie ein wenig befremdet über mein Schweigen.

Ich bin nicht ganz sicher, wie ich anfangen soll. Also improvisiere ich und lande gleich mit meinem ersten Wort einen Treffer.

»Panadol«, murmle ich.

»Bitte?«, erwidert sie. Ob sie das nicht verstanden hat oder ob sie es im Gegenteil allzu gut verstanden hat, vermag ich nicht zu entscheiden.

»Das Panadol, Bianca. Das, was du Giulia verabreicht hast.«

Bianca wird blass, und einen Augenblick lang habe ich Angst, dass sie ohnmächtig wird.

»Das verstehe ich wirklich nicht, Alice. Willst du damit etwa andeuten, dass du mich für den Tod meiner Schwester verantwortlich machst?«, fragt sie und schwankt zwischen Ungläubigkeit und nervöser Belustigung.

»Das will ich nicht nur andeuten, dessen bin ich mir sicher.«

Bianca greift zu ihrem Handy. »Ich rufe die Polizei.«

»Warum? Das würde ich lassen. Du hast dir das alles doch so schön ausgedacht … Die Wahrheit wird niemals ans Licht kommen. Du solltest da keinen Lärm schlagen.«

Bianca wird zu einem Sinnbild des Zorns. »Du bist völlig verrückt, Alice.«

»Verrückte sagen oft die Wahrheit, Bianca. Und meine Wahrheit ist schnell erklärt. Man muss nur Giulias Tagesablauf an jenem 12. Februar rekonstruieren.«

Bianca ist sichtlich ungeduldig und unschlüssig, ob sie mich zum Schweigen bringen oder mich ausreden lassen soll. Im Augenblick unterbricht sie mich auf jeden Fall nicht.

Und so rede ich weiter.

»Gleich nach dem Mittagessen trifft Giulia sich mit Saverio, und zusammen spritzen sie sich Heroin. Dann geht Saverio. Ungefähr um sechs Uhr abends empfängt sie Jacopo in ihrer Wohnung, mit dem sie schon seit Jahren ein Verhältnis hat. Giulia ahnt jedoch nicht, dass Jacopo sich auch an dich heranmacht. Wahrscheinlich immer schon, seit eurer Kindheit. Ihr drei seid zusammen aufgewachsen. Er war gut aussehend und der große Bruder, und ihr habt euch beide in ihn verliebt. Doch er hat sich Giulia ausgesucht. Und darüber bist du niemals hinweggekommen, ebenso wenig wie über die Tatsache, dass du dich um sie kümmern solltest und dass du dafür New York den Rücken kehren musstest. Du konntest es nicht ertragen, dass dieses Mädchen mit ihrem schwierigen Charakter dir die Schau gestohlen hat.«

Bianca sieht mich schweigend an. Ihre Blässe ist beunruhigend.

»Kommen wir auf Giulia und Jacopo zurück ... Sie treffen sich, wann immer sie Zeit dafür finden. Er ist wirklich in Giulia verliebt, aber er kann sich nicht zwischen ihr und Doriana entscheiden. Denn Jacopo hat Doriana wirklich gern. Sie sind seit Jahren miteinander verlobt, und sie ist seine beste Freundin. Und außerdem ist Doriana steinreich, und das ist eine Qualität, die Jacopo sehr schätzt. Ich weiß nicht genau, wie und warum Doriana die beiden an jenem Nachmittag in flagranti ertappt hat, auch wenn ich nicht ausschließe, dass du selbst sie darauf aufmerksam gemacht hast. Denn um Klartext zu reden: Du, Bianca, hast von allem gewusst … Du wusstest davon, weil Giulia selbst dir von diesem Verhältnis erzählt hatte, und bist innerlich verrückt geworden vor Eifersucht.«

Es ist merkwürdig, aber Bianca hört mir immer noch ohne Unterbrechung zu. Und je mehr ich in Fahrt gerate und meine Überlegungen darlege, desto unausweichlicher erscheinen sie mir.

»Doriana hat Giulia wahrscheinlich schon länger verdächtigt. Und ihr war diese Cousine, die in dem Leben ihres Verlobten etwas zu viel Raum einnahm, sicher nicht sehr sympathisch. Nachdem sie entsprechend aufgestachelt worden war, platzt Doriana in Giulias Wohnung, und was sie dort sieht, ist eindeutig. Sie beschimpft Giulia und lässt ihrer Wut, die sich über Jahre angestaut hat, freien Lauf. Giulia ist nicht der Typ, der sich das alles so gefallen lässt, und greift sie an – sie kratzt sie. Doriana verlässt die Wohnung, doch was viel schlimmer ist: Jacopo folgt ihr, und das bringt Giulia völlig durcheinander. Er lässt sie einfach so sitzen, um sich um seine Verlobte zu kümmern. Es ist ungefähr acht Uhr. Giulia ist mit den Nerven fertig. Und wie immer, wenn alles schiefgeht und sie nicht mehr weiß, mit wem sie reden soll, macht sie das, was sie immer gemacht hat.«

Ich lege eine Pause ein, denn ich hätte gerne, dass sie die Geschichte zu Ende erzählt.

Doch Bianca sieht mich weiter schweigend an.

»Giulia ruft den einzigen Menschen an, der ihr helfen kann: ihre Schwester. Giulia hat dich angerufen.«

Bianca hustet, ihr Atem geht schwer. Ihre Pupillen sind verkleinert, und das Adrenalin lässt ihre Züge fast leuchten.

»Red weiter«, sagt sie zu meiner Überraschung heiser.

»Sie bittet dich, sofort zu kommen, wie sie das seit ihrer frühesten Kindheit immer getan hat, und du verweigerst ihr deine Hilfe nicht. Und so gelangst du in ihre Wohnung. Dort hängt noch Jacopos Geruch. Giulia ist verzweifelt und noch mehr durcheinander als sonst. Sie ist ganz offensichtlich dabei, die Nerven zu verlieren. Sie erzählt dir von dem gerade zurückliegenden Streit mit Doriana. Sie ist aufgewühlt, aber zugleich auch erleichtert: Denn jetzt, wo alles aufgeflogen ist, muss Jacopo Farbe bekennen. Sie fragt dich nach einem Beruhigungsmittel. Giulia ist mittlerweile nicht mehr in der Lage, ihre Emotionen ohne Hilfe von Drogen unter Kontrolle zu halten, ob die legal sind oder nicht, ist egal. Sie solle sich beruhigen, sagst du ihr, du versuchst sie zu beschwichtigen, aber anstatt ihr ein Nervenmittel zu geben, wie sie erwartet, gibst du ihr ein Panadol. Das nimmst du, seit du in New York gelebt hast. Giulia schluckt die Tablette ohne Bedenken. Von dir erwartet sie sich nichts Böses. Und du wirst dir gesagt haben, dass sich eine solche Gelegenheit nie wieder bieten wird, und so hast du diese hier beim Schopf gepackt. Wie lange hat es gedauert, bis sie tot war, Bianca? Zehn Minuten, eine Viertelstunde? Oder nur einen Augenblick? Du hast ihr beim Sterben zugesehen.«

Bianca durchfährt ein unmerkliches Zittern. Sie scheint mich endlich unterbrechen zu wollen, aber ich habe eine Entschiedenheit, die ich bislang nicht kannte.

»Lass mich ausreden. Es ist 21.17 Uhr. Giulia ist tot, und du fragst dich, was du jetzt machen sollst. Du überlegst dir, dass du die Ermittlungen auf eine ganz einfache Art in die falsche Richtung lenken wirst – und bis jetzt ist dir das ja wunderbar gelungen. Von Giulias Handy aus rufst du Jacopo an, du weißt, dass er dir nicht antworten wird. Und dann verlässt du schließlich die Wohnung und fühlst dich unendlich erleichtert.

Während der nächsten Tage machst du dich auf strategische Weise an Jacopo heran. Du nutzt den Umstand aus, dass er in Trauer ist. Du gibst dich verständnisvoll und freundschaftlich, und nicht zuletzt erinnerst du ihn an Giulia. Er gibt nach, und für dich erfüllt sich ein Traum. Jacopo ist zutiefst verletzt, durcheinander, und nur bei dir findet er Trost. Schließlich erzählt er dir von jenem Nachmittag und von seinen Schuldgefühlen. Dir ist nicht klar, dass du nur ein schlechter Ersatz bist. Du fängst an zu glauben, dass jetzt, wo Giulia aus dem Weg geräumt ist, Doriana das einzige verbleibende Hindernis ist. Doch zufällig weißt du, wie du dieses Hindernis aus dem Weg räumen kannst. Es reicht, den Verdacht auf sie zu lenken. Du bist dir aber nicht sicher, dass das Material unter Giulias Fingernägeln wirklich von Doriana stammt. Und um jedem Zweifel vorzubeugen, machst du dich an eine gutgläubige Assistenzärztin heran und umgarnst sie mit schönen Worten.«

Jetzt, wo ich mir wieder meine Gefühle Bianca gegenüber in Erinnerung rufe, spüre ich, wie ich erröte. Ich war so naiv.

»Du erreichst das, was du willst, und bringst Jacopos Verlobte in Bedrängnis. Du bist überzeugt, dass die Geschichte damit vorbei ist. Doch in Wahrheit hast du einen schweren Fehler begangen. Du hast Jacopos Zuneigung zu Doriana unterschätzt – und er ist über dein Handeln entsetzt. Auch ich habe dafür bezahlt, denn er hat mich bei der Ärztekammer angezeigt – um ehrlich zu sein, völlig zu Recht. Und wahrscheinlich wird Jacopo auch bald der Druck von deiner Seite zu viel. Die freundliche Cousine, mit der er seine Trauer über den Verlust von Giulia teilen konnte, hat sich in eine zudringliche Liebhaberin verwandelt, die er nicht wirklich will, und zwar aus einem ganz klaren Grund: Bianca, du bist nicht sie, du bist nicht Giulia.«

Bianca fährt auf, aber sie schweigt weiter.

»Jacopo fackelt nicht lange und serviert dich ab. Genau in dem Augenblick, in dem Doriana so richtig in die Zange genommen wird und schon so gut wie verloren hat, und zwar ohne Jacopo in irgendeiner Weise zu schaden. Frauen sind manchmal wirklich dumm. Oder besser, manche Frauen. Du nicht. Du gehst mit deiner Wut auf deine Weise um, und zwar, indem du dich rächst. Und deshalb bist du zu Calligaris gegangen, um deinen Cousin anzuzeigen. Und das hast du getan, um eine Person zu retten, die du wirklich gernhast, vielleicht den einzigen Menschen, der dir wirklich etwas bedeutet: du selbst.«

Ohrenbetäubendes Schweigen erfüllt den Raum. Ich kann nicht glauben, dass ich tatsächlich so eindeutig und wagemutig gewesen bin. Offensichtlich verfüge ich über Fähigkeiten, von deren Existenz ich bislang nichts wusste.

Bianca erhebt sich schwankend. Mit gesenktem Blick geht sie zur Wohnungstür. Sie hält sie geöffnet, und ihre Blicke durchbohren mich förmlich: »Verlass jetzt meine Wohnung. Ich habe dich angehört, das war ich dir schuldig. Ich hoffe nur, dass ich dich in diesem Leben nie wiedersehen werde.«

Ich hebe meine Handtasche vom Boden auf und gehe auf die Tür zu.

»Addio, Bianca, Addio.«

Jeder Muskel meines Körpers ist angespannt, und mir dreht sich der Kopf. Ich glaube, heute Morgen war ich ein anderer Mensch. Und zwar, weil ich mich mit mir selbst konfrontiert habe und geradewegs in die Höhle des Löwen spaziert bin.

Risiko ist ein Teil des Lebens. Um den Dingen auf den Grund zu gehen, muss man den Mut finden, ihnen gegenüberzutreten.

Und in diesem Bewusstsein reise ich ab.

Ob richtig oder falsch – ich reise ab.

Gegen alle Vernunft verlasse ich meinen Weg, springe ins Nichts und besteige ein Flugzeug, das mich von zu Hause wegbringt.

Gott allein weiß, was ich bei meiner Rückkehr vorfinde.

Der Himmel über der Wüste

Der Flughafen von Kairo gleicht einem unentwirrbaren Knäuel verzweifelter Menschen. Ich sehe mich um und bin verwirrt. Derartige Abenteuer sind meine Sache nicht.

Draußen haut mich die Hitze um wie ein unerwarteter Fieberanfall. Die Vorstellung, mich zur Botschaft zu begeben, um die normale Visaprozedur zu umgehen, erscheint mir mit einem Mal wie eine gefährliche Dummheit. Igor hat uns versichert, dass das alles rechtmäßig ist, und auch Silvia hat mich beruhigt. Wenn alle Stricke reißen, dann mache ich eben Ferien in Kairo. Mit Cordelia. Um meine Nerven zu schonen – überraschenderweise halten die wie Drahtseile –, untersage ich mir, an die Folgen meines Tuns zu denken. Vielleicht bin ich doch oberflächlicher, als ich dachte.

Als wir bei der Botschaft ankommen, warne ich Cordelia. »Lass mich reden«, sage ich eisern.

»Warum?«, fragt sie beleidigt zurück.

Weil du uns sonst vielleicht so richtig in Schwierigkeiten bringst, Cordelia. »Weil mit dir manchmal der Gaul durchgeht. Schwierigkeiten können wir jetzt nicht gebrauchen.«

»Jetzt spiel dich mal nicht so auf, Alice. Und außerdem ist denen das so was von egal. Die wollen Geld sehen, und das haben wir, stimmt's?« Ich nicke. »Na, dann wird es überhaupt keine Probleme geben.«

Und tatsächlich behält Cordelia recht. Wir zahlen und erhalten am folgenden Tag unser Visum. Nach zwei anstrengenden Nächten mit Mücken und voller Ungewissheit stehen wir am Samstagnachmittag abermals am Flughafen, und diesmal gibt es nichts mehr, was mich davon abhält, mein Ziel zu erreichen.

Immer wenn ich bisher geflogen bin, habe ich das Meer gesehen. Eine unendliche blaue Fläche.

Jetzt breitet sich unter uns die Wüste aus: Man sieht das kräftige Hell des Sandes, nichts als Sand.

»Bist du zum ersten Mal in Afrika?«, fragt mich Cordelia und reißt mich aus meinem meditativen Zustand.

»Während einer Kreuzfahrt mit meiner Familie sind wir an einem Nachmittag in Tunis ausgestiegen. Zählt das?«

Cordelia rümpft die Nase. »Nein, das würde ich nicht sagen.«

»Und du?«

»O ja. Ich habe einen Monat in Algier verbracht, da habe ich bei einem Film mitgemacht. Meine Rolle ist dann gestrichen worden, aber es war trotzdem schön. Und als ich klein war, war ich oft bei Arthur und Kate.«

»Wer ist Kate?«

»Das ist Arthurs Mutter. Die zweite Ehefrau meines Vaters.«

»Und was hast du in Johannesburg gemacht?«, frage ich sie neugierig.

»Arthur und ich sehen uns seit unserer Kindheit häufig. Das ist in unserer Familie eher selten. Meine älteren Brüder, die Kinder von seiner ersten Frau, kenne ich kaum. Um ehrlich zu sein, sind die anderen Malcomess nicht gerade sympathisch. Arthur und ich sind beide Einzelkinder, und wir sind vom Alter her nicht weit auseinander. Und weil wir uns immer sehr gerne mochten, haben unsere Eltern den Kontakt gefördert, auch um uns einen Sinn von Familienzugehörigkeit zu geben. Das ist bei den Malcomess eigentlich etwas Unvorstellbares. Außerdem mochten sich meine Mutter und Kate immer sehr, was dir komisch erscheinen mag. Arthur hat seine Sommerferien in unserem Haus in Arezzo verbracht, und ich bin im Gegenzug oft bei ihnen in Johannesburg gewesen. In einem Jahr haben meine Mutter und ich dort Weihnachten verbracht. Es war sehr eigenartig, denn dort war Sommer.«

»Und wie ist Kate so?«

»Immer auf Trab. Sie hat meinen Vater verlassen: Er war sehr verliebt in sie. Und Kate war eine hinreißende Frau. Jetzt hat sie ein paar Pfunde mehr, aber hübsch ist sie immer noch. Arthur ähnelt ihr sehr, er ist eine männliche Ausgabe von Kate. Sie hat als Stewardess gearbeitet und war daher immer unterwegs. Ich glaube, sie hat ihm ihre Reiselust vererbt. Seit einigen Jahren lebt sie mit ihrem zweiten Mann in Florida, und angeblich hat sie dort Wurzeln geschlagen. Ich glaube nicht so recht daran: Bei denen liegt das Wandern im Blut wie beim fahrenden Volk.«

»Hat Arthur unter dieser Situation gelitten?«

»Wer weiß. Er trägt nicht unbedingt das Herz auf der Zunge. Wenn er darunter gelitten hat, dann hat er das auf jeden Fall nicht gezeigt. Ich glaube, ihm gefiel es, so viel Freiheit zu haben: Ihm wird es schnell zu eng.«

Als das Flugzeug in Khartum landet, fühle ich, wie mir das Herz bis zum Hals schlägt.

»Arthur sagt immer, dass der Augenblick, in dem man seinen Fuß auf afrikanischen Boden setzt, heilig ist und dass man ihn niemals wieder vergisst«, erklärt Cordelia.

»War das bei dir auch so?«

»Nein. Mir gefällt Afrika nicht. Er liebt es über alles, aber er ist hier auch zu Hause, und so ist er nicht objektiv.«

Als ich den Flughafen nach einer schier endlosen Zollkontrolle verlasse, zerlaufe ich draußen fast vor Hitze. Sie ist noch schlimmer als in Ägypten. Sogar meine Leinenbluse kann ich kaum auf der Haut ertragen. Die Sonne ist gleißend, und ich glaube nicht, dass ich sie schon einmal derart hell vom Himmel habe brennen sehen. Meine Augen schmerzen. Die Luft ist voller Sand. Ich blicke mich in diesem Nirgendwo um. Auch Cordelia wirkt verloren und sucht durch die riesigen Gläser ihrer Sonnenbrille nach Riccardo, der als Einziger von unserer Ankunft weiß. Wir haben uns lange überlegt, ob wir Arthur Bescheid sagen sollen. Am Ende haben wir beschlossen, ihn zu überraschen, weil wir überzeugt waren, dass er niemals mit unserer Reise einverstanden sein würde. Auch wenn der Begriff »Überraschung« angesichts der Situation ein wenig gewagt erscheinen mag. In Wahrheit wollte ich nicht, dass er mich von dieser Idee abbringt. Heute werde ich erfahren, ob das ein Fehler war, und falls ja, wie schwerwiegend er war: Doch wie auch immer, es ist ein Fehler, auf den ich mich von ganzem Herzen einlassen möchte.

Nach zwanzig Minuten endloser Warterei taucht Riccardo mit einem alten Jeep auf.

»Ich hoffe, der hat eine Klimaanlage«, meint Cordelia ohne ein Wort der Begrüßung.

Der arme Riccardo müht sich ab, unser Gepäck unterzubringen, und antwortet, nein, damit sei der Wagen nicht ausgestattet. Cordelia schnaubt und nimmt selbstverständlich auf dem Beifahrersitz Platz.

»Hattet ihr eine gute Reise?«, fragt Riccardo höflich. Er ist so braun wie ein Schokoladenriegel.

»Ja, danke. Wir haben uns die ganze Zeit unterhalten.«

»Wir fahren gleich zum Krankenhaus, ich bin gespannt, was Arthur für ein Gesicht machen wird«, meint Riccardo, während wir chaotische ungepflasterte Straßen befahren, auf denen wir mehrmals stecken bleiben. Alle Arten von Verkehrsmitteln sind unterwegs, von der Rikscha bis hin zum Toyota Corolla.

»Ich löse mich bald auf. Wie viel Grad hat es hier?«, fragt Cordelia, während ihr Handwedeln eine Hitzewelle in Bewegung setzt.

»Vierhundert?«, frage ich, nach Luft schnappend.

»Nicht ins Krankenhaus! Fahr uns zuerst zum Akropolis, ich muss duschen.«

Ich könnte sie erwürgen, aber das würde nichts ändern. Riccardo hängt an ihren Lippen und würde sie auf jeden Fall zum Akropolis fahren, gleichgültig, was ich für Einwände erhebe.

»Alice, soll ich Cordelia am Akropolis absetzen und dich direkt zum Krankenhaus bringen?«

»Liegt das auf dem Weg?«

»Nicht direkt, aber das mache ich gerne.«

Cordelia schnaubt. »Mein Gott, seid ihr doof. Meinetwegen, dann fahr uns direkt zum Krankenhaus. Wenn du dich in diesem Zustand sehen lassen willst«, sagt sie dann an mich gewandt.

Da hat sie nicht unrecht, aber das ist mir so was von egal. Außerdem habe ich mich in der Flugzeugtoilette betrachtet, und so schlimm ist es nicht. Ich habe mir sogar die Zähne geputzt und etwas Duft auf meine Handgelenke gesprüht.

Es ist nicht mein Äußeres, das nicht auf unser Wiedersehen vorbereitet ist.

Wir durchqueren Khartum und erreichen endlich das Krankenhaus. Es ist erst vor Kurzem erbaut worden. Die Stationen sind überfüllt, aber, anders als erwartet, recht sauber und gut ausgestattet. Riccardo geht voraus, und ich weiß nicht mehr, wie ich mich fühle. Als wir auf der richtigen Station angekommen sind, begrüßt Dottor Fragassi uns herzlich und meint, diese Überraschung würde Arthur gut bekommen.

Daran sieht man, dass er ihn wirklich nicht kennt.

»Eine Überraschung nach der anderen, so ist es lustiger«, flüstert Cordelia und bindet ihr Haar zu einem schnellen Zopf zusammen. Ihr Gesicht glänzt ein wenig, und ihr Kajal ist zerlaufen.

»Ich zuerst.«

Ich lächle ihr nachgiebig zu. Die Wartezeit nutze ich, um einen Blick in meinen Taschenspiegel zu werfen, den ich immer bei mir trage, einem riesigen beigen Spiegel von Longchamp. Meinem wasserfesten Kajalstift hat die Luftfeuchtigkeit nichts anhaben können. Ich wische mir mit einem Kleenex über das Gesicht und trage etwas Gloss auf. Dann gehe ich auf die Tür zu und höre seine Stimme, er schnauzt Cordelia an: »Bist du verrückt geworden?«, fragt er, aber er scheint nicht wirklich verärgert. »Bis hierherzukommen …«

»Stimmt, das ist ein schrecklicher Ort, aber für meinen großen Bruder ist das etwas anderes«, erwidert Cordelia sanft.

»Er ist nicht schrecklich«, verbessert er sie ruhig.

»Wenn diese triste und heruntergekommene Stadt nicht schrecklich ist, dann weiß ich auch nicht. Wie auch immer, Arthur, es wartet noch eine Überraschung auf dich«, fügt sie etwas lauter hinzu und zwinkert dabei verschmitzt.

Diese Überraschung kommt mir mit einem Mal so lächerlich vor. Zwischen uns ist alles offen.

Ich kann nicht einmal behaupten, ihn gut zu kennen. Ich wusste nichts von Kate, den Sommern in Arezzo, ich weiß so gut wie nichts über seine Vergangenheit. Ich kenne seine Lieblingsfarbe nicht oder seinen Lieblingsfilm. Das mögen

Kleinigkeiten sein, doch eine Liebesgeschichte besteht ja immer aus vielen solcher Kleinigkeiten.

Was mach ich hier nur? Ich dringe ungefragt in seine Welt ein. Das ist mehr als nur gewagt.

Jetzt gibt es kein Zurück mehr. Ich kann ihm nur gegenübertreten und seinen Blick aushalten, der am Anfang überrascht sein wird. Dann vielleicht mitleidig.

Der Raum ist überfüllt mit Betten und Krankenbahren. Es herrscht ein ziemlicher Gestank: Menschen schwitzen nun einmal.

Arthur hat sich erhoben; er trägt ein blaues T-Shirt falsch herum. Er hat einiges an Gewicht verloren, und unter der verblassten Bräune hat sein Gesicht einen sandfarbenen Ton. Während er mit Riccardo und Cordelia plaudert, lächelt er und scheint fröhlich zu sein. Doch mir verkrampft sich das Herz, er ist ein Schatten seiner selbst.

Als er seine Augen, dem neugierigen Blick von Cordelia folgend, auf mich richtet, lese ich dort eine ungeheure Verblüffung.

Unsere Blicke treffen sich.

Ich breche fast unter dem Ansturm der Gefühle zusammen.

»*You?*«, murmelt er und neigt leicht den Kopf.

Ich halte seinem Blick nicht stand. »Ich … wollte nicht …« Ich finde keine Worte mehr.

Ich habe alles vergessen. Arthur kommt aus der Mitte des Raums auf mich zu.

Er hält einige Augenblicke inne und betrachtet mich zurückhaltend. Ich reiche ihm ungeschickt meine Hand und gehe dann mit einigen kurzen Schritten auf ihn zu, bis wir dicht voreinander stehen. Seine Finger berühren meine Hand mit einer Schüchternheit, die ich an ihm nicht vermutet hätte. Schließlich breitet sich ein wunderbares, offenes und vertrauensvolles Lächeln auf seinem Gesicht aus, und er nimmt mich in den Arm. Er ignoriert die ganzen Zuschauer und tut so, als wären wir beide allein, und es scheint, als ob er sich nach dieser Umarmung gesehnt hätte.

Ich rieche den Duft von schlechter Seife, doch für mich ist er unwiderstehlich. Sein Bart kratzt an meinem Hals. Doch trotz alledem und trotz aller Unsicherheit gibt diese Umarmung mir ein wunderbares Gefühl.

Die anderen Kranken mustern uns in der Zwischenzeit verstohlen, als wären wir die Hauptdarsteller in einer Soap-Opera.

»Ihr zwei Turteltauben … ich weiß nicht, wie es euch geht, aber ich gehe ein vor Hitze! Fragen wir den Arzt, ob du nach draußen darfst, Arthur«, funkt Cordelia dazwischen.

Arthur zieht sich sofort zurück, so als ob er sich verbrannt hätte.

»Natürlich darf ich raus. Da frage ich nicht einmal um Erlaubnis.«

»Wunderbar, auf geht's«, erwidert sie und hakt sich bei ihm unter. Doch er kann den Blick nicht von mir abwenden, das spüre ich. Und das ist ein wunderbares Gefühl.

»Du hast das T-Shirt verkehrt herum an«, bemerkt Cordelia.

»Ich war nicht auf Besuch gefasst«, gibt er lächelnd zurück und blickt an sich herunter. Ich lege ihm instinktiv eine Hand auf die Schulter und zwinkere ihm zu, denn mir hat es die Sprache verschlagen, so aufgewühlt bin ich. Er berührt leicht meine Hand. Sein Arm ist an einer Stelle verbunden, ich nehme an, dort war der Zugang für die Infusion.

Wir gehen auf eine Art Wartesaal zu. Die ganze Atmosphäre hat etwas Surreales.

»Das war deine Idee, stimmt's?«, fragt Arthur seine Schwester und streichelt ihr über den Kopf.

»Ganz genau. Aber ich habe mir sofort tatkräftige Unterstützung gesucht: Alice hat nicht einen Moment gezögert. Stimmt's, Alice?«

Er sieht mich an. Ich verliere mich in seinem Blick. »Ja, genau«, stottere ich.

»Zu meiner Verteidigung muss ich sagen, dass ich bis zum letzten Augenblick versucht habe, den beiden das auszureden«, wirft Riccardo ein.

Cordelia schnaubt. »Was du denkst, ist ziemlich gleichgültig«, bemerkt sie giftig. Ich werde nie begreifen, warum sie ihn so abfertigt.

Aufmunternd lächle ich Riccardo zu. Der senkt zerknirscht den Blick. Arthur stößt Cordelia leicht in die Seite: »Du kleine Pest«, meint er. Sie lächelt verschmitzt und entschuldigt sich dann, wie es sich gehört.

»Ich hol was zu trinken«, schlägt Riccardo vor. Er hat auch seine Würde und geht nicht weiter auf sie ein.

»Ich möchte eine Cola Light«, fordert die Gräfin.

»Ob man die hier bekommt?«, erwidert er.

In der Zwischenzeit lassen Arthur und ich uns nicht aus den Augen. Ich fühle Bedauern, aber es ist wunderschön.

»Du siehst ganz schön mitgenommen aus, Arthur. Wann lassen sie dich aus diesem Loch raus?«, fängt Cordelia in ihrer Unermüdlichkeit wieder an.

»Bald«, lautet seine vage Antwort. »Und wie lange bleibt ihr?«, fragt er, und auf seiner flachen Stirn ist die Narbe an der einen Augenbraue sichtbarer, als ich das in Erinnerung hatte.

»Die ganze nächste Woche. Und du kommst dann natürlich mit uns nach Hause.«

Arthurs Züge verdüstern sich. Ich mag ihn nicht gut kennen, aber bestimmte Einzelheiten entgehen mir nicht. »Vielleicht ist das für Arthur noch zu früh«, wende ich ein.

»Wenn ich wieder auf den Beinen bin«, erwidert er ernst, »arbeite ich wieder mit Riccardo. Ich werde erst nach Rom zurückkommen, wenn ich hier fertig bin«, antwortet er bestimmt. Einen Moment lang verletzt mich seine Aussage unerklärlicherweise. Denn ich wusste es ja die ganze Zeit: Habe ich wirklich angenommen, er würde seine Koffer packen und wieder mit mir nach Hause reisen? Vielleicht ist ihm mein bedrücktes Schweigen aufgefallen – er streichelt mir über die Wange. Seine Hände sind eiskalt, und das lässt mich auffahren, denn hier herrschen mindestens dreiundvierzig Grad. »Ich bin nicht nur hierhergekommen, um mir die Malaria einzufangen.«

Riccardo kommt mit einer Flasche Cola Light für Cordelia zurück (welche sie natürlich mit verächtlicher Miene entgegennimmt), einer Flasche Wasser für Arthur und einer Art Gatorade für mich. Wir sitzen alle vier auf wackeligen Stühlen inmitten vieler Menschen in einem Raum mit grün gestrichenen Wänden, von denen hier und da vor Feuchtigkeit der Putz abfällt. Es riecht säuerlich nach Schweiß und Desinfektionsmittel. Cordelia macht mit ihrem hochnäsigen Gehabe den Eindruck, als habe sie sich im Ort geirrt; Arthur sieht aus wie ein Überlebender nach einem Schiffsunglück, und Riccardo wirkt wie ein Löwe im Käfig. Ich bin völlig durcheinander.

Und während mein Blick flüchtig auf die rachitischen Kinder fällt und auf die unzähligen Menschen, denen Gliedmaßen fehlen – diesem das linke Bein, jenem das rechte –, scheint alles, was sonst so wichtig ist, mit einem Mal leer und weit fort.

Die Konkurrenz am Arbeitsplatz. Meine kostspieligen Launen.

Weit entfernt, weg, verflogen. Ich habe das Gefühl, als würde ich dem Leben etwas schulden.

An Bord von Riccardos Jeep hüllt mich die Hitze ein, Schweiß rinnt mir über die Stirn, und Sand fliegt mir in die trockenen, müden und verquollenen Augen. Und doch bin ich sicher, dass dieses Khartum – auch wenn mir hier alles fremd ist – im Augenblick der einzige Ort auf der Welt ist, an dem ich sein möchte.

Vage Liebesgespräche

Das Akropolis erweist sich als ein spartanisch ausgestattetes Hotel, und nach einem allgemeinen Rundblick sieht Cordelia mich finster an. Arthurs leeres Zimmer liegt nicht weit von unserem. In der Zwischenzeit hat sich Riccardo rührend um uns gekümmert.

»Ich gehe zuerst in die Dusche«, ordnet Cordelia an, nimmt ihr Beauty Case und schließt sich im Bad ein. Ich schalte die Klimaanlage an, strecke mich auf dem Bett aus und nehme ein Magazin aus meiner Tasche.

Plötzlich ertönt aus dem Bad ein schriller Aufschrei. Klingt nach einer Szene aus *Psycho*. Als ich erschrocken ins Badezimmer stürze, klebt Cordelia förmlich an der Wand und starrt reglos auf einen riesigen Tausendfüßler – oder was auch immer das für ein Tier ist –, der unbekümmert in der Duschwanne umherläuft. »Bitte bring ihn um, wie eklig!«, kreischt sie entsetzt.

»Komm mal raus, ich rufe die Rezeption an.«

Plötzlich fängt Cordelia an zu lachen. Ich stimme ein. Und dann lachen wir beide, als wären wir sturzbetrunken, während ich dem Mann in der Leitung zu erklären versuche, was sich ereignet hat. Das kommt vor, erklärt man uns. Cordelia zieht sich zum Duschen auf jeden Fall Flipflops an.

Später im Bett lese ich, während sie Al Jazeera schaut.

»Verstehst du davon etwas?«

»Natürlich nicht. Aber was hast du denn erwartet? Einen Film mit James McAvoy?«, fragt sie seufzend.

Nach etwa zehn Minuten ist sie bereits eingeschlafen. Mein Handy vibriert. Einen Augenblick lang hoffe ich inständig, es möge Arthur sein, aber meine Mutter ist dran und bombardiert mich mit Fragen zum Klima und zur Guerilla.

Nach zwanzig Minuten und zehn Seiten Lektüre in *Vanity Fair* vibriert mein Handy erneut.

»Alice.« Es ist Arthurs Stimme. Ich bin überglücklich. »Im Hotel alles okay?«

»Wenn man einmal von dem riesigen Tausendfüßler absieht … dann ist alles okay.« Hastig berichte ich ihm von unserem misslichen Abenteuer. »Wunder dich nicht«, entgegnet er, »das kommt auch im Grand Villa vor. Und auch in den Ferienressorts auf den Malediven gibt es Kakerlaken.«

»Wie geht es dir?«, frage ich ihn.

»Alles in Ordnung«, erwidert er.

»Okay.«

»Okay.«

»Morgen komme ich wieder bei dir vorbei, einverstanden?«

»Sehr gut. Dann gute Nacht.«

»Gute Nacht, Arthur.«

»Alice«, hebt er plötzlich nach einer Pause des Zögerns wieder an, »ich freue mich, dass du hier bist.«

Ich antworte nicht sofort. »Und ich freue mich, dass ich hier bin.«

»Vielen Dank … für alles.«

»Ja …«

Ich wende mich wieder meiner Lektüre zu und fühle mich viel wohler als vorher. Doch die gute Laune hält nicht lange.

Wenige Augenblicke vor dem Einschlafen erhalte ich eine SMS von Silvia:

Wegen des Mordes an Giulia Valenti wurden Jacopo De Andreis und Doriana Fortis vorübergehend festgenommen.

Und die Alibis der beiden? Ab neun Uhr hatte Doriana ein wasserdichtes Alibi. Jacopo offensichtlich nicht.

Was für eine himmelschreiende Ungerechtigkeit!

Ich verbringe eine furchtbar unruhige Nacht.

Am folgenden Tag bringt mich ein verschlafener Riccardo, der die ganze Nacht durchgeschrieben hat, ins Krankenhaus. Auf meinen Versuch, sie zu wecken, hat Cordelia, ganz die Aristokratin, mit belegter Stimme geantwortet, dass sie vor Mittag nicht daran denke, das Hotelzimmer zu verlassen.

Die Fahrt kommt mir unglaublich lang vor, aber Riccardo leistet mir gute Gesellschaft.

»Und wie kommen eure Recherchen voran?«

Riccardo räuspert sich. »Gut, würde ich sagen. Ich habe aber keine Ahnung, wie viel von dem Material, das wir gesammelt haben, wirklich verwendbar ist. Arthur besteht darauf, allem auf den Grund zu gehen … aber er kennt den Job noch nicht gut genug. Er ist ein Idealist und begreift nicht, dass man Informationen filtern muss. Er möchte die Realität so zeigen, wie sie ist, und zwar in allen Einzelheiten, ohne sich darum zu scheren, ob man damit jemandem auf die Füße tritt – was einen hinterher unter Umständen teuer zu stehen kommt. Wir sind einfach nur Journalisten, die ihre Worte an den Meistbietenden verkaufen. Aber er will das nicht verstehen und glaubt, tatsächlich etwas ändern zu können. Das ist nicht seine Schuld, das Problem ist seine Naivität. Und Unerfahrenheit. Du und Cordelia, ihr seid wirklich sehr nett, dass ihr hierhergekommen seid«, fügt er dann hinzu und wechselt umsichtig das Thema.

»Das erscheint mir das Mindeste. Wenn ich fern von zu

Hause krank würde ... dann hätte ich auch gerne jemanden, auf den ich mich verlassen kann. Nicht, dass du nicht für ihn da wärst, versteh mich nicht falsch«, gerate ich ins Stottern, »aber du hast ja zu tun.«

»Ja, ich verstehe, was du sagen willst. Er zeigt es nicht, aber er freut sich sehr. Wirklich.«

Er begleitet mich zu Arthurs Krankenzimmer und lässt uns dort unter dem Vorwand, Fotos im Zentrum machen zu müssen, allein.

Ich setze mich auf die Bettkante. Er sieht ziemlich erschöpft aus, aber in seinen müden Augen liegt ein neues, hoffnungsvolles Leuchten.

»Alice, was meinst du, kann ich eine Zigarette rauchen?«, fragt er mich leise.

»Ich meine eher nicht.«

»Warum?«, fragt er nach. »An den Lungen fehlt mir nichts. Nur das Blut ist von der Krankheit befallen. Und auch die Nieren, meinetwegen. Ich verstehe nicht, warum mir eine Zigarette schaden sollte. Im Gegenteil, die wird mir in meiner Lage eher guttun.«

»Was hat Fragassi dir gesagt?«, frage ich ihn.

»Ich hab ihn nicht gefragt. Den würde der Schlag treffen. Er ist furchtbar besorgt. Ich habe die Nase voll, Alice. Komm, rück eine Zigarette raus«, meint er, während er sich hochstemmt. Er schwankt beim Aufstehen, doch weigert er sich, zur Unterstützung meinen Arm anzunehmen.

Wie zwei Fremde gehen wir den Korridor hinunter. Ich folge ihm wortlos.

»Wie läuft's bei der Arbeit, besser?«

»Ja, doch ... ich bin viel entspannter. Aber ich habe keine Lust, darüber zu reden. Diese Woche mache ich Ferien.«

»Deine Zeit mit einem Kranken zu verbringen, nennst du Urlaub machen?«

»Ja, wenn du es bist, der krank ist, schon.« Arthur sieht mich aus blauen, furchtbar unterschatteten Augen an.

»Du solltest nicht zu viel Zeit hier verbringen. Das ist kein guter Ort für dich. Ich werde Riccardo bitten, dich ein wenig herumzuführen. Khartum ist viel schöner, als man das auf den ersten Blick denken würde.«

Die Schönheit liegt in deinen Augen, und das ist die Wahrheit.

»Wenn ich wirklich am Äquator Ferien machen wollte, dann wäre ich in die Karibik geflogen. Von hier rühre ich mich nicht fort.«

»Machst du die Malariavorsorge?«, fragt er und wechselt das Thema.

»Klar. Die ist wirklich furchtbar. Meine Waden sind geschwollen wie nichts.«

»Immer noch besser, als hier in diesem Loch zu landen. Pass bloß auf. In der Apotheke gibt es Anti-Mücken-Sprays. Viel helfen die nicht, aber es ist immer noch besser als nichts. Ich werde Riccardo bitten, dir so viel davon zu besorgen, dass es für eine Woche reicht. Für dich und für die kleine Pest natürlich.

Wir haben seine Station verlassen.

»Lauf nicht alleine herum, und verbiete das auch Cordelia. Es ist nicht sicher hier. Lasst euch von Riccardo begleiten, und bitte ihn, dich zum al-Mogran zu bringen. Das ist der Ort, wo der Weiße Nil und der Blaue Nil zusammenfließen. Ein unglaublicher Anblick.«

»Okay.«

»Und Fotografieren ist verboten. Man muss erst die Erlaubnis haben, das kostet etwas.«

»Sind die verrückt?«

»So sind die Gesetze. Aber lass dich nicht ins Grand Villa ausführen. Dahin gehe ich mit dir essen, wenn ich wieder in Form bin.« Arthur wirft einen Blick aus dem Fenster, an dessen Scheiben Schlammspritzer kleben. »Siehst du diese rote Erde? Die ist typisch für die Äquatorialzone«, erklärt er und weist auf den Boden. »Als Kind habe ich die Erde von Orten, wo ich war, in Fruchtsaftflaschen aus Glas gesammelt. Meine Mutter hat mir viele besorgt. Wer weiß, wo die jetzt alle gelandet sind.« Es ist traurig, ihn so schwach und angeschlagen zu sehen. »Ich würde dich gerne nach Südafrika mitnehmen. Wenn ich überhaupt Wurzeln habe, dann dort.« Arthur blickt mich an. Er lächelt schwach.

»Wie haben wir es nur geschafft, alles dermaßen kaputt zu machen?«, frage ich ihn und starre ins Leere.

Arthurs Haltung versteift sich. Er steckt seine Hände in die Taschen seiner Schlafanzughose aus blauer Baumwolle und sieht jetzt nicht mehr mich an, sondern den Krankenhausmitarbeiter, der einen Wagen mit den Tabletts für das Mittagessen zieht. Ein unangenehmer Geruch nach Brühe und gekochtem Fleisch liegt in der Luft. »Keine Ahnung«, stellt er mit leiser Stimme fest. Es ist die raue Stimme des erwachsenen Mannes, in der die Verwunderung und Unsicherheit eines kleinen Jungen mitschwingt.

Der Mann mit dem Wagen sagt zu Arthur etwas auf Arabisch und geht dann weiter.

»Was hat er gesagt?«, frage ich ihn.

Arthur holt tief Luft. »Dass ich ein Idiot bin.«

»Wirklich?«

Sein Lächeln ist zärtlich. »Nein, du Dummerchen. Aber es ist das, was ich denke«, meint er, nimmt mich bei der Hand und führt mich in sein Krankenzimmer zurück.

Neues aus Italien

Ich habe Riccardo gebeten, mir sein Notebook zu leihen, damit ich ins Internet kann. Es ist Abend. Hier gibt es nichts weiter zu tun. Auf den Websites der Tagezeitungen suche ich Informationen zum Fall Valenti, während Cordelia und Riccardo auf der Terrasse mit zwei Engländern einen Drink nehmen. Und so erfahre ich, dass Jacopo De Andreis am Abend von Giulias Tod bei seiner Mutter war. Das ist recht dürftig als Alibi, und die Ermittler gehen dem jetzt nach. Dorianas Alibi ist bestätigt worden, aber sie muss zu einer Reihe von Anschuldigungen Stellung nehmen, die ihr zur Last gelegt werden. Jacopo und Doriana verteidigen sich wechselseitig und halten zusammen. Ich habe die berechtigte Befürchtung, dass die Wahrheit nicht ans Licht kommen wird und dass die beiden den Preis für eine Tat bezahlen müssen, die sie nicht begangen haben.

Ich schaue auch in meine Mailbox und finde zwei interessante E-Mails.

Die erste.

Was gibt's Neues von den Hängen des Kilimandscharo?
Wie geht's unserer Weltreisenden?
Die offizielle Erklärung der Ärztekammer ist eingetroffen. Wie erwartet, bist du mit heiler Haut davongekommen. Hoffentlich passiert dir so etwas nicht ein zweites Mal! Dass Jacopo De Andreis genug anderen Ärger um die Ohren hat, hat dir den Hintern gerettet.

Natürlich ist auch Binca Valenti vernommen worden. Sie hat ihre Anschuldigungen mit der Behauptung zurückgezogen, dass sie und Jacopo sich missverstanden hätten. Das sind schon komische Leute.
Lass von dir hören,
Silvia

Ende gut, alles gut. Ich habe alles riskiert und mir nicht den Hals gebrochen. Keine Sorge, das mach ich nicht noch einmal.
Keine Neuigkeiten, was Arthur angeht, nur, dass er sich offensichtlich freut, dass ich hier bin. Und ich mich ganz ehrlich auch.
Au revoir,
A.

Die zweite Mail.

Ich bin in New York, weit weg von einer Geschichte, die sehr schmerzhaft ist und die ich nicht mehr aushalte.
Und was deine Version angeht …
Du unterschätzt den Fall, Alice. Du unterschätzt ihn sehr.
Manches geschieht aus purem Zufall. Du hast mich beschuldigt, Glück gehabt zu haben.
Vielleicht habe ich das auch so gesehen. Doch sieh mich jetzt an: Glaubst du immer noch, ich hätte Glück gehabt?
Lass uns das alles vergessen, Alice. Die Zeit wird alles regeln,
Bianca

Ich entscheide mich gegen eine Antwort. Ihre Mail hinterlässt bei mir eine Übelkeit, die noch lange anhält.

Am Tag darauf erzähle ich Arthur alles. Seine Sichtweise hat mir sehr gefehlt, und ich habe das Bedürfnis, das jetzt nachzuholen.

»Sie hat also keine Spuren hinterlassen?«, fragt er, während wir den Korridor auf seiner Station hinuntergehen.

Ich kann es nicht erwarten, dass er diesen furchtbaren Ort verlässt.

Ich schüttle den Kopf. »Das sind alles nur Intuitionen von mir, und auf ihre Art – ob absichtlich oder nicht – hat Bianca sie bestätigt.«

Arthur scheint von meinen Schilderungen nicht weiter überrascht. Manchmal fühle ich mich anders als andere, und das ist nicht immer ein schönes Gefühl. Mit Arthur passiert das allerdings niemals, denn für ihn ist es angenehmerweise eine große Tugend, anders zu sein.

»Ich finde, du solltest auf jeden Fall mit Calligaris darüber sprechen. Der kennt dich jetzt, und du wirst sehen, dass er dir zuhört. Das darfst du nicht versäumen. Es ist möglich, dass man Bianca für den Tod ihrer Schwester niemals zur Rechenschaft ziehen wird, doch du solltest dir keine Vorwürfe machen müssen.«

»Du hast recht. Dann hätte alles, was ich getan habe, auch einen Sinn.«

»Und da ist doch etwas«, fügt er an und tupft mir auf die Nasenspitze. »Auf deine Art bist du eine kleine Heldin.«

Ich lächle und erröte vermutlich auch. Keine Ahnung. Ich möchte ihn gerne umarmen, und genau das mache ich auch.

Er erwidert meine Umarmung, und dieser Augenblick ist diese ganze verrückte und überstürzte Reise wert.

Es kommt, wie es kommt

Die Woche ist ein merkwürdiges und gedrängtes Hin und Her zwischen Krankenhaus und Kurzbesuchen in der Stadt.

Arthur und ich haben das schwierige Thema unserer Vergangenheit und Zukunft nicht mehr angefasst. Wir haben uns damit begnügt, unbesorgt diese ganze skurrile Gegenwart zu leben. Unsere Blicke kreuzen sich, wir lächeln uns kurz zu. Und das an einem Ort, an dem die Zeit stillzustehen scheint, in diesem drückenden und heißen Klima, das mich auslaugt, in dem ich mich aber trotzdem irgendwie wohlfühle. Ich könnte mir sogar vorstellen, hierher zurückzukehren.

Noch ein Tag bis zu meiner Abreise.

Arthur ist völlig entnervt.

»Ich habe genug.«

»Du kannst noch nicht raus. Du bist noch in der Genesungsphase«, wende ich ein, doch würde ich insgeheim gerne ein paar gemeinsame Stunden mit ihm außerhalb der Krankenhausmauern verbringen.

»Mir geht es ausgezeichnet«, erwidert er entschieden. »Heute will ich raus. Ruf ein Taxi, *please*.«

»Soll ich Riccardo Bescheid sagen?«

»Der wird um diese Zeit arbeiten«, antwortet er und wirft einen Blick auf seine Sea-Dweller.

»Ich ruf ihn lieber an.«

Er unterschreibt eine Entlassungserklärung, obwohl die Pfleger und Ärzte, allen voran Fragassi, damit nicht einverstanden sind. Dann stopft er seine paar Habseligkeiten in eine Tasche, bindet das mittlerweile lange Haar zu einem Pferdeschwanz zusammen, verabschiedet sich auf Arabisch von seinen Zimmergenossen und tritt aus dem Raum, als würde er soeben eine Gefängniszelle verlassen.

Draußen wartet schon Riccardo in Begleitung von Cordelia auf uns. Arthur nimmt auf dem Beifahrersitz Platz und öffnet das Wagenfenster.

Als Erstes fragt er, ob er rauchen darf.

»Darf ich, Dottoressa?«, fragt mich Riccardo in seiner zuvorkommenden Art und zückt sein Zigarettenpäckchen.

»Meinetwegen.«

»Es hätte nur gefehlt, dass du immer noch Nein sagst.«

Riccardo reicht ihm eine Camel. Arthur öffnet das Fenster noch weiter und raucht »die beste Zigarette seines Lebens«, wie er später behaupten wird. Dann bittet er darum, zum Hotel gefahren zu werden, und dort nimmt er »die beste Dusche seines Lebens« – das sind noch am selben Abend seine Worte.

Cordelia und ich warten in unserem Zimmer auf ihn und nutzen die Zeit, um uns zurechtzumachen. Gegen acht klopfen Arthur und Riccardo an die Tür. Endlich steht – wenigstens physisch – wieder der Arthur vor mir, den ich kenne. Er duftet nach Sandelholz, und sein Gesicht ist perfekt rasiert. Sein Haar ist frisch gewaschen, und man sieht wieder die Wellen, die jede Frau vor Neid blass werden lassen. Er trägt ein blaues Leinenhemd in der Farbe seiner wunderschönen Augen.

Zur Begrüßung legt er mir zerstreut eine Hand auf die Schulter. Kein Kuss, nicht einmal eine zärtliche Geste. Arthur ist nicht nur physisch ganz der Alte, sondern auch in seinem Verhalten.

»Heute Abend gehen wir in ein Luxushotel«, meint Riccardo. »Das haben wir uns verdient. Aber wir müssen uns beeilen und vor der Ausgangssperre wieder zurück sein.«

Wir verbringen mindestens die nächste Viertelstunde damit, Cordelia Dampf zu machen. Endlich tritt sie aus dem Zimmer – in einem langen orangenfarbenen Kaftan und einer Kette aus Silber und Karneol, sehr im Stil von Talitha Getty.

Am Ende erreichen wir ein Hotel-Restaurant, so luxuriös, dass Cordelia mich bei dem Gedanken, um was ich uns beide da gebracht habe, schräg anschaut. Wir nehmen Platz und bestellen aus Angst vor der Ausgangssperre in aller Eile.

Arthur ist wieder in Form und unwiderstehlich.

Es kostet mich übermenschliche Anstrengung, ihn nicht die ganze Zeit über anzustarren.

Es ist alles sehr faszinierend. Man sitzt nicht alle Tage in einer so außergewöhnlichen Stadt mit derartigen Leuten an einem Tisch. Alle sprechen von interessanten Dingen, von denen ich nichts verstehe. Sie haben die Welt kennengelernt. Während sie über Außenpolitik und internationale Krisen diskutieren, komme ich mir wie ein Idiot vor. Dass Cordelia bei diesen Themen mehr Ahnung hat als ich, sagt eigentlich alles. Und trotzdem ist es ein ungewöhnlicher und unvergesslicher Abend. Ein ganz in Weiß gekleideter Pianist, hochgewachsen, mit einer Haut in der Farbe von Ebenholz und der typisch afrikanischen Anmut spielt Jazz. Die ganze Atmosphäre ist einzigartig.

An diesem Ort kann man die Realität leicht vergessen.

Bei unserer Rückkehr unterhalten wir uns bis ein Uhr nachts mit anderen Hotelgästen. Es geht sehr international zu im Akropolis. Firmenvertreter, Touristen, im Ganzen sind das alles Leute, denen ich während der vergangenen Woche schon über den Weg gelaufen bin. Doch jetzt, wo Arthur bei mir ist, kann ich meine Eindrücke mit ihm teilen.

Der Raum beginnt sich zu leeren, und als Riccardo Nachtruhe vorschlägt, werfen Arthur und ich uns einen vielsagenden Blick zu, eine intime Botschaft. Die Freunde gehen voraus, und er und ich laufen nebeneinander den Hotelflur hinunter und sehen uns verstohlen an. Riccardo geht auf seine Zimmertür zu und verabschiedet sich. Cordelia hält ihre Sandalen in den Händen und tanzt vor uns, während sie *Like a virgin* trällert.

Ich taste nach Arthurs Hand und bekomme eine Gänsehaut, als ich sie drücke. »Komm mit auf mein Zimmer«, flüstert er, und das ist sicher keine unverbindliche Einladung. Ich bin sicher, dass ich bis über beide Ohren rot werde. »Wir hatten bisher keine Gelegenheit, über bestimmte Dinge miteinander zu reden.«

»Gerne«, antworte ich sachlich. Und während ich ihm folge, betritt Cordelia mit einem Augenzwinkern unser Zimmer.

Arthur öffnet die Tür und lässt mir den Vortritt. Er lässt seine Schlüssel und die Zigarettenschachtel auf ein Rattantischchen fallen. Sein Zimmer sieht fast genauso aus wie unseres, es ist nur kleiner. Auf dem Schreibtisch liegt ein Durcheinander von Papieren: Riccardo und er haben eher eine Monografie als einen Artikel verfasst.

Während ich einzelne Seiten in die Hand nehme, tritt er, ohne dass mir das sofort bewusst wird, nah an mich heran. Wir bleiben ruhig voreinander stehen und sagen lange nichts.

»Es war schön, dich wiederzusehen«, macht er dann einen Versuch. Seine Stimme ist heiser. Ich nicke heftig. Er redet sanft weiter. »Musste ich wirklich erst Malaria bekommen, um zu verstehen, dass es nötig ist, über alles zu reden?«

»Wir hätten das schon früher tun sollen. Ich würde so gerne noch einmal zurück«, sage ich leise.

Alice, reiß dich zusammen, fang jetzt bloß nicht an zu weinen. Sei jetzt keine Heulsuse.

»Ich nicht.« Ich blicke enttäuscht in seine Augen. »Versteh mich nicht falsch. Ich möchte nicht zurück, denn dann wären wir wieder da, wo wir am Anfang waren, und ich würde dir wieder wehtun.«

»Das habe ich schon selbst besorgt. Du bist immer sehr offen gewesen und hast mir nichts vorgemacht.«

Arthur nickt, aber er macht keinen überzeugten Eindruck.

Und dann, ohne ein weiteres Wort, denn am Ende gibt es auch nichts mehr zu sagen, geschieht das, was ich mir erträumt und erhofft habe.

Das Geräusch des tropfenden Wasserhahns dringt durch meinen Schlaf. Eine Mücke quält mich trotz des Netzes mit ihrem Gesurre. Das helle Mondlicht zwingt mich, mir eine angenehmere Schlafposition zu suchen.

Und trotzdem ist diese Nacht in Arthurs Armen ein Traum.

Wir sitzen in dem gemieteten Jeep. Arthur fährt, neben ihm sitzt Cordelia, Riccardo und ich sind hinten. Die Einzige, die redet, ist Cordelia. Wir anderen sagen nichts oder antworten ihr kurz angebunden. Meine Stimmung ist auf dem Tiefpunkt.

Wir beeilen uns mit dem Einchecken, und ich fühle mich immer mieser. Im Flughafen gibt es eine kleine Bar, wo Arthur und ich ohne die anderen einen Kaffee trinken.

»Ruf an, sobald du angekommen bist«, bittet er mich.

»Okay.«

»Ich bleib noch ungefähr zehn Tage hier, und dann fliege ich nach Rom zurück, um den Umzug nach Paris zu organisieren. Das wird nicht sehr kompliziert werden, du wirst sehen.«

»Okay.«

»Bitte, pass auf Cordelia auf, während ich weg bin. Sie wird immer chaotischer.«

»Okay.«

»Kannst du endlich aufhören, immer mit ›okay‹ zu antworten?«

»Okay«, antworte ich und muss kichern.

»Ich mein das ernst. Es gibt keinen Grund, so traurig dreinzuschauen.«

»Ich schaff's nicht, froh zu sein. Ich habe Angst, schreckliche Angst.«

»Wovor?«, fragt er mich ungeduldig und streicht sich mit den Händen das Haar zurück.

»Um dich, um uns«, antworte ich mit brüchiger Stimme. Seine energische Art hilft mir überhaupt nicht weiter.

»Dafür gibt es keinen Grund«, erwidert er sanft. »Zwischen uns ist alles in Ordnung. Und mir geht's gut.«

Du machst es dir leicht.

Aber jetzt, aus Prinzip und überhaupt, Schluss mit der Heulerei. »Du hast recht. Irgendwie hat mich kurz die Panik gepackt.« Das stimmt zwar nicht ganz, aber er soll es glauben.

»Das kann ich verstehen.«

Gerade zum richtigen Zeitpunkt kommt Cordelia mit Riccardo zu uns. Wir müssen uns jetzt voneinander verabschieden, es bleibt keine Zeit mehr. Arthur atmet den Duft meiner Haare ein. »Gute Reise, *Alice in Wonderland*«, sagt er ganz leise, sodass die neugierige Cordelia es nicht hören kann, und zwinkert mir zu. »Ich komm wieder.«

»Bald«, sage ich leise.

»Ganz bald«, nickt er geduldig.

»Arthur. *I love you.*«

Er gibt keine Antwort. Er streichelt mir sanft über eine Wange und verabschiedet sich mit einem kurzen Winken.

Ich fühle mich unendlich niedergeschlagen und gehe auf das Gate zu. Ich will mich auf keinen Fall umdrehen. Er soll nicht sehen, dass meine Augen voller Tränen sind, er, der seine Gefühle immer so gut im Griff hat.

Cordelia bietet mir gerade einen Kaugummi an, als ich an meinen Schultern einen festen Griff spüre.

Ich wende mich um, und er steht vor mir.

Er sagt leise: »*I'm sorry.* Ich schaffe es nicht, über Gefühle zu reden.« Seine Lippen umspielt ein Lächeln, und in seinem sonst so entschiedenen Tonfall schwingt Verlegenheit. »Aber … *I love you too.* Auf meine Art.« Ich nicke und wische mir mit dem Handrücken eine Träne weg, die gerade meine Wange herunterkullert.

Er drückt mir einen Kuss auf die Stirn. Eine Stimme ruft dringend zum Einstieg auf. Ich drehe mich kurz zu Cordelia um. »Macht euch keine Gedanken. Ihr habt alle Zeit der Welt, vielleicht könntet ihr dort auf der Bank noch schnell einen kleinen Neffen für mich machen?«

Arthur lächelt zuerst seine Schwester und dann mich an, direkt in mein Herz.

We can be heroes, just for one day

Ich habe einen Termin bei Commissario Calligaris.«

»Ich sage ihm sofort Bescheid, dass Sie da sind.«

Ich bin erst seit wenigen Tagen zurück und schon wieder bei der Polizei.

Ich bringe meine Zeit im Wartezimmer zu, wo mich ein Senegalese mit einem Schnauzbart und eine Belle de jour eingehend mustern.

Calligaris kommt aus seinem Büro. Er sieht immer noch aus wie ein Loser, daran hat sich seit unserem ersten Treffen nichts geändert.

»Kommen Sie mit, Dottoressa. Soll ich Ihnen einen Kaffee bringen lassen?«

»Ja, danke«, antworte ich unbefangen.

Calligaris steckt sich eine Zigarette an und lässt sich auf seinen Drehstuhl fallen, der knallblau bezogen ist.

»Die Bräune steht Ihnen gut«, fängt er an. »Mein Kompliment.«

»Vielen Dank, Commissario. Ich komme gerade von einer Afrikareise zurück.«

»Das ist dann wohl auch die Erklärung dafür, warum ich in den letzten Tagen nichts von Ihnen gehört habe. Ich hatte mich schon richtig an Ihre Anrufe gewöhnt.«

»Wie Sie sehen, war gleich mein erster Gedanke, einen Termin mit Ihnen zu vereinbaren.«

»Na, und welche Erleuchtung ist *Ihnen* auf der Straße nach Damaskus gekommen?«

Du lachst, du hast gut lachen.

»Commissario … ist Ihnen jemals der Gedanke gekommen, vielleicht nur als Hypothese, dass Bianca Valenti etwas mit dem Tod ihrer Schwester zu tun haben könnte?«

Der freundliche Blick, der ihn normalerweise auszeichnet, bekommt etwas Verblüfftes.

»Dottoressa, Sie verwirren mich. Doch wie auch immer – die Antwort lautet, ja«, erwidert er trocken. »Ich hatte so ein Gefühl, und in meinem Beruf … lasse ich mich sehr von Gefühlen leiten.«

»Wunderbar«, gebe ich, von seiner Antwort überrascht, zurück. »Ich habe … ein wenig nachgedacht«, beginne ich zögerlich. Ich bin noch nicht ganz sicher, wie ich ihm die Wahrheit sagen soll. Doch dann bekommen die Worte ein Eigenleben und strömen aus meinem Mund. Auf seinen Zügen wechseln Ausdruckslosigkeit und Überraschung, doch schweigt er und hört mir zu, ohne mich zu unterbrechen.

Als ich mir die ganze Geschichte von der Seele geredet habe, die mir den Schlaf geraubt hat, schweigt er einige Augenblicke lang. »Sie sind wirklich eine merkwürdige Frau. Giorgio Anceschi wird Ihnen nicht ganz gerecht, wenn er von Ihnen berichtet. Mit einer einzigartigen Nonchalance treten Sie mal in jedes Fettnäpfchen, und dann sind Sie wieder brillant. Ich habe noch nicht ganz begriffen, wie viel davon echt ist und wie viel schauspielerisches Talent.«

»Alles echt, Commissario. Leider.«

»Nein, nicht leider. Sie sollten auf Ihre Begabung stolz sein … Niemand hat Ihnen geglaubt, doch Sie sind einfach Ihren Überzeugungen gefolgt, Sie haben sich eingesetzt und hart gearbeitet.«

»Meinen Sie das ernst? Vielleicht glauben Sie mir ja wieder nicht«, sage ich leise und traurig.

»Doch, ich glaube Ihnen. Absolut und ohne Abstriche.« Ich lege die Stirn in Falten. »Was Sie sagen, überrascht mich einfach. Sie haben mich damals wegen etwas für eine Mythomanin gehalten, das viel weniger gewichtig war.«

Calligaris lächelt. Sein Lächeln ist, vielleicht aus gegebenem Anlass, ein wenig angestrengt.

»Sehen Sie, Dottoressa ... Oder darf ich Sie duzen, Alice? Schließlich könnten Sie meine Tochter sein. Oder vielleicht auch nicht.« Er unterbricht sich und scheint sich in einer komplexen Zahlenarithmetik zu verlieren, die ihm gerade zu hoch ist. »Na ja, vielleicht eine Nichte.«

»Selbstverständlich, Commissario.«

»Also, Alice. Ein Ermittler muss nur eine einzige Eigenschaft mitbringen, alles andere kann man sich aneignen und mit der Zeit verfeinern. Aber diese Eigenschaft hat man, oder man kann's vergessen.«

»Und das wäre?«

Calligaris breitet die Arme aus. Unter seinen Achselhöhlen sind Schweißflecken.

»Beobachtungsgabe. Beobachtungsgabe«, wiederholt er in einem Tonfall, der noch feierlicher ist als beim ersten Mal, wie um das Wort zu betonen. »Tja, und ich habe dich beobachtet. Du bist keine Mythomanin. Du kannst es noch nicht wissen, aber wir werden Jacopo De Andreis von jedem Verdacht freisprechen. Er hat seine Cousine nicht umgebracht. Und auch Doriana Fortis hat es nicht getan. Wir haben ihre Aussagen überprüft, und die entlasten sie komplett. Bianca Valenti hat mich von Anfang an nicht überzeugt. Doch im Gegensatz zu allen anderen Verdächtigen in dieser Geschichte, die in Giulias Leben an besagtem Tag irgendwelche Spuren hinterlassen haben, ist bei ihr nichts zu finden. Sie ist anscheinend über jeden Verdacht erhaben. Und das wird sie leider auch bleiben, denn es gibt im

Augenblick nichts, womit man sie überführen könnte. Ich wüsste nicht, wo ich anfangen sollte, um eine Ermittlung zu ihrer Person zu rechtfertigen. Die Tatsache, dass in ihrer Handtasche Panadol gefunden wurde, reicht selbstverständlich nicht aus, denn andere Medikamente enthalten ebenfalls Koffein … Was die Indizien angeht, ist deine Version ziemlich wackelig, es ist aber kein anderer Tathergang denkbar.«

Calligaris ist sachlich, aber auch fassungslos, als er mir diese furchtbare Situation schildert. Wenigstens zahlt kein Unschuldiger den Preis für die unüberwindlichen Grenzen von Recht und Gesetz. Das ist mein einziger Trost.

»Wussten Sie, dass sie sich nach New York abgesetzt hat? Ich glaube nicht, dass sie noch einmal hierher zurückkehrt«, berichte ich ihm.

»Na, das glaube ich auch nicht. Hier hat sie verbrannte Erde hinterlassen. Sie hat ihre Schwester umgebracht, auch wenn das niemand weiß, und sie hat versucht, De Andreis und die Fortis zu ruinieren. Hier hält sie nichts mehr. Jetzt wird sie in Amerika weiter Unheil anrichten«, beschließt er erbittert. »Ich glaube, du hast ein großes Talent für Ermittlungen, Alice«, wechselt er dann zu meiner Überraschung das Thema.

Ich nehme sein Kompliment mit einem zweideutigen Lächeln auf. »Vielen Dank.«

»Du hast deinen Hals riskiert, ist dir das klar? Und glaub nur nicht, dass mir deine Probleme mit der Ärztekammer entgangen wären, ich weiß über alles Bescheid.«

»Es war ein Glück, dass ich heil davongekommen bin.«

»Na, da habe ich ein bisschen nachgeholfen, meine Liebe. De Andreis hat mir von seinem Verdacht erzählt, was dich angeht. Ich habe ihm dann die Anzeige ausgeredet und ihm gesagt, dass er keine Beweise habe und deshalb nur seine Zeit und Energie verschwenden würde. Dann habe ich ihm ein Disziplinarverfahren vorgeschlagen, weil ich wusste, dass du so mit einem Schrecken davonkommen würdest. Und den hattest du verdient«, fügt er mahnend hinzu.

»Ich bin Ihnen sehr zu Dank verpflichtet, Commissario.«

»Es wäre schade gewesen, dich ins Unglück laufen zu lassen«, meint er, drückt seine Zigarette in seinem Aschenbecher, einem Mitbringsel aus Venedig, aus, bietet mir ein Minzbonbon an und nimmt sich dann selbst eines. »Ich habe dir nämlich etwas vorzuschlagen.«

Ich spitze meine Ohren und sehe ihn fragend an. »Was könnte das sein?«

»Eine Teilzeitbeschäftigung.«

Ich glaube mich verhört zu haben. »Einen Job? Sie wollen mir einen Job anbieten?«

Calligaris wirkt zerstreut. »Genau.«

»Sind Sie sicher?«

»Auf jeden Fall.«

»Das kann ich nicht annehmen. Ich habe meinen Facharzt noch nicht.«

»Es handelt sich um eine gelegentliche Beschäftigung, nicht um eine feste Stelle. In einem gewissen Sinn ist es eine selbstständige Tätigkeit«, führt er aus und fährt sich mit der Hand über das Kinn. »Wenn ich einen Rat brauche, dann rufe ich dich an. Dann kannst du in aller Ruhe und ohne jegliches Risiko deine Nase überall hineinstecken, ich weiß, dass dir das Spaß macht. Ich glaube wirklich an deine Fähigkeiten und werde mich in Zukunft gerne an dich wenden.«

»Eigentlich hatte ich mir vorgenommen, mich nicht wieder in irgendwelche Nesseln zu setzen.«

»Na dann. Ich biete dir an, genau das zu tun, was dir

Spaß macht. Mit Giorgio habe ich auch schon darüber gesprochen, wenn dir das weiterhilft, und er ist einverstanden.«

»Sie haben ihm doch nichts von dieser Geschichte erzählt, Commissario?«

»Natürlich nicht im Detail. Nur Mut, Alice. Ich möchte eine Antwort haben. Bist du dabei, ja oder nein?«

Ich sehe mich verwirrt um und frage mich: Wenn ich völlig naiv und in absoluter Illegalität mit der Gerissenheit und dem Mut des Rosaroten Panthers gehandelt habe, was wird mir dann erst einfallen, wenn ich sein Angebot annehme? Was kann ich dann noch alles anstellen?

Danksagung

Ich möchte mich bei Rita Vivian, meiner Agentin und Ratgeberin, bedanken, denn ohne sie würde es dieses Buch in dieser Form nicht geben; bei Longanesi für die große Zuversicht; bei meiner Mutter, denn sie hat in jeder Minute an mich geglaubt; bei meinen Großeltern für ihre Ermunterung; bei Gaetano, Anna und Francesco Tirrito dafür, dass sie zusammen mit mir geträumt haben; bei Chiara Tirrito, die durch ihre Art meine Giulia inspiriert hat; bei meiner ganzen »angenommenen« Familie für ihre Herzlichkeit; bei meinen Dozenten für das, was sie mir beigebracht haben, und besonders bei Professor Asmundo für die Zeit, die er sich für mich genommen hat; bei Professor Crinò, dem wirklichen Allerhöchsten, und Professor Bonavita für ihre Erläuterungen; bei Laura Barresi für ihre freundliche Stimme; bei Amalia Piscopo, die wie wenige andere Menschen in der Lage ist, sich mit anderen über deren Erfolge zu freuen; bei Luisa Biasini für die unglaublichen Wortspiele, die ich ihr geklaut habe; bei meinen Kollegen Assistenzärzten und -innen, dass sie nicht so sind wie Ambra Negri della Valle; bei der kleinen Camilla und der kleinen Lulù; bei Ryszard Kapuściński, dem ich nachtrauere und von dem Arthur etwas hat; bei Coldplay, einer unübertroffenen Quelle der Inspiration; bei Queen, Franco Battiato, Enrico Ruggeri, David Bowie, Paul Bowles, The Drums und Morgan.

Und nicht zuletzt, aber vor allem, Stefano, dem beständigen Mittelpunkt meines Lebens.

Lesen Sie weiter:

ALESSIA GAZZOLA

Herzversagen

DER ZWEITE FALL FÜR
ALICE ALLEVI

Aus dem Italienischen
von Sylvia Spatz

Erscheint im Sommer 2013

carl's books

Herausforderungen

Ein Antrag auf Entmündigung?«

Ich wiederhole die Worte von Dottor Anceschi, einem meiner Vorgesetzten am Institut für Rechtsmedizin.

»Ich dachte, das wäre genau das Richtige für Sie. Außerdem haben Sie sich bislang noch niemals mit so etwas beschäftigt, oder?« Stimmt, und zuerst muss ich mich schlau machen, wie so etwas überhaupt abläuft. »Das ist ein Fall, an dem noch weitere Kollegen beteiligt sind«, fährt Anceschi fort. »Der Psychiater Dottor Laurenti kommt später bei mir vorbei, um darüber zu sprechen. Ich rufe Sie dann einfach dazu und stelle ihn Ihnen vor.«

Kaum bin ich wieder allein in meinem Büro, das ich normalerweise mit meinen beiden Kolleginnen Ambra und Lara teile, gehe ich im Lehrbuch schnell noch mal das Kapitel *Entmündigung* durch.

> *Man spricht von Entmündigung, wenn eine volljährige Person sich in einem dauerhaften Zustand von Geistesschwäche befindet und daher nicht in der Lage ist, die eigenen Interessen wahrzunehmen.*

»Alice.« Die Stimme ist arrogant bis an die Grenzen der Unverschämtheit. »Was machst du da?«

»Ich lern gerade was.«

Claudio tritt an den Schreibtisch heran und späht auf die Seite des Buches. »Wie schön. Sonst lernst du nie was, ich weiß gar nicht, wie du das Studium geschafft hast. Aber leider hast du gerade den falschen Moment erwischt. Hast du die Autopsie ganz vergessen? Ich wollte heute ausnahmsweise großzügig sein und sie dir anvertrauen.«

Wir laufen durch die Gänge des Instituts in Richtung Leichenhalle, wo Claudio triumphierend einzieht. Er reicht mir den gefütterten blauen Kittel, den Mundschutz, ein Skalpell, und mit seinem typischen unverschämten Lächeln verkündet er: »Heute führt Alice die Autopsie durch. Fertig?«

Da bleibt mir wohl nichts anderes übrig als sofort anzufangen.

Alle beobachten mich. Aber ich komme klar. Der Leichnam stammt von einem Mann, der sich erhängt hat. Claudio hält die Fälle von Selbstmord für die einfachsten, daher kommt auch seine unerwartete Großzügigkeit. Ich löse das Großhirn heraus, durchtrenne die Hauptschlagader an der richtigen Stelle und hebe gekonnt die Nieren heraus. Alles läuft bestens, und Claudio ist sogar richtig zufrieden. Doch dann fällt ein Tropfen Blut auf seine Schuhe, und seine Zufriedenheit verwandelt sich im Bruchteil einer Sekunde in Wut.

»Allevi! Wie zum Teufel kann man bloß so ungeschickt sein! Das darf doch einfach nicht wahr sein!«

»Du hättest dir Überschuhe anziehen sollen«, wende ich ein, ohne meinen Blick von dem nunmehr leeren Brustkorb des Leichnams zu nehmen. Verblüfft murmelt er etwas von mangelndem Respekt und nimmt seine Jacke.

»Gehst du?«

»Du bist sowieso bald fertig. Außerdem muss ich mir deinetwegen jetzt meine Schuhe sauber machen. Schau, dass du hier fertig wirst.«

Das sagt sich so einfach. Die anderen Kollegen starren mich an, und ich fühle mich ohne ihn auf verlorenem Posten. Für das, was ich normalerweise in zwanzig Minuten schaffen könnte, brauche ich eine Stunde, bringe aber alles zu einem guten Abschluss.

Bei meiner Rückkehr ins Institut stellt mir Anceschi einen Kollegen vor, dessen Gesicht mir bekannt vorkommt.

»Dottoressa Allevi, darf ich Ihnen Niccolò Laurenti vorstellen? Er kümmert sich gemeinsam mit uns um den Fall von Entmündigung, von dem ich Ihnen erzählt hatte.«

»Sehr erfreut«, erwidert er mit einer unvermutet dunklen Stimme, sie klingt wie die von einem Synchronsprecher. Er streckt mir die Hand hin, seine Finger sind unglaublich lang, wie bei einer Filmfigur von Tim Burton.

Anceschi lässt uns beide miteinander allein. Ich lade ihn auf einen Kaffee ein, wir sollen ja schließlich zusammenarbeiten; er nimmt die Einladung an, richtig begeistert ist er aber nicht.

»Ich habe bereits Kontakt mit der Tochter von Konrad Azais aufgenommen, er lebt bei ihr. Der Name Konrad Azais sagt Ihnen sicher etwas, oder?«

»Sollte er das?«, frage ich ihn ein wenig gereizt zurück, denn seine Oberlehrerart geht mir auf die Nerven.

Er legt die Stirn in Falten, als müsse er über die Antwort nachdenken. »Er ist ein sehr wichtiger Schriftsteller«, meint er schließlich in einem neutralen Tonfall.

»In Italien?«

»Weltweit«, verbessert er mich und entnimmt seiner Tasche ein gebundenes abgegriffenes Buch mit einem orangefarbenen Einband. »Den Roman habe ich gerade fertig gelesen. Nicht sein bester, aber damit können Sie sich eine Vorstellung machen. Ich melde mich, sobald ich von der Tochter gehört habe.«

»Einverstanden«, erwidere ich zerstreut.

Konrad

Einige Tage darauf fahre ich mit Niccolò nach Tarquinia, wo Azais mit der Familie seiner einzigen Tochter lebt. Ich habe ein Notizheft dabei und bin schrecklich aufgeregt, weil ich eine lebende Legende kennenlernen werde.

»Weißt du jetzt, wer Azais ist?«, fragt Niccoló, als ich zu ihm ins Auto steige.

Klar. Der Roman ist nervtötend ohne Ende, und ich habe nicht einmal verstanden, worum es eigentlich geht. Gott sei Dank gibt es Wikipedia, wo ich nachlesen konnte, dass es sich bei Konrad András Azais um einen ungarischen Schriftsteller handelt, der 1928 geboren wurde.

In Tarquinia gelangen wir zu einer kleinen Villa aus gelben Granitquadern, die bestimmt zweihundert Jahre alt ist. Vom Garten führt ein unbefestigter Weg zu einer überdachten Veranda. Aus der hölzernen Eingangstür tritt eine Frau von verblasster Schönheit, ganz so wie dieses Haus.

»Ich bin Selina Azais«, begrüßt sie uns. Drinnen riecht es intensiv nach Leben auf dem Land. Überall gibt es Bücher, sogar auf dem Holzboden sind sie gestapelt. »Hätten Sie gerne einen Tee und ein Stück Kuchen? Meine Tochter Clara hat ihn gebacken.«

»Sehr gerne!«, antworte ich ohne Zögern. Selina nickt freundlich und ruft laut nach einer gewissen Terézia.

Darauf erscheint eine füllige Frau mit herben Gesichtszügen und murmelt etwas in einer unverständlichen Sprache. Selina antwortet ihr im gleichen Idiom – meiner Meinung nach kann es sich nur um Ungarisch handeln.

»Bitte setzen Sie sich doch. Er ist oben, er kommt nie aus seinem Zimmer. Und heute wird er keine Ausnahme machen.«

»Mama, Großvater hat sich wieder eingenässt«, meldet in einem schneidenden Tonfall ein Teenager mit sehr langen Haaren, die ungefähr die gleiche Farbe haben wie die der Mutter; die Augen sind stark mit schwarzem Kajal geschminkt und die Fingernägel blau lackiert. An einem Ohr baumelt ein langer Ohrring. Es muss Clara sein.

»Terézia, sei so gut, und geh kurz nach oben. Darf ich Ihnen meine Tochter Clara Norbedo vorstellen?«

Clara winkt uns kurz zu. Ich frage mich, ob sie schüchtern oder einfach ungezogen ist.

»Die sind hier, weil Großvater nicht mehr ganz bei Trost ist, oder?«, wendet sie sich an die Mutter.

»Mehr oder weniger«, erwidert Selina unbeteiligt.

Clara seufzt tief. »Großvater ist völlig normal bei Verstand. Ihm fehlt nichts. Er ist ein Genie und hellwach.«

»Dass du deinen Großvater so verteidigst, ist sehr mutig, aber die Ärzte hier wissen, was sie zu tun haben.«

Clara sieht ihre Mutter entgeistert an: »Und du machst bei dieser Farce mit«, zischt sie ihr in einer Mischung aus Wut und Missfallen zu, bevor sie das Zimmer verlässt.

»Wollen wir anfangen, Signora Azais?«, schlägt Niccolò leicht gereizt vor.

»Oh, ja, natürlich«, erwidert Selina ein wenig verwirrt.

»Also. Beschreiben Sie mir die Krankengeschichte und den Gesundheitszustand Ihres Vaters, Signora Azais. Alles, was Ihnen dazu einfällt, von seiner Jugend an bis heute.«

Selina scheint nachdenklich. »Nun, da gibt es nicht viel zu erzählen. Meinem Vater ging es gesundheitlich immer ziemlich gut. Er hatte nur unzählige Bandscheibenvorfälle, deshalb kann er auch nicht mehr laufen. Er ist inkontinent und hat geringfügige Kreislaufprobleme. Sonst nichts.«

»Und warum hat man eine Entmündigung in die Wege geleitet?«

Selinas Wangen erröten heftig. »Ich bin damit nicht einverstanden. Das war eine Idee von meinen Brüdern.«

Niccoló versucht die Lage zu durchschauen. Ich höre aufmerksam zu. »In welcher Hinsicht sind Sie nicht damit einverstanden?«

»Mein Vater hat einen furchtbaren Charakter, aber das war schon immer so. Er hat eine Obsession für Kreuzworträtsel und macht uns das Leben damit zur Qual. Aber mit seinem Verstand ist alles in Ordnung.«

»Na, das werden wir ja sehen«, entgegnet Niccolò mit einer Verbohrtheit, die ich überflüssig finde.

Selina ist über diesen letzten Kommentar sichtlich verärgert. Sie steht auf, Niccolò und ich folgen ihr auf der weiß gestrichenen Treppe nach oben.

Der Raum von Konrad Azais liegt sehr versteckt. Selina drückt die Klinke, doch die Tür bleibt geschlossen.

Selinas Gesichtsausdruck verändert sich. »Clara!«, ruft sie laut, »warst du das? Her mit dem Schlüssel.«

Clara kommt und zuckt mit den Schultern.

»Ich habe den Schlüssel nicht«, antwortet sie und tritt näher. Sie schaut durchs Schlüsselloch.

»Der Schlüssel steckt von innen, schau. Er hat sich eingeschlossen. Er hat alles begriffen.«

Niccolò verliert langsam die Geduld. »Und jetzt, Signora Azais? Was sollen wir tun?«

»*Apa? Apa? Nyílem az ajitó.*«

»Könnten Sie vielleicht Italienisch sprechen?«, wirft Niccoló ein, und ich wette, am liebsten hätte er mit dem Fuß aufgestampft.

Selina folgt seiner Aufforderung würdevoll. »Papa… öffne die Tür.«

»Ich denke nicht dran«, antwortet Azais auf Italienisch, entschieden und mit rauer Stimme.

»Und warum nicht?«

»Ich will nicht von diesen *hülyék* untersucht werden.«

»War das ungarische Wort vielleicht eine Beleidigung?«, erkundigt sich Niccoló entrüstet.

»Aber nein!«, ruft Selina aus.

»Er hat euch Idioten genannt«, wirft Clara ein. Sie hat die Arme vor der Brust verschränkt und im Gesicht ein Lächeln, das tiefes Einverständnis mit dem Urteil ihres Großvaters signalisiert.

»Signora Azais ...«, Niccolò spricht jede Silbe ihres Namens überdeutlich aus. »Wir gehen erst, wenn wir Ihren Vater untersucht haben.«

Angesichts einer solchen Unverschämtheit kann ich nicht einfach stillhalten.

»Signora Azais«, schalte ich mich entschlossen ein. »Uns ist klar, dass das alles nicht so einfach ist. Vielleicht sollten wir noch einmal wiederkommen, wenn sich Ihr Vater in einem besseren Gemütszustand befindet.«

»Nur damit ihr's verstanden habt: Keine Untersuchung.«

»Ist Ihnen bekannt, warum wir Sie untersuchen wollen?«, frage ich durch die Tür hindurch.

Seine Antwort klingt glasklar: »Natürlich. Ich bin alt, aber nicht verwirrt, auch wenn man das beweisen möchte.«

»Seien Sie doch vernünftig, Signor Azais«, bitte ich.

»Kommen Sie nächste Woche wieder. Heute habe ich Kopfschmerzen.«

»Vielleicht am kommenden Montag?«, frage ich nach.

Niccolò schaut mich grimmig an.

»Am nächsten Montag passt es«, räumt Konrad Azais am Ende ein.

»Und Sie bleiben dabei, nicht wahr, Signor Azais?«, frage ich verunsichert nach.

»Ich habe gesagt, es passt«, kommt unwillig die Antwort.

Der zweite Besuch

Am nächsten Montag empfängt uns Clara.

»Ciao«, meint sie zur Begrüßung und wendet sich nur an mich. Niccolò ignoriert sie. Selina kommmt in Begleitung eines Kätzchens auf uns zu und wirkt entspannter als beim letzten Mal. »Heute macht er mir einen umgänglicheren Eindruck«, versichert sie und führt uns ins Wohnzimmer. Auf dem Sofa sitzen, in hitziger Debatte, drei Herren.

Bei unserem Eintreten springen sie auf und stellen sich vor. Der erste ist hochgewachsen, hat kaum noch Haare und macht einen langweiligen Eindruck: Enrico Azais.

Der zweite ist kräftiger gebaut, gut aussehend und mit einem offenen, klaren Blick: Leone Azais, der älteste Sohn. Es fehlt Oscar, der jüngste.

Der Dritte in der Gruppe ist Dottor Paladino, der ärztliche Berater der Familie. Er ist um die sechzig, wirkt sehr adrett und überkorrekt. Clara kommt auf mich zu und nimmt mich etwas zur Seite.

»Mit Ihnen kann ich reden«, meint sie leise. »Wir dürfen uns nicht geschlagen geben. Meine Onkel sind nur hinter dem Geld her, die veranstalten das Ganze hier, damit sie das Testament meines Großvaters anfechten können.«

»Was für ein Testament?«

»Großvater hat eigenhändig einen Brief an seine Kinder geschrieben. Er hat ihn ihnen noch nicht überreicht, aber Onkel Leone hat ihn vorab gefunden und erfahren, dass mein Großvater sein gesamtes Erbe einer Unbekannten hinterlassen will. Deswegen haben sie beschlossen, ihn zu entmündigen. Mein Großvater könnte ja sterben und sein letzter Wille befolgt werden.«

Ich bin verblüfft und weiß nicht, ob ich ihr glauben soll: Um ein selbst verfasstes Testament für ungültig erklären zu lassen, hätte man sofort handeln müssen. Hinterher hat das keinen Sinn mehr, denn die Entmündigung gilt vom Augenblick des richterlichen Urteils an und hat rückwirkend keine Kraft.

»Gehen wir nach oben?«, schlägt Selina Azais vor. Ihre Stimme klingt ungeduldig, vielleicht will sie die Sache so schnell wie möglich hinter sich bringen. Ihre Brüder folgen ihrer Aufforderung sofort, und auch Dottor Paladino erhebt sich vom Sofa. Selina klopft und drückt die Klinke; dieses Mal lässt sich die Tür öffnen.

Konrad Azais sitzt in einem Rollstuhl, der vor dem Fenster steht. Er kehrt uns den Rücken zu und rührt sich nicht.

»Papa«, ruft ihn seine Tochter schüchtern.

»Die Ärzte sind hier, Papa.«

»Ich werde mich untersuchen lassen, aber deine Brüder bleiben draußen.«

Mir wird erst jetzt klar, dass sich Leones und Enricos Umrisse im Fenster vor ihm spiegeln.

»Ist Oscar auch gekommen, Selina?«, fragt Konrad, noch in Gegenwart seiner beiden Söhne.

»Nein, Papa.«

»Na klar! Oscar darf sich alles erlauben!«, entrüstet sich Enrico Aazais. »Papa, damit du's nur weißt: Deinem Oscar sind wir alle scheißegal. Vor allem du. Weißt du, warum er Kontakt hält? Weil er hinter deiner Kohle her ist, die braucht er. Und du empfängst ihn als Einzigen von uns, obwohl er diesen Bescheid, wegen dem du uns nicht mehr sehen willst, genauso unterschrieben hat.«

»Bitte deine Brüder, mein Zimmer zu verlassen, Selina.«.

Erst als er hört, wie die Tür geschlossen wird, dreht sich Konrad in seinem Rollstuhl uns zu.

Er hat kantige Gesichtszüge, die in jungen Jahren sicher

etwas Gewinnendes hatten. Jetzt sind sie verdrossen und hochmütig. Seine Augen sind hellgrau wie die eines Wolfes. Vielleicht wirkt er deswegen beunruhigend.

Dottor Paladino betrachtet ihn herablassend und stellt sich vor. Die Untersuchung beginnt mit einer ausführlichen Krankheitsgeschichte. Azais liefert die nötigen Informationen mit unerwarteter Präzision. Als er den Tod seiner Schwester Heni erwähnt, überfliegt kurze Trauer sein Gesicht. Ich frage mich, was wir hier eigentlich machen.

Azais macht bei der Untersuchung freundlich mit, ja, bis zum kognitiven Test benimmt er sich geradezu entgegenkommend. Doch als er ein paarmal hintereinander Wörter wie *Haus, Maus, Laus* wiederholen oder einfache geometrische Figuren nachzeichnen soll, verliert er die Geduld.

»Wofür haltet ihr mich eigentlich«, murmelt er unwirsch.

Als wir später wieder in Selinas Wohnzimmer beisammensitzen, behauptet Paladino, dass es sich um einen »klassischen« Fall von Demenz handele, bei dem es dem Kranken noch gelingt, einfache Anordnungen auszuführen, während die Fähigkeit zu autonomen Entscheidungen nicht mehr vorhanden ist.

»Diese Meinung teile ich ganz und gar nicht«, halte ich dagegen. Azais hat zeitliches und räumliches Orientierungsvermögen, er ist mürrisch, aber durchaus in der Lage zu eingehender Selbstbetrachtung, ja einer gewissen Ironie. Und als er sich mit der Frage an die Anwesenden wandte, ob sie das Buch *La cupidia di D. H.* gelesen hätten, war er sogar richtig freundlich.

Niccolò, der ewige Streber, hat natürlich sofort »selbstverständlich« gesagt, während ich mutig verneint habe. »Nimm ein Exemplar für die hübsche Dottoressa, Selina, sonst hat sie am Ende noch eine große Bildungslücke«, meinte Azais mit einem Lächeln.

Als ich ihn an diese Episode erinnere, blickt mich Paladino hochmütig an. »Das ist typisch für eine bipolare Störung, Frau Kollegin. Sind Ihnen nicht die extremen Stimmungsschwankungen während unseres Besuchs aufgefallen? Die aggressive Haltung gegenüber den Söhnen?«

»Ich möchte wetten, dass jeder seine Söhne aggressiv behandelt, wenn er von ihnen entmündigt werden soll«, entgegne ich unwillkürlich.

Niccoló hebt die Augenbrauen und blättert aufmerksam in seinem DSMIV, dem Standard-Handbuch für psychiatrische Störungen, so etwas wie die Bibel der Psychiatrie. Er scheint nichts Eigenes zur Unterhaltung beitragen zu wollen.

»Finden Sie nicht, dass Ihre Sicht der Dinge ein wenig zu emotional ist und mit Wissenschaft wenig zu tun hat?«, meint Paladino. »Schauen Sie hier. Lesen Sie diesen Brief von Azais an seine Kinder. Er ist die Ursache für den Antrag auf Entmündigung«, fährt er fort und reicht mir eine Fotokopie.

Ich beginne zu lesen.

Für Leone, Enrico, Oscar und Selina

An Euch ist dieser merkwürdige Brief gerichtet. Ihr wartet auf Geld, das nicht kommen wird.

Mein Schicksal will es so, denn ich kann diese Welt nicht verlassen, ohne alles in Ordnung gebracht zu haben.

Es ist eine Gewissensfrage, die mich nun eingeholt hat.

Lasst Euch durch nichts von der Erfüllung meines letzten Wunsches abbringen.

Immerzu bedrängt mich mein Ehrgefühl und treibt mich zu dieser gewagten Entscheidung. Es ist nicht einfach, Euch eigenmächtig um Euren Reichtum zu bringen, aber ich allein trage die Folgen.

Verderben hätte ich verdient, Ihr versteht das alles nicht, das weiß ich.

Offensichtlich tappt ihr im Dunkeln, denn wie könntet Ihr es auch begreifen, doch manches ist nur für einen Menschen bestimmt: für eine einzige
Leserin, das Testament ist für sie allein.
Alles ist dort erklärt, noch ist alles am Anfang, doch wird der richtige Augenblick kommen. Noch will ich nicht, dass Ihr ihren Namen kennt.
Nein, Ihr sollt ihn noch nicht erfahren, übt Euch in Geduld und lasst ihr alles, denn ich schwöre, nichts
Gutes wird Euch sonst von mir widerfahren. Für die Freude, die Ihr mir geschenkt habt, werde ich Euch
Ewig dankbar sein, meine Kinder,

Konrad András Azais

»Der Brief ist … geheimnisvoll«, behaupte ich.

»Sehen Sie, Kollegin? Dieser Brief ist mehr wert als jeder klinische und objektive Befund, er ist ein eindeutiger Beleg für Azais' Demenz und seine narzisstische Persönlichkeit.«

»Schon, aber Azais ist ein kreativer Mensch, jemand der sich für Kreuzworträtsel begeistert. Der Brief ist seltsam, aber zugleich ist er klar: Er will seinen Besitz einer weiblichen Person hinterlassen, deren Identität er nicht preisgeben möchte, und nur ihr will er den Grund für diese Entscheidung mitteilen. Das ist legitim, denn das Geld gehört ihm, und nicht den Söhnen …«

Paladino blickt mich hochmütig an, so als wäre ich ein lästiges Insekt. »Wenn ich nicht irre, dann obliegt das psychiatrische Gutachten Dottor Laurenti, und Sie sind nur Begleitung – Sie sind noch Assistenzärztin, nicht wahr?«, versichert er sich, um meine unbedeutende Rolle in dieser Angelegenheit zu unterstreichen.

»Und das Testament?«

»Es ist versiegelt bei einem Notar hinterlegt. Niemand kennt seinen Inhalt.«

»Könnte ich diesen Brief abschreiben? Er ist ja nicht Teil der Akten. Ich würde ihn gerne Dottor Anceschi zeigen.«

Auf dem Rückweg nach Rom macht Niccoló einen verwirrten Eindruck. Ich verstehe seine Position in diesem Fall nicht ganz: Als ich ihm sage, dass Azais meiner Meinung nach voll zurechnungsfähig ist, scheint er mir zuzustimmen. Aber ich bin mir nicht ganz sicher, ob er das auch so meint, denn er bleibt einsilbig und vage.

Möge der Tod mich lebend vorfinden

Es ist Sonntag, und an diesem Wochenende bin ich nicht zu meinen Eltern nach Sacrofano gefahren, denn Claudio hat Bereitschaftsdienst. Ich liege gerade schlummernd, in meine rosa Steppdecke gehüllt, auf meinem Bett, als mein Handy klingelt. Claudio ist dran. »Schaffst du es, in knapp zwanzig Minuten fertig zu sein?«

»Ein Todesfall?«

»Ich hab dich gewarnt, ich will jetzt keine Ausreden hören. Wir müssen ein gutes Stück fahren, also trödel nicht herum. Ich komm vorbei und hol dich ab. Beeil dich«.

In einer Rekordzeit von achtzehn Minuten ziehe ich mich hektisch um, trinke ein Glas Wasser, esse ein Stück Schokolade, putze mir die Zähne, trage Lipgloss auf und stehe auf dem Bürgersteig, noch bevor Claudio um die Ecke biegt. Mit einem lauten Hupen kündigt er seine Ankunft an und liest mich auf.

»Weißt du etwas zu dem Fall?«, frage ich ihn.

»Ein unerwarteter Todesfall, irgendein alter Schriftsteller.«

Bei mir gehen alle Warnlichter an, das kann nicht möglich sein, das muss ein anderer Schriftsteller sein, nicht schon wieder dasselbe wie damals bei Giulia Valenti.

»Hier in Rom?«, frage ich unvermittelt.

»Nein, in Tarquinia.«

»Konrad Azais?«

»Genau der«, erwidert er und stellt das Radio lauter. Offensichtlich hat er keine Lust zum Plaudern.

Es gibt keinen Zweifel, er ist es.

Ich bringe Unglück, ich bin ein Todesengel. Alle Menschen, die ich zufällig kennenlerne und aus irgendeinem Grund sympathisch finde, müssen sterben.

Ich stelle das Radio leiser. »Und was weißt du noch?«

»Nicht mehr viel. Man hat ihn tot aufgefunden, Verletzungen hat er auf den ersten Blick keine.«

»Ich kenne ihn.« Ich habe das Gefühl, Claudio sollte das wissen.

Er zieht eine seiner braunen Augenbrauen hoch. »Ach, was du nicht sagst«, meint er sarkastisch, »schon wieder.« Damit spielt er auf den Fall Valenti an. »Bringst du etwa Unglück, Allevi?«

»Mir kommt es auch so vor«, murmele ich verbittert.

»Das hab ich doch nicht ernst gemeint. Und wie hast du ihn kennengelernt?«

»Wegen eines Falls von Entmündigung, den ich im Auftrag von Anceschi übernommen habe.«

»Genau, das ist eines der wenigen Details, die ich auch erfahren habe. Und genau wegen dieser erst kürzlich veranlassten Entmündigung hat der Staatsanwalt beschlossen, sich die Sache näher anzusehen. Er möchte, dass ich Mord als Todesursache ausschließe.«